网络文学作家论

陈定家◎编著

中国社会科学出版社

图书在版编目(CIP)数据

网络文学作家论/陈定家编著．—北京：中国社会科学出版社，2022.2

ISBN 978－7－5203－8942－6

Ⅰ.①网… Ⅱ.①陈… Ⅲ.①网络文学—作家评论—中国 Ⅳ.①I207.999

中国版本图书馆 CIP 数据核字(2021)第 163295 号

出 版 人 赵剑英
策划编辑 郭晓鸿
责任编辑 杨 康
责任校对 冯英爽
责任印制 戴 宽

出 版 中国社会科学出版社
社 址 北京鼓楼西大街甲 158 号
邮 编 100720
网 址 http://www.csspw.cn
发 行 部 010－84083685
门 市 部 010－84029450
经 销 新华书店及其他书店

印 刷 北京明恒达印务有限公司
装 订 廊坊市广阳区广增装订厂
版 次 2022 年 2 月第 1 版
印 次 2022 年 2 月第 1 次印刷

开 本 710×1000 1/16
印 张 18.75
插 页 2
字 数 317 千字
定 价 118.00 元

目　录

代前言

从“茅盾文学新人奖”看网络文学大趋势

——以“网络时代的赛车手”唐家三少为例*

2017年11月26日，中华文学基金会等单位举办的首届“茅盾文学新人奖·网络文学新人奖”（以下简称“茅盾网文奖”）评奖会在京召开。对唐家三少、天下归元等从“写手”蝶变为“大神”的获奖者而言，这次评奖有如一次象征性的加冕仪式。对始终为“身份认同危机”所困扰的网络文学而言，“茅盾网文奖”的设立无疑是一桩具有里程碑意义的大事件。

“茅盾网文奖”是在“茅盾网文奖”总框架内设立的专门针对网络文学作家的奖项。该奖在中国作协网络文学委员会指导下，由中华文学基金会、浙江省桐乡市人民政府、阿里巴巴文学联合主办。旨在鼓励优秀网络文学创作者不断涌现，创作出更多网络文学精品力作，促进中华网络文学事业繁荣发展。

“茅盾网文奖”评审细则规定“本奖每两年评选一次。每次评选奖励网络文学新人10名”。其评选标准是“坚持崇德尚艺、德艺双馨的原则，坚持人品文品统一，坚持网民公认与专家评价结合”。具体条件有如下五条：（1）拥护中国特色社会主义，践行社会主义核心价值观，坚持正确政治方向和创作导向。（2）作品坚持思想性与艺术性有机统一，具有深刻的思想内涵和优秀的艺术品位及艺术水准，具有良好的社会和网络影响力。（3）创作态度认真勤奋，长期坚持创作，持续有优秀网络文学作品发表。（4）无剽窃、抄袭等侵权行为，无违法违纪行为记录，社会声誉良好。（5）具有中国国籍，年龄在45周岁以下。

---

* 本节曾发表于《阅江学刊》2018年第2期。

经过网站提名、专家推荐、初评、终评等一系列繁复而精细的评审程序，首届“茅盾网文奖”终于于 2017 年 11 月 26 日揭晓，获奖者名单如下：唐家三少（张威）、酒徒（蒙虎）、孑与 2（云宏）、天下归元（卢菁）、天使奥斯卡（徐震）、我吃西红柿（朱洪志）、愤怒的香蕉（曾登科）、骠骑（董俊杰）、爱潜水的乌贼（袁野）、希行（裴云）。

十位获奖者无疑是数百万网络作家的杰出代表，他们每个人都有堪称传奇的写作经历，从这个意义上讲，这份简简单单的获奖者名单，实际上包含着丰富多彩的意义。应该如何评价评奖结果的意义，它对网络文学健康发展有何影响，这一类问题还需要进行系统而深入的研究，暂且不论。单就获奖而言，这些大神级作家，无疑都有着辉煌的创作实绩，在未来的岁月里，他们究竟还能走多远，谁也无法肯定，但有一点是可以肯定的，那就是十位获奖者，任凭提起一个，都是一面镜子，一面反映当下网络文学创作与接受现状的镜子。从这个意义上说，这十位网络文学作家其人其作就是一部极有分量的实录式的当代网络文学史。对这些获奖者不失时机地做一些作者研究、作品研究或影响研究，对我们深入细致地认识当代网络文学创作现状与发展态势，无疑具有无可替代的现实意义。

一　在守正与创新中奋力前行

我们注意到，在这些获奖作家中，酒徒和孑与 2 堪称“大神中的大神”，但他们同时也是网络文学界凤毛麟角的异数。与其他网络文学作家相比，他们与其说是网络写手，毋宁说是传统文学作家。从这个意义上说，他们固然是顶尖级的优秀网络作家，但在数百万网文作家群体中，无论就文学观念、创作风格而言，还是从构思方法、表达方式来看，这两位作家或许还不是具有鲜明网络文学特色的代表性作家。因为在他们的作品里，我们所看到的更多的还是传统文学所崇尚的东西。从一定意义上讲，他们是网络时代与时俱进的传统文学精神的守护者，正是酒徒和孑与 2 这样一批作家，自觉承担着守正与创新的时代使命，在传统文学与网络文学之间起到了桥梁与纽带作用。

酒徒是网络文学界公认的“架空历史小说的开山鼻祖”，他的历史小说《秦》（2000）和《明》（2003），红透网络文学界，《指南录》《隋乱》《开国功贼》《盛唐烟云》（后三部合称“隋唐三部曲”）等都是足以入史的优秀作品。他的代表作《隋乱》在 17K 小说网拥有千万读者，繁体中文版曾创下中国台湾地区金石堂、诚品、博客来连锁书店畅销排行榜“三榜齐上”的傲人销售纪录，在衍生产业链上也是实绩硕果累累且前景风光无限。值得一提的是，《隋乱》泰文版还是“中国第一部被翻译成外文出版的网络小说”。

孑与2是起点中文网（以下简称起点）的白金作家，被读者和评家誉为“生活化历史流派”的开山鼻祖。作为历史类广受欢迎的网络作家，他曾连续四年蝉联历史类销售冠军，享有“历史类小说第一人”的美誉。他的代表作《唐砖》在网络上掀起跟风狂潮，迄今为止，有11次蝉联历史军事月票榜冠军。其名下作品不仅电子销售火爆，游戏、影视、漫画、简体出版各种衍生版权也高价售出，长期占据历史类热搜作品前三甲，可谓硕果累累，成绩斐然。

相比之下，天使奥斯卡、愤怒的香蕉、骠骑、爱潜水的乌贼都是离开了网络便难以生存的地道的网络作家。关于这些作家的评介，在笔者即将出版的《中华网络文学史》和《网络文学作家论》两本书中具有比较详细的论述，请恕于兹不赘。值得一提的是，上述获奖名单中的两位女作家——天下归元和希行，也同样是“无网不神”的超级大咖。以天下归元为例：2008年，她就在潇湘书院网上创作《燕倾天下》，当时主要是走传统文学的路子，在主体提炼、人物塑造、情节安排和语言锤炼等方面，处处精益求精，但作品点击率极低，甚至还未能加V，但她仍然咬着牙花了一年时间几乎是免费地写了本70万字的小说！她的第二本书选择了悬疑题材，所行的仍然是传统文学的路数。小说内容复杂深沉，文字含蓄晦涩，显然不适应网络读者浅性阅读的习惯。有学者认为，她的“前两部作品的目的都是纯粹奔出版去的，但失败的现实使她彻底看清了网络文学的游戏规则。她放弃了出版的执念，直接将目光定位在纯网络文学基准上，从设定、架构，到语言、思路，完全网络化，在坚持个人写作原则和迎合读者口味之间，寻求了一个基本的平衡。”① 于是，她很快实现了华丽转身，在网络文学天空“扶摇直上”，一跃成为穿越玄幻小说领域中的“扶摇皇后”。

酒徒、孑与2和天下归元的创作经验说明，网络文学和传统文学一样都是文学，二者之间并不存在不可逾越的鸿沟，例如在激发情感、发挥想

① 参见聂庆璞等《网络写手名家100》，中央编译出版社2014年版，第294—295页。

象、呵护良知、展现语言魅力等方面，难分彼此，尽管网络文学和传统文学在媒体技术方面存在明显的差异，但在审美体验、想象力和才华，及由此而生的独创性等方面，二者的愿景与诉求却是大体相当的。“不管是传统写作还是网络创作，都需要坚持‘以人民为中心’的创作导向，反映时代要求和人民心声，做到‘感国运之变化、立时代之潮头、发时代之先声’。网络文学变化的是媒介载体，不变的应该是艺术品质；网络作品变化的是内容和生产方式，不变的是内容背后的人文立场和创作者的文学初心。”①

作为本次评奖委员会成员，笔者注意到，唐家三少、我吃西红柿（有时也被称为“番茄”）等超级白金写手，几乎是毫无悬念地走进了获奖者行列。但出人意料的是，在评奖委员会委托笔者为唐家三少和我吃西红柿等人撰写授奖词时让我迟疑再三。因为，该如何从奖项的视角也即从传统文学的视角来评介唐家三少和我吃西红柿等，这显然是一个充满悖论的难题。大家知道，如果仅就文学性而言，网络文学作家队伍中比所谓“土三番”（即天蚕土豆、唐家三少和我吃西红柿）写得好的人可以说比比皆是，在文学价值或审美艺术性的层面上看，他们的作品大多以通俗浅易的小白文著称，传统文学那种博雅精纯的审美气韵和诗意浓郁的艺术品格显然不是他们的强项。但是，如果就其所拥有的阅读影响力或市场冲击力而言，他们都是当之无愧的网络文学超级大神。

当然，任何评奖都不是“造神封圣”，也不是对“完美无缺者”的认定，文学评奖活动本质上只不过是对参评者进行综合比较以挑选出人品文品相对好些的作者而已。根据前文所说的“评审细则”和“具体条件”，笔者为唐家三少和我吃西红柿所撰写的授奖词如下：“唐家三少是加入中国作家协会的第一位网络作家。十多年来，他以时不我待、只争朝夕的敬业精神，‘日均八千字，数年不断更’，创作了大量脍炙人口的小说，作品数千万字，读者数以亿计，在取得惊人经济效益的同时，也获得了较好的社会效益，享有‘人气天王’的美誉。他的小说选材精当，构思精巧，语言简洁，价值观健康向上。其代表作《光之子》《斗罗大陆》等，为开创玄幻文学的黄金时代作出了重大贡献。”“我吃西红柿是起点中文网最著名的‘白金大神’之一。作为盛极一时的网络‘小白文’的开创者和代表

① 欧阳友权：《网络文学创作并非“从零开始”》，《光明日报》2017年12月11日。

作家，他创作的《寸芒》《星辰变》《盘龙》《吞噬星空》等小说，语言浅白、情节流畅、人物单纯，成功争取到了数量巨大的读者群。他的作品和写法，在网络文学类型化形成和市场化转型过程中产生了巨大影响，为网络小说的发展和繁荣作出了重要贡献。”①

不言而喻，正如“写手”一词一样，“小白文”这个说法一开始多少有些贬义色彩，但这类明显包含蔑视意味的词语，恰恰是唐家三少和我吃西红柿三少等网络作家成为大神之前的常用标签。大多数人认为我吃西红柿是小白文的创立者，而唐家三少可以说是小白文最重要的代表人物和最主要的受益者。众所周知，唐家三少是第一个入选中国作家协会、多次高居作家富豪榜榜首的大神，入选福布斯名人榜的明星作家，创建了自己的公司……他头上的光环越来越明亮，但实际上这一切都与他像辛勤的小蜜蜂一样孜孜不倦地经营小白文有关。

有好事者在“知乎”里提了这样一个问题：“唐家三少该算是网络小说作家里最成功的吧?”对这一问题，幻剑书盟曾经的写手兼论坛版主“法克大人”颇有感慨地说：“别看现在起点是龙头，但在从前，幻剑书盟是绝对的业内老大。不因为别的，只因为紫川、诛仙、新宋、少林八绝等作品都在那。这其中有本书，名曰《狂神》！那时候包括我，所有的驻站都看不起这本书，大部分读者，还有我们这些作者，包括我。……他那时候跟老猪、萧鼎是根本没法比的。”② 然而，2005 年 5 月，在幻剑书盟遭遇变故之前，唐家三少成功转站起点。“他坚持了下来，并且成为现今网络文学界当之无愧的第一人。扮猪吃虎啪啪啪打脸这种事，不是出现在书中，现实中，如果把网络小说的发展本身看成一本网络小白文，那唐家三少绝对是第一主角，没有之一。够简单，够粗糙，够逆袭，够打脸。”③就像作家自己笔下的众多人物一样，唐家三少的成长与成名也经历了一个由“丑小鸭”变成“白天鹅”的传奇过程。如果说在酒徒与孑与 2 身上更多地体现出对传统文学的守正倾向的话，那么在我吃西红柿和唐家三少身上，则更多地体现出了网络文学写作的创新性特征。特别是在唐家三少

① 2017 年 12 月 16 日，第二届“茅盾文学新人奖”暨首届“茅盾文学新人奖·网络文学新人奖”颁奖典礼在茅盾故乡浙江省桐乡市举行。中国作家协会金炳华、何建明、高洪波、陈崎嵘、鲍坚等出席典礼并为获奖者颁奖，现场颁奖词略有改动。

② https：//www. zhihu. com/question/31884568，2018 年 1 月 13 日。

③ https：//www. zhihu. com/question/31884568，2018 年 1 月 13 日。

的“自来水效应”式的写作情形中，网络文学写作的现状及其发展态势，可以说都得到了集中、突出甚至戏剧化的呈现。

二 唐家三少：“网络时代的赛车手”

唐家三少，本名张威。1981 年 1 月 10 日生于北京，1998 年毕业于河北大学政法学院。现在的主要身份是中国网络小说作家，同时还是炫世唐门文化投资有限公司董事长。

大学毕业后，唐家三少进入了相当体面的国家文化部门——中央电视台国际网站。但那时的网站正处在起步阶段，经济效益很差，员工薪资自然不理想。两年后他便跳槽至一家 IT 公司。但他跳槽之后，恰逢 2003 年 IT 业泡沫经济遭遇寒潮，各类公司都要大量裁员，年纪轻、资历浅的张威就此变成了“待业青年”。

相关资料表明，唐家三少的写作生涯是从失业之后开始的。2004 年 2 月，受网络小说的影响，他在读写网开始了处女创作《光之子》，但不久之后，他离开了读写网加盟如日中天的“幻剑书盟”，并很快创作了当时不被看好后来大受追捧的《狂神》。2005 年 1 月，《狂神》完结，他又创作了“告别幻剑书盟”的《善良的死神》。同年 5 月，转战起点，开始创作《惟我独仙》，并逐渐走向了“惟我独仙”的超级大神之路。自此之后，他的《空速星痕》（都市异能）、《冰火魔厨》（玄幻类）、《生肖守护神》（都市类）、《琴帝》（玄幻类）、《斗罗大陆》（异世大陆）、《阴阳冕》（后更名为《酒神》，异世大陆）、“天珠变”系列（奇幻玄幻）、《绝世唐门》（异世大陆）、“天火大道”系列（都市生活）、《斗罗大陆外传神界传说》（玄幻奇幻）等著名小说鱼贯而出，作者本人也在各类人气榜和财富榜上步步高升。勤奋创作 13 年，作品字数超过 5000 万！人们称他为“网络时代的赛车手”，我们认为主要有如下两点缘由：一是创作速度奇快；二是控制力度超强。

2011 年他的“斗罗大陆”系列和“天珠变”系列开始在线下发力，他的《神印王座》在线上线下分头并进，网络文学与纸书以极快的速度向前推进。就在这一年，唐家三少当选中国作家协会全国委员会委员，并担任北京作家协会青年创作委员会副主任、北京作家协会网络创作委员会主任，他也因此成为中国作家协会最高权力机构的第一位网络作家，不久之后，他还当选中国作家协会主席团委员，开创了网络作家进入中国作家协会主席团的先例。

唐家三少最为引人注目的“头衔”是“中国网络作家富豪榜”上蝉联多年的“榜首”。2012 年，他以 3300 万元版税收入问鼎第七届中国网络作家富豪榜榜首。2013 年，他的版税收入高达 2650 万元，又一次问鼎网络作家富豪榜并稳居榜首。2014 年他甚至入选福布斯中国名人榜，成为榜单上唯一的网络作家。2015 年他的“天火大道”系列开始出版，并获得首届中国“网络作家之王”称号。2016 年他以 1.1 亿元版税收入四度蝉联网络作家富豪榜榜首。这个借自己的恋爱故事开掘写作生涯第一桶金的网络写手，在成为“威震天下”的成功人士之后，开始“重温旧情”，又写起了自传体爱情小说《为了你，我愿意热爱整个世界》，不出所料，他的这种轻车熟路的老套写作又一次获得了“近乎平庸的成功”。在网络类型小说势不可当的语境下，唐家三少这样的网络文学大神，可以说已经达到了一种“纵横天下全无敌”的境界。有人在形容“张威”这一拨大神的“神威”时说，他们是“指哪儿打哪儿，打哪儿赢哪儿!”事实上他们“不战而屈人之兵”的本领一样不可小觑。譬如天蚕土豆的《武动乾坤》在其刚刚发布一个题目的时候，就出现了“正文零字数，点击过百万”的奇迹。方想更是创造“72 个字卖出 800 万”[①] 的网络传奇。

但是，不少人常会有这样一个疑问：为什么在传统文坛上屡遭白眼的小白文在网络上竟然获得如此辉煌的业绩呢？这个看似简单的问题一直没有令人信服的答案，学者见仁见智，读者更无定论。有人认为唐家三少靠小白文一路斩关闯隘的秘诀在于他接地气、通人心，有讨巧阅读市场的套路。也有人认为他不过是运气好，较早地占据了网络文学卖场的“有利摊位”。相较而言，自称 Shanpow 创始人党宇航的看法有一定代表性。他认为，唐家三少的成果归根到底是小白文的胜利，因为小白文能够迎合读者的需要，满足粉丝们的爱好。（1）小白文直白无碍，具有口语化的亲和力，无须太多知识储备就可以自由享用；（2）小白文写成的故事，逻辑简单直接，没有晦涩的东西，通俗易懂；（3）情节节奏把握到位，基本没有

① 2015 年 10 月，《五行天》发布当天，寥寥 72 字，在 IP 交易现场其影视改编权即以 800 万元天价成交，创造了“更新 72 字版权售出”的神话。如今，《五行天》更跻身 2016 年度福布斯·中国原创文学风云榜总榜第七位，再度验证了它作为一部超白金 IP 的价值。参见《72 字卖出 800 万，“五行天”荣登福布斯原创文学风云榜》，http：//www.gamelook.com.cn/2017/01/279573，2017 年 1 月 22 日。

大段过场，这也是唐家三少最为人称道的优点；（4）故事高潮迭起，总能夺人眼球；（5）要么扮猪吃虎，要么肆意纵横，要么沉冤得雪，小白文小说总能抓住粉丝们的“爽点”。这样的小白文（通常也称为小爽文），基本不需要动脑子就可以牢牢抓住眼球，粉丝们读起来顺溜、轻松、兴奋、痛快、解渴、过瘾……归纳为一个字——爽！粉丝可以享受各种“爽”！“这就是快餐文学的需求！他们满足了，没理由不火啊！如果你觉得他们都是小白文，毫无文学价值，逻辑幼稚等等，都对！但只能说明你不是他们的目标人群。”① 说到底，小白文是特定“用户群”的“专供品”，读者在这里变成了“用户”与“粉丝”，即所谓“目标人群”。

最大限度地满足金字塔底层读者的需求，尽力做大阅读市场收益的基本面，即尽量扩大“目标人群”。其实这可以说是古今小说屡试不爽的“圈粉”之道。明代绿天馆主人在《古今小说序》中描述了“说话人”带给听众的惊人效果：“试今说话人当场描写，可喜可愕，可悲可涕，可歌可舞；再欲捉刀，再欲下拜，再欲决脰，再欲捐金；怯者勇，淫者贞，薄者敦，顽钝者汗下。虽小诵《孝经》、《论语》，其感人未必如是之捷且深也。”② 小白文最重要的功能就是像“说话人”一样讲故事，通过故事直截了当地打动读者，深深地打动粉丝。绿天馆主人的这段名言，如果翻译成今天的网络语言，就是“小白”能使粉丝“蓝瘦香菇”（难受想哭），使读者产生强烈的代入感（捉刀）和五体投地的钦佩感（下拜，“跪了”），让想看的人“喷血急求”（决脰），让看了的人“倾情打赏”（捐金）。

看看当今网络文学界的“土三番”，哪一个不是网络时代的“说书人”？天蚕土豆被称为“无线之王”，他的《斗破苍穹》在移动阅读上点击过30亿次！我吃西红柿享有“主站之王”的美誉，每本书在小说分类的百度搜索指数中都稳居三甲之列；唐家三少被说成“实体之王”，每年畅销数百万本，连年版税过亿！这些大神，如果没有一大批甘愿为之“捐金”的铁杆粉丝，他们纵有“吸金大法”，也难有用武之地。从这个意义上讲，如果唐家三少他们果真有什么秘诀的话，那一定就是发现了“目标人群”，这个群体不是一般意义上的“读者”或“观众”，而是多情的“粉丝”与薄情的“用户”。

---

① https://www.zhihu.com/question/19964372/answer/13682701，2017年1月15日。

② （明）冯梦龙：《喻世明言》，中华书局2009年版，第1页。

众所周知，一旦文娱有了足够的粉丝，或产品有了足够的用户，成功与否就在于娱乐明星或业主是否努力了。唐家三少成功的秘诀主要有两点：（一）锁定目标人群；（二）长年苦耕不辍。用想周游世界的作家安以道的话来说就是，唐家三少“垄断一个年龄层！很多人刚接触到网文的时候都会看三少的书……小白每年都会源源不绝地涌进网文界，尤其现在是全民阅读时代，读者基数更大！而三少呢？可以说是中小学生杀手，凡是爱看小说的中小学生，几乎没有不看三少的，为什么说三少是一个顶尖的作者，一个成功的作者，因为他垄断了一个年龄层……三少就是一个业界的标杆，网文界的常青树！写了十几年的小说，从未有一天断更过，简直是业界楷模。”[①] 定位中小学生，因为这个人群基数大。能够做“标杆”与“常青树”，主要依靠长年苦耕、从不断更。

一位中学生粉丝坦言，他是在某个五一黄金周才开始读唐家三少的作品，他读的第一本书是《光之子》。这位小读者认为，唐家三少的文笔并不算好，故事也有些老套，人物也有脸谱化之嫌。但他还是经不住故事的诱惑，与小说人物越走越近，并不知不觉把自己当成了书中的主角。从一定意义上说，这种强烈的代入感或许就是其畅销的秘密武器。按照这个粉丝的说法，唐家三少为他们提供了一个梦境，这样的梦境和他们小时候抑或现在常做的白日梦差不多。在这样的梦里，读者是绝对的主角，剧情一定朝着对读者有利的方向发展，周围的人是配角，而且肯定不如自己，但自己又具有很多美德，能够和周围的人相交至深。“自己带着一帮人，一步步晋级，直至成为世界大英雄。而且我觉得唐家三少小说中更符合我们梦境的是，主角遇到困难，总是能够轻而易举地解决，不用费太多周折。试想我们做白日梦，是不是也是这样？总是很少设想困难，即使想了想困难，也会一下子跨过去，而直奔辉煌！”[②] “目标人群”大多就是这样被“锁定”的，“目标”一旦锁定，其必将欲罢不能。

剩下的关键问题就主要是“勤奋码字”了，即，千万不能让“追更者无更可追”。如前所述，笔者在为唐家三少写“茅盾网文奖”颁奖词时对其“数年不断更”的说法进行过考证。他真的像网友们说的那么勤奋吗？当有人问唐家三少何以能十几年坚持日更近万字时，他讲了两个意味

---

① https://www.zhihu.com/question/19964372/answer/13682701，2017 年 1 月 16 日。

② https://www.zhihu.com/question/19964372/answer/98734916，2018 年 1 月 14 日。

深长的故事。笔者姑且将其命名为“产房外的准爸爸”和“高烧的30岁生日”。前者是关于他在妻子的产房外六神无主时，只有写作才能使自己安静下来的故事。很多人说过，妻子临盆之际是丈夫最难熬的时刻，海明威的著名小说《印第安人营地》，讲述的就是丈夫因无法忍受妻子分娩时的痛苦而以剃刀割喉自尽的故事。唐家三少为何如此镇定，在等候孩子降生的过程中，居然能安坐产房前，埋头膝上的笔记本，轻松敲出数千字！他究竟像机器一样无情还是像情圣一样多情？或许正因为他魂不守舍，所以只能依靠编故事来消磨这段难熬的时间，毕竟，女人分娩的痛苦，男人真没法分担。有人问唐家三少，十几年如一日，天天不断更，如果生病了怎么办？他回答，30岁生日那一天，自己高烧40多度，实在没法写。但晚上10点以后，他一退烧就开始工作，直到写完6000多字才安心睡觉。这两个足以催人“决脰”“捐金”的传说，在网络上流传甚广，还有许多类似的励志故事，都印证了“茅盾网文奖”颁奖词中“时不我待，只争朝夕”的说法。

以网络文学研究者的眼光看，在大多数研究者的著述中，唐家三少被归入第三代网络写手阵营，这无疑是正确的，因为他是“网站造神”运动中崛起的网络文学作家群体里当之无愧的优秀代表。但在笔者撰写的《中华网络文学史》中，唐家三少却是被作为第四代大神来评介的。因为，从唐家三少十多年的创作历史看，他固然是第三代网络写手中的重要人物之一，但他真正的辉煌业绩几乎是和第四代网络写手一同打造的。从某种意义上说，他既是前IP时代的种子选手，更是IP时代的当红大神。

仅2016年，唐家三少就联手云莱坞，一口气放出4部神级IP，有娱乐记者宣称，这四部IP皆有移山倒海的潜力，每部都足以构建一个“娱乐帝国”。其中《大龟甲师》曾是粉丝们望眼欲穿的玄幻之作；而炉火纯青的《神印王座》更是人气蒸腾的“神作”；拥趸万千粉丝的《生肖守护神》和《酒神》在IP开发商眼里几乎就是触手可及的摇钱树。谙熟网络游戏规则的唐家三少，还不失时机地推出自家公司“炫世唐门”的另外10部重量级作品。

三 “风口理论”与“IP神话”

唐家三少如何成为网络文学的标杆“大神/写手”，相关阐释可谓见仁见智。有人从后现代理论中寻找帮助，有人从经济学中发掘资源，也有人从媒介视角寻找灵感，还有人拿技术市场一体化趋势说事儿……总之是异见纷呈，莫衷一是。有趣的是，IT 业界有一个现成的说法，即所谓的“风口理论”，能较好地解释“小白文何以百战不殆”的谜团，但这个“理论”却较少有人提及。这个“理论”用一句高度浓缩的话来说就是：“站在风口，猪都能飞。”① 据考，这是小米科技创始人雷军在“2013 中国企业领袖年会”上提出的一个有趣的说法。自此之后，这一说法就成了科技业界，尤其是 IT 业界最时髦的流行语之一。

众所周知，在当今风头正劲的所谓“企业领袖”中，雷军算得上业界大神了。他用了不到两年的时间，就让一头名叫“小米”的“猪”飞了起来，而且越飞越高。

雷军的成功在于他恰逢其时地选择了互联网手机这个“台风口”，并恰到好处地把控住了“小米”的飞翔方向与速度，使其越飞越快，越飞越稳。所谓的“风口理论”说到底也不过只是一个有趣的比喻而已，事实上这也只能说是一个相当蹩脚的比喻，业界称其为“风口理论”，多少有些嘲讽意味。

尽管如此，我们也不得不承认，就某些具体问题而言，一个恰当的比喻，往往要比那些玄妙莫测的理论更能说明问题。譬如说，有研究者就认为唐家三少是“风口理论”的践行者和获益者，这个说法不仅颇接地气，而且有根有据，尽管它有可能被传统学者嗤之以鼻。

众所周知，网络作家从写手到大神并非只靠作者的意愿和能力，而是一个类似于恩格斯所说的“平行四边形”的多方力量互相博弈的最终结果。没有几十年市场经济的一路高歌猛进，没有科学技术的飞速发展，没有第三产业的大规模扩张，没有移动互联网的全覆盖式大力推进，没有粉丝经济的爆炸式兴起，没有娱乐产业群体的跨越式拓展，深谙产业发展趋势的互联网大佬们，岂肯纷纷押注以烧钱闻名的文娱产业？

单就网络文学产业而言，在互联网创意产业中网络文学产业每年的几十个亿或许微不足道，但“网络文学行业”正如批评家马季所说的，网络文学像发动机一样，在整个文化产业的 IP 运作中，具有原动力的意味，

---

① 2016 年 5 月 22 日晚，小米 CEO 雷军再次在微博上表示：“站在风口，猪都会飞。”来自《孙子兵法·兵势篇》：“故善战人之势，如转圆石于千仞之山者，势也”。意思是，善于指挥打仗的人所造就的“势”，就像让圆石从极高极陡的山上滚下来一样，来势凶猛。这句话的核心意思是审时度势，顺势而为。

因为在当下中国IP产业新型业态开发领域，网络文学写作无疑是整个产业链的创意源头。[①]

譬如说，“前IP时期”的《杜拉拉升职记》，其创意源头不过是2000字的小博文，经过网站卓有成效的创意开发后，衍生出了长盛不衰的畅销书、姚晨据此改编的同名话剧“杜拉拉”，徐静蕾制作的电影“杜拉拉”，王珞丹饰演的电视剧“杜拉拉”，“从2000字的博客，到图书、电影和话剧直接产值超过3亿元，一本书衍生出一条产业链”[②]。这里还没有涉及更为火爆的网游与手游业。

众所周知，网络文学与网络游戏几乎一开始就是相互依存、共生共荣的“兄弟产业”。唐家三少等人的玄幻小说IP成了网游与手游改编者竞相争抢的创意资源。所有那些被业内人士看到的IP，都是网络公司重金收购的对象，例如，2015年方想的玄幻小说《五行天》，“区区72个字，居然卖出800万！”其影视改编IP创意被逗乐游戏果断收购。2016年该作跻身“福布斯·中国原创文学风云榜总榜”，排名第七位，这也充分验证了《五行天》作为神级IP的潜在价值。在网络文学IP的影视改编方面，2015年中国电影票房计440亿元人民币，天下霸唱的《鬼吹灯》所改编的《寻龙诀》和《九层妖塔》两部电影就分享了其中的23.6亿元。像《甄嬛传》《琅琊榜》《花千骨》《芈月传》《盗墓笔记》这些为广大影迷喜闻乐见的电视剧也都是网络IP改编的成功之作。2017年，以56.8亿元票房收官的《战狼2》，更是让影评家们惊呼“IP的伟大胜利”。如今，“网文成为中国IP产业链条重要的创意源头基本成为一个共识！”[③]

站在网络时代之“风口”的唐家三少，并非全凭“网络台风”的“托举”，事实上，他对网络风潮的把控能力才是其成功的最重要因素。凡是对唐家三少的网络文学创作与经营情况稍有了解的人就不难发现，作为国内最早重视IP版权及全版权运营的创作者，唐家三少在转站起点并有幸成为大神之后，他已经对网络文学的后续产业链开发模式有一个比较清晰的思路。事实上，他也是网络文学批评界公认的最早的“全能写手”，

---

① 据中华人民共和国财政部《文化产业信息周报》2016年第36期公布的数字看，中华网络文学的市场规模2016年已达90亿元。但其年市场产值已突破5000亿元。

② 杨雪梅、刘阳：《杜拉拉“升值”记（寻找文化产业样本）》，《人民日报》2010年7月13日。

③ https://www.zhihu.com/question/42058391，2018年1月13日。

即最早为自己的小说进行游戏、漫画、影视改编等全版权运作的写手。唐家三少的一系列重要作品，如《斗罗大陆》《绝世唐门》等的后续产业链的锻造，如今已成为网络文学产业化深耕的经典案例。最令人惊讶的是，唐家三少竟然是著名的“网络文学IP六波推动模式”的重要创立者。“网络文学IP六波推动模式”的基本内容可简要概括如下：（1）创作前找到版权合作方；（2）网络连载提供内容影响力；（3）实体书出版增强故事活性；（4）游戏改编加深读者阅读外乐趣；（5）漫画改编下探读者年龄层；（6）影视改编扩大作品影响力。[①] 普通读者或传统批评家受当下文化产业随意混搭潮流的影响，很可能会想当然地认为，唐家三少的上述“六波推动模式”之间并没有严格的先后顺序，因为“这一波”与“那一波”看上去应该是一种彼此勾连互相助益的关系，它们都是“核心IP”综合孵化模式的六种常见方法而已。但是，在唐家三少的“全产业链多维度”开发程序中，每一波的时间节点与推进节奏都有“严格的时间把控”，既不容躐等，也不容延迟。“云莱坞”IP交易被业内看作当下购买优质IP的最高效渠道，“云莱坞”的IP交易，聚合国内头部IP，通过线上、线下渠道触达3万余家影视机构和1000多位专业制片人，基本全量覆盖影视行业，让优质IP在短时间内得到充分、高效的集中展示，并通过“云莱坞”专业的版权经纪团队能够快速完成评估、成交。

有批评者指出：“在IP泛滥的时代，独到精准的市场眼光与高效合理的资源整合能力变得愈发重要。相信唐家三少旗下手握大把优质内容的炫世唐门，与专业扎根影视版权市场的云莱坞双方的合作是一种双赢的模式。而对于数千万级别的唐家三少粉丝来说，这一合作将很可能快速推动一部分优质故事的影视化进程，值得期待。”[②] 人们对唐家三少的期待究竟何时在何种程度上“变现”，我们无须妄加推测。在对唐家三少的类型化写作和产业化设计的评介过程中，我们不难看出网络时代创作观念的变迁和文学范式的更替。

从网络文学发展的大趋势看，目前正是“类型化”和“产业化”这对孪生兄弟大显身手的时候。概而言之，第三代和第四代网络写手是网络小说

① 娱乐硬糖：《唐家三少联手云莱坞放出4部神级IP，每部都可构建一个娱乐帝国》，http://www.sohu.com/a/199177025_104421，2017-10-2020：05。

② 娱乐硬糖：《唐家三少联手云莱坞放出4部神级IP，每部都可构建一个娱乐帝国》，http://www.sohu.com/a/199177025_104421，2017-10-2020：05。

类型化的推动者和既得利益者，我们注意到，首届“茅盾网文奖”得主们都是第三代和第四代网络文学大神。他们所经营的类型化写作园地，正处于一个头茬收成意外丰盛的好时期。大神们正在第三代网络写手开拓的类型化的跑道上一路狂奔，创造了人类写作史上一个又一个奇迹，写手规模之大，可谓前所未见，日更字数之多令人咂舌，版税收入之高更是令人叹为观止。

如前所述，效率优先“苦耕不辍”的市场化运作和锁定“目标人群”的类型化策略是唐家三少成功的重要原因，对于所有“茅盾网文奖”获奖者而言，这两点都是立足“网络文学江湖”的制胜法宝。大抵来说，市场化是类型化的目的与推手，类型化是市场化的手段与途径。从网络文学发生发展的嬗变轨迹看，早期网络文学一直具有民间文学或大众文学的特点，民间文学注重心理表达，是内心情感的自然表露，所以早期写手出于春蚕吐丝一样的必要写出了一系列“心灵化”的作品，他们所从事的是王朔所谓“手对着心”的写作，不是那种直接奔着钱去的东西。按照聂庆璞的说法，心灵化写作是不在意消费的，也不能进行工业生产，是一种与类型化写作完全不同甚至敌对的东西。第四代网络写手“终于摸到了类型的门路，开始文字产品的制作。……至此，我国网络文学终于完成了从心灵化到类型化的转换”①。

随着网络文学产业化进程的日益深入，类型化写作、唯点击率马首是瞻的情况会越来越普遍。一个有趣的现象是，第四代网络写手主要关注玄幻与言情，从前异常火爆的官场、黑幕、情色、武侠等类型的作品似乎受到了一定程度的冷落，为什么会出现这种情况呢？有人认为，这与有关部门倡导的“净网”行动有关。也有人认为，这是读者阅读趣味之潮变转向的结果，但无论出自何种原因，第四代网络写手专注于点击率所得到的回报，不仅超出了读者与研究者们的想象，即便是作者本人，在面对自己的收入账单时，偶尔也会有几乎不敢相信眼睛的时候。

相较于网络文学的高歌猛进和 IP 改编的春风得意而言，传统文学日薄西山的颓败境况至今仍看不到改观的迹象。站在伟大“新时代”的历史转折处，回望文学千年帝国曲曲折折的风雨沧桑路，我们看到的是网络文学的崛起和传统文学的式微，这种超乎想象的戏剧化景象，既令人惊叹也叫人疑惑。谁也不能肯定，眼前的这场所谓“逆天惊变”，究竟是时代长河中即生即灭的小浪花，还是历史潮流滚滚向前的大趋势？

---

① 聂庆璞等：《网络写手名家 100》，中央编译出版社 2014 年版，第 4—5 页。

第一章

横空出世:网络崛起与文学转向

互联网的起源可追溯到20世纪60年代的一项由美国联邦政府委托的研究。互联网的先驱阿帕网最初是以“区域互联”的形式出现的。最初局域网的主要应用范围基本局限在科技精英与学术研究领域。20世纪90年代，商业网络和企业的连接极大地促进了互联网的发展，互联网在资本的有力推动下，开始以神话般的速度呈现出覆盖全球的态势。随着一代又一代的机构、个人PC和移动计算机连接到网络，网络技术的各项指标不断刷新，用户数量持续呈现指数级增长。网络的星星之火，自此呈现出燎原之势。

在网络诞生之前，美苏这两个世界上最强大的超级大国已经冷战多年。冷战的重要特点之一是“区隔”与对抗。出人意料的是，正是冷战的“区隔”与对抗，直接催生了以“热链接”为特征的国际互联网的诞生。而“互联网”可以说是当今世界变成地球村的最重要的纽带与桥梁，作为“拢天地于屏内，抚四海于一瞬”的数字化交际工具，互联网明显表现出了“去区隔”和“反对抗”的特性。

毫无疑问，冷战对历史的影响是多方面的。但在这里，我们所关注的只是这样一个问题：为什么对互联网发展史颇有研究的人要把催生的功劳记入冷战的账户？关于这一点，一向重视网络文化的《中国青年报》（1999年11月25日）所连载的《网络传奇》有过精彩的描述：1957年10月4日，苏联已经成功地发射了第一颗人造地球卫星！美国的各种报纸都以令人惊诧的语气刊登了这一新闻，通栏标题书写着：“我们头顶上的领空已经陷入苏联之手！”“这是美国第二个‘珍珠港’！”消息顿时传遍了全美，美国朝野震惊，一片恐慌，有人居然打着横幅，吵吵嚷嚷地到白宫示威，就“我们为什么输了”的疑问，向政府讨个说法。军队只得派出要员出面向人们保证："没有人从卫星上向我们砸东西。"美国国务卿杜勒斯则央求报界："请不要围绕着这个'铁块'大做文章。"苏联的卫星上天，美国政府和军队的威信和自信心一落千丈。

但美国人自然不甘落后。一项旨在与苏联人争夺外层空间霸主地位的战略计划开始了。

值得注意的是，在电子计算机问世后的十多年时间内，由于价格昂贵，电脑数量极少，早期所谓的计算机网络主要是将一台计算机经过通信线路与若干台终端直接连接而已，计算机文化史研究者们常常把这个时期的网络看成是局域网的雏形。最早的网络，是由美国国防部高级研究计划局（DARPA）建立的。1958 年 1 月 7 日，"阿帕"（ARPA，Advanced Research Projects，Agency，美国国防部高级研究计划署）正式成立，负责美国所有的空间开发项目和最新战略导弹研究。这个研究计划署拥有 20 亿美元的预算基金，目标直指苏联人染指的外层空间。美国人从改进军队通信网络入手，防止苏联人摧毁美国的通信控制中心。这个影响到未来互联网络命运的阿帕网，没过多久就走进了商用电脑网络。

为什么"诉说网络革命史"一定要从阿帕网开始，这不仅仅是因为它在时间上占据先机，而且还是因为现代计算机网络的许多概念和方法，如分组交换技术等都来自阿帕网。阿帕网不仅进行了租用线互联的分组交换技术研究，而且做了无线与卫星网的分组交换技术研究，这直接促进了 TCP/IP 协议的问世。1977—1979 年，阿帕网推出了至今普遍流行的 TCP/IP 体系结构和协议。从一定意义上说，TCP/IP 协议的开发和应用堪称阿帕网对整个互联网技术的最大贡献。

1984 年，美国国家科学基金会（NSF）规划建立了 13 个国家超级计算中心及国家教育科技网。阿帕网的核心地位很快被新的计算机网络技术所取代。1988 年 Internet 开始对外开放。根据维基百科等网络资料的介绍，1991 年之后，互联网已不再是科技精英或学术精英的专利品，因为这一年 6 月的统计数据表明，互联网的商业用户自此开始，已经超过了学术界用户。商业用户的介入，意味着互联网规模发展的时代就要到来了。21 世纪，网络平台应用于电子商务领域，网络商业成为潮流。

2014 年大型纪录片《互联网时代》对互联网的诞生和发展进行了全方位的影像追溯与考察，它是迄今为止最具视听冲击力的一部网络发展"影像志"。据介绍，该片作为全球第一部全面解析互联网的电视专题片，是央视继《大国崛起》《公司的力量》《华尔街》等之后的又一重磅力作。这样一部具有科普意义的纪录片播出之后，产生了出人意料的巨大影响。2015 年底的统计资料表明，该片在全球 14 个国家和地区拍摄，由 10 个摄影组制作近 3 年，片中不仅呈现了大量珍贵资料，如阿帕网项目前负责人拉里·罗伯茨，万维网发明人蒂姆·伯纳斯·李，TCP/IP 协议联合发明人温顿·瑟夫等 6 位“互联网之父”的个人风采，还深度对话了近 200 位互联网专家、学者，拍摄了哈佛大学、斯坦福大学、麻省理工学院、哥伦比亚大学、牛津大学等数十所大学以及 50 多家权威研究机构和跨国公司，网罗了互联网几乎所有核心人物和机构共话互联网的今天与未来。纪录片充满想象力和激情的解说词给人留下了深刻印象。

该片在描述互联网诞生的时代背景时，采用了生动活泼的影视语言，收到了新媒介特有的表述效果。它首先以美苏军备竞赛的紧张气氛为互联网的出场造势。苏联卫星上天对美国人造成的心理冲击以及美国朝野的紧急动员，声像俱全，从谢尔盖耶维奇·赫鲁晓夫的回忆到美国总统艾森豪威尔的讲话，影像的力量得到了充分发挥，大国之间的“热战”“冷战”给人一种“黑云压城城欲摧”的紧迫感，互联网在这种戏剧化的大背景下应运而生。

人类社会进步的宏伟景观，总是与重大的技术革命相生相伴。蒸汽机之后，互联网变成了一个新时代诞生的标志。《互联网时代》用蒸汽机对农耕时代的革命来类比互联网对工业时代的革命，令人印象深刻。过去的万年岁月，被称作农业时代或农耕文明。动能充沛的蒸汽机把人类带入了工业时代，时至 20 世纪中期，随着一个全新的技术登上人类活动的舞台，关于信息爆炸，关于信息时代或知识文明的表述不绝于耳，几乎所有人都看到了一个新的时代喷薄而出，那就是网络时代。英国牛津大学互联网研究所卢恰诺·弗洛里迪教授说：“我们确实进入了一个史无前例的阶段，我们从以物质为基础的社会，以黄金为基础的社会，进入了以能源为基础的社会，进入了以信息为基础的社会。”①

下面这一组信息，更是令人瞠目结舌：“万维网出场的 1991 年，接入互联网的全球计算机，只有 20 万台。32 年后的今天，全球 70 亿人口中，

① 《互联网时代》第一集《时代》解说词。

将近30亿成为网络人口。人类因此变得空前富有。一家微博网站一天内发布的信息量就超越了《纽约时报》辛勤工作60年的信息量；全球最大的视频网站，一天上传的影像可以连续播放98年；如今两天积累的信息总和，就相当于人类历史留下的全部记忆。”① 在互联网带来的“信息爆炸”过程中，文学因素自始至终都扮演着极为重要的角色。就拿《互联网时代》这部在网上流行的十集系列电视专题片来说，与其说它是一部科普纪录片，还不如说它是一部电视报告文学。当代文学理论描述报告文学的所有特征，这部电视片（尤其是解说词）都有鲜明的体现。遗憾的是，在影视作品中，文学因素几乎完全被观众和批评家们淡忘或忽略了。

在网络崛起之初，文学被淡忘或被忽略不是没有理由的。当各种媒体为网络英雄们树碑立传的时候，在他们为“全新文明”欢欣鼓舞的喧闹声中，文学圈内听到最多的恰恰是与欢欣鼓舞完全相反的声声叹息：“文学就要终结了。文学的末日就要到了。是时候了。不同媒体有各领风骚的时代。文学虽然末日将临，却是永恒的、普世的。它能经受一切历史变革和技术变革。文学是一切时间、一切地点的一切人类文化的特征——如今，所有关于‘文学’的严肃反思，都要以这两个互相矛盾的论断为前提。”② 例如，为西方文学开创盛世的印刷机“让法国大革命、美国革命这样的民主革命成为可能。今天，互联网在执行着类似的功能。对以前那些革命来说，印刷并传播秘密报纸、宣言、解放性质的文学作品，是至关重要的，正如E-mail、互联网、手机、‘掌上电脑’对我们今后要有的一切革命也是至关重要一样。”③ 这是来自互联网诞生地的美国学者希利斯·米勒说的。米勒的这些言论，曾经让中国文论与批评界更加确信，网络时代，文学正在经历着一场生死攸关的考验。

从理论上讲，文学作为语言的艺术，它的“生死”问题一直与著名的“艺术终结论”存在着千丝万缕的联系。近年来，学界从黑格尔、阿多诺、丹尼尔·贝尔、丹托等人的美学著作中开掘出了一整套“艺术终

① 《互联网时代》第一集《时代》解说词。

② ［美］希利斯·米勒：《文学死了吗》，秦立彦译，广西师范大学出版社2007年版，第7、12页。

③ ［美］希利斯·米勒：《文学死了吗》，秦立彦译，广西师范大学出版社2007年版，第7、12页。

结论”。[①] 已去世半个多世纪的克罗齐曾断言黑格尔美学是“艺术死亡的悼词”，[②] 1986 年丹托出版了《艺术的终结》，书中同名文章之引言称：“艺术死了。它现有的运动绝非生命力的征兆；它们也不是死前痛苦的挣扎；它们是尸体遭受电击时的机械反应。”[③] 这一类言论，在文学领域也有许多相近的说法，例如，李敖在《北京法源寺》的创作谈中说：

> 正宗小说起于十八世纪，红于十九世纪，对二十世纪的小说家说来，本已太迟。艾略特（T. S. Eliot，1888—1965）已咬定小说到了福楼拜（Flaubert，1821—1880）和詹姆士（Henry James，1943—1916）之后已无可为，但那还是七十年前说的。艾略特若看到七十年后现代影视的挑战，将更惊讶于小说在视觉映像上的落伍和在传播媒体上的败绩。正因为如此，我相信除非小说加强仅能由小说来表达的思想，它将殊少前途。那些妄想靠小说笔触来说故事的也好、纠缠形式的也罢，其实都难挽回小说的颓局。[④]

李敖的这番话后面标注的日期是 1991 年 6 月 12 日。其实，此前此后，关于文学终结的说法可谓比比皆是。关于这方面的讨论，希利斯·米勒的《文学死了吗》、陈晓明的《不死的纯文学》、杜书瀛的《文学会消亡吗：学术前沿沉思录》、周宪主编的“终结者译丛”以及《文化现代性与美学问题》、“叶匡正的博客”及其相关论争等提供了大量颇有参考价值的学术信息。

金惠敏曾把当下发生的这场伟大变革描述为“媒介的后果”，这一睿

---

① 黑格尔在《美学》中称：“艺术对于我们人已是过去的事了。”（见《美学》第一卷，朱光潜译，商务印书馆 1979 年版，第 15 页。）贝尔宣称：“现代主义已消耗殆尽。……它的实验形式也变成了广告和流行时装的符号象征。”（《资本主义文化矛盾》，赵一凡等译，生活·读书·新知三联书店 1992 年版，第 66 页。）阿多诺认为：“从外部来看，艺术已经成为一种不可能的事情……”（《美学理论》，四川人民出版社 1998 年版，第 1 页。）丹托：“历史随着自我艺术的到来而终结……艺术随着它本身哲学的出现而终结。”（《艺术的终结》，欧阳英译，江苏人民出版社 2001 年版，第 98 页。）“叙事已经走向了终结……并非说不再有艺术。”（《艺术终结之后：当代艺术与历史的界限》，王春辰译，江苏人民出版社 2007 年版，第 5 页。）

② ［意］克罗齐：《作为表现的科学和一般语言学的美学的历史》，王天清译，中国社会科学出版社 1984 年版，第 144 页。

③ ［美］丹托：《艺术的终结》，欧阳英译，江苏人民出版社 2001 年版，第 74 页。

④ 李敖：《北京法源寺》，《李敖大全集》第一卷，中国友谊出版公司 2000 年版，第 213 页。

智的思路很可能得益于他的美国朋友希利斯·米勒的启发。米勒说得好，不同媒体都有各领风骚的时代。文化史和文学史上，有大量的事实可以证明这一点，但是，文学既然末日将临，“永恒”与“普世”又从何谈起？在如同“世界末日来临”的时刻，创造全新的文明如何可能？在网络引发的这场互为因果的复杂革命中，全力排除诸象的干扰，首先考察媒介的变迁，这也许是我们厘清当下文学生存状况万千头绪之最佳着眼点之一。

科学是20世纪最主要的象征。“今天我们说话都离不开科学用语。科学是我们信仰之所在，是解决问题的途径，是发展之路，攀登之路。在我们崇尚的所有事物中，只有科学可以‘显灵’。与此同时，科学也是一种使命，像任何别的东西一样，被官僚化的使命。科学的通力协作使戏剧苍白无力。”① 可以毫不夸张地说，21世纪是一个网络“显灵”的时代，也是一个使文学苍白无力的时代。

就文学艺术生存方式而言，从“原子帝国”到“比特之城”，可以说是网络时代所发生的许多重大变革中最为根本性的变化。尼葛洛庞帝在《数字化生存》中宣称，要了解“数字化生存”的价值和影响，最好的办法就是思考“比特”和“原子”的差异。众所周知，原子是构成物质的基本粒子。《中国大百科全书》把“原子”（atom）定义为“构成化学元素的基本单元和化学变化中的最小微粒，即不能用化学变化再分的微粒”②。但这并不是说原子就无法再作进一步分析。事实上原子是由原子核和核外电子组成的，其中原子核的体积仅为整个原子体积的几千亿分之一，也就是说，原子面对核外空间就像人类面对浩渺的苍穹。打个比方，把一个原子核放在一个原子旁边，就像把一个人放在地球的旁边一样。对于原子来说，我们人类所生活其中的世界是一个巨大的“宏观世界”，而对于庞大的宇宙星系而言，我们的世界又可以说只是一个极为渺小的“微观世界”。从文学的角度看，现代科学对现实世界的描述，完全称得上人类最富有想象力的瑰丽诗篇，恰如托马斯·A. 巴斯说的，它“使戏剧苍白无力”。

以原子论视角看，世间万物皆由原子组成。原子组成的物质具有体

---

① ［美］托玛斯·A. 巴斯：《再创未来——世界杰出科学家访谈录》，李尧、张志峰译，生活·读书·新知三联书店1996年版，第2页。

② 参见《中国大百科全书》（简明版）光盘“原子”词条。

积，因而会以各种各样的方式挤占空间；原子组成的物质具有重量，因此，当人们需要物体做适当位移时就必须对其施加外力。从某种意义上讲，整个人类的历史，可以说就是一部利用原子移动以改造物质空间构造的历史。离开了原子，人类任何文化遗存（即便是所谓的“非物质文化遗产”）都将失去实物性的凭证，就连我们人类自身，本质上也不过是一堆原子组成的碳水化合物而已。从这个意义上说，人类引以为豪的思想财富，其实可以看成是一个虚拟的原子世界。

我们看到，正是在物质与非物质之间，在原子世界与“虚拟原子世界”之间，一个幽灵诞生了，它以一种调和物质与精神对立的方式，悄然改变着这个古老的世界，这个幽灵就是——比特。正是这个没有体积、没有重量却又取之不竭、用之不尽的神奇的比特，开辟了一个任人尽情发挥想象力的虚拟世界，人类积累数千年的精神产品，似乎突然插上了腾飞的翅膀，纷纷迁徙到了比特打造的赛博空间。这是一个全新的世界，时时刻刻都会发生惊人的变化。文学艺术这些幻象世界的缪斯们，在原子组成的书面王国里艰辛而无助地跋涉了无数个世纪之后，终于彻底摆脱原子的奴役，她们似乎从此真正拥有了一个适合“诗意栖居”的理想之所——“比特之城”。①

在《数字化生存》中，尼葛洛庞帝对比特的解释也许不够学术化，但他那通俗化的表述却充满了专栏作家所特有的智慧。他说：“假如你数数的时候，跳过所有不含 1 和 0 的数字，得出的结果会是：1，10，11，100，101，110，111，等等。这些数字在二进制中代表了 1，2，3，4，5，6，7 等数字。……越来越多的信息，如声音和影像，都被数字化了，被简化为同样的 1 和 0。把一个信号数字化，意味着从这个信号中取样。如果我们把这些样本紧密地排列起来，几乎能让原状完全重现。”尼葛洛庞帝还以音乐光盘和黑白照片为例，对现代视听艺术最基本的形式如何实现数字化生存进行了深入浅出的描述。

从一定意义上讲，计算机不过是我们得以见识比特世界的一个窗口，

---

① 所谓“比特”，即英文 Bit 的音译，而 Bit 是 binary digit 的缩写，它是一个计算机行业中的专有名词，一般认为它是计算机内存中的最小单位，通常也可以把它称为“位”。比特只有两种状态，可以用 0 和 1 表示。尼葛洛庞帝是这样描述比特的：比特没有颜色、尺寸或重量，能以光速传播。它就好比人体内的 DNA 一样，是信息的最小单位。比特是一种存在（being）的状态：开或关，真或伪，上或下，入或出，黑或白。出于实用目的，人们把比特想象成“1”或“0”。

因为，计算机中所有的数值都是按照比特形式储存的。一个比特精确地记录一个数值。如果把机器中的电路当成一个小开关，那么比特所选择的两种状态可以标识为断开和闭合。把这两种状态用0和1表示是一种简化复杂事物的天才想法，对于计算机系统而言，0和1的重要性是怎样评价都不会过分的，事实上，正是这种二进制系统的引入，才使计算机的发展出现了最伟大的飞跃。比特如此简单，不过只是些0和1的组合，但它的本领却深不可测，它可以将复杂的文字、声音和影像轻松自如地表达出来……总之，要想说清网络时代的任何一件新生事物，我们最好还是从比特的横空出世说起。

第一节　通向“比特之境”的“智慧转移”

虽然我们生活在信息时代，但大多数信息却是以原子的形式散发的，如报纸、杂志。但是，在网络兴起之前，电报、广播、电视等在电子信息技术的帮助下，早已成功地摆脱了“原子束缚”，并在信息传播过程中扮演着极为重要的角色。随着数字技术的发展，网络传播的崛起，使信息传播的原子形式正越来越多地被比特形式所代替。

尽管许多人认为信息世界还主要处在原子时代，但尼葛洛庞帝却坚信比特代表未来。“这个世界是一块空白的石板，数字比特和字节就是用来雕刻一个崭新的世界新秩序的凿子。……当所有的公民都通过电子社会联系在一起，官僚主义将让位于民主的黄金时代，那时，政府将消亡，因特网民主将取而代之。”① 比特的重要性远不只在政治民主化方面有所作为，在经济全球化、文化多元化等方面的影响力也呈现出强劲的飙升态势。以竞争日趋激烈的企业为例，当一个个产业揽镜自问“我在数字化世界中有什么前途”时，唯一的答案就是尽快将产品与服务转化为数字形式。在以原子为基础的行业中，原子当然不会转换成比特，例如，制造克什米尔羊毛衫或是新西兰奶粉食品，要想将产品转换成比特似乎是难以想象的，但我们似乎也不能完全否定这种转化的可能性。尼葛洛庞帝认为，就目前的情况看，将原子转化为比特，就像《星际旅行》的剧中人随时化为光束消

① [美] 丹尼尔·伯斯坦、戴维·克莱恩：《征服世界——数字化时代的现实与未来》，吕传俊、沈明译，作家出版社1998年版，第3页。

逝一样，虽然令人神往，但恐怕几百年内都不可能实现。因此，还是得靠联邦快递、自行车或步行，把原子从一地送往另一地。因此，尽管电子商务如此流行，但离开了“快递哥”，“剁手族”们只能在屏幕前画饼充饥。

就尼葛洛庞帝的比特观而言，书籍是一个比较复杂的讨论对象。例如，书籍出版商到底属于信息传输业（传送比特），还是制造业（制造原子）呢？过去的答案是两者兼跨，但是当信息装置越来越普遍而易于使用时，这一切将很快得到改变。当然，现在信息装置还很难和一本书的品质竞争。尼葛洛庞帝也不得不承认，“书籍不仅印刷清晰，而且重量轻、容易翻阅，价钱也不是太贵。但是，要把书籍送到你的手中，却必须经过运输和储存等种种环节。拿教科书来说，成本中的45%是库存、运输和退货的成本。更糟的是，印刷的书籍可能会绝版（out of print）。数字化的电子书却永远不会这样，它们始终存在。其他媒介面临的风险和机会更是近在眼前。”①

数字化最明显的优点之一就是数据压缩和纠错等功能的快速更新换代，这一功能，正在给文学活动带来新的革命，即由读书向读屏的转化。文学活动，由单一的书面写作与阅读，变成更人性化的综合视听艺术。数字化所带来的影响远非降低成本提高荧屏音像质量这类管家式的改良主义可比，它的革命意义正从高科技领域大规模辐射到日常生活空间，由物质的生产和消费层面深入到了人们的心灵世界。当比文字更直接的图像与声音叙事变得比写字更简便、更经济、更普及的时候，崛起于印刷时代的小说王朝必将在这个新兴的数字化声像帝国土崩瓦解。1986年的诺贝尔文学奖得主索因卡就有过类似的预言——诗歌之神渴死于荧屏之前。

迅猛发展的数字压缩技术是比特风暴快速席卷全球的秘密武器。西方数字媒体研究专家认为，没有压缩技术的支持，就不会有当代媒介的大规模和高效率的数字化。20世纪90年代初，数字专家就已经研究出强力压缩技术，这种技术当时就可以把每秒4500万比特的数字影像信

---

① 在3年后重审这些优点时，我们发现“印刷清晰、重量轻、易翻阅、价钱不贵”等优点都已被电子书籍取代了。各种统计数据表明，读屏成为时尚主流的日子已经到来了。《2008年中国文化产业发展报告》指出，未来五年，将有超过30%的手机用户通过手机阅读电子书和数字报，由图书馆等机构用户采购的电子书、数字报的销售规模将达到10亿元，由网民和手机用户带动的电子书、数字报内容销售及广告收入将达到50亿元，2018年则直逼5000亿元。

息压缩到每秒 120 万比特。媒体世界改头换面，传送数字化信号时附加上纠错信息，像电话杂音、无线电干扰或电视雪花之类的信号失真会得到本质性的改善。当同样的技术应用到电视机上时，寻常百姓家都可以接收到纤毫毕现的数字高清画面，当数字技术使图像化叙事变得和傻瓜相机一样轻松灵便时，巴尔扎克那种花 10 多页篇幅描摹一幢公寓的烦琐叙述，大约再也难以吸引住莫洛亚那样耐心品味其每一行文字的忠实读者了。

按照信息传递的有效性来说，现在的数字影像设备在几分钟内传递的信息及其所产生的影响，远远超出了以往的传统作家们的想象。当我们把电视看作传统文学的第一杀手而加以抨击时，却发现传统电视这个只有百来年历史的新兴贵族的命运，实际上要比文学这一具有千年历史的艺术家族的遭遇复杂得多、凶险得多。比起比特对模拟电视的冲击，传统电视对文学的影响就显得轻微得多，温和得多了。

人们多以地震来比喻比特已经或即将给传统文化带来的影响和冲击，从破坏既有秩序之非合理因素的角度看，这个比喻确有形象、恰切的一面。地震到来之前，人们往往无法想象地震到底会给身边的世界带来什么样的影响，只有震过之后，人们才会真切地感受到山崩地裂的冲击波到底具有什么样的震撼力量。但比特的长处不在于“破坏旧世界”，在“建设新世界”的过程中，它能毫发无损地保护旧世界中的优秀遗产，至少可以将原始数据以拷贝的形式轻松加以克隆或备份。更为重要的是，比特有能力化腐朽为神奇，使那些濒临灭绝的文化遗存，最大限度地恢复昔日的面貌，同时使那些在漫长岁月中消失了的精美绝伦的艺术品，变得比当年全盛时期还要光彩夺目，有了比特之笔，数字艺术家们不费吹灰之力，就可以实现从“秋雨梧桐叶落”到“春风桃李花开”的反转。

当然，所有比喻都是有缺陷的。“地震之喻”最明显的欠缺在于，地震的冲击是转瞬即逝的，但比特的影响则是持续累加的。而且，它是呈几何级数式的激增样态累加的。尼葛洛庞帝说：“当所有的媒体都数字化以后，由于比特毕竟还是比特，我们会观察到两个基本的然而却是立即可见的结果。第一，比特会毫不费力地相互混合，可以同时或分别地被重复使用。声音、图像和数据的混合被称作‘多媒体’（multimedia），这个名词听起来很复杂，但实际上，不过是指混合的比特（commingled bits）罢了。第二，一种新形态的比特诞生了，这种比特会告诉你关于其他比特的事情。”

正是这些“混合的比特”和“关于比特的比特”（bits-about-bits），使媒体世界发生了革命性的变化。有了比特带来的这些变化，前所未有的节目将从全新的资源组合中脱颖而出。相较之下，像视频点播（video-on-command）和利用有线电视频道传送电子游戏之类的应用，就显得小巫见大巫了——它们不过是冰山一角。如果电视节目改头换面成为数据，其中还包含了电脑也可以读懂的关于节目的自我描述，这将意味着，我们可以不受时间和频道的限制，录下那些我们期望看到的节目。[①]

网络时代的情况一次次远远超出未来学家的想象，数字化的描述能够让我们在个人PC上任意选择信息的形式，包括文字、声音、影像，甚至专为个人量身打造的艺术节目。在笔者撰写本书初稿时兴起的手机短信文学和博客写作浪潮中，比特所呈现出的那种无远弗届、无微不至、无所不能的数字化创造能力，对传统文学而言简直如天方夜谭一样匪夷所思。但在修订书稿时，被称为“上层社会之KTV”的“抖音”和所谓“底层微缩世界”的“快手”大行其道，短信和博客早就相形见绌。比特世界的变化之快由此可见一斑。仅仅从这个意义上理解比特，我们就有理由相信：数字化/比特化为人类的未来“开创了无穷的可能性”确非虚妄之言。

当尼葛洛庞帝在20世纪末大胆预言数字化未来时，大多数人，包括他的那些同事，并未信以为真。但在接下来的几年，数字技术所带来的变化，很快印证了（甚至突破了）尼葛洛庞帝当初的大多数说法。于是，“数字化生存”很快成了整个“地球村”最响亮的流行口号。尼葛洛庞帝常常以模拟电视作为参照物来阐释比特的特点。他认为传统电视广播的典型特点是传播决定接受，比特电视却把文化生产与文化接受变成了真正的信息交流的互动行为。传统的模拟电视，就如同一本文学杂志一样以栏目与板块的形式与受众见面，所有的智慧都集中在创作和编辑人员那一边，也就是一切变数都已经被设定，一切都取决于那个所谓的“信息传输的起始点”。这就如同文学理论里的“作者中心论”所阐释的那样，创作和编辑人员成了权威的信息发布人，他们是游戏的立法者。

在这种情况下，某些电视编导人员或作家把观众或读者当作“猪”，这

① 现在看来，录制节目的想法和收藏书籍没有太大的不同，网上自由开放的高清版影像资料已经让个人录制和储存渐渐失去了意义，网上无所不有的视频节目对叙事主导的传统文学领域的蚕食鲸吞正让“艺术终结论”者的言论变得更加咄咄逼人。

也就没有什么好奇怪的了，因为，受众只能像猪一样“给什么吃什么”①。信息发布者决定一切，接受者作为“沉默的大多数”，除了接到什么算什么以外，也难有什么别的选择。但是，比特打破了接受者的沉默。它让人们看到了“平等互动”的希望。对此，尼葛洛庞帝的说法是：与其想象未来的电视会有更高的分辨率，更鲜艳的色彩，或能接收更多的节目，还不如把它看成智慧分布上的一场变迁——把部分智慧从传播者那端，转移到接受者这端。但我们也看到，有时候智慧变迁的主流方向，似乎与尼葛洛庞帝所说的相反，即从明察秋毫且不再沉默的大多数，转移到自以为是的信息发布者那里。

当然，尼葛洛庞帝所谓的“智慧转移”有一个确定的目标，那就是实现无限接近于自由互动的数字化未来。而能否达到这一目标的重要关口，就要看能不能实现“媒体本质的相互转换”了。例如，“看电视的体验能不能更接近读报的体验？许多人觉得报纸新闻要比电视报道更有深度，这是必然的吗？同样地，人们认为看电视比读报能够获得更为丰富的感官体验。一定如此吗？答案要看我们能不能开发出能让我们过滤、分拣、排列和管理多媒体的电脑，这种电脑将为人们读报，看电视，而且还能应人们的要求，担任编辑的工作。”事实上，这样的目标可以说已经由“谷歌”“百度”等搜索引擎出色地实现了。

如今，比特化传媒，就像尼葛洛庞帝当年所设想的，可以使信息接受者就像为自己聘请了专门的撰稿人一样，根据自己的兴趣，为自己量身定制报纸。也就是说，“大众”媒介的“批量化生产”正在变成“小众”的“个性化定制”。在这种情况下，信息传输者会有针对性地为接受者筛选出一组比特，经过过滤、处理之后，恰到好处地提供个性化服务。对于比特化阅读而言，一个中国读者在家中阅读《纽约时报》，与纽约读者的阅读情形没有任何区别。对那些习惯于书面阅读的人来说，如果有必要的话，他完全可以将自己喜欢的页面打印出来。当然，更加互动的方式还是在屏幕上观看。比特的可爱之处还在于，它并不妨害信息传播的传统方式，传播者仍可以按照接受者习惯的方式发送信息。还是以《纽约时报》为例，

① 1995 年，张艺谋影片《英雄》的编剧李冯在一次与广西师范大学文学爱好者见面会上宣称：“读者就是一头猪，给它什么它就吃什么”。与张艺谋合作之后，他开始把读者看成下饭馆的客人了。他恨不得将自己变成一盘读者喜爱的下酒菜。这个例子，让我们清晰地看到，网络与市场已经使文学的供求关系发生了多么深刻的改变。

传播者先发送出大量的比特，在接受者一端设置新闻编辑系统，根据他的兴趣、习惯或当天的计划，从中撷取他想要的部分。由此可见，比特化传播不仅没有损害“原子传播”的功能，相反它会使原子传播变得更有目的性且更有效率。毫无疑问，文学作品的比特化传播过程，没有理由与《纽约时报》不一样。无论就原理而言还是就具体操作而言，这种类比，纵有偏差，也不至于失其大概。

神奇的比特化已经使数字化生存成了一种无往而不胜的时代潮流。尼葛洛庞帝认为，我们无法否定数字化时代的存在，也无法阻止数字化时代的前进，就像我们无法对抗大自然的力量一样。他得出的结论如此斩钉截铁，其依据是什么呢？他认为能为数字化生存带来“最后胜利”的是比特化所具有的如下四个特质：一是分散权力，二是全球化，三是追求和谐，四是赋予权力。他的一句颇为响亮的口号是：“沙皇退位，个人抬头。”当许多人对这句话将信将疑的时候，网络文学领域出现的大众话语狂欢的情形证实了预言家的论断，精神贵族的世袭领地变成了“草根文化”蓬勃生长的乐园。电脑既可以为个人服务，也可以为群体服务，那么“分权”就成为不可避免的大趋势，这是由于数字化世界的年轻公民的影响所致。传统的中央集权的生活观念将成为明日黄花。过去那种由期刊和出版社控制的文学生产机制正在遭受巨大冲击，许多默默无闻的文学爱好者也能像大作家一样自由进入文学园地，高雅神圣的文坛，业已不再局限于少数贵妇人的沙龙。

作家与读者之间的时空阻隔，一直是知音难求的决定性因素之一。数字化语境中，原子社会的许多铁门槛都被比特踏平了。过去，地理位置的邻近，往往是诗人作家游学、对酒、和诗、聚会等互动关系的基础，而现在的在线写作则完全实现了天涯若比邻的时空跨越。当传统作家心头堆积着“谁解其中味”的沉重忧虑茫然挥笔时，他那孤独的自言自语与痴人说梦的确有许多相似之处。曹雪芹和托尔斯泰都用血泪来形容自己孤立无援的写作，事实上，许多作家钟爱文学的理由，主要只是驱赶内心深处的孤独，他们倾诉的对象常常只是一个心造的幻影。读者也只能从文本表达的内容来理解作品的奥妙。作家与读者之间，往往是同心相应，同气相求，却难以互答互应。“可恨同时不相识，几回掩卷哭曹侯。”现如今网络互动式的交流，不仅远远超出了普通读者的预期，也远远超出了19世纪文学大师们的想象。无形的网络，消除了千山万水的阻隔，使作家与读者只需几个连线号码，就能轻松进入一个自由交往的世界。

当数字化写作环境脱颖而出时，传统写作本身那种艰难的、孤独的、日复一日的辛苦劳作，就显现出了它所固有的悲剧意味。曹雪芹那种经年累月埋首青灯黄卷的伏案劳形，以及创作过程中漫长孤独的心灵自省仪式，共同持续耗费着作家的生命。网络写作，在某种程度上意味着一种解放，至少，轻松活泼的网络输入（如语音输入），能够将作家从逐字书写和反复誊抄的苦役中解放出来。网络化超文本的巨型百科全书，更是为作家调用写作资源提供了得心应手的万能书库。无论如何，即便仅从工具论的视角看，数字化革命对文学活动的影响也是绝对不可低估的。

西方学者在20世纪就宣称："原子是过去式了。下个世纪的科学象征是动态的网络……网络是唯一能够没有偏见而发展，不经引导而学习的组织。其他的形态均限制了可能性。网络的群集四周都是边缘，因此，无论你由哪个方向接近，都是开放性的……事实上，各种纷杂多样的成分，也只有在网络里才能维持一致性。"① 在这种背景下，由"原子"转向"比特"，也必然成为21世纪文学生产与消费的最为重要的特征。

第二节　数字化生存与"棋盘效应"

数字化真的能像尼葛洛庞帝描述和预言的那样开创"无穷的可能性"吗？这些惊人之论的真实性和科学性难免招致怀疑。事实上，已经有许多具有批判精神的学者对尼氏的数字化生存学说提出了批评与质疑，但尼氏的自信与乐观并没有因此受到影响。他说："我的乐观主义更主要地是来自数字化生存的'赋权'本质。数字化生存所以能让我们的未来不同于现在，完全是因为它容易进入、具备流动性以及引发变迁的能力。今天，信息高速公路也许还只是天花乱坠的宣传，但是，如果要描绘明天的话，它又太软弱无力了。数字化的未来将超越人们最大胆的预测。当孩子们霸占了全球信息资源，并且发现，只有成人需要见习执照时，我们必须在前所未有的地方，找到新的希望和尊严。"②

他说自己的乐观不是由于发现治疗癌症和艾滋病的方法，找到控制人

① ［西班牙］曼纽尔·卡斯特：《网络社会的崛起》，夏铸九等译，社会科学文献出版社2000年版，第83页。

② ［美］尼葛洛庞蒂：《数字化生存》，胡泳、范海燕译，电子工业出版社2017年版，第232页。

口增长的可行途径，乃至能造出清新空气和可饮用海水的零污染的机器人，这些毕竟都是梦想，就如天边的一片云，既有可能下雨，也有可能随风消散。“然而，数字化生存却完全不同。我们不必苦苦守候任何发明。它就在此时此地。它几乎具备了遗传性，因为人类的每一代都会比上一代更加数字化。”①

从尼葛洛庞帝的论述中不难看出，所谓的“数字化生存”，从本质上讲，其实是“比特化生存”。由于对数字化的比特本质存在认识上的差异，加之语言表达习惯等方面的原因，中国大陆学者将“digital”译为“数字化”，中国台湾地区学者将其译为“数位化”，香港地区则常常译为“数码化”。中国三地学者对同一个词语的不同翻译，看似一字之差，实则大有深意。不同的译法，体现了人们对尼葛洛庞帝的“digital being”具有不同的理解。

由于尼葛洛庞帝以一个科普作家的通俗笔触给我们描绘了一幅比特化生存的社会图景，所以有些学者就认为，这个所谓的“比特之门”的开启者和掌门人理所当然就是尼葛洛庞帝本人，其实这是一种比较低级的误会。在这里，只要我们提及另一位“比特大师”的名字，这个误会就立刻能够得到纠正。这位大师就是微软公司掌门人比尔·盖茨。

对于大众来说，计算机普及之路的开创者是谁似乎并不重要，重要的是在比尔·盖茨等人的不断探索过程中，计算机及其延伸产品不仅被摆上了平常百姓家的书桌和窈窕淑女的梳妆台，而且进入了旅行者的行囊和中小学生的书包。当然，比尔·盖茨也只是千万个比特英雄的一个代表，但他无疑是开启“比特之门”的先锋队里一个当之无愧的领军人物。如今，“比特之门”不仅成了网络上的一个专有名词，而且也成了大众日常生活中实实在在的一扇堪称万能的百科全书式的智慧之门。

较早论及“比特之门”文化意义的李河在《得乐园·失乐园：网络与文明的传说》（1997）一书中，对网络观念的隐喻和象征意义进行了诗哲化探索。在这本网上广为流传的著作中，李河对比特与盖茨的名字进行了一番有趣的演绎，虽有过度阐释之嫌，却给人留下了难忘的印象。作为当代信息技术的风头人物、美国微软公司的缔造者——盖茨（Gates）这个名字“象征意味极强”。无论是巧合还是象征，比特这个数码精灵的成

① ［美］尼葛洛庞蒂：《数字化生存》，胡泳、范海燕译，电子工业出版社 2017 年版，第 232 页。

长一直与一位以“门”（Gates）为姓的比尔·盖茨的终身事业相关。在李河看来，这很像是一则意味深长的寓言。想一想 Gates 著名的 Windows（视窗）系统吧，我们还能找到比这些“门窗”更便捷的数字化生存之路吗？值得我们注意的是，就当代中国的文学创作与文学消费的具体情况而言，比尔·盖茨等人所研发的这些神奇的“门窗”及其相关数字化产品，如今已成了连接“原子世界”与“比特世界”的最重要的通道，正是借助于这些通道，网络时代的文学生产与消费才得以实现从“原子”到“比特”的跃迁。通道既然已经打开，世界必然为之改变。网络时代的文学，终结抑或新生？数字化生存是否必然要从本质上改写文学生存的意义？诸如此类的众多问题引起了世界范围内关注文学生存状况的学者普遍的焦虑和惊喜，站在人类文明数字化生存的临界点上，人们迫切地想知道，穿越“比特之门”以后的文学世界将会出现一种什么样的光景。

关于“比特之门”的说法，还有很多延伸的象征性的例子。譬如说，有人把整个人类知识体系当作一个旅馆，那么“比特之门”就是通向这一旅馆的走廊。几乎所有房间的门都和它相通，旅馆的任何人出入自己的房间，都必须经过这条走廊。这原本是实用主义文献中被一再引用的实例，在这里，将“实用主义”替换成“比特之门”可能给人以突兀之感，但有意思的是，象征互联网的“比特之门”作为实用主义的产物，如今反倒把实用主义变成了自己的组成部分——“旅馆走廊”连接着的第 n 个房间。在这个所谓的数字化生存时代，互联网成了实用主义哲学最有说服力的万能工具。

众所周知，在信息传播媒介史上，有许多令人惊异的传奇故事。但无论是鸿雁往返的锦书相托，还是航空航海的邮件历险；不管是惊尘溅血的皇家马报，还是辐射全球的特快专递，所有关于信息传递及其相关媒介的故事与传说，似乎都难以与横空出世的现代数字化传媒产生的震撼与遐想相提并论。如前所述，许多人认为，代表数字传媒最高成就的互联网是冷战的产物，美国军方害怕敌军摧毁指挥中心，于是以网络形式实行多中心共存的天才想法促成了 Internet 的诞生。

笔者曾以为这是唯一正确的说法，直到有一天读了一则故事，竟然让自己对网络“冷战起源说”产生了怀疑。这个故事说，某单位要召开一次重要会议，会议的前一天，召集人突然发现通知书上的开会地点有误。于是，他马上打电话通知 625 个与会者。但他发现，逐一打电话已经来不及了。因为，即便一次电话只需 3 分钟，连续通知 625 人最少也需要 30 多个小时。于是，他开始创建自己的“联络网”，首先只联络 5 人，被联络到的 5 人再分别联络 5 人，就是 25 人，重复一次就是 125 人，再重复一次就是 625 人，这比起单人逐一联系要快几十倍。

会议召集人是否受互联网的启示我们不得而知，但有一点是可以肯定的，那就是“网络思维”绝非少数天才人物突发奇想的产物，它事实上是人类知识与智慧长期积淀的必然结果。此外，现代网络传媒的神通也绝非一个“快”字所能道尽其中的奥妙的。至少，我们在读完这个故事的同时，可能首先联想到的不是网络传播的奇速，而是数量的剧增。由此，人们很容易联想到古印度那个著名传说——“棋盘上的麦粒”。西萨·班·达依尔，这位国际象棋的发明人，他也许是一位了不起的数学家但未必是一位称职的宰相，否则他绝不会对王国赏赐提出如此不知死活的荒谬要求。且不说在古时候，即便是今天，一般人都不会轻易相信如此出人意料的“怪事”——从“一粒麦子”开始的邀赏，竟然把一个炫耀恩德的国王逼上了绝路，不杀人则无法收场——据计算，全世界 2000 年生产出的麦子也抵不上宰相的这一“卑微要求”![1] 棋格最初的增加也许是微不足道的，但随着“网络化”递进到一定程度，爆炸式激增的后果很快就会超出人们的想象。这种级数跃迁式的变化方式，使数字传媒乍一登场就产生了开天辟地般的惊颤效应。众所周知，数字网络作为传播媒介，和众多先驱媒介一样，它原本只是作为工具手段出现的，但是，随着传媒及传媒业的迅猛发展，工具的能量被一步步释放出来，微风起于青蘋之末，渐成天落狂飙之势，它以光辐射的速度横扫宇内，以核裂变的态势席卷八荒。其摧枯拉朽的力量捣毁了传统思维模式，突破了人类的想象范围。

于是，媒介的性质也在随之发生变化：从“参与生活、服务社会”到深度干预社会生活，从“人的延伸”渐变成人的本质力量的重要组成部分，媒介已不再仅仅是工具意义上的载体和中介，事实上它已演变为决定当代文化生存与发展的一个不可忽视的重要因素，有些人甚至认为，现代

① 这个有趣的故事有许多版本。例如，美国学者库兹韦尔认为这是一个中国故事。他还算了一笔账：在走过“楚河汉界”之前，皇帝得给棋手 40 亿粒米，相当于一大片稻田的产量，这难不倒一国之君，但要再排满棋盘的另一半，皇帝就要拿出 1800 万兆粒米。假如每平方英寸生产 10 粒米，那么就要求有两个地球表面那么大的稻田，包括海洋在内。结果有两种：一个版本是皇帝破产，另一个版本是棋手被杀。参见［美］库兹韦尔《灵魂机器的时代：当计算机超过人类智能时/开放人文》，沈志彦等译，上海译文出版社 2006 年版，第 38—39 页。

传媒其实就是整体社会文化最为本质的存在方式之一。

中国学者惊呼，现代传媒正在改写生活，重铸历史。西方有学者宣称，现代传媒即将使人类重登巴别塔的千年梦幻成为现实。而数字传媒无孔不入的品性也的确正在大河改道般地刷新当代文化和日常生活。英国学者史帝文森在《认识媒介文化》中甚至认为，现代文化在很大程度上是依凭大众媒介来传达的。从古典的歌剧、音乐到诸如政客隐私类的庸俗故事，从好莱坞最新版本的流言蜚语到来自全球四面八方的时政新闻等，所有这些五光十色的媒介所承载的信息，都已经深刻地改变了现象学意义上的现代生活经验，以及社会的网络系统。

大众传媒以饱满的激情和公正无私的姿态老谋深算地参与社会生活，它们那些炫耀"友爱、关爱与博爱"以及"公开、公平与公正"的种种仪式都由一个名叫"市场"的幕后导演操纵。善于激发和网罗大众热情的媒介，无论是报纸、杂志、电台、电视还是网络，貌似非功利的言行背后，都隐藏着某种不可违抗的利益原则，例如，政治的、经济的、宗教的利益原则。说到底，只有造就市场"人气"的大众，才是媒介存在的最终理由。大众既是媒介服务的对象，也是媒介的信息来源；大众是客户，也是报道的主体。现代媒体的命运决定了它与大众的互相依赖的关系，并且一定是息息相关的。据此，史蒂文森等西方学者断言，大众传媒潜移默化地成了我们生活的一部分，让我们无法再退还到以往的生活中去了。风头正劲的数字传媒的情况正是如此，只不过它使这一切变得如此强烈，就像微风拂水的细小波纹变成了倒海翻江的惊涛骇浪。

第三节　网络时代的文学生存状况

叶荣臻等在《塑造数字中国》一书前言中宣称："当今世界，信息技术和信息产业已经成为国家经济增长的重要源泉，成为国民经济发展新的增长点。……随着数字技术的迅速发展，计算机、通信和消费类电子产品进一步走向融合，它犹如一轮冉冉升起的朝阳，不但深刻影响着国民经济以及企业的生存和发展，也使人们的思想观念、生活、学习和工作方式悄悄发生着质的变化。"① 《塑造数字中国》是一批奋战在科技战线和经济前

① 叶荣臻、杨瑞法、孟明娟：《塑造数字中国》，中共中央党校出版社 2000 年版，前言。

沿的风云人物，面临世纪之交的时代宣言，他们要在这个所谓的“信息时代”，“塑造数字中国”。

信息时代最根本的特征是“网络社会的崛起”，“它以全球经济为力量，彻底动摇了以固定空间领域为基础的民族国家（nation state）或所有组织的既有形式。我们曾经看过，巴黎的埃菲尔铁塔在启蒙主义的光辉中耸立，而现在，现代性的神圣光环却在影像与信息的全球流动中变换成为疑幻似真的符码。面对前景晦暗不明的新世纪，我们确知不能再延用过时的昨日范畴来看待世界，不然，政策、方案、行动均将羁绊不前”①。

有意思的是，学术界的精英们往往比实业界人士走得更远，在大多数人文学者的笔下，自20世纪90年代以来，“后信息时代”的说法已经悄然取代了“信息时代”的说法。在“后学”泛滥成灾的语境下，“后信息时代”这个概念一开始就出现了许多歧义。因此有必要交代一下此处使用的“后信息时代”的出处——主要依据尼葛洛庞帝《数字化生存》一书的相关论述。尼葛洛庞帝说，长期以来，大家都热衷于讨论从工业时代到后工业时代或信息时代的转变，以至一直没有注意到我们已经进入了“后信息时代”。

“后信息时代”显然是相对于“信息时代”而言的，二者之间的密切关系正如“后工业时代”与“工业时代”的关系。按照尼葛洛庞帝的说法，所谓“信息时代”，其实就是“后工业时代”，所以，他说的这个“后信息时代”，其实也可以理解为“后‘后工业时代’”②。工业时代给我们带来了机器化大生产的观念，以及在任何一个特定的时间和地点以统一的标准化方式重复生产的经济形态。机械化、模式化、城镇化等重要趋向是工业时代的显著特征，从尼葛洛庞帝的分类角度看，工业时代其实和农业时代一样属于原子时代。只有到了后工业时代，即信息时代，由于比特的介入，电脑及相关信息平台使物质生产和精神生产的时空界限发生了根本性转变，政治、经济和文化的变革与发展已获得了一定程度的超越时间的自由性。无论何时何地，人们都能制造比特，套用尼葛洛庞帝一个讲述世界不同地区的车床工通过比特交流而协同生产同一件产品的例子：生

① ［西班牙］曼纽尔·卡斯特：《网络社会的崛起》，夏铸九等译，社会科学文献出版社2000年版，译序。

② ［美］尼葛洛庞帝：《数字化生存》，胡泳、范海燕译，电子工业出版社2017年版，第158页。

活在纽约、伦敦和东京三地的作家与艺术家之间可以自由传输比特，及时交换他们的创作观念与艺术感悟，仿佛他们就生活在同一个院落一样。

与以机械复制为特征的工业时代相比，在所谓的“后信息时代”，文学的生存状况必将发生多方面的变化，除了我们将要在相关章节中重点讨论的网络时代文学生产与消费的全球化、市场化、数字化、图像化、大众化、快餐化、边缘化等显而易见的变革以外，至少还有以下几个方面的变化值得研究者关注。

（一）从无限“广播”走向定位“窄播”

信息时代的标志是比特的生产与再生产，因此，在很多情况下，我们也把信息时代称为“比特时代”。由于比特具有强大的沟通各种媒介的能力，它将各种媒介的优越性融为一体，使大众传媒的触角几乎伸向了人们想象所及的所有地方。且不说中央电视台和《人民日报》这样的媒介集团在信息时代拥有多么广阔的空间，即便是《知音》《读者》这一类的大众期刊，借助电视、报纸、网络的合力，也能使刊物承载的信息得到极为广泛的传播。但是，某些针对特定读者群的书籍（如某些学术专著）、杂志（如《诗刊》）、音像制品（如某些 CD、VCD、DVD 专题节目）的销售，还有日益发达的形形色色的有线电信行业（包括专业电台、电视台、网站等）已越来越倾向于针对某些特定的人群提供特定的服务。西方媒介理论专家仿造“广播”（broadcasting）一词，拼凑了一个古怪的词语——“窄播”（narrowcasting），以此概念来描述后信息时代信息传播日趋个性化的情势。就其基本含义来说，“窄播”所迎合的是特定的较小人群的精神生活需要和文化审美趣味，这种状况，也许用一个中国化的比喻加以描述会更加生动——大众传媒在经过一个“超级大食堂”的阶段以后，最终还会以“开小灶”的方式作为补充，以便更好地满足每个个性化消费者的特殊需要。

当网络变成一个巨大的信息海洋之后，个性化阅读又如何成为现实呢？“去粗取精、去伪存真”的搜索引擎为有效阅读提供了可能性，尽管目前的引擎还存在“搜材料易，辨真伪难”的问题，但随着文化数字化建设质量的日渐提高，信息的精准度也在不断提升。事实上，文化传播包括文学接受方面从“广播”到“窄播”的转变，最基本的信息化要求就是要保证一定程度的精准性。

值得注意的是，从“广播”到“窄播”并不是信息传播面的缩小，相反，它使有效信息传播效率得到了全方位的提升。

(二)由“批量生产”过渡到“量身打造”

在后信息时代中，大众传播的“受众”往往只是单独的“个人”。所有商品都可以订购，信息变得极端个人化。人们普遍认为，个人化是窄播的延伸，其受众从大众到较小和更小的群体，最后终于只针对个人。“在数字化生存的情况下，我就是‘我’”，这就是尼葛洛庞帝对“后信息时代”最经典的阐释。此时，传媒的“受众”通常只是具有特殊个性的单个人，因此，不仅所有的日常生活用品都可以量身打造，即便是精神产品也可能出现专门针对个人消费偏好的生产。在这种情况下，家庭结构和社会关系对后信息时代的“窄播”服务商而言几乎是无效信息。

在“后信息时代”，人们可在任何时空状态下工作、学习和生活，因此“地址”将获得崭新的含义。例如，一个中国读者读到了美国文化史学家、媒介文化理论家马克·波斯特撰写的《信息方式》《第二媒介时代》，在互联网变成大众化通信工具之前，一个普通的中国读者要想与波斯特这样的大师直接交流，虽然不能说不可能，但可以肯定那绝对不是一件容易的事情。当波斯特的著作比特化以后，世界上所有在线阅读的读者，都可以在他的个人网页上找到他的大多数著作，并直接和他取得联系，不少与波斯特进行过 E-mail 交流的学者都有一个共同的感受，那就是无论你什么时候给他发邮件，他总能及时回复。若想比较全面地认识和研究波斯特，只需访问他的官方网页就可以看到他的照片，听到他对各种学术问题的讲话，甚至还有一些生动活泼的视频资料。网络内容的无限丰富性，使得许多您所需要的信息都如同专为您一人准备的那样适合您的目的与需要。

尼葛洛庞帝曾以一种激动的口吻宣称：“真正的个人化时代已经来临了。”① 在后信息时代，个人化的表现是多种多样的，当下流行的“博客写作”就是“个人化时代已经来临”的一个典型例证。例如，一个诗人把自己的作品发表到自己的“博客”上，从可能性上讲，全世界的网民都是他的读者，尽管很可能除了作者以外一个认真的读者也没有，读者的多寡对网络诗人而言似乎并不是最重要的，“我表达了自己，我获得了生命”这一舒婷式的文学理念，对于许多个性化诗人来说也许更为重要。在后信息时代，“我就是‘我’”！这一点与印刷出版的情况存在一定的差别。只

① ［美］尼葛洛庞帝：《数学化生存》，胡泳、范海燕译，电子工业出版社 2017 年版，第 159 页。

要作者存在，就意味着至少有一个读者存在，大多数情况下作者本人正是作品的最理想的读者。一个读者与千万个读者对于在线阅读而言除了点击率有差别外，其他差别似乎并不显著。此外，原创文本与复制文本除了界面略有不同之外，作品的内容通常不会有太大差异，点击率只代表有多少潜在读者完成了文本的浏览或阅读，谁也无法知道谁是真正的“忠实读者”，如此而已。

网络写作和阅读与传统文本的制作和消费之间的确存在本质的差异——比特阅读代替了原子阅读。例如，过去的诗人常常会在自己的书房堆放许多由原子组成的“机械复制品”——诗集，当有人出于崇拜、爱好、同情或随便什么理由向他索要诗集时，（如果他乐意奉送的话）他通常会赠送一本给“自己的读者”，但最后一本诗集是送给忠实的读者还是自己留作纪念，这很可能是让多数诗人难以选择的问题。网络出版使这一类的问题得到了比较完满的解决，对于喜欢读屏的读者来说，网络上的精美界面和悦耳的音乐背景，可能会为诗歌阅读增添艺术光彩，对于那些不习惯读屏的传统读者而言，下载打印，显然比印刷厂的再版要方便多了。尤其值得注意的是，下载打印是可以根据读者自己的爱好任意选定对象的，读者不仅可以忽略那些并没有感动自己的作品，而且还可以轻而易举地收集许多相关评论。

对于后信息时代的诗人来说，网络上的诗集是永远奉送不完的“审美馈赠”。比特化“以无逾有”，它究竟会给传统文本读写带来什么样的冲击，现在要得出任何结论似乎还为时过早，但可以肯定的是，这一个看似平淡无奇实则魅力超凡的变革，已经和必将引发人类文明的大跃迁。譬如说，前文所提到的那部“永远奉送不完的‘审美馈赠’”，在后信息时代来临之前，谁能预料到世界上竟然会出现这样的奇迹？当作品经过从原子向比特的转换以后，普普通通的“一”变成无比神奇的“多”，“有限”魔术般地变成了“无限”。不仅如此，它还把机械复制时代的批量生产与销售，变成了具有个人化色彩的“量身定制”。

（三）从“沉吟冥想”到“身临其境”

在一定意义上说，文学原本就是借助文字帮读者做梦的行业，只有在读者进入作家为他设计的梦乡时，作家所传达的思想情感才能较好地被读者接收、体悟、理解和欣赏，否则就不可能达到那种同声相应、同气相求的“物我两忘”的境界。作家所营造的“梦境”与一个沉浸其中的读者的“梦境”或相似或不同，但“做梦”的机制却没有本质差异。

作家与读者进入各自的“盗梦空间”，一个倾情“说梦”，另一个潜心“解梦”，唯有此时，文学作品才真正进入了读者的视野。或者打个逆向的比喻，就像一个沉睡的人忽然被歌声唤醒一样，极为偶然的机缘触动了他/她的“欲读书情结”，作为缪斯女神的化身，真正的文学作品，穿过海量信息汇聚而成的幽暗森林，来寻找读者，“飘过树梢，顺着小溪”，她的手指轻弹读者心灵的窗门，读者从浑浑噩噩的日常琐事的迷梦中醒来，在一个诗意的黎明里醒来，于是，作品成功地实现了作家梦境与读者梦境的衔接与合并。

被作品深深吸引的读者，希望阅读的快乐与宁静不要被日常琐事打断，于是，朝阳般的亲情、友情、爱情此时可能是“残酷的”，它们或许无情地粉碎读者沉浸其中的“心灵化的审美梦境”。这时，清醒的现实生活反倒会惊扰诗性美梦。毕竟，文学艺术与现实生活是两个性质不同的世界。

当一个完全进入艺术世界的读者与意念中的“情人”相遇时，文学的魔法（“白日梦”）就开始产生作用了。例如，一个比特时代的罗密欧正在为莎士比亚笔下的朱丽叶扼腕叹息的时候，穿过时间隧道，越过千山万水，“飘过死亡的海洋，我们相见；我们闻到彼此的气息，像两只又飞到一起的鸟，互相啄着羽毛，清洗那离别时的悲哀”①。这种纯粹只存在于想象世界中虚拟的生离死别，往往比现实世界所发生的同样的故事更集中、更强烈、更煽情、更令人伤心欲绝。

从这个意义上说，文学阅读实际上就是在想象中虚拟一个独立于现实的审美化世界。现实生活中的功课、工作、天气、交通、住房、医疗……就如同“阳光粗暴地遮住月光，死亡粗暴地驱走幽会的情人”，读者罗密欧，必须与想象中的朱丽叶再一次告别。读者与作品中的人物，原本就是“生活在两个世界的情人”，他们的欢歌笑语，他们的哀叹悲泣在现实世界中与幻象和迷梦没有本质区别，弗洛伊德把作家的创作称作“白日梦”，读者的阅读过程作为“二度创作”，被称为“白日梦”自然也无不可。

曹雪芹的《红楼梦》，字字饱蘸心底血，辛酸泪恐无人识。但后世读者读到动情处，有“伤心哭黛”的，有“掩卷哭曹”的，那种如痴如醉、怅然若失的迷狂状态，有时甚至比情人间的生死相许有过之而无不及。在

① 郑敏：《生命，多么神奇》，《人民文学》2006 年第 1 期。

这种情况下，优秀艺术作品情景交融的审美氛围往往在不知不觉间，消除了读者、作家、作品中的人物之间的种族之差异、年龄之悬殊、身份之尊卑以及时空之阻隔，使读者渐渐达到了一种“两个灵魂相抱时，天地为之融化”的“共鸣”境界。

笔者无意亵渎诗人神圣的情感，上述不知深浅的“比附”多有不尽恰切之处，但笔者引用这些诗句无非想说明这样一个道理，文学作为一种具有“间接性”特征的艺术，她对想象的依赖似乎远远超过了其他艺术，如果还不能说是所有其他艺术的话，至少可以说是绝大多数艺术门类并非像文学那样全然依赖于想象。

值得注意的是，在读屏时代，网络艺术品越来越呈现出强烈的互动色彩，作品不再是一堆沉默无语的文字，它们通常具有灵活多样的“应答”功能，比如说，网上一部作品可以通过听书软件转化为有声读物①，通过视频检索，通常还能找到相关影视资料，至于插图、配乐、同主题网络游戏之类就更不用说了。单以作品阅读而言，比特时代的文学常常借助图像与音乐，把看和听的潜力更加充分地开掘出来。媒介作为人的延伸，能循序渐进地提高一个人的阅读能力。它甚至可以让那些目不识丁的人明白许多过去只有满腹经纶的人才能通达的道理。我们知道，随机伴送的学习软件是所有电脑最基本的信息配置，在使用中学习相关知识，在工作中提高操作能力，这将是后信息时代媒介的“内置式教学”最重要的特征之一。

在传统文学阅读过程中，只有优秀的读者遇到优秀的作品时，才会产生审美化的“身临其境”的感觉。但文字的“招魂术”在多媒体绘声绘色的声像艺术面前毕竟稍逊一筹，对于那些因知识性缺失而无法接近作品的人，作品本身是无能为力的，在这一点上，后信息时代的作品表现出了非同凡响的超越性与优越性。在后信息时代，比特消费在推销作品的同时就在培养比特消费者，从这个意义上讲，比特化不仅生产产品而且同时也在生产消费者，按照马克思主义艺术生产论的说法，它也生产了一种全新的艺术生产关系。

从这样一种视角审视阅读现象，比特化艺术生产与消费就更明显地表现出了不同于传统文学生产与消费的时代特征。如果说传统文学阅读从

① 在“90后”读者群中，“听书”已成新的文学消费时尚。流行小说也出现了配送“名家朗诵光盘”的促销方式。

“沉吟冥想”到“身临其境”完全靠想象的话，后信息时代的阅读则可以借助声光效应充分开发视听潜能，把想象中的艺术之境转化为生动逼真的“声画”与“音诗”，把诗歌、小说中“无声无形”的“绘声绘色”转化为“视听奇观”或“声像盛宴”。它甚至使一个文盲也可以在一定程度上领略莎士比亚的神奇和《红楼梦》的绝妙。至少，消费者无须经过文字符号的意义转化，无须在经历一番“沉吟冥想”之后达到“身临其境”的状态，多媒体阅读可以轻巧地制造出“身临其境”的氛围，可以绘声绘色地向人阐释出文本之外的无穷意味。套一句斯威夫特的话说，网络读者的目光何等犀利，“读荷马见出荷马也不懂的东西”①。

后信息时代是一个打破旧传统同时又不断创造新神话的时代。时空转换何足论，沧海桑田谈笑间。尼葛洛庞帝说：“后信息时代将消除地理的限制，就好像‘超文本’挣脱了印刷篇幅的限制一样。数字化的生活将越来越不需要仰赖特定的时间和地点，现在甚至连传送‘地点’都开始有了实现的可能。假如我从我波士顿起居室的电子窗口（电脑屏幕）一眼望出去，能看到阿尔卑斯山，听到牛铃声声，闻到（数字化的）夏日牛粪味儿，那么在某种意义上我几乎已经身在瑞士了。”在这个所谓的读图时代，既然文学艺术日渐让位于影像艺术，文学经典的无限风光可以通过数字媒介转化为活灵活现的艺术声像，只要打开视频，声情并茂的音像当即营造出“身临其境”的氛围，无须展卷细读，更不必“沉吟冥想”，就这样，图像化正在悄然改变人们的阅读习惯，有人为文学影视化欢呼雀跃，有人为经典文学唱挽歌，但文学消费方式的“声像化转向”，已然形成不可阻挡之势。

在后信息时代，文学“声像化转向”只是网络时代文学变革的一个侧面，文学生产与消费的重大转折还仅仅是一个开始，可以肯定的是，这个转向迟早要涉及“所有时代所有地方的所有作品”，谁也不知道在即将出现的文学数字化生存的转折过程中，网络时代的文学生产与消费到底还要遭遇多少奇迹。但是，我们仍将满怀信心地期待着，等待传奇的比特之歌，轻轻飘来，穿过信息森林的黑夜，漫天大雪一般，纷纷朝我们飞来。

---

① 张隆溪：《二十世纪西方文论述评》，生活·读书·新知三联书店1986年版，第7页。

第二章

星汉璀璨：互联网上的文学风景

看得见的世界不再是真实，看不见的世界不再是梦想。

——叶芝

2001年，欧阳友权对我国网络文学的生存状况与发展态势进行了比较全面的考察，他在《互联网上的文学风景——我国网络文学现状调查与走势分析》一文中，对“文学网站知多少”“网络文学‘网’了些什么”“网民爱看什么”“网络文学何处去”等基本问题进行了有理有据的分析与研究。欧阳教授的这篇论文，“从上网开始、从阅读出发”，这种脚踏实地的研究成果与当时众多空谈现代性和全球化的文章相比，属于真正关注当下、关注前沿的文学研究之作，言之有物，用事实说话，那些惊人的数据和质朴的文字，远比时下文采飞扬的媒介批评更有说服力。无论当时还是现在，欧阳教授所采取的研究方法以及他所收集和整理的相关资料，对当代网络文学理论与批评都具有不可忽视的意义。2009年，欧阳友权发表了《新媒体与当代文学现场》，对网络文学“重构文学版图”“挑战文学惯例”“创生文学前景”的发展态势进行了研究；2013年，欧阳友权撰写了《当下网络文学的十个关键词》，对网络文学的作品数量、类型写作、影视改编、互动交流、全版权、反盗版、去草根化、网络批评、排行榜、网络语文等进行了评介与分析，作者以数据别嫌疑，以事实明是非，以大势定犹豫，理据事立，论从史出，为我国新生网络文学研究开辟了一条实证主导的求真务实之路。今天对照“文学现场”和“关键词”，重温《互联网上的文学风景——我国网络文学现状调查与走势分析》，并将当下的统计数据与当年的数据进行一个简要的对比，我们就可以直观地看到，十几年间，中华网络文学经历了一段史无前例的快速发展时期，网络时代的文学生产与消费也出现了走向互联网、走向多媒体、深入市场、深入民间、多元共生、互联互渗的动人景观。

第一节　“互联网上的文学景观”

据中国互联网络信息中心（CNNIC）公布的第八次《中国互联网络发展状况统计报告》显示，截至 2001 年 6 月 30 日，CN 下注册的域名数为 128362 个，WWW 站点数达 242739 个，网民有 2650 万人……通过检索 165 篇有关论及网络文学的网上评论文章和各大文学网站的“友情链接”得知，在众多文学网站中，影响较大、发表网络原创作品最多的当数“榕树下”（http：//www. rongshuxia. com），截至 2001 年 8 月 30 日，该网站共发表文章 619343 篇，而且正以日发表作品 1500 篇左右的速度剧增。其他如“黄金书屋”“橄榄树网”“大唐中文网”“新生代文学网”“中国文学网”“中国原创文学网”“新生代文学网”“文学城”等文学网站办得较有特色，在网民中拥有较高的知名度和美誉度。另外，特别值得一提的是，号称“四大门户网站”的搜狐、雅虎、新浪和网易等大型综合性网站都开辟了“文学”视窗，收录有大量的文学名著和网络原创作品，提供了丰富的文学信息，它们在文学平台设置、栏目链接、文学容量和信息更新等方面，都为许多专门的文学网站所不及。①

一　“天堂书库”的“文学用户”调查

自《荷马史诗》或《诗经》以来，什么人什么时候什么地方能够见到如此博大深广、如此灿烂辉煌、如此美不胜收的“文学风景”？对于网络文学这个由多媒体语言建造的“美好世界”，笔者从网络版的“黑塞诗

① 欧阳友权：《互联网上的文学风景——我国网络文学现状调查与走势分析》，《三峡大学学报》（人文社会科学版）2001 年第 6 期。这篇文章发表时，笔者作为中国人民大学复印报刊资料《文艺理论》责编，曾认真核实过文中信息，并全文转载了此文。文中少数数据与艾瑞咨询报告略有出入，但因笔者参加艾瑞报告审读时，委托方声称他们的报告是内部信息，故未采用。

选”中找到这样一首奇妙的诗歌，完全可以被我们看作对“互联网上的文学景观”的传神写照：

梦

我踏进一座陈列书籍的大厅。
黄昏的微光中，
我看见，
沿墙有成千本羊皮纸书脊，
上面闪烁着奇妙的铭文。
我怀着狂喜，
迫不及待地，
取下了靠近自己的那本
……
又一册大书映入眼帘，
对开本，书脊、书角和截面闪出七彩虹光。
手绘的封面阐述着书的题名：
“色彩与音响相辅相成。
证明：每一种色彩和色调，
都是对相关音调的答复。”
哦，色彩的合唱多么动人，
闪闪发光！
每拿起一本书，
都逗引起我的遐想：这儿是天堂的书库。
令我内心焦躁的一切问题，
在我脑际盘根错节的疑难，
这儿都有答案，
这儿还为每一个精神渴望者供应充饥的面包。
我只探询地匆匆望它一眼，
那本书便回报一个充满承诺的标题。
这里早已为一切灾难作好准备，
这里有满足求知的一切果实，

不论是幼小学生的胆怯要求，
还是任何大师的大胆探求。
这里提供最深邃、最纯净的思想，
替每一种智慧、诗和科学提供解答。
凭借魔力、谱号和词汇阐释质疑，
神秘无比的书籍为光顾者提供保证，
给予最美妙的精神精髓。
这里为任何疑难和秘密提供钥匙，
赋予每一位魔法时刻光临者以恩惠。
我用颤抖的手，
放一本如此可爱的书在斜面书桌，
我辨认出那些神秘的图形文字，
是啊，就像人们常在梦中
快乐背出一篇我们从未学过的东西。
然后我翩翩飞舞直上星空，
我的灵魂与黄道十二宫同行。
在这里，
一切民族袒露自己的观点，
自己千年的世界经历，
在这里，
一切都在新关系中和谐会合，
旧的认识、见解、意象和发现，
始终不断在更高的新层次上流动更新，
让我在几分钟或几小时阅读中，
又一次走遍人类的全部途径，
他们向我发出最古老和最新鲜的信息，
与我内心深处的意识交汇融合。
……

100多年前，黑塞居然“梦”到了今天的互联网这样一个“美好的世界”，这是一个多么令人惊异的预言！难道说一个笃信基督的人，就真的能像《圣经》中描述的那些先知一样，早在100多年前就把网络世界所呈现的一切须眉毕现地写在自己的诗篇里？按照无数神话故事里常见的说法，黑塞的《梦》当是神灵附体的天启之论，在中外无数圣典和传说中，"梦"正好是人类获得"神谕"（oracle）的最原始也是最常见的方式。但是，我们是无神论者，我们并不相信有什么天启与神谕，当我们深感互联网上美轮美奂的"天光云影"难以用恰当的语言描绘时，却意外地发现，黑塞这首诗所说的每一句话都适于描述互联网的基本特征，更为可贵的是，黑塞的《梦》居然相当完美地表达了我们对"互联网上的文学景观"的基本看法：互联网犹如一座"天堂的书库"，"为任何疑难和秘密提供钥匙，赋予每一位魔法时刻光临者以恩惠"。"色彩与音响相辅相成"的多媒体，"向我发出最古老和最新鲜的信息，与我内心深处的意识交汇融合"。

为了对"互联网上的文学景观"有一个概要式的了解，我们很有必要对网络这个"天堂的书库"的"文学用户"进行一次力所能及的"人口普查"，正所谓"没有调查研究，就没有发言权"。因此，大多数网络文学研究者都极为重视调查研究。例如，欧阳友权坚持"从阅读开始，从上网出发"的原则，十几年来始终没有放松对网络文学的调查研究，先后出版过《网络文学发展史——汉语网络文学调查纪实》《网络文学词典》《网络文学五年普查（2009—2013）》等具有重要"史记史料"意义的丰厚成果。下面的资料与数据主要来源于网络以及欧阳友权、马季、王绯等人的著作和"中国文学网"创新工程项目"网络文学现状与前景调查"。

众所周知，CNNIC 每年都会在网上发布一次《中国互联网络发展状况统计报告》，这些数字详细地记录了中国网络文化快速发展的坚实脚步。2014 年 7 月 21 日，CNNIC 发布了第 34 次《中国互联网络发展状况统计报告》。该报告显示，"截至 2014 年 6 月，中国网民规模达 6.32 亿，其中，手机网民规模 5.27 亿，互联网普及率达到 46.9%。网民上网设备中，手机使用率达 83.4%，首次超越传统 PC 整体 80.9% 的使用率，手机作为第一大上网终端的地位更加巩固"①。手机用户的快速激增，使文学阅读变成更为自由便捷的移动阅读，变成随时随地随心所欲的"人机共舞"。有人惊呼，现在已是大数据的"微文学"时代了，微博、微信的读写与转

① 中国互联网络信息中心：《第 34 次中国互联网络发展状况统计报告》，2014 年 7 月，第 4 页。

帖、评赞已成为文学消费的主渠道。但与此同时，网络小说越写越长的趋势有增无减，究竟是微文学时代到来了，还是鸿篇巨制的超级长篇成为网络文学之主流呢？现实究竟会朝着哪个方向发展，是分途发展还是合而为一，我们或许只能拭目以待。

该报告另一个值得注意的数据是，“截至 2014 年 6 月，我国博客和个人空间用户规模为 4. 44 亿，较 2013 年底增加 772 万，增长率为 1. 8% 。网民中的使用率为 70. 3% ，比 2013 年底略低。其中，博客的使用率为 19. 3% ，用户规模为 1. 22 亿；个人空间的使用率为 65. 1% ，用户规模为 4. 11 亿。”博客用户虽然因微博微信的崛起而受到了挤压，但过亿的用户，也是一个巨大的写读平台。

但是，作为一个内容发布平台，博客的内容相对较长且缺乏与用户的互动，不能满足人们随时随地关注、发布信息的需求，逐渐被其他社交应用所替代，在竞争中逐渐转变为小众化应用，如今博客的发展呈精英化、专业化的特点；个人空间的发展则恰恰相反，它集合了当下流行的社交产品的多种功能，完成了向社交类应用的转型，满足了用户的社交需求，用户规模和使用率一直保持在较高水平。

与博客相比，微博的交互性明显有所提升。但截至 2014 年 6 月，“微博客用户规模为 2. 75 亿，较 2013 年底减少 543 万，网民使用率为 43. 6% ，与去年底相比相差不大。其中，手机微博用户数为 1. 89 亿，相比 2013 年底下降 794 万，使用率为 35. 8% 。在经历了 2011 年至 2012 年的快速增长期之后，微博客市场逐步进入成熟期，整个市场呈现出集中化趋势，部分运营商对于微博客业务发展战略的调整对整体微博客用户规模造成一定程度的降低。”

第 34 次《中国互联网络发展状况统计报告》对上述信息进行了趋势分析。该报告指出，“随着用户使用成熟度和内容偏好度的加深，其自身属性也在变化。首先，微博客平台作用提升，已经成为个人、机构以及其他媒体的信息发布交流平台，同时也为手机应用、社交等提供了平台支持；其次，从内容方面来看，微博客在泛内容、大众化内容的基础上，开始涌现出一些垂直化、精细化的内容，对于用户个性化需求的满意度逐步提升；再次，从用户趋势方面来看，微博客用户逐步‘下沉’，从早期的以一二线城市为主，逐步发展到三四线乃至更低级别地区；最后，从价值应用角度分析，随着微博客数据的积累，微博客将在舆情管理、行为预测、网络营销方面发挥更大价值。”

该报告还专就网络文学发布了一组数据：“截至2014年6月，我国网络文学用户规模为2.89亿，较2013年底增长1498万人，半年增长率为5.5%。网民网络文学使用率为45.8%，较2013年底增长了1.4个百分点。”近3亿网络文学用户，已经让传统文学的消费人数变得无足轻重，文学期刊和文学书籍的出版和发行，正在或即将变成网络消费的副产品或衍生品。

该报告指出，“网络文学经过十几年的发展历程，逐渐形成了完整的产业链。在这条产业链条上，网络文学作为上游，IP知识产权将链条打通，通过IP授权，根据文学作品内容推出了游戏、动漫、影视等一系列衍生产品。网络文学的版权开发带来了巨大的价值，拓展了更多的商业模式。未来，在文化产业整合的大趋势下，文学、游戏、影视、动漫等文化产业将不再是独立的个体，而将成为交叉融合的状态。”

对比当年欧阳友权对榕树下的统计①，不难看出，这十多年来，网络文学用户人数的增长之快，用网友的话来说，真是“逆天”了。对于一个从未登录过榕树下的读者而言，这些数据也许只有统计学意义，谁也不可能从整体上把握这恒河沙数般的文学作品的优劣与品性。习惯的看法是，逢“多”必“滥”，所以，榕树下收录的作品内容想必是鱼龙混杂、泥沙俱下。但不少研究者认为，榕树下刊载的作品，虽然数量惊人，但质量把关人的眼光与尺度绝不逊色于传统文学期刊的编辑。

例如，网友刘梅林说，他漫游榕树下的总体印象是，电子刊物的“文学风景”固然缺少传统期刊那种靠名家支撑的“知名景点”，但也较少出现传统期刊中人情稿件造成的“环境污染”。网友刘梅林曾经多次遭遇榕树下退稿，其退稿率远比传统期刊高出许多，而且每次退稿都附有详细说明。刘梅林说，他也许算不上一个真正的作家，但作为一个笔耕数十年的职业文字工作者，遭遇退稿自然是家常便饭，每次收到榕树下的退稿邮件，他都会细读几遍，他觉得读到那些退稿信通常要比单纯发表一篇作品更有收益。联想到笔者遇到的类似情况，使人不禁对榕

① 截至2001年9月30日，该网站共拥有160万注册用户，签约作者3000多人，其中包括一些著名的网络写手安妮宝贝、宁财神等。榕树下的数据库中存有的稿件超过70万篇，日均投稿量达6000篇。笔者于2006年10月15日查阅了当天的刷新数据：现有文章3509592篇，最新发表724篇。

树下那些素未谋面的编辑产生了几分敬意。这样的经历，也让人对那些习惯于批评网络文学作品缺少精品意识的言论保持了一种应有的警觉。整个网络世界或许无所谓精品意识，但毕竟网上存在许多精品网站，多数网站也自会有相应的精品栏目，多数栏目不乏精彩作品，多数作品都有其闪光的地方。

榕树下是最著名的文学原创网站之一，在某些网络文学批评家的文章中，这个老牌网站几乎成了网络文学的代名词。有研究者在对榕树下进行分析时指出："挖掘自身的网络文学资源，从事网络文学产品的开发成为榕树下理所当然的道路。榕树下选择的是网络文学资源的跨媒体开发和经营。它的业务主要有版权代理、出版、影视广播、广告等几大块，而所有的经营项目都围绕'网络文学'这个中心来进行。"①

榕树下这样专业的文学网站出现一枝独秀的现象似乎是由网站经营者的业务定位所决定的，但那些大型综合网站中文学网页的百花盛开、春光灿烂的景象似乎更多地取决于网络文学的"大气候"。文学的网上繁荣，与"网下"的凋敝景象形成了鲜明对照，这种奇异的反差，在很大程度上给那些将书面文学的衰落归咎于网络文化冲击的文学批评家提供了口实。当然，也有一些网络文学研究者认为，正是网络技术为日薄西山的传统文学提供了一个焕发青春的数字化生存的新家园，于是，一些人干脆把互联网比作传统文学的"挪亚方舟"。

尽管自网络文学问世以来，学术界对文学数字化究竟是福是祸的争论一直没有停止过，但随着网络文学的日益发展，越来越多的人已开始相信这样一种观点——未来的文坛，必将是网络文学的天下，毕竟人类已进入了一个逐渐超越"原子"束缚的比特化时代，"数字化生存"的口号正在我们的物质生活和精神生活领域演变成一种脱胎换骨式的"格式化"运动。可以预见，未来的文学史学家很可能会将文学发展历程总体划分为"前数字化时代的文学"和"数字化时代的文学"两大部类。

以榕树下这样的纯文学网站作个案分析来讨论网络文学，切近对象的"在场"优势是不言而喻的，但也明显存在以文学论文学的局限性，更何况，在数以百万计的中文网站中，纯文学网站毕竟是"稀有品种"，所以

① 陈阳：《网络文学资源的跨媒体经营——榕树下全球中文原创作品网案例简析》，《编辑之友》2003年第2期。

以榕树下为例，很容易陷入“只见树木不见森林”的研究误区。为此，这里姑且以“非文学专业”网站——搜狐的文学网页为例。大多数经常上网的人，都会注意到这样一个现象，在这个普遍认为文学已日渐边缘化的所谓“后文学”时期，互联网上的确出现了“风景这边独好”的局面。尽管当下的大型网站都具有追逐时尚的媚俗气息，但它们对时尚背后的那些具有传统文化底蕴的“必不可朽之物”并非视而不见。事实上，即便在包罗万象的综合网站，其文学网页也有自己独特的分类标准，既有“古今中外”之分，也有“精粗文野”之别。

二　网络文学“网”了些什么？

网络犹如无边无际的海洋，无论规模多么宏大的调研都难以对其达到全面深刻的了解；网络犹如永不停歇的风暴，无论笔触多么细致的描绘都只能记录其“白驹过隙”的一瞬。例如，前文记录的许多数据，在互联网上都已发生了很大变化，我们的记录与分析刚一开始就已被时间无情抛弃，唯其如此，我们的调研作为某一时刻的留影，才更有不可替代的意义。人类是唯一珍视历史的动物，并不因为时间无情而抛弃历史，相反，历史会随着时间不可抗拒的流逝而变得更有魅力。2000 年，欧阳友权对“网络文学‘网’了些什么”进行了拓荒式的调查研究，他将自己的调研结果写成了题为《互联网上的文学风景》的报告，简明扼要地回答了这一问题。这些资料具有极为珍贵的历史价值，堪称当代网络文学调研的奠基之作。随着网络文学的研究者在历史的长河中越走越远，欧阳友权树立的这杆航标的意义就显得越来越重要。

1. 文学上网：传统印刷品文学的电子化

把传统的文学名著电子化后送进网络供人浏览，是许多文学网站和综合网站的常见做法。从古代经史子集到现代知名作家的作品，网上都应有尽有。外国文学作品在网上有按时代和国别收藏的，有按文体归类的，也有按作家姓氏字母排序的，多数文学网站均有收揽。

这些网站把文学名著搬上网络，其意义有二：就网站方面来说，有了文学名著坐镇可以提升网站的文化品位，吸引更多网民点击，增加访问量；就文学本身而言，名著上网有利于加快文学经典的广泛流传，扩大文学影响力，满足读者的审美需要，并且可以减轻图书馆的借阅压力，当然也相应减少了图书市场的名著销售量。

2. 网上创作：网络原创文学举隅

最能体现网络文学本质特征的应该是网络原创文学——由网民在电脑上完成创作、在网络首发的文学作品。我国已有原创文学网站 268 个，发表的网络原创作品难以数计。以专载网络原创作品的榕树下为例，它从 1997 年建站到 2001 年 8 月底，已登载原创作品近 62 万篇（部），达 8 亿多字，这个数字是任何一家传统的文学报刊和文艺出版社在同期内所难以企及的。笔者对 1998 年 1 月以来该网站相关栏目显示的小说、诗歌、散文篇目分别作了如下统计：共有作品 190913 篇，其中小说 56993 篇，占作品总数的 29.85%；诗歌 37313 篇，占 19.54%；散文 96607 篇，占 50.6%。

从作品体裁上看，网络原创文学除了传统的诗歌、小说、散文和剧本体裁外，带有纪实性的网上燃情、心情告白、琐屑人生、旅游笔记、菁菁校园一类的作品占了很大比例。笔者对“搜狐原创文学”栏目中的 22778 篇作品的数据作了如下统计。

表 2－1　　　　搜狐原创文学作品统计

作品类别	发表篇数（篇）	所占比例（%）	作品类别	发表篇数（篇）	所占比例（%）
网上燃情	5226	22.94	诗词韵文	4836	21.23
心情告白	4095	17.97	文学评论	180	0.79
琐屑人生	1036	4.55	菁菁校园	897	3.93
武侠天地	380	1.67	旅游笔记	195	0.85
失恋况味	663	2.91	留学生活	78	0.34
小说杂文	2240	9.83	科幻世界	234	1.02
散文随笔	2262	9.93	其他类别	456	2.00

这里对文学体裁和题材的划分从逻辑上看存在交叉现象，但大致反映了目前网络原创文学的基本状况。

欧阳友权当年考查过榕树下、橄榄树网、黄金书屋、新语丝、大唐中文网等文学专门网站作品的题材状况，结果表明，情爱题材、搞笑题材和武侠题材占据了原创作品的前三位。其中，以网恋故事为题材的作品竟占 43%，其次是搞笑题材的作品，约占 17%，而武侠题材的作品约占 15%。以小说为例，如 2001 年 5 月 15 日黄金书屋网站的“原创文学”栏目中，有长篇小说 86 部，其中爱情题材作品 53 部，占 61.6%；中篇小说 356

部，其中爱情题材的 239 部，占 67.1%；短篇小说 1714 部，其中写爱情的就有 1118 篇，占 65.2%。值得注意的是，当时起点、晋江、豆瓣等网站都还没有问世。在如今 TOP100 文学网站中，再也看不到欧阳当年调查的这“十大网站”的身影。

3. 网络文学：走向云端的文学信息

人们通常用“海量”来形容网络信息之丰富，网络的文学信息亦是如此。这些信息不仅来源于文学网站，也来自其他网站的文化、文学、娱乐栏目和新闻板块。除可供阅读和下载的作品信息和通常所见的文学新闻信息外，网络的有效文学信息突出表现为栏目链接类信息、文学知识类信息和文学研究类信息三种。

（1）栏目链接类信息。文学网站主页的链接类信息一方面体现了该网站的办站主旨、网站容量、美学追求和技术水平，另一方面则为网民是否浏览该网站、浏览哪些内容以及如何浏览提供直观链接路径。这些链接栏目通常采用加亮、换色、闪烁、飞字、下划线、改变的字体字形、抢眼图案或巧妙排列等方式来吸引网民眼球和鼠标，为他们创造浏览信息最大化便利。在这方面，黄金书屋、白鹿书院、汉语文学、大唐中文网、亦凡公益图书馆以及搜狐、雅虎、新浪等网站都做得颇有特色。

（2）文学知识类信息。网络上的文学知识类信息可以胜过任何一部文学百科全书。无论是文学常识还是文坛逸闻，也不管是作家作品背景知识还是作品影响和评价资料，在网上都可查询到。仅以 http://abcwww.top263.net 为网友提供的文学描写类知识为例，其一级目录就有景物、场面、人物、闲情 4 部，每一种下面又设有许多子目录。如人物部下设爱慕、喜悦、欢笑、羞赧、抑郁、痛苦、哭泣、尴尬、慌乱、愤怒、得意、谄媚、贪婪、阴险、变幻、弥留、其他等 17 个子目录，各子目录里都有中外经典作品的大量相关实例。其资料之丰富、查找之便捷，堪与任何一部文学词典相媲美。

（3）文学研究类信息。这类信息主要指作品评论和理论批评资料。由于网络文学具有传统印刷文学所没有的实时、互动、自由、以读者为中心等特点，任何一个读者可以对任何一个作品及时发表意见，网站也为读者设立了评论窗口，一个作品的访问率和评论量常常被视为该作品影响力的客观标志。那些七嘴八舌、直言不讳的评论文字坦诚而率真，是文学研究的宝贵资料，网络为文学研究者提供的各类信息更是丰富而便捷。

早期网络文学研究者大都对“网民最爱看什么”感到好奇。欧阳友权注意到，网民的欣赏趋向可以从网站公布的作品点击率访问量、阅读次数和排行榜中得到佐证。例如，从前文所列榕树下原创作品的阅读次数看，排在前三位的是散文中的“开心一刻”、小说中的“聊斋夜话”和“爱情故事”。这说明娱乐、幽默、爱情和传奇故事是网民最爱阅读的作品。一度高居各大网站排行榜榜首的《大话西游》、《悟空传》（该长篇小说在新浪网连载时下载量超过50万）、《北京故事》、《逃往中关村》、《数字化精灵》等，足以说明网民对这类作品的偏爱。

尽管爱情题材的作品是网民阅读的首选，但网民并非只读故事而忽视作品的艺术水准。娱乐性、可读性和思想性、艺术性的统一，仍然是网民对网络文学的认同标准。毕竟，早期的网文爱好者主要还是以传统文学为标准看待作品的。

更为可贵的是，欧阳友权在自己的破冰之旅中就提出了“网络文学向何处去”的问题。他认为，网络文学要从婴儿成长为巨人还有很长的一段路要走。在这个过程中它还需尽快克服自身的缺憾，才能迈向成熟和健康。网络文学在发展中尤其注意以下问题。

一是防止恣意灌水，提高作品质量。由于网络这个自由的赛博空间犹如马路边的一块心情留言板，谁都可以在上面信手涂鸦，它给网络写手提供了发表作品的圆梦阵地，也给恣意灌水的文字垃圾提供了抛洒的乐园。随心所欲的杜撰，漫不经心的表达，即兴式的发挥，情绪化的宣泄，装腔作势的做作，抖机灵的调侃，无病呻吟的抒情，乃至粗鄙的漫骂，肉麻的吹捧，词不达意、文不对题的言说，不负责任的讥讽，乃至错别字、生造字、符号代码字等在网络作品中可谓比比皆是。网络写手多是感怀而遣笔，心仪而诉求，自娱以娱人，文笔随性，纵横无忌，结果是宣泄多于艺术，粗疏多于精致。可以说，目前的网络原创文学大约有三分之一属于文学，三分之一属于准文学，还有三分之一属于非文学。

二是充分利用网络的媒体优势，增强作品的原创性。网络文学的特色和优势在于原创。把文字与视频、音频结合起来制作超媒体、超文本链接式作品，是网络文学有别于传统文学的根本标志，也是最贴近网络本性的创作革命，应该成为网络文学的发展方向。可由于习惯和技术使然，目前这类作品还不多见。

三是突出个性，办出特色网站。文学网站同网络作品一样正以几何指数猛增，但有个性、有特色的网站不多。栏目的大同小异、作品的相互转帖、非文学的无端炒作，使一些网站成了人来人往、搬货卸货的文字码头，热闹倒是热闹，却唯独没有属于网站自己的东西。受艺术眼光和技术水平的影响，有许多文学网站用收集整理代替原创，用拷贝抄录代替创意，用自由上传代替编辑遴选。没有自己的宗旨和创意，必然缺乏自身的特色和个性。

时至今日，网络文学已显露两大变化：一是一批网络写手浮出水面"网而优则名"；二是网络文学对传统文学的"归顺与招安"。一些网络写手（多是理工科出身）原本是在网上"撒撒欢儿"，没曾想却"无心插柳柳成荫"，因网络创作而一夜成名。痞子蔡的成功撩拨得无数网民与网络文学"亲密接触"，李寻欢、宁财神、安妮宝贝、刑育森、今何在、黑可可等人的作品不仅被许多网站做成个人专集，而且被出版社争相出版，可谓名利双收。成名后的网络写手不时从幕后走到台前，成为传媒炒作和评论的热点，更为"网而优则名"添油加火。这种现象可能导致网络文学的功利化转向，也有可能催生更多网民的文学热情，诱发新一轮的网络文学热潮。

网络文学究竟能走多远？可以说，网络文学的前景取决于网民的参与程度和水平，也取决于文学网站能否活出个样儿来。可时下的一些文学网站，特别是那些学生社团办的校园文学网站和文学发烧友办的个人网站，多是靠罗列各类搜索引擎和转帖他人作品撑着门面，他们中有的自得其乐地活着，有的不死不活地活着，有的一盘散沙地活着，有的甚至靠美女图片加网恋故事而低三下四地活着。懂文学的不懂网站建设，懂网站建设的人不一定懂文学，再加上资金和技术的限制，难免使网站与文学同网异梦。如何实现文学性与商业性的接轨、技术与艺术的统一，是众多文学网站需要认真解决的难题。①

20 年后的今天，网络文学经过了几次"升级"，早已今非昔比。从"即兴涂鸦"到"收费阅读"，从"流量至上"到"内容为王"，从"IP精细化"到"高质量发展"，从部落化的"圈内热"到全球化的"出海潮"，中华网络文学已成为与美国大片、日本动漫和韩国电视剧比翼齐飞

① 欧阳友权：《互联网上的文学风景——我国网络文学现状调查与走势分析》，《三峡大学学报》（人文社会科学版）2001 年第 6 期。

的当代文化产业的“四大奇观”。

第二节　网络技术变革与文学艺术革新

2014 年 8 月 15 日，笔者在中国知网上对“网络文学”进行“篇名”检索，得到如下一组数据。

2014 年(291)；2013 年(266)；2012 年(205)；2011 年(246)；2010 年(218)；2009 年(197)；2008 年(152)；2007 年(133)；2006 年(101)；2005 年(93)；2004 年(96)；2003 年(87)；2002 年(120)；2001 年(81)；2000 年(60)；1999 年(14)；1998 年(0)。括号中是年度学术文章标题中含有“网络文学”字样的文章篇数。1998 年以前，“网络文学”并未正式进入学术研究者的视野。1999 年，《互联网周刊》《Internet 信息世界》等 IT 行业刊物围绕“网络文学”概念发表了一些文章，其中以网易网络文学奖的讨论最为引人注目。“网络文学”一词也自此渐渐成为各类词库的常用词语。

当然，并不是说在“网络文学”这个概念出现之前，就没有人关注以网络为代表的新媒介对文学的影响。有一种意见认为，王周生在《上海社会科学院学术季刊》1995 年第 4 期发表的文章《信息时代与文学》，是我国学者最早涉及网络文学的论文。这篇文章指出，多媒体的出现和全球信息网络的形成，文学作品只读光盘、电子期刊和个人电子日报的产生，为文学提供了比读物、广播、电影、电视更迅疾、更大众化的传播形式。文学越趋多元，消费越趋加快，需要量越趋增加。通俗文学如此，纯文学也不会例外。作家和文学研究工作者面临新的挑战。电子媒介与文学之间不应该存在不可调和的矛盾，作家们已经且将越来越受到电子媒介的恩惠。王周生预计，在不久的将来，不用计算机联网的科研，绝不会是一流的科研，自然科学研究是如此，社会科学研究包括文学研究亦是如此。实际上，现代意义的文学本身，是工业化的产物，信息时代必将产生属于它的文学。他还呼吁，应该对两种文学——纯文学和俗文学都给予必要的关注和认真的研究；应该建立一支使用计算机的文学研究队伍，才能适应全球化的信息时代。20 年之前的这些富有预见性的观点，在此后的文学发展过程中，得到了比较充分的验证。

2009 年，洪治纲在讨论网络时代文学的合法性危机时指出，信息时代以其发达的技术手段，使各种文化的生产出现高度过剩。这种文化生产的过剩，意味着被生产出来的信息量远远超出了主体的接受能力，从而导致主体无法正常地行使自己的判断能力。这一情形已经在当前网络文学创作中越来越突出地体现出来。譬如中国盛大文学旗下的起点，该网站“平均每天就有超过 1100 人为其长篇网络原创小说写稿。每天，这个网站内容更新超过 3400 万字”。仅一家文学网站，每天就可以“创作”出如此海量的作品；如果将全国所有文学网站每天上传的作品累计起来，那将会是一个什么样的庞大数字？如果再将它们一年的上传作品统计出来，那将会是一个什么样的天文数字？[①] 根据 2018 年“网络文学周”公布的信息，当年网络签约作家平均日更创作数字合计 2 亿，相当于 250 部《红楼梦》的字数。

2000 年，笔者曾就“互联网与文学艺术的革新”这一论题进行过探讨。笔者完全认同把电报作为电子化传播新时代标志的观点，因为，自电报问世以后，新的电子传媒仿佛凭着一种魔力，跨越了时空的阻碍，使文化真正变成了一种异地同现的、唾手可得的、自由自在的赛博空间中美丽的桃花源。

在电报之后，电影、无线电广播、电视等电子传媒先后登场。今天，当我们放眼望去，大众传媒的影响无处不在。我们无法想象离开大众传媒，我们将会如何生活，我们也无法想象在没有大众传媒之前人类的生活。大众传媒创造（或者说构造）了一个新的世界，正如麦克卢汉所说，“新的传播媒介不是人与自然之间的桥梁，它们就是自然”[②]。

从历史发展的角度来看，一般认为，传播媒介经历了口语文化、书面和印刷文化以及电子媒介三个阶段。因为口语文化易于失真和失传，受时间和地域的局限，所以麦克卢汉把口语文化称为部落文化。当文字系统出现后，人类文化就进入了书面文化的阶段。文字使文化传播和储存成为一种符号化的转换技术，“使语言脱离了口语传统，向世俗权力转变，结果对空间关系的强调超过了对时间关系的关注”[③]。这就是有文字记载以来

① 洪治纲：《信息时代与文学合法性的危机》，http：//www. chinawriter. com. cn/bk/2009 - 08 - 20/37351. html，2009 年 08 月 20 日。

② ［美］丹尼尔·杰·切特罗姆：《传播媒介和美国人的思想——从莫尔斯到麦克卢汉》，曹静生等译，中国广播电视出版社 1991 年版，第 192 页。

③ ［美］丹尼尔·杰·切特罗姆：《传播媒介和美国人的思想——从莫尔斯到麦克卢汉》，曹静生等译，中国广播电视出版社 1991 年版，第 169 页。

的文化能较好地得以继承和发展的原因。

在电子媒介系统中，声音和图像不像在口语文化时期那样一闪即逝，它使文化的时间性与空间性完美地结合起来，清除了书面文化的文字符号对大众的限制。在电子文化系统中文学和艺术不再是有文化、有教养的少数人的专利，任何人都可以通过电子媒介的声音和图像分享各种作品。由于无线电波能到达全球的任何一个角落，这就使得电子传媒成为有史以来影响最广泛的传播方式。

互联网作为电子传媒家族中的后起之秀，不像无线电广播、电视可以采用种种干扰措施来降低影响，它更加无视人为的疆界。尼葛洛庞帝在《数字化生存》一书中指出：

> 数字化可以让你在传送信号（signal）时，附加上纠正错误（电话杂音、无线电干扰或电视雪花）的信息。只要在数字信号中加上几个额外的比特，并且采用日益成熟的、能因噪声和媒体的不同而相应发挥作用的纠错技术，就能去除这些干扰。在CD光盘上，1/3的比特是用来纠正错误的，同样的技术也可以应用到目前的电视机上，从而使每个家庭都可以接收到有演播室效果的画面，影像比现在清楚许多，以至于你可能把这种电视误以为是所谓的“高清晰度电视”。①

尼葛洛庞帝相信，纠正错误和压缩数据是发展数字电视最明显的两个理由。以同样的带宽，过去只能容纳一种充满杂音的模拟电视信号，现在却可以塞入四种高品质的数字电视信号。不仅传出去的画面品质更佳，而且利用同一频道，你还可能拥有四倍的观众数目和四倍的广告收入。大多数的媒体管理人员在思考和论及数字化的意义时，念念不忘的正是现有的东西能以更好和更有效率的方式传播。但如同特洛伊木马一样，这个礼物产生的后果可能令人意想不到。由于数字化，全新的节目内容会大量出现，新的竞争者和新的经济模式也会不断涌向前台，并且有可能催生出提供信息和娱乐的家庭工业。

---

① ［美］尼葛洛庞帝：《数字化生存》，胡泳、范海燕译，电子工业出版社2017年版，第8页。

比特电视使文化艺术的传播在赛博空间中变得更加逼真生动、更加纤毫毕现。有人预言未来的电视将等同于电脑，机顶盒将变得只有信用卡般大小，只要插入一个软件，就能把电脑变成有线电视、电话或卫星通信的电子通道。可见，赛博空间的出现实际上就是现代媒体的一场新的革命。“媒体预言家”德克霍夫在《文化肌肤：真实社会的电子克隆》这一曾被誉为加拿大第一畅销书的著作中，就详细讨论了通信技术和电子媒体对现代社会的影响和作用。作者认为，电子媒体和赛博空间将会改变我们的心理状态；虚拟现实技术将会填补观念与现实之间的鸿沟；人类正在创造一种超越任何个人智慧的集体心智。这本书中还专设了“赛博空间”一章，分析了赛博空间中的媒介革命对社会生活的影响。作者以《全面回忆》为例进行了说明。在这部电影中，阿诺德·施瓦辛格一身冷汗地醒了过来，他不知道自己是正在进入还是走出一种彻头彻尾的幻觉——这是由一家以致幻剂为主业的旅行社为他制造的，由于他重生的记忆是如此真实，以致他无法区分事实与小说（这让人想起庄周梦蝶的故事）。作者在虚拟现实后加上一个注释说，就像 AI 通常代表“人工智能”（Artificial Intelligence）一样，从今以后 VR 也会非常通用地指称“虚拟现实”（Virtual Reality）。但是，虚拟现实也被称为人工想象力或人造意识，正是由于现在我们能把人工视觉、听觉和触觉等感官信息包容于我们已被延伸的意识之中，所以我们可以真正地考虑人造意识的可能性。AI 其实就是没有感官参与的人造意识。只有通过增加感官的相互作用，我们才能恢复外在于我们身体的那种内省（interiority），而这正是人类意识的特点。

该书作者相信，或早或晚，你也会遇到这种情形，当然你不会一身冷汗地醒来，也不会一直做梦，为了停止这种体验，你只需摘下你的目视传音装置后关上计算机。虚拟现实机器使一些天方夜谭似的幻想不费吹灰之力就能变成现实。这就意味着，任何人在任何时候都能任意发表任何作品；任何人在任何时候都能任意欣赏任何国家任何时代的艺术品。将来某一天，你足不出户就可以用手去感触（更不用说观赏）卢浮宫里的任何艺术珍贵收藏品。用手感触？用手感触！

德克霍夫最为大胆的理论就是“集成即触摸”。他说，教育者和许多艺术家已经想到触觉可能是人们最重要的认知工具。婴儿通过触摸学习，而成人则通过“领会”某一情境（这显然是一个触觉隐喻）学习。我们对我们已经知道或需要知道的事情形成了一种内心感受。在共用主机还大行其道的早期岁月里，麦克卢汉就以他艺术家般的敏感做出了计算机将实现触摸化的预言。德克霍夫说，以前，改变一页写好的文字或一幅绘好的油画至少要几分钟，而现在，相互作用的速度已提高到转瞬即成的程度。不仅在 VR 模拟中有可能体验即时反应，而且借助更简单的眼睛追踪界面装置或生物反馈也可以做到这一点。在技术上已被延伸的大脑，可以伸出其外部的智能感觉器官网络来“吞下”环境，其方式就像海参伸出其胃部捕获浮游生物那样。触觉延伸的作用在这里是极其重要的，因为它是基本的。触觉涉入了思维领域，不管是我们头脑中的还是机器中的，它成为思维过程中的一个参与者。模拟的触觉是首要的心理技术，其力量足以把我们从有读写能力的理论的直截了当的精神状态中拉出来。[1] 可以肯定，这一发生在赛博空间中的技术革命，必将给未来的艺术生产带来不可估量的影响。事实上，它对传统文学艺术的深刻影响正在悄悄地改变着文学艺术的内在精蕴，正在“漫不经心”地以真正的“闪电”速度改写着有着悠久历史的文学艺术时代史。

例如，多少世纪以来，舞蹈一直是靠身体动作流传下来的，但是，舞蹈已逐渐进入了电子时代，几十年来，电子技术已应用于记录并再现已有的舞蹈设计。今天的计算机技术可以对舞蹈这种天生的视觉艺术发挥重要的作用，而舞蹈也对技术的发展有所帮助。有资料表明，舞蹈家们可以用电脑软件编写舞蹈程序，这样就可以大大减少制定和研究舞谱所需的时间，电脑还能为舞蹈教师创建全面的、档案式的网址和数据库，并记录下那些不太知名的作品。如今，技术的高度发展终于带来了由计算机创造、为计算机所用的“虚拟舞蹈”。如在美国，有一个名为“精灵再现”的虚拟舞蹈装置。通过这一装置可以看到一个姿态优雅的形象在看起来有些古怪的三维空间中重复比尔·琼斯的舞蹈动作。而一个所谓的“镜与烟”光盘只读存储器使观众可以穿过一场舞蹈表演的各个“电子空间”，从而获得多种体验。研究者说，这种形式是“现场表演的扩展”，但不是模拟实际表演，舞蹈因此成了另外的某种东西——它不是为了替代真正的表演，而是要扩展表演的界限。

也许没有什么能代替真人在舞台上的表演，真人表演是一种美妙的艺

---

① ［加］德克霍夫：《文化肌肤：真实社会的电子克隆》，汪冰译，河北大学出版社 1998 年版，第 48、59 页。

术形式。但人们乐意看到从传统形式中衍生出来的其他艺术形式，这也是研究者们的兴趣所在。在现代舞台上，动作感应系统和计算机控制的舞台媒体系统以过去无法想象的方式创造出音响、灯光和电视图像，毫无疑问，这将极大地增强舞台艺术的表现力。而由光盘只读存储器在虚拟空间中创造出虚拟布景，可以帮助舞蹈团有效地节省人力和物力。从艺术经济学的角度看，赛博空间中的技术革命确实极大地解放了艺术生产力，并为未来的艺术生产开辟了辉煌的前景。

令人意外的是，长期以来，“野心勃勃”的科学家们一直在“阴谋策划”着如何从艺术家手中夺走他们觊觎已久的“金饭碗”。1999 年，《中外科技》曾以整版篇幅登载了日、美、俄、德等国的 25 名科学家就未来 100 年内全球高科技发展情况及其对相关学科的冲击拟出的 100 个选题，其中第 26 个选题是：21 世纪中叶，包括电影、绘画在内的各门艺术由机器人和电脑代替的可能性及其影响。我们相信，这种科学技术的革命带来的艺术生产的革命将真正成为古典艺术终结的标志：昔日艺术家特立独行的多少有些神秘的创造精神的万丈光芒将会变得更加黯淡，传统的以单个主体为创作核心的艺术生产劳动的低吟将会被创作群体的精细分工合作的“大拼合”彻底淹没。

就近些年的情况来看，电脑高科技在影视领域最为威风，其中一个显著的特色是令人目瞪口呆的高科技制作的特技场面。《玩具总动员》《勇敢者的游戏》《龙卷风》等大片之所以有不俗票房，其根本原因就在于奇妙的电脑设计所产生的逼真而神奇的画面效果，使观众领略到现实生活中无法体会到的全新感觉。前几年的《烈火雄心》所呈现的火场世界，《烈火狂风》等影片中那种让火山在人们的眼前爆开并让观众目睹演员在龙卷风中抛向半空的逼真场景，没有电脑特技是无法实现的。敢于赴汤蹈火，不怕粉身碎骨，面对惊心动魄的挑战，无论多么勇敢高超的演员也无法与“电脑大师”匹敌。至于像《侏罗纪公园》《狮子王》之类依靠电脑技术制作的电影，已经把高科技创作艺术的绝活发挥得淋漓尽致。而震动全球电影界的《泰坦尼克号》和《天地大冲撞》等已注定名垂青史的大片给观众带来了视听的强烈审美冲击和艺术震撼，对此高科技制作更是功不可没。有的文章说，《泰坦尼克号》一片中的海水、烟雾、云、船乃至人，有 60% 由电脑合成。在夜色中巨船逐渐下沉，成百上千的人高空跌落沉入水中的场面，都由电脑完成。影片中计算机利用数字化技术模拟出海洋、海豚以及数以千计爱德华七世时代的人物，增加了艺术感染力和审美动情力。影片中所呈现的沉在海底的船骸和舱内景象，绝大多数是在深海的海底实地拍摄的。导演说，他所采用的复杂技术，几乎可以与登陆火星的摄像机相媲美。因此，这部影片利用高科技创造出了高度的艺术真实，其内容是歌颂人类最美好的爱情，科技与艺术的联姻在此获得了空前的成功。该片上映后，“万人空巷，好评如潮”。它为这个文化溃败的时代创造了又一个匪夷所思的艺术神话。

多年来，美国电影人一直在努力，希望在将来的某一天电影由电脑负责全部制作。现在人们似乎已对这些多少有点夸大电脑神通的说法深信不疑。用电脑代替真人表演，眼下正在成为一种潮流或至少可以说是一种趋势。形成这种趋势的原因是多方面的。一个显而易见的原因是，近年来，好莱坞巨腕们的身价一涨再涨，让唯利是图的制片商们伤透脑筋，也让他们不堪重负，如有可能的话，他们真想炒掉所有的明星。

事实上，21 世纪演员失业不是没谱的事，我们已经在《狮子王》中看到了栩栩如生的狮子，在《勇敢者的游戏》里看到了难辨真假的犀牛和大象，在《侏罗纪公园》里看到的巨型恐龙更是活灵活现。至于《真实的谎言》、“007 系列”中有关飞机导弹之类的特技镜头则只能是电脑的杰作。随着电脑的日益精密化，“非人影星”的出现似乎指日可待。

早在 20 世纪 90 年代，美国科学界已经看到了预示这一未来的东西：一个名叫蒙蒂的计算机设计的虚拟形象，能读出便携式电脑现场输入的语句，而且口形与发音保持一致。尽管到目前为止，蒙蒂的声音听上去还有人工合成的痕迹。但是华特·迪士尼图像设计公司负责研究与开发的副总裁埃里克·哈兹尔廷说，蒙蒂这样的虚拟形象有希望把电影业带入一个全新的空间。他在美国科学促进协会召开的年会上说：“模拟技术使我们得以代替并改善真实的世界。”这种情况已经在某种程度上发生了。例如，《泰坦尼克号》在拍摄船的远景时就利用计算机生成技术表现了甲板上的人物。今天的计算机已经能出神入化地表现艺术家们的大多数意念。《侏罗纪公园》里的恐龙和《丛林王乔治》中的大象等动物明星就是计算机图解人类各种奇思妙想的生动例证。

当然，在目前，导演必须与相关技术人员合作才能使计算机生成的人物开始工作。有了新的程序，导演则可以直接与这位“明星”合作了。由设在俄勒冈州比弗顿的流畅语言技术公司创造的蒙蒂不仅能根据指示说话，而且还能做出各种表情。

中国电脑界人士认为，只要在存储空间、运算速度及带宽等方面有突破性进展，电脑通过大幅度增加帧数和改善像素点，就可以制造出完全逼真的人，通过肉眼，人们将无法分辨真人和电脑影像的差别。制片商们将有可能根据市场的需要，用电脑制造出符合消费者心理的虚拟明星。接下来，交互式电影将会产生，观众可以根据自己的口味，跳进某部电影中扮演主人公，就如同玩电子游戏机一样简单方便。观众还可以对经典名片中的主角按自己的喜好进行加工改造，如，让黛米·摩尔扮演林黛玉，让赵本山变得比巴顿将军还要严肃，如此等等，可让各类影迷随心所欲地混迹于影视圈。如果量子计算机研制成功，电脑技术就更是如虎添翼，人类“所见即所想，所想即所得”的梦想似乎很快就要变成现实了。也许，在未来电脑虚拟的世界里，真的可以说“只有想不到的，没有办不到的”。

当然，也有人表达了某种担心。有文章用幽默的口吻说，真人表演的电影存在着极多的变化，同样的剧本由不同的演员来演，风格会截然不同，而正是这些不同之处令人着迷。电脑制作的虚拟明星是否也能有个性上的魅力？此外，虚拟明星不能制造绯闻，无法为观众做出额外的贡献，他们不能在街上拥抱自己的崇拜者，让他们尖叫起来——这些未尝不是虚拟明星还不能走红的原因。在最重要的角色上，“电脑影星”也许没有必要取代真正的演员，因为，被电脑取代的潜在可能性足以使大腕影星开价时三缄其口，说不定将来有一天，人们愿意出比现在的影星索要的片酬更高的价钱，买一次当明星的机会。再者，正如哈兹尔廷所说，这种技术的目的不是代替旧的东西，而是创造新的东西。

比较起来，电脑对电影界的“渗透”还算“温和”的，另一种崭新的电脑艺术行为——电脑剧已出现并流行了起来。与人主演的电视剧不同的是，电脑剧的观众可以随时调出演员的背景资料以及剧情介绍，随心所欲地延续剧情。电脑剧的观众不仅是欣赏者，还可以参与剧情；观众不仅仅把电视台搬到自己家里，还可以随时让导演和演员听候“调遣”（如在网上与他们进行随意的交流）。于是，观众在某种意义上成了真正的“上帝”。

此外，电脑在美术中的应用也越来越广泛。近年来，各种期刊五光十色的四封设计和变化万千的内文编排，生动活泼地反映了以电脑为主体的高科技对图文媒体的改造成果。报纸杂志的美编们对电脑的妙用，已将传统美工从感性的纯经验层面提升到了科学而自由的数据化操作层面；过去复杂而艰苦的创作被电脑游戏般的快乐操作代替了。过去，大型宣传画、壁画、装饰画均由美工完成，而如今，电脑已让画家丢下画笔，用电脑喷绘来制作更加微妙而准确的作品。电脑使广告变成了精美的艺术品，使广告本身的审美冲击力大大增强；如果抛开广告即推销的偏见，我们会惊奇地发现，广告实际已经变成了一种新兴艺术。也许对某些现代人来说，还很难找到一件古典艺术品能像一则优秀广告那样令人百看不厌，这是因为，阳春白雪式的高雅艺术所蕴含的叫人回味无穷的东西已渐渐失去了魅力。为了生活四处奔波的芸芸众生早已无心情、无工夫、无必要回味那些“令人回味无穷”的东西，这也正是本雅明所说的机械复制时代古典艺术终结的主要原因之一。艺术家成为艺术流水线上的工人，读者、观众成为艺术超市中的购物者。

电脑不但可以制作出上百平方米的墙上广告，还可制作出手工不可企及的电视广告。它不但可以极大地简化动画片、连环画的制作流程，还可以把绘肖像、画速写变得像照相一样容易；而作建筑效果图、搞工业设计等枯燥乏味的工作已经成了工程师乐而忘忧的艺术化游戏。人们已经在各种画廊举办的电脑艺术大展上看到了由电脑复制的中外名作，包括油画、素描和版画，某些作品看上去比原画更加魅力四射。在电脑画师面前，传统画师已经饭碗不保。

电脑的全面入侵可能也会危及书法艺术，书法界已有人士发出“救救书法”的惊呼，说如果当年西洋硬笔代替中国毛笔是对书法艺术的一次巨大的打击，那么，当今各种摇笔杆子的人普遍“弃笔操电”则几近是对书法艺术的一种毁灭。有人惊叹，一个幽灵，叫作电脑的幽灵，已经在书法界附近徘徊。但是，人们实际上并不真正清楚，幽灵到底会摧毁还是拯救这个飘香千年的笔风墨影的世界。有人认为，书写方式的改变，无情地威胁着书法艺术的生存。尽管电脑中也输入了楷书、隶书、行书等字体，然而，经过打印的这些字体，实际上已成为整齐划一的新型美术字。由手敲击成字，这种方式是刺向艺术的一把利剑。因为以“敲”代写，改变了人们的审美情趣，退化了人们的审美能力。汉字的内在审美特质比较隐晦，只有通过经年累月的书法研习和体味方可进入知味识趣的审美境界。此外电脑正在瓦解书法的群众基础，这一趋势也会加速书法艺术的萎缩。电脑将改变我们下一代的写字能力和对书法艺术的基本认识。电脑的多功能书写能力以便捷的方式挤压了书法的生存空间，使一批用户忘掉书法；也使一大批职业书法家变为业余书法爱好者，而过去的书法爱好者则随时有可能移情新兴的艺术领域。

随着赛博空间的开发和革新，电子文化更是如虎添翼，英国学者汤林森在《文化帝国主义》一书中把电子文化的崛起看成现代社会的主要特点之一，认为它意味着支配社会现实的强大体系的诞生。南帆曾在《天涯》杂志上发表了《电子时代的文学命运》一文，从理论上分析了赛博文化对当代文学艺术的影响，认为电子媒介系统正在剧烈地改变着既有的形态，创立新的社会组织形式，重新配置一系列社会集团的经济地位及相互关系，解除种种文化封锁，同时派生新的无形桎梏。文学的命运也是如此。南帆认为，电影的诞生打乱了书写社会的固有状态，它同时代表着另一种符号的生成。电子媒介系统的复合符号，以影像、声音、即时性与现场感给人们的视听感官带来了强大的冲击。

书写文化依赖于文学符号系统。文字的能指与所指是疏离的，这种疏离本身即已包含了人类思维对于外部世界的看法，电子媒介系统启用了复合符号体系，影像占据了复合符号体系的首席地位，与书写文化相比，影像与对象是合二为一的，在人们的意识中，影像就是现实本身，影像的外观遮盖了人为性的精心设计，观众有意无意地在其呈现形式的引导下认可或服从影像背后某种价值体系的立场，这就是电子媒介系统的强大效果：让观众在独立自主的幻觉中接受种种意义的暗示。

崭新的符号体系促使新型艺术的产生，新型艺术产生了前所未有的文化和政治功能。电子媒介系统提供了消愁解闷的大剂量的迷幻药，使人们放弃了对历史的不依不饶的提问，而“虚拟生存”的数码技术更显示出不可估量的前景。人们用比特可以随时制造一个令人向往的“天堂”，这意味着数码技术可能产生某种意想不到的作用：经济和社会地位的巨大差距将得到缓和，百万富翁和穷小子在“虚拟生存”中可以获得同样的享受，这种“虚拟的平等”削弱甚至消除了反抗剥削的革命冲动。一个新的问题也就随之产生了：这种虚拟的享受是思想的自由或欲念的解放，还是无聊无益的幻想或纯粹的子虚乌有？

另外，电子媒介系统的迅猛更新和发展，更预示着一个即将改写艺术生产历史的强大体系的诞生，电子媒介系统正在剧烈地改变着传统的艺术生产形态，创立新的文化文艺形式，解除种种意识形态的封锁，神话般地解放了艺术的生产力，开天辟地般地拓展了全新的艺术消费市场。不少有识之士认为，影像作为一种更加感性的符号，它的日臻完美将对书籍——书写文化的保存形式——造成巨大压力，也使文字阅读过程中包含的理性思考遭到剥夺。

随着电子媒介系统的长驱直入，文学艺术在旧式意义上的作用越来越小。多媒体光盘上文本的一个重要特征是“非线性”，它拆穿了故事只能向结尾发展的神话。非线性文本没有结尾，可以在更多的环节不断展开，每个多媒体文本（甚至每个词）都可以作为通向其他数字化地点的电子入口。在这种情形下，创造性叙述的核心就从作家转到设计文本联系的制作者手中，或是利用这些联系的读者手中。传统文本中的固定框架撤除了，读者冲出了情节式叙述逻辑的拘禁，凭借鼠标从一个空间跃入另一个空间，但是，如果将这种纵横驰骋当作读者的自由，将是一种错觉。事实上，读者只是进入了一个软件设计师重新配置的叙述关系网络。这个改换也制造了解放的假象，并在假象的背后设置了更为强大的控制。

伯尔舍说：“自然科学构成了我们整个当代思维的基础。我们日益减少从形而上学的角度观察世界和人……正如大家所知道的，由于鬼神的存在遭到科学的否定，诗歌无论是出于什么样的启示目的，都再也无法使彼岸的精灵抛头露面，因为如果它这样做就会使自己完全招人耻笑。它再也不能由诗的动人辞藻来建立心理学，这种心理学已被现代科学的心理学的发展判定是错误的，虽然人们对此还不熟悉，但这却是真的。人们唯一能要求的就是去符合科学研究的新成果。”① 在赛博空间中，技术正“以自然科学为根基，将所有的事物都吸引到自己的势力范围中，并不断地加以改进和变化，而成为一切生活的统治者，其结果是使所有到目前为止的权威都走向了灭亡”②。技术的日益生活化和日常生活的日益技术化的另一种说法是，艺术的日益生活化和日常生活的日益艺术化，“技”“艺”历经千年的分化后又重新走向融合，这与赛博空间里科技意识形态的强大的调和及重构功能是分不开的。

在当代艺术生产过程中，赛博文化利用技术手段、技术材料、技术方

---

① 转引自刘小枫主编《现代性中的审美精神——经典美学文选》，学林出版社 1997 年版，第 450 页。

② ［德］雅斯贝尔斯：《何谓技术》，何冰译，《文化与艺术论坛》第 1 辑，东方出版社 1992 年版，第 201 页。

式，从艺术生产的操作层面不可抗拒地渗透到艺术生产的观念层面，科学技术已成为一种“本体性”的存在支配着当代艺术生产。当代大众传播活动不断助长了技术力量向艺术生产的本体性渗透。由于当代艺术生产对科学和技术的依赖，不知不觉间，传统的、手工艺性质的艺术生产活动和鉴赏型的艺术消费行为逐渐消失了；对艺术创造性的追求渐渐变成了对技术和工具革新的追求。在赛博文化不可拒绝的影响下，技术作为操纵艺术行为的幕后指挥正在渐渐走向艺术舞台的中心。说到底，科技对当代艺术生产产生的影响主要指，赛博文化已经悄悄地改变了人们的思维模式和审美习惯。

1998 年，国内主要媒体首次出现“网络文学”字样，因此，学界习惯将这一年作为中华网络文学起始年。正在中国文学求新求变、面临抉择的阵痛时刻，网络文学呱呱坠地，这个看似巧合的偶然现象，背后隐含着文学发展的历史必然。马季认为，正是在媒体革命的推动下，网络文学自发展之初就实现了跨文化写作和越界传播，而文化大融合正是 20 世纪 80 年代以来世界文学的主流方向。内容创新、形式创新始终是文学发展的原动力，网络文学爆炸式发展同样不能回避这个基本原理。马季将网络文学的崛起说成“中国当代文学的第二次起航”。这一观点，得到了文学批评界比较普遍的认同。为什么说网络文学是中国当代文学的第二次起航呢？

第一，就创作主体而言，网络文学的民间性具有极为重要的意义。网络文学的民间性包含两个部分，一是创作者的非体制化；二是艺术审美的娱乐化。我国原有的专业文学创作人员均系国家编制内人员，业余创作者绝大部分也都有自己的职业。而网络文学作者却属于“自由职业者”，他们的出现恰逢我国体制变革时期，传统出版机构正由事业性质向企业性质过渡，民间文化创意产业蓬勃兴起。网络文学作者尝试自由写作的生存方式与国家文化发展战略不谋而合。

艺术审美娱乐化是网络文学的另一个重要特征，但娱乐化与低俗化有着明显的区分，将娱乐化与思想性相对立，过分强调作品的教化功能，就失去了与网络文学对话的前提。因此，是否具有“寓教于乐”“乐中得益”的功能，是衡量网络文学作品优劣的重要标志。

第二，从创作过程看，网络文学的交互性使作者、文本、读者之间的关系发生了根本性的改变。传统文学一旦创作完成，文本的结构也就固定下来。在网上，第一文本的诞生并不意味着它的定格，他人完全可以不受第一文本的限制进行加工和再创作。在这个过程中，也就没有了单纯的

“作者”和“读者”。与网络文学的这种交互性特征相比较，传统文学再怎么具有开放性，也远不能及。

第三，从文学创作的题材看，网络文学涉及的很广。马季注意到，在网络文学发展初期，女性写作题材单一，除了言情就是穿越。2005年开始，女性写作悄悄发生了变化，其特点是在“言情”的基础上呈现出题材多元化的趋势，如架空历史小说《随波逐流之一代军师》、步非烟的新武侠小说“华音流韶”系列、知秋的网游小说《历史的尘埃》、王小柔的随笔集《把日子过成段子》、李可和崔曼莉的职场小说《杜拉拉升职记》《浮沉》以及晴川的传奇小说“韦帅望的江湖”系列等，在网络上产生了重要影响，丰富了网络女性写作的类型。当下网络女性写作最大特点，是表现出中国女性的主体意识，也就是中国女性对世界的看法，并通过作品把女性的想象力、创造力、激情以及对于生命的观照尽情展现出来。后来的写作实践证明，除了言情、穿越、架空、武侠之外，还有许许多多新的题材形式和写作类型。

此外，网络文学在传播和阅读方面还有难以尽述的创新性与优越性。例如手机阅读，这是一个必将影响中国当代文学生存与发展的、潜藏着巨大发展空间的重要场域。手机阅读是手机网络运营商通过多样化的阅读形式向用户提供各类电子书，以在线和下载为主要阅读方式的自有增值业务。2000年12月中国移动正式推出了移动互联网业务品牌——“移动梦网”（Monternet），就此开始了手机阅读的旅程。目前中国移动、中国电信、中国联通三大运营商均设立了手机阅读业务，负责各自无线阅读业务的运营和推广。其中中国移动的手机阅读基地无论在用户数、收入还是在内容上均独占鳌头。①

在充分肯定了网络文学对当代文学发展的积极意义之后，马季也注意到了网络文学所面临的几个问题，如主体性问题、文学想象力与现实生活的关系问题和精神资源缺失现象。关于网络文学的主体性问题，马季认为，它直接关系到网络文学生存和发展的合理性，是网络文学理论研究的核心问题之一。在他看来，网络写作由于自身的特性，在客观上改变了以往“你写我读”的书写方式，形成了读写之间认知交流、思想交流、情感交流、生活方式、话语方式以及人生经验交流的平民化书写方式。在此基

① 马季：《网络文学：中国当代文学第二次起航》，《人民日报》2011年4月19日。

础上，网络文学的平民化互动模式产生了巨大能量，所表现出的集体力量远远超出了个体力量。这就使得创作主体受到了有史以来最严峻的挑战，这也是网络写作往往难以体现作家个人思想的重要原因之一。一方面读者诉求与市场推动等对创作形成强大“干预”，另一方面过度追求创作的速度和娱乐功能，也使作家的主体性受到了制约。这也是网络文学至今仍然无法获得理论独立性的主要原因。

关于文学想象力与现实生活的关系问题，马季指出，文学始终是社会生活的一部分，不管你写的是什么样的文学，都不会也不可能完全脱离社会生活。但大量网络小说过度演绎臆想，所谓“不问苍生问鬼神”的批评也并非不实之词。文学想象力本身是一个十分复杂的研究课题，而网络创作的低门槛的确为许多作品的失范提供了“温床”，网络文学“垃圾化”也就成为争论不休的话题。创作实践证明，没有丰厚的生活和艺术积累，想象力就无法为创造性的精神劳动提供支撑，而建立在一定审美标准上的想象力，是作家文学素养和精神深度的集中体现。总之，想象力不是信马由缰、自说自话，它是构筑在牢固的现实大地上的思想腾飞，是与读者的心灵对话。

关于网络作家存在精神资源缺失的现象，马季的看法是，大部分网络作家仅仅凭借自己的天资写作，这或许能获取一时的成功，但难以取得长远的进步。文学需要文化含量的支撑，这是基本共识。除此之外，作家必须具备对大众的同情心、对社会的责任感、对人类历史发展的人文关怀；需要崇尚理性、崇尚价值、崇尚启蒙战斗的精神等，要在自己的内心建立一个“乌托邦”。这些精神资源需要长期积累，由于部分作者仓促上阵，缺少足够的思想准备和艺术准备，导致网络创作存在大量哗众取宠、迎合读者的现象。

网络文学的崛起在某种程度上代表了中国社会整体向前发展的趋势。如果说当代文学在20世纪70年代末实现了第一次起航，那么90年代末则实现了第二次起航，毫无疑问，这将是一次“国际航行”，会走得更远。当然，作为21世纪中国文学的探险者，网络文学才刚刚起步，遇到险阻、陷入困境，都在情理之中，但它绝不会停止脚步，最终能否建立新的创作和阅读模式，目前尚未可知，也可能要经历更长时间的摸索。[①]

自20世纪90年代以来，文学边缘化态势日趋严峻，文学研究终结论

---

① 马季：《网络文学：中国当代文学第二次起航》，《人民日报》2011年4月19日。

更是不绝于耳，但从网络统计的数据看，文学世界似乎依旧风和日丽，特别是网络文学创作与批评，展露出“乱花渐欲迷人眼”的奇幻景象，文学研究的学术专著、论文和评论文章逐年呈现海量激增态势，形形色色的研究成果层出不穷，俨然一派全民学术狂欢的热闹景象。但是，若以冷眼看热点便不难发现，学术界关注的热点问题很少真正来自文学自身，这个倾向在文学理论界表现得尤为突出。这些年的文论热点问题，要么来自西方文化思潮，要么来自大众传播媒介，要么跟风于其他文化热点。譬如说，近些年文学研究方面的论文中，排名靠前的高频词——全球化、现代性、后现代、文化研究、消费文化、视觉文化、生态文化、媒介批评、网络文化等，基本都来自当代文学创作和文学批评之外的领域。

但与此同时，网络上庞大的作品数量、写手群落和读者群体，改变了当代文学的总体格局，使网络文学对当代文坛乃至整个社会文化的影响力越来越大。有研究者指出，网络文学研究在我国已超过十年，有一批资深的文学研究者在这一领域辛勤耕耘，更有众多年轻的学者对网络文学投以理论的热情，出现了许多有分量的研究专著、理论丛书和学术论文，还有众多大学生、硕士生和博士生把网络文学作为学位论文选题。如今网络写手开始加入中国作家协会，网络文学研究成果能够入围鲁迅文学奖，有些大学已经开设了网络文学课程，设置了网络文学的研究基地、研究中心等，网络文学在与传统文学的对立与融合过程中，逐渐形成了一种良性互动的新型发展模式。特别是以 Kindle、iPad 和 4G 手机为代表的移动屏媒的崛起，使文学数字化生存走上了可持续发展的轨道。

“数字屏媒文化”作为媒介文化的有机组成部分，它首先可以看作因大众媒介的社会影响而产生的一种文化形态，是显现在数字化语境中、大众传播活动中的社会文化现象。数字屏媒文化以不同的形态分散在电影文化、电视文化、网络文化、移动通信等不同文化类型之中。就其本质而言，数字屏媒文化属于大众文化的范畴；就其发展趋势而言，它具有广泛推行社会价值规范与建构社会价值意识的强大潜在功能，是现代社会总体文化系统中由大众媒介所建构的一个亚文化系统。目前，它正在由一种新生文化形态进入当代社会主流文化体系和相关学术研究前沿。不难想见，数字屏媒文化的崛起不仅是科学技术领域关注的重大课题，同时也是人文社科领域不得不认真对待的重大课题。

就文学创作而言，读屏文化的兴起与文学数字化生存在 2010 年也有可圈可点的表现，例如，在网络原创与书面创作二分天下的背景下，新浪读书频道、搜狐读书频道、腾讯读书频道、盛大文学（起点、红袖添香、晋江）、中文在线（17K小说网、四月天小说网）、幻剑书盟等文学网站，已在文学原创的主要战场和前沿阵地站稳了脚跟。众多文学网站共同举办的“2010中华网络文学节”，制造了一起传统文学望尘莫及的“文学事件”，这样的年度事件值得我们关注。事实上，学术界对这样的活动也投入了前所未有的热情，不少知名报刊和网站的学术栏目都对这一事件给予了充分的报道和评论。与此相关的另一个值得一提的事件是“中国原创网络文学风云榜盛典”，作为一年一度的中华网络文学节的亮点，国家版权局、国家广播电视总局的有关领导与知名网络作家及写手、网评人、编剧、影视制作人、版权产业专家、网络文学网站代表、图书出版业界人士、企业家代表联袂出席，共同见证了中华网络文学领域倾情打造的辉煌时刻。

不言而喻，“读屏文化的兴起与文学的数字化生存”包含着极为丰富的内涵，但笔者在这里强调的主要是文学数字化生存的新动向——网络化、游戏化、市场化。2010年，有许多围绕网络文学开展的活动引起了学术界的关注，除上述事件外，盛大文学高调举办的网络文学调查，也引起了众多网络文学研究者的密切关注。这一调查对全面了解中华网络文学的发展现状、对网络文学发展趋势进行预判具有重要意义。该次调查结果表明，移动阅读即电子书的火爆正在引发“阅读的第三次革命”，不少人相信，电子书终有一天会全面取代纸质图书，今天的读屏时尚在不久的将来必成为日常阅读的主要形式。①

第三节 网络读者心目中的“小说大神”

自尼采宣布“上帝死了”以后，欧洲学者就像染上了中世纪鼠疫一样跟一个“死”字死磕上了。什么“作者死了”“读者死了”“人死了”“文学死了”……直到最后就连“死了论”也“死了”。但人们并没有因此看到“好一片白茫茫大地真干净”的景象。生机勃勃的网络文学，

① 陈定家：《读屏文化的兴起与文学数字化生存——2010年文学研究热点问题一瞥》，《中国社会科学报》2011年1月12日。

像一片新大陆一样，出现了“乱花渐欲迷人眼”的繁华景象。

互联网上，“大神”林立，鸿篇巨制，层出不穷。如果有人愿意稍稍考察一下“大神是怎样炼成的”，他一定会惊奇地发现这样一个公式：

万千写手纷纷出阵，成就了一个个写徒；
万千写徒纷纷出阵，成就了一个个写士；
万千写士纷纷出阵，成就了一个个写师；
万千写师纷纷出阵，成就了一个个先天写师，
万千先天写师纷纷出阵，成就了一个个大宗师；
万千大宗师纷纷出阵，成就了一个个写圣；
万千写圣纷纷出阵，成就了一个个笔仙；
万千笔仙纷纷出阵，成就了一个个大神。

关于“写手”成为“大神”的神话，著名评论家王绯有系统而专深的研究，她在《21世纪新媒体与文学发展》一书中对上述奇葩公式进行过学理性分析，值得关注。王绯指出，如果说，网络是网络文学的父亲，文学是网络文学的母亲，那么，这样的根系决定了网络文学的分析范畴，离不开网络和文学两个基本要素。然而，21世纪前十年的经验告诉我们，网络文学发展的根本驱动力却并不在此，而是源自消费终端。“大神”，便是这一消费终端缔造出的“人气”神话。王绯的这个判断是有根有据的，这个话题在有关网络文学产业化的章节有详细讨论，于兹不赘。王绯还指出，“大神”和“人气”均是网络热词。所谓“大神”，是指在网络文学消费终端最红、最受欢迎，收入也最高的写手。一般的“大神”，每天都能“码”出3万字以上，也有“大神”一天能“码”出8万—10万字。所谓“人气”，主要由作品的点击率、收藏量及读者的评论来衡量。网络写手无一不注重“人气”——人气旺，才能迅速成名。另一个网络文学专业术语“扑街”，可谓“大神”的反义词，指的是在点击率、收藏量和购买量方面都非常寒酸的作品。[①]

通神之路难，难于上青天。有人调侃说，从“写手”到“大神”，有一个类似于从乡长修炼到总理的过程。此喻虽有所不伦，道理却实实在

① 王绯：《21世纪新媒体与文学发展》，社会科学文献出版社2012年版，第175页。

在。如果有人想知道“大神”的修炼之路充满什么样的困苦与艰辛，下面这份“大神自白书”是一个生动的见证。

嗯！我是蛤蟆，一只流浪的蛤蟆。

写东西对俺来说，是一件很意外的事情。至少我在用二指神禅打第一本书的时候，还没想过自己会在这行混这么久。有时候，我自己都不得不华丽地感叹，俺是多么顽强滴银（人）呐！

俺曾经被远古爬虫级别的毒蛇大军，以当代看起来已经绝版的豪华阵容，反复碾压过无数次。每次有人在论坛被砍的凄惨奔逃时，我都可以冷笑一声，当初踩俺的，可都是站长级别……我能活到2015年，而且还活蹦乱跳地写书，木（没）有被人砍至再起不能，很多时候，我自己都觉得那是奇迹来的。

俺最古早，最古早的一部书，抄袭借鉴加狗尾续貂……总之罪恶算是罄竹难书，换了别的作者，被连续追杀了几个网站，早就隐姓埋名，销声匿迹了。俺在超豪华阵容的碾压下，以死蛤蟆不怕开水烫的精神，开始了洗刷名誉的努力。

俺在官方亮相的第一本就是《魔幻星际》，这本书从开始到结束，一直保持在扑街，却没有扑到死的神奇境界，而且还给俺赚到了养家糊口的稿费，回忆起来，依旧觉得不可思议到了极点。

嗯！忘了说，我这人见异思迁，没有什么长性，在魔幻露出扑街之兆的时候，已经开始第二本《天鹏纵横》的存稿。而且，这本后写的书，完成度百分百的时间，还早于魔幻。

说起来这本书，还真是给俺长脸啊。至今我还能抱天鹏的老本，混的到处脸熟！每个月总有几天，会有可爱的读者，来留言问我，天鹏的续集何时出现。嘿嘿！

作为起点的VIP第一批老书，天鹏以公众版四章的成绩，悄然进入VIP，那时被老意说起，“蛤蟆！怎么说，一个月也能逗弄个请mm吃饭的钱……”那种患得患失的艰苦，真是不足为外人道。

俺这人似乎从来没有单写一本书的时候，在天鹏结束，魔幻尚在痛苦地挣扎结局时，《天地战魂》这个被方士擅自起了书名时，俺还一个字没动的家伙，悄然降世。

那个时候，起点已经出现了日写万字的超级牛人，俺战魂由于另有合约,更新的那个慢啊!眼看着别人赚得盆满钵满,自己啥米也木有(什么也没有)捞到的感觉,让我在开第四本新书的时候,面对起点职业作者的招安,怦然心动。

《时空妖灵》这个东西,在几乎憋出全本的情况下,才被允许跟读者们见面,所以,当俺可以更新妖灵的时候,《蜀山》已经箭在弦上了。

一路走来,俺突然发现,居然已经老得可以跟人谈资历,但是我仍旧热切地希望,能让别人认识我,是因为我正在写的新书。老读者是会越来越少,新读者才会越来越多。无论以前,有否看过我的东西,您总会发现,这只蛤蟆一直在努力,做跟以前不同,一直想给人一个全然簇新的面貌。

我总是希望,有人在看俺的新书的时候,不经意间注意到作者,能惊讶地叫一声:“这个居然也是那个写过××××的蛤蟆写的么?”

希望我的每一次努力,都能给诸位偶然,或者一直在跟着蛤蟆的新老读者,带去一些不一样的愉悦和轻松。这是我最大的愿望,并且一直在悄然努力。①

毋庸讳言,与唐家三少、我吃西红柿、天蚕土豆等如日中天的大神相比,流浪的蛤蟆知名度并不算太高。但他这样的网络写手,其个人写作生涯的自白就会显得更真诚、更典型、更具有参考价值。

近些年来,在写手的调查研究方面,已经涌现出许多优秀成果。例如,《网络文学词典》对88位读者们喜爱的网络写手,都进行了简明扼要的介绍,具有一定的权威性。《网络文学发展史——汉语网络文学调查纪实》中列举的49位网络写手,个个都是网络读者公认的“大神”,至于《网络文学五年普查(2009—2013)》中精选的30位“著名网络写手”,则更是身价百万的超一流“大神”。2008年的“网络文学十年盘点”中罗列的名家名作,如今已成为具有官方色彩的“英雄榜”,这一权威文献在研究网络写手的学者们心中具有很高地位,以至某些评论网络写手的文章出现了言必称“盘点”的现象。此外,各种网络写手排行榜更为我们了解“大神”们的基本情况提供了丰富多彩的相关信息。

① 参见百度百科词条“流浪的蛤蟆”,https://baike.baidu.com/item/%E6%B5%81%E6%B5%AA%E7%9A%84%E8%9B%A4%E8%9F%86。

为了避免过多重复既有研究成果，也为后文专门讨论网络写手的文字留出足够的空间，在这里，我们本着执中守正的原则，取样峰谷之间，既不像新闻记者那样专门聚焦前台人物，也不做深入普通大众的“星探”。我们挑选一篇至今不知作者何许人的帖子，作为描述网络写手基本面貌的例文。

《咱心中的81位网络小说大神》①

1. 今何在

作品：《悟空传》《若星汉天空下》《九州》；电影小说《天下无双》。

代表作品：《悟空传》。

《九州·羽传说》和《若星汉天空下》很值得一看。

2. 猫腻

作品：《朱雀记》《庆余年》《间客》。

代表作品：《间客》。

《庆余年》自然名气大，而且是权谋之术写得最好的（没有之一），且不谈打酱油的范闲，就说那位身残心不残的真男人陈萍萍，就值得当作猫腻的代表作，更何况还有位千古第一皇帝——庆帝，当是无人能出其右。

但是《间客》里那位有着飞刀般眉毛的男人才是我最喜欢的，《间客》主角那种执着、那种坚持精神估计也才是猫大最喜欢最想表达的吧。

《间客》是异世大陆，不是科幻，不是科幻。

---

① 2011年2月11日，一位名为“苍依然在”的网络小说迷开始在“魔兽世界贴吧”发表《咱心中的81位网络小说大神》，宣称“从高一开始看小说，一直到现在上研二，看了10年的小说，咱只是想把咱的看法咱所喜欢的书给大家分享下，不求粉不求交往的。咱的帖子，90后肯定是比80后不认同，尤其那些看了没两年小说的更是如此，咱也无奈，谁让现在贴吧90后多呢。真怀念高中大学那会儿，在学校有大群书友能交流，有啥好书能互相推荐”，“发这帖，本来是想把众大神一股脑儿贴上来的，但是想想不对，把自己喜欢的跟不喜欢的大神放一个水平上，对不起咱自己的欣赏水平啊，遂排了名次，但也只是个人观点罢了，欢迎大家提出不同意见。还有就是‘金、古、黄易’咱是不敢排的，怕遭雷劈。郭敬明啊、韩寒啊等也没排，不知道把他们放哪里”。这个帖子于2011年2月14日更新完毕，其间和之后跟帖无数，评说不一，并在网上广为转载，成为热帖。参见王绯《21世纪新媒体与文学发展》，社会科学文献出版社2012年版，第184页。本书据原帖引用，部分有删减。

3. 烽火戏诸侯

作品:《父亲母亲，我是你们的儿子》(作品状态：完结)、《黑道之天下》(作品状态：断更)、《六道轮回》(作品状态：断更)、《逍遥游之问鼎天下》(作品状态：断更)、《中华足球帝国风云录》(作品状态：断更)、《极品公子》(作品状态：完结)、《百合诗经水晶》(作品状态：完结)、《狗娘养的青春》(作品状态：断更)、《一世枭雄》(作品状态：断更多年)、《撒旦》(作品状态：断更)、《宗教裁判所》(作品状态：完结)等。

代表作品:《极品公子》《陈二狗的妖孽人生》《天神下凡》《雪中悍刀行》。

4. 萧鼎

作品:《诛仙》《矮人之塔》《暗黑之路》。

代表作品:《诛仙》。

在网上，很多人将《诛仙》比作小说版的《仙剑奇侠传》，还有人认为《诛仙》是熔金庸《笑傲江湖》的“情”和“武”以及还珠楼主《蜀山剑侠传》的“仙”和“玄”于一炉的“仙侠小说”。而萧鼎认为，对于更多《诛仙》书迷来说，他们真正在乎的不是什么“仙侠”与“武侠”的名分，时而唯美细腻、时而大气磅礴的笔触，以及书中感人至深的情感描写才是感动他们的地方。主人公张小凡的孤独，陆雪琪的苦苦挣扎，碧瑶的痴情……人们在“江湖”上的沉浮与挣扎才是书迷们热爱这本160万字的长篇巨著的理由。

5. 江南

作品：“九州·缥缈录”系列、《此间的少年》、《上海堡垒》、《光明皇帝》、《蝴蝶风暴》、《死神的一千零一夜》、《中间人》、《茧》、“龙族”系列等。

代表作品:《九州·缥缈录》。

九州是一个梦想，是天空里的第一滴水，我们希望它能变成海洋。九州是由中国人来创造的一个奇幻世界，所以它一出生就从血脉中具有了东方的神蕴，缥缈录就是其中之一，一部承载光荣和梦想的书。

天驱武士，项空月，姬野，吕归尘……，讲述咱华夏人自己的故事。

6. 烟雨江南

作品：《狩魔手记》《亵渎》《尘缘》。

代表作品：《亵渎》。

在网络小说日益浮躁和商业化的时代，《亵渎》可谓一个异数，无论是情节设计、语言风格、世界观构架、讲故事的方法、埋伏笔的深度，都达到了极高的境界，一时间，罗格、风月和格里高利成了网络人尽皆知的名字。真是太卑鄙，太无耻了，则成为知名的口头禅。

烟南很会写小说，而且写得有深度，虽然网上盛传“不到30岁，看不懂《亵渎》”有点言过其实，不过确实很能说明烟南的书好。

正如烟南所说，《亵渎》就是对祖国古典文学的胡编乱改，是对祖先的亵渎。这是一个关于规则与挑战的故事。

《亵渎》是一个童话，这种故事是给愿意思考的人看的，每个人都能通过思考得到一些不同的启示，这就是童话。

7. 树下野狐

作品：《画蛇》《仙楚》《搜神记》《蛮荒记》。

代表作品：《搜神记》。

这位北大的高才生，2001年7月开始创作的《搜神记》，开创了中国“新神话主义”的东方奇幻风格，被誉为“本土奇幻扛旗人”“北大蒲松龄”“当代新神话主义浪潮的领军人物”。

咱中国特色的，咱土生土长的文化，咱老祖宗们的故事，咱喜欢。

8. 牛语者

作品：《仙剑神曲》《剑谍》《仙羽幻境》《天誓》《一剑惊仙》《天下无赖》。

代表作品：《仙剑神曲》。

比起《诛仙》毫不逊色，绝对当得起第八名。《仙剑神曲》这本书演绎了什么是师徒情，什么是兄弟情，好吧，我承认我是被感动了。

9. 妄语

作品：《凡人修仙传》。

代表作品：《凡人修仙传》。

凡吧的人们坚信一点：“凡人一出，天下无书。”咱也是整天泡凡吧等更的，更以为然。这本书是“80后”们所喜欢的，因为真实，那些喜欢YY种马之流远离为妙。妄语作为一名新进写手能在处女作写出此等大框架，大深度，丹药功法系统堪比暗黑破坏神的作品，很值得肯定。当然，“凡人”最成功的在于“坑”在于“雷”，真是大坑连小坑坑坑不绝，小雷接大雷雷雷焦疏，当得起第一“坑王”。

10. 老猪

作品:《紫川》《斗铠》。

代表作品:《紫川》。

老猪2001年开始创作《紫川》，历时八年，于2009年3月3日完本。

《紫川》堪称鸿篇巨制，出现在网络小说刚刚兴起的那个年代，在YY、种马还没有盛行的背景下涌现出了无数杰出的网络作品，《紫川》无疑是其中最杰出的代表。老猪文笔诙谐，尤擅战争大场面的控制，在爱情的描写方面也有独到之处，于是小说将铭心刻骨的爱情、真挚动人的友情、杀机弥漫的政治、尸横遍野的战场，与幽默诙谐的语言结合在一起，形成了一种独特的风格。

2009年6月，在中国作协指导下的“网络文学十年盘点”活动中，《紫川》获得“网络文学十年盘点”十佳优秀作品，“网络文学十年盘点”十佳人气作品第二名，足以见到此书在书迷心中的地位！记得书中流风霜公主赴死前的话:“我纵横十年不败，活过爱过，一生已无憾。”

11. 凤歌

作品:《昆仑前传》《昆仑》《沧海》。

代表作品:《昆仑》。

《昆仑》，作者凤歌，新时期新大陆崛起的武侠新写手，风格以注重实际、情感基调沧桑、历史背景宏大为特征。可以说，凤歌汲取了金庸、温瑞安、梁羽生等众多武侠高手的优点，同时寄托了新时代青少年内心深处的某种理想!

《昆仑》的出版是近年来武侠文学界一件标志性的大事，若干年后，当我们回顾21世纪大陆新武侠时，也许会将《昆仑》和金庸《射雕英雄传》的出现相比。它甚至已经被命名为“经典”。

12. 沧月

作品:“听雪楼”系列、“鼎剑阁”系列、《镜》、《羽》、“花镜”系列和作品集《沧海明月》等。

代表作品：《镜》。

沧月，2004年获得《今古传奇》主办的全国大学生武侠小说比赛第一名，同时获得温瑞安设立的首届“神州奇侠”奖。沧月先以武侠成名，后转涉奇幻写作，均取得好成绩，多本各个出版社编的2002年度、2003年度网络佳作选编均收入她所写的文章。2004年出任韩国esoft开发的大型中国武侠网络游戏《墨香》的形象代言人。2004年底出版单行本《血薇》引起轰动，一跃成为畅销书作者，至今已出版各类书籍十余部。

13. 步非烟

作品：“华音流韶”系列、“玫瑰帝国”系列、“武林客栈”系列、“天舞纪”系列、“九阙梦华”系列。

代表作品：《海之妖》。

行文流畅，结构自然，读之并无突兀之感；笔调清丽流畅，显示出较好的文学功底。（温瑞安语）

《海之妖》在天涯社区连载以来，被天涯推理版、武侠版、鬼话版联手强推，认为是继古龙后再次将武侠与推理结合的扛鼎之作，而又大力加强了推理的专业性、严密性，她被誉为中国的阿加沙·克里斯蒂。《曼荼罗》深得还珠《蜀山剑侠传》风骨，加入宗教文化的高度关怀，呈现出神奇诡谲的风貌，被武侠资深评论家韩云波教授称为新神话主义、大陆武侠奇幻界想象力的代表。郑保纯认为据此书，可称步非烟为中国的J. K. 罗琳。作品《修罗道》被北京师范大学的周枝羽教授评价为：“简直是一部武侠版的《达·芬奇密码》，人性的《清明上河图》。”

14. 小椴

作品：“长安古意”系列、《乱世英雄传》、《洛阳女儿行》、《青丝井的传说》、《隙中驹》、《借红灯》、《魔瞳》、《开唐》。

代表作品：《洛阳女儿行》。

接触小椴是在《今古传奇·武侠版》，最喜欢《洛阳女儿行》，虽然不知道是不是他的代表作。这名字很秀气，写得很霸气。至今一句记忆犹新：“十步以内，生死由他。”

15. 南派三叔（至于为什么比天下霸唱靠前，这个纯属个人爱好）

作品：《盗墓笔记》《大漠苍狼》。

代表作品:《盗墓笔记》。

看这种书啊，就跟小时候坐在大人们跟前，烤着火堆，听他们讲鬼故事一样，忒刺激。还是那句，谁看谁知道。

16. 天下霸唱

作品:《谜踪之国》《鬼吹灯》。

代表作品:《鬼吹灯》。

《鬼吹灯》是2006年在网络上迅速流行起来的一部糅合了现实和虚构、盗墓和探险的网络小说，看过的就算了，没看的客官可千万别错过，看吧，看了长见识。

17. 明晓溪

作品:《旋风少女》《明若晓溪》《泡沫之夏》《会有天使替我爱你》。

代表作品:《泡沫之夏》。

又是位MM，不过这个是正儿八经的作家了，武汉大学硕士，那话叫什么来着，科班出身！都被拍成电视剧了，看过的都该知道，就算没看过的也该听到过吧，这么有名的，咱不作评，不过咱本人不喜欢爱情啊啥的电视剧。

18. 随波逐流

作品:《随波逐流之一代军师》《随波逐流之神龙传奇》。

代表作品:《随波逐流之一代军师》。

作者是MM，还是位工科的玩计算机当程序员的MM，当然，这不能阻止我们的作者写出这么棒的书。至今还记得江哲效忠雍王那段，真是人物被刻画得栩栩如生，好似历史上有这么回事似的。想到这书就想到“深谋远虑”“鞠躬尽瘁”之类的词儿，虽然整个书给人感觉细腻带点儿灰暗，但是仍旧是本好书啊！

19. 七十二编

作品:《冒牌大英雄》。

代表作品:《冒牌大英雄》。

这是本写机甲的、YY的，写一个胖子的科幻小说，但七十二编怎么就能写得让咱这个书龄十来年的人忍不住追着看呢？真是太奇怪了！

20. 可蕊

作品:《都市妖奇谈》《龙之眼》《奇幻旅途》《捉鬼实习生》。

代表作品：《都市妖奇谈》。

记得还是在上高中时候，买的杂志《奇幻》上接触的，都多少年了，真是令人怀念啊，那些可爱的妖怪们。

21. 跳舞

作品：《变脸武士》《至尊无赖》《邪气凛然》《恶魔法则》《轻剑风流》《欲望中的城市》。

代表作品：《邪气凛然》。

《恶魔法则》之前，总以为跳舞是个写都市的，后听他说要挑战各种类型，结果出了个《恶魔》，写得还真不赖，然后就冒出个《天王》，那可真是直线下降咯，一直到《猎国》都不敢让我相信这是跳舞写的。不管怎么样，咱还是很喜欢跳舞的，虽然他的书里的女主总是叫什么小乔啊之类。

22. 皇甫奇

作品：《飞升之后》《无上真魔》《大周皇族》。

代表作品：《飞升之后》。

“飞升”的前三分之一，那真是平庸得一塌糊涂，但，其背景宏大，人物纯粹热血，性格鲜明突出，其中的人物有向经典武侠致敬之情，且人物描写突出，情节越往后越高潮，前期之中的高潮和人物都有为下文铺垫之意，自“三分神”之后，高潮一路猛涨，通过三大分神之间的联系和交集，将一个个太古辛秘仔细地揭示，更是让读者对作者所构筑的世界有了更加深入的了解。

最主要的是，此文中的天堂、魔界、血族和人类所签订的太古协议，映射的就是中国近代史上所签订的各个丧权辱国协议。天堂、魔界和血族就像三大剥削集团一样，一层层地盘剥。全书所包含的种族主义与读者的爱国主义深深地共鸣，畅快非常。

23. 禹岩

作品：《都市良人行》《极品家丁》。

代表作品：《极品家丁》。

“家丁”开头写得真二，又有种马的硬伤，但就这样都不能让我放弃把它放在第23名的决心，谁认真读谁知道。

24. 月关

作品：《步步生莲》《回到明朝当王爷》《一路彩虹》《狼神》《大

争之世》。

代表作品:《回到明朝当王爷》。

“回明”的开头无疑是很棒的，跟《步步生莲》给我的感觉差不多，但是女主对体弱主角照料那段确实感人，这个得赞。但是月关的作品到了中后期吸引力就差多了。

25. 罗森

作品:《风姿物语》《阿里不达年代记》《朱颜血》。

代表作品:《风姿物语》。

在中国玄幻小说中，《风姿物语》是里程碑式的作品，正因为有了他，很多人才义无反顾地投身玄幻小说的创作中。

26. 知秋

作品:《历史的尘埃》。

代表作品:《历史的尘埃》。

终于出了本英雄无敌的书，而且恰好这本书不是什么《英雄无敌之××××》之类的白痴名字，作为铁杆英雄迷，没道理不喜欢它，况且写得也真不赖。

27. 断刃天涯

作品:《宦海风月》《变天》《星际猎手》《玩物人生》《仕途风流》。

代表作品:《仕途风流》。

好吧，我承认这本书不出名，而且后面也有点种马，但是，30岁左右的老书虫会喜欢上它的。

28. 梦入神机

作品:《佛本是道》《黑山老妖》《龙蛇演义》《阳神》。

代表作品:《佛本是道》。

“封神体系古典仙侠的开山之作，为仙侠类玄幻小说开启出一扇全新的门户。一本将中国古代神话历史与现代修真完美融合在一起的经典之作。”——当然这是网络人说的，不代表本人观点，本人只是觉得有些中国洪荒历史的东西被生搬硬套了不少，远不如树下野狐(个人观点，个人观点，勿骂)。

29. zhttty

作品:《无限恐怖》《无限恐怖外传》《无限未来》《死亡开端》等。

代表作品:《无限恐怖》。

《无限恐怖》无疑是很棒的，“无限流”开山鼻祖，被网友评论为“起点创意第一人”，但同时也是“男人的承诺不容玷污”这句话最大的讽刺。

30. 徐公子胜治

作品：《鬼股》《神游》《人欲》《灵山》。

代表作品：《神游》。

这是徐公子胜治“神·鬼·人”三部曲中的第一部，也许，你能从这本书中找到你的修真之路。如果你喜欢修真类小说，请看《神游》；如果你喜欢道家修行，请看《神游》；如果你想看精彩曲折的情节，请看《神游》。

31. 静官

作品：《血流》《兽血沸腾》。

代表作品：《兽血沸腾》。

《兽血沸腾》无疑是一部令人愉悦的小说，无论是里面各个角色，抑或那个可爱的提着比自己还高大狼牙棒的小家伙（名字忘了）。这是一种娱乐的精神，通过书写获得了实施。第78届奥斯卡颁奖典礼上，主持人乔恩·斯图尔特的一句话道尽电影的内在秘密——“它帮助人们逃避现实。”

32. 愤怒的香蕉

作品：《异域求生日记》《隐杀》。

代表作品：《隐杀》。

刚开始看作者名字的时候以为又是个愤青呢，没想到是位MM。

现在的小说很少有低潮，那还不被读者给骂死，《隐杀》是个另类，虽然它打的旗号是轻松诙谐，我不知道最后是谁感动了我，以至我没轻松起来。

33. 孙晓

作品：《英雄志》。

代表作品：《英雄志》。

金庸说：“为国为民，侠之大者”。孙晓说：“因为我的气不能被世界认同，所以，我才是侠客啊！我不相信上天主持的正义，我用我的刀、我的剑，履行我心中的‘道’！直到死的那一刻为止，这，才是真武侠！”当“90后”不了解武侠，“80后”将遗忘武侠的时候，

《英雄志》横空出世。这，让我想到了《敢死队》，当白面小生们横行娱乐圈的时候，它出现了，虽然平均演员年龄40多岁。

34. 纷舞妖姬

作品:《弹痕》《诡刺》《第五部队》《兵锋》《鹰隼展翅》。

代表作品:《弹痕》。

什么是特种兵？特种兵就是：深藏在不为人知道的地方，我们用人生中最美好的时间去学习、精通杀人的技巧。尽管你们呼吸着由我们保护的空气，但我们却不会得到任何的赞扬，更不会得到任何一枚勋章。《弹痕》以一种另类的思维模式，深刻描写了第五类特殊部队在艰难中奋斗、执着探索一种新的强国道路的故事。小说荡漾着对争议的彷徨和迷惑，从张扬的文字中可以窥见作者的激情和热血，是一部中国军人自己的铁血传奇，也是一部见证中国特种兵成长的军事力作。

35. 瑞根

作品:《三国之乱世风云》《江山美人志》《魔运苍茫》《异时空之风华游猎》《孽龙转生》《弄潮》。

代表作品:《江山美人志》。

战争策略写得不赖，可惜，女人太多太多。

36. 燕垒生

作品:《天行健》《寄生》《白衣人》《白夜》《武功院》《铁血年代》《妖楼》《噩梦》《沧海妖龙》。

代表作品:《天行健》。

天行健，君子以自强不息!

也许是作者以前写过鬼怪玄异小说吧，《天行健》出色的氛围描写让人有身临其境的感觉。战争的惨烈，勇士的无畏，情节的万变让人把心提到嗓子眼。作者对人物的描写也有独到之处，往往几笔淡淡的素描就使一个个活生生的人物跃然纸上。

37. 酒徒

作品:《指南录》《家园》《开国功贼》《盛唐烟云》。

代表作品:《家园》。

历史小说《家园》，称为“隋唐三部曲”序曲，获得四项网络文学大奖。用这本书的简介来说：“我想，五千年浩瀚历史中，重重天威下，总有一两个男人站着吧。”

38. 兰帝魅晨

作品：《暂命名》《高手寂寞》《真相堕落》《兰帝魅晨系列之饮》《机械末日》《王》等。

代表作品：《高手寂寞》。

这本书很有争议，毁誉参半，很多人认为这就是本垃圾，更多人认为这真是部难得的好书，正应了那句：“懂就是懂，不懂就是不懂。”我也不是很懂，不过，那种意境，符合人性，意识流的文字，我喜欢。

39. 鹅考

作品：《大明星爱上我》《我的大小魔女》《女神保护人》《暧昧》。

代表作品：《大明星爱上我》。

好吧，我承认鹅考就是个整天 YY 美女的家伙，但是这部作品给人感觉很温馨很甜美，不是看完转身就忘的感觉，很难得啊。

40. 张小花

作品：《我就是妖怪》《史上第一混乱》。

代表作品：《史上第一混乱》。

《史上第一混乱》在网上掀起了搞笑风暴。网友惊呼：小花幽默震天地，《武林外传》都嗝屁。另有评论曰：此书之于穿越小说相当于《鹿鼎记》之于武侠小说。

41. 奥尔良烤鲟鱼堡

作品：《重生之大涅槃》。

代表作品：《重生之大涅槃》。

刚开头虽然稍显 YY，但是就像作者说的，平淡是基调，在重生类型的作品中算得上好的了。到后面主角总是震这个震那个的，又堕进庸俗 YY 行列。

42. 辰东

作品：《不死不灭》《神墓》《长生界》《遮天》。

代表作品：《神墓》。

辰东的《神墓》跟《长生界》都很有名，现在更新的《遮天》也在起点名列榜首。《神墓》的故事比较很经典，也很吸引人。但它给人看过了以后就是，觉得确实不错，但不错在哪里却又说不出来，而过了不久，故事中的许多情节都渐渐淡忘。

PS：全球中文小说搜索榜连续73周蝉联第一。

43. 九把刀

作品：《功夫》《杀手》《少林寺第八铜人》。

代表作品：《少林寺第八铜人》。

第一届可米瑞智百万电视小说奖首奖作品。九把刀至今最满意的代表作。因为英雄无所畏惧，即使时不我予，英雄也能逆天而行。

44. 洛水

作品：《星河传说》《白狐天下》《知北游》。

代表作品：《白狐天下》。

这是一本玄幻小说，不错的玄幻小说，名气也很大。

45. 耳根

作品：《仙逆》。

代表作品：《仙逆》。

怎么说呢，这是《凡人修仙传》的跟风，初期写得很糟糕，人物名字随便起，很多情节也模仿凡人。

46. 破禁果

作品：《人性禁岛》。

代表作品：《人性禁岛》。

这是一部写实荒岛求生类作品，那些喜欢YY刺激见不得主角低谷的人勿看。

47. 流浪的军刀

作品：《终身制职业》。

代表作品：《终身制职业》。

《终身制职业》以一种另类的思维模式，深刻描写了这些终身制职业者在艰难中跋涉，执着探索一种新的强国道路。这是一本能激励当代中国青年的好书。“事不关己”成了多少人的口头禅、座右铭。也许再过十年，很多人会忘记杨靖宇、狼牙山五壮士和千千万万个倒在侵略者屠刀下的英灵……别忘记过去的苦难和抗争，别忘记热血纷飞的战场，天下虽安，忘战必危。

48. 我吃西红柿

作品：《星峰传说》《寸芒》《星辰变》《盘龙》《九鼎记》。

代表作品：《星辰变》。

这可是位大神级别的写手，《星辰变》背景宏大，人物纯粹热血，让人跟着无限制的升级，不过主角很专一，只喜欢一个女主角。这也算早期的飞速升级作品的典范了，凡这么来写的，主角不是一出生有个项链，就是一出场带个什么什么戒指。

49. 墨武

作品：《江山美色》《歃血》《纨绔才子》《武林高手在校园》。

代表作品：《江山美色》。

真实的历史故事中融入武侠和悬疑，既有笑傲疆场的大风长歌，更有宫廷权谋残酷角力，作品中埋伏的神秘太平道长线和大大小小的悬念伏笔，不错的一本。

50. 萧潜

作品：《飘邈之旅》《超级进化》《歧天路》。

代表作品：《飘邈之旅》。

又是一部开山鼻祖，多少功法等级都是从这里来的。

51. 流浪的蛤蟆

作品：《魔幻星际》《天鹏纵横》《天地战魂》《时空妖灵》《中土六部曲之大猿王》《母皇》《恶魔岛》《天问》《魔导武装》《仙葫》《焚天》《赤城》《鬼神无双》《蜀山》。

代表作品：《魔幻星际》。

算是开山之作，一本很有想法的科幻作品，即使以最新的评审眼光来看，他的剧情，他的设定仍然充满了魅力！

52. 更俗

作品：《山河英雄志》《神之血裔》《中州乱世录》《官商》《重生之官路商途》《枭臣》。

代表作品：《重生之官路商途》。

“重生”又见重生，写得蛮好，里面写经济的更好，太好了太多了，所以小说的畅快感没了，纯理论了，要不是想见证一代大官商的诞生，怎么都不想读下去了。

53. 明寐

作品：《异人傲世录》《虹翼天使》。

代表作品：《异人傲世录》。

穿越，比较长，比较中庸。

54. 方想

作品:《星风》《师士传说》《卡徒》。

代表作品:《卡徒》。

方想诠释的一个全新幻想世界，2009年度玄幻的力作，其中有不少情节，想想有点荒谬。这让我想到了《神雕》《射雕》为啥能翻拍那么多遍，因为，你就算拍得再烂也有人看，新东西可以尝试，但是很容易栽跟头，这一点上，方想是值得肯定的。

55. 唐家三少

作品:《光之子》《狂神》《冰火魔厨》《斗罗大陆》《酒神（阴阳冕)》。

代表作品:《斗罗大陆》。

请不要用人云亦云的态度来看待三少，也不要用边看AV边骂日本人的行动来对待三少，只要读过人家的书，就该用感谢的心态，边看边骂算什么？虽然三少的书用的是千篇一律的模式，但也只能说这模式流行，这模式可以有不小的吸引力，毕竟三少作为一名作者，是成功了的。

56. 灰熊猫

作品:《虎狼》《窃明》。

代表作品:《窃明》。

这是第一部真正描写了近代军队与封建军队的实际区别，真正将体制上的优势引入军队训练并依靠其获得对古人的胜利的历史穿越小说。

57. 林海听涛

作品:《我们是冠军》《我踢球你在意吗》《冠军教父》。

代表作品:《我们是冠军》。

作为中国人，我们的国足是如此的悲剧以至我们只能写小说来表达我们对足球的热爱：有欢喜，有悲伤，有希望，有激情，这就是《我们的冠军》。

58. 胡鳕

作品:《恶魔狂想曲之明日骄阳》《颠覆江湖》《星光大道》。

代表作品:《恶魔狂想曲之明日骄阳》。

这又是一本学院种马魔法，不过出彩的地方是主角男人装女人，女人再装男人，不过硬伤多啊。

59. 减肥专家

作品:《幽冥仙途》。

代表作品:《幽冥仙途》。

肥仔笔下的仙侠世界可谓炫彩夺目，其缜密的构思、庞大的构架以及里面的奇珍异宝、神功绝学都为广大同人所追捧。

60. 蓝晶

作品:《魔法学徒》《魔盗》《魔武士》《魔眼》《暗行者》《小人物》。

代表作品:《魔法学徒》。

这是与《佣兵天下》齐名的小说，都是很老的书了，这里就不再赘述。

61. 说不得大师

作品:《人类没有未来》《万王之王》《佣兵天下》。

代表作品:《佣兵天下》。

这真是一部代表作，之后几年的玄幻小说有多少是按“佣兵”的套路来写的。

62. 血红

作品:《升龙道》《邪风曲》《巫颂》。

代表作品:《邪风曲》。

刚看的时候感觉像《大唐双龙传》，后来的套路又有点模仿《诛仙》，某些剧情又有点类似《升龙道》的重复。直到风子加入朝廷后，才有自己的风格。

63. 刺血

作品:《十诫》《狼群》。

代表作品:《狼群》。

这是一本比较成功的军事幻想小说，作者的军事知识比较丰富，描写场面也比较真实，喜欢军事的朋友，推荐给你们看。

64. 油炸包子

作品:《异界兽医》《莲花宝鉴》《吞噬神徒》《图腾》等。

代表作品:《莲花宝鉴》。

第一次知道开锁也能这么 NB，呵呵，算是一个小 BUG 吧，但是这本书确实很搞，心情不好了，可以拿来读。

65. 手枪

作品:《天魔神谭》。

代表作品:《天魔神谭》。

当时的网络十大小说之一，也是我所接触的第一本玄幻小说，虽然是主角无敌型，但是不种马啊，虽然是YY无极限，但是恶魔小队让人看了很感动啊。

66. 杨叛

作品:《北京战争》《升龙战争》。

代表作品:《北京战争》。

杨叛的作品，动人撼人，文笔惊人的简约凄美，严格遵守西方戏剧“三一律”进行描写，但写来尽得中国传统小说的意趣，特色。

67. 夜摩

作品:《骑士的战争》。

代表作品:《骑士的战争》。

很早很早的书了吧，当时看的还是实体书，现在看来不过是普通的玄幻，感动我的是里面的爱情，描写很少，但很喜欢。最讨厌那种女主N多，而且胸大无脑，见到主角光环马上喜欢得惊天地泣鬼神，真是智商低得可怕!

68. 天蚕土豆

作品:《斗破苍穹》《魔兽剑圣异界纵横》。

代表作品:《斗破苍穹》。

“斗破”从2010年火到了现在，经常上网的人都知道它，在咱看来，这种书就是看的时候很爽，看完了不会去想，很标准的快餐。

69. 冷钻

作品:《赫氏门徒》(未完结)、《混乱柔道社》(TJ[①])、《恶魔的天使》(完结)、《无风我亦扬》(TJ)。

代表作品:《赫氏门徒》。

这又是一本校园类的玄幻作品，咱现在就很奇怪了，玄幻里的故事不进什么什么魔法学校好像就碰不到什么什么公主，情节

① TJ，即“太监”二字汉语拼音首字母的缩写。

就没法展开一样。

70. 三戒大师

作品:《官居一品》《权柄》。

代表作品:《官居一品》。

本书讲述的是明朝的事情，选取的历史有趣而存在遗憾，作者通过文字弥补遗憾，并且将整个故事放置在一个平衡点上，兼顾厚重的历史与轻松的故事。作者的整体架构磅礴大气，细腻之处生动有趣而吸引人，很有带入感，可一读。

71. 柳下挥

作品有:《市长千金爱上我》《邻家有女初长成》《爱你我就骚扰你》《近身保镖》。

代表作品:《邻家有女初长成》。

从作者名字我们就可以推算出他的作品类型了：YD流派啊，不过也有NX的句子，比如说里面的一句：“我平生最讨厌三种人。第一种是比我有钱的，第二种是比我帅的，第三种是比我有钱又比我帅的男人。”俺就很喜欢，哈哈。

72. 骷髅精灵

作品:《猛龙过江》《三眼艳情咒》《海王祭》《机动风暴》《界王》。

代表作品:《机动风暴》。

其实应该写代表作是《猛龙过江》的，但是个人爱好，虽然他的书都是种马YY小说，但是《机动风暴》读起来更畅快些（BUG也更多些)。

73. 写字板

作品:《张三丰异界游》《比蒙传奇》《仙之雇佣军》《混沌雷修》。

代表作品:《张三丰异界游》。

这是一部语言嘻嘻哈哈，内容YY的玄幻书。

74. 无罪

作品:《神仙职员》《流氓高手1》《流氓高手2》《罗浮》等。

代表作品:《流氓高手》。

喜欢电子竞技的书友，可一观。套用作者自己的评价：这是一本好像走在高速路上看到手扶拖拉机一样非常拉风的书。

75. 卷土

作品：《王牌进化》。

代表作品：《王牌进化》。

如果你喜欢恐龙快打、三国志、KOF、圆桌武士、变身忍者等游戏的话，你不要错过这本书。

76. 天堂羽

作品：《艳遇传说》（已完结）、《春光乍泄》（已完结）、《紫龙风暴》（已完结）、《貌似纯洁》（已完结）、《现代赖布衣传说系列》（已完结）、《逍遥游·赖长义诗集》（已完结）、《港台娱乐圈灵异奇谈》（已完结）、《凤凰奇人》（停载）、《控电少年》（已完结）、《史前入侵》（已完结）、《邪意未来》（已完结）、《超级状师　第一季》（已完结）。

代表作品：《春光乍泄》。

一个没有学历专长的孤儿浪子凭着良好的心态、生活职场智慧开始自己的进取之旅，他拥有可以梦中预测的异能，这让他无往不利。

77. 心梦无痕

作品：《七界传说》《七界传说后传》《艳遇之旅》。

代表作品：《七界传说》。

好吧，“七界”的名头也很大。

78. 雷云风暴

作品：《从零开始》《界神封印》《生化危机之重生》《新亚特兰帝斯》等。

代表作品：《从零开始》。

故事跌宕起伏、扣人心弦，一部情文并茂的科幻力作。

79. 云天空

作品：《邪神传说》《混也是一种生活》《近战法师》。

代表作品：《邪神传说》。

记得当时书荒，找了本名气好大点击率好高的书《邪神传说》，结果，很失望啊。

80. 六道

作品：《坏蛋是怎样炼成的》《坏蛋是怎样炼成的2》《销魂》《圣道霸强》《奇门药典录》《唐寅在异界》（连载中）。

代表作品：《坏蛋是怎样炼成的》。

最早的黑道小说，算得上开山之作，可惜作者功底不够啊。经典语录有一句，我记得："我非英雄，广目无双。我本坏蛋，无限嚣张。"

81. 玄雨

作品：《小兵传奇》《合租奇缘》《梦幻空间》《八方战士》《孤独战神》等。

代表作品：《小兵传奇》。

他自小就有野心，希望当一个统领天下兵马的元帅。他认为要当元帅就要先当将军，而要当将军就要从小兵干起。这算是一本较早受人关注的太空类 YY 小说了，当时很新颖，但是文笔比较差。

王绯认为，《咱心中的 81 位网络小说大神》虽为一家之言，但阅读视域之广，对作品熟悉程度之深，令如今的专业文学研究者、评论家汗颜；尤其难能可贵的是，作者在开列大神与代表作品的同时，还夹有个人鲜活的阅读感受或即兴评论，行文自然平易、亲和率真，与专业文学批评的风貌大相径庭。根据王绯的分析和评价，我们或许可以把这个帖子看作 21 世纪类型化网络小说所催生的"新草根评论"的代表作。①

如果说互联网上"人人都是作家"多少有些夸大其词的话，那么"人人都是批评家"的说法则可谓恰如其分。这个帖子只不过是网络文学批评中的沧海一粟，但在这个"得流量者得天下"的时代，正是这些海量跟帖把"写手"变成了"大神"。此外，这些跟帖的确可使我们从中窥见类型化网络小说接受群体的庞大规模与活跃程度；特别是这一群体在互动中喷发出的生气勃勃的文学见识，向人们展示出根植于网络的文学发展所蕴含的无限活力与生机。

网上有个类似于"段子"的说法："网络技术有开天辟地之功，网络文学有花天锦地之象；网络作家不乏经天纬地之才，网络作品不乏感天动地之美；君不见网络读者人人欢天喜地，网络影视场场惊天动地，网络游戏款款改天换地，网络产业行行铺天盖地。"这些说法不无夸张，但也并非毫无道理。

---

① 王绯：《21 世纪新媒体与文学发展》，社会科学文献出版社 2012 年版，第 186 页。

第三章

去国怀乡：早期网络作家的心路历程

独自爱屏蓝，蝶梦翩跹。故园千里在眼前，流水落花春依旧，有无之间。

——南方一景

20世纪80年代，大批中国青年学子，怀揣梦想，远涉重洋，来到美国和加拿大接受国际化教育。这批留学生毕业之后，大多融入当地社会，成为新一代北美移民。于是，一批“以中国大陆学人为主体的新一代移民‘海派’作家应运而生。从留学生文学的花果飘零，到新移民文学的繁花似锦，新时期的海外华人文学从星星之火逐渐发展为燎原之势”[①]。众所周知，中华网络文学的起点，不在中国，而在北美，正是北美华文网络文学点燃了中华网络文学的星星之火。准确地说，20世纪80年代中后期留学北美的中华才俊，是中华网络文学名副其实的开创者和当之无愧的主力军。他们中的不少文学爱好者，有意无意之间充当了中华网络文学降生于异国他乡的参与者和见证人。

北美的中国留学生成为催生与推动国内网络文学发生与发展的原生力量，除了文学自身的原因之外，还有许多其他方面的原因。例如，改革开放之初，不少中国人对西方世界心驰神往，对其先进技术比较普遍地存在一种渴慕心态。这一时期的留学生在出国之前主要是些理工科学生，且正值科技强国思潮盛行之时，他们对海外先进技术，尤其是代表时代发展方向的计算机和网络技术，具有强烈的求知欲，在客观上具有天然的敏感性。因此，以美国为代表的西方先进科学技术自然成了他们最为关切的学

① 杨常胜：《百年海外华人作家创作扫描》，http：//www.chinanews.com/zgqj/2013/01－24/4517222.shtml，2013年1月24日。

习对象。

与文科学生相比，这批留学生对这个科技独领风骚的世界具有更为敏锐的领悟和更为深刻的理解，但也毋庸讳言，他们的文史知识储备相对薄弱一些。曾有人戏言："理科向前看，文科向后看。"这样一种近乎文字游戏的说法自然不必较真。但文理有偏重，学业有专攻，理科生的文学作品常常因为缺少足够的人文素养和必要的表达技法而显现出这样或那样的不足，这是不可避免的事情。但是，理科生人文知识的局限也未必全然只有负面作用，有时候，这些不足反倒使他们更容易冲破传统文学的各种条条框框的束缚。

概而言之，自网络文学诞生之日起，其人文底蕴的先天不足与其技术品格的"高精尖强"就已形成鲜明的对照。网络文学在迄今为止的发展过程中，在开掘艺术深层意蕴和探索审美精神奥秘等方面，往往给人以捉襟见肘之感。各大网站频频推出的作品多在速成速朽之列，比较普遍地存在着"星多月不明，量大质不优"现象，这是当代网络文学作品不容回避的缺失。与传统文学相比，网络文学至今仍然给人"技胜一筹、艺逊三分"的印象。从一定意义上说，这种"印象"犹如一种难以抹去的"胎记"，成为当下网络文学是其所是的重要特征之一。说到底，与传统文学相比，网络文学还只是摇篮中的新生儿，现在就让其与具有数千年历史的传统文学"公平"PK，这本身就极不"公平"。

第一节　中华网络文学的肇始与兴起

中华网络文学"肇始于北美，兴起于台湾，繁盛于大陆"，这是对中华网络文学史按时空顺序划分的一种大写意式的描述。有一种意见认为，中华网络文学与美国大片、日本动漫、韩国电视剧，是当今世界文化创意产业领域中并驾齐驱的"四驾马车"，这种说法或许有诸多不合理之处，但有一点是可以肯定的，那就是网络文学在"桃花三两枝"走向"橙黄橘绿时"的过程中，已经出现过无数惊艳绽放的时刻。无论从艺术的视角还是从市场的立场看，网络文学所拥有的潜力与前景，即便不能说足以傲视美国大片、日本动漫和韩国电视剧，但至少可以说，并列其间应是毫无愧色的。与美国大片、日本动漫和韩国电视剧相比，网络文学无疑是后起之秀，但在文化创意产业的王国里，网络文学却是名副其实的活水源头。

众所周知，有关网络文学的发生与发展问题，在其尚未进入学术研究视野之时，就已经存在着众多不同的说法。关于网络文学的“史前史”，有很多重要事件是无法忽略的。例如，1988 年，中国留美学生严永欣开发的汉字处理软件“下里巴人”，实现了简体汉字的“机上读写”功能，为中国文学走上网络之路，铺垫了一块重要的奠基石。1989 年，魏亚桂、黎广祥、李枫峰等留学生，研发和完善了简体汉字在互联网上的传输软件。海外中华儿女自主研发的这款铭刻着中华文化印记的软件，为开启华文网络写作的重重门禁，打造了一把把神奇的金钥匙。

毫无疑问，“奠基石”和“金钥匙”的作用至关重要，无可替代。但网络文学这台大戏的主角，毕竟是网刊编辑和网络写手。可以说，海外学子中的早期网刊编辑与网络写手，既是北美华文网络的缔造者，同时也是中华网络文学的开创者。在中华网络文学“开创者”的行列中，不少初期网络写手的名字，注定会载入网络文学的史册，如少君、图雅、方舟子、王伯庆、百合、莲波、瞎子等，他们当之无愧地享有中华网络文学先驱的美誉。

对于早期北美华文网络文学的研究，蒙星宇和施雨两位女性研究者的博士学位论文进行过专深的探究，她们的研究为相关问题提供了最重要的文献。蒙星宇指出：“北美华文网络文学具有内源自发性，它最早开辟出华文文学在网络世界的存在通道，率先显现出网络文学在写作模式、文学范式、文学精神等方面给文学带来的新变，是发源于海外，反哺中国，始于技术，滋养文化的特殊的文学现象，为华文文学在网络全球化时代的存在与发展指引了一条道路。”① 蒙星宇的描述，言简意赅，定位精准，堪称北美华文网络文学评介的点睛之笔。但我们也注意到，迄今为止，关于北美华文网络文学的研究仍然处在起步阶段。从某种程度上说，北美华文网络文学、还是一片榛榛莽莽的初生学术领地，正期待一群披坚执锐的拓荒者去大力开发。

令人遗憾的是，尽管研究者们一涉及网络文学的起源，都会从北美说起，但当代中国文学理论与批评界，对北美华文网络文学的详细情况，明显缺少应有的深度关注，迄今为止的研究成果十分薄弱，有分量的论文与

① 蒙星宇：《北美华文网络文学二十年研究（1988—2008）》，http：//epub. cnki. net/kns/brief/default_ result. aspx。

专著屈指可数。整个研究领域可谓“春寒料峭花期远，浅草未能没马蹄”。仅就为数不多的既有学术成果看，其研究视野还相当逼仄，相关文章往往局限于少君等少数作家和新语丝等几家网站之上。

但是，如果从发展的视角观看，我们便会欣喜地注意到，越来越多的人已经认识到北美华文网络文学的重要性。北美这个无可争议的华文网络文学发源地，无疑是一片异彩纷呈、风光无限的学术领域。稍作深入探究便不难发现，在北美华文网络文学的原野，优秀作家群体犹如仲夏夜的天空，繁星闪烁，如丁键、严永欣、阿羊、黄谷扬、少君、方舟、朱若鹏、张朗朗、散易生、图雅、百合、莲波、司静、阿待、亦歌、刘嵘、幼耳、笨狸、吴过、若玫、瞎子、王伯庆、风在吹、碧云天、秋尘等，他们都是曾在北美华文网络文学发展史上占有一席之地的作家或诗人。必须指出的是，不少作者即便后来移居欧洲或回到中国，也依然会以网络写手的身份活跃在北美文坛，由是之故，人们还是习惯于将其归入北美网络写手的行列。

众所周知，1979 年美国就有了互联网的雏形，经过十来年的发展之后，曾经作为军事机密的网络已随着电脑普及，悄然走进了寻常百姓的书斋。20 世纪 90 年代后，网络商业化、国际化的浪潮席卷全球。在这种背景下，最早的中文电子周刊《华夏文摘》于 1991 年 4 月 5 日在北美诞生，这一著名的电子刊物，最初只能通过电子邮箱订阅，且只能通过英文网络以附件形式发送到订户的电子邮箱。在创刊号的首页，编者郑重其事地写下了如下字样：“全球首家中文电脑期刊，中国新闻电脑网络（CND）主办。一九九一年四月五日创刊，每周星期五出版。”版权页信息毫不含糊：

> 网络技术维护：关蔚禾（1991. 4—1991. 10）林立特（1991. 10—　）
> 《华夏文摘》主编：朱若鹏（1991. 4—1991. 7）姚明辉（1991. 8—　）
> 《CND》总编：魏亚桂（1991. 4—1991. 7）唐德明（1991. 8—　）
> 责任编辑：朱若鹏　姚明辉　丁　健　周皓生　吴　放　杜　江　华新民　温　冰　晨　剑　林立特　唐德明　徐　刚　林　玮　王笑飞

当时在北美的大多数中国留学生，缺少及时了解国内新闻的渠道，这个电子周刊发挥了信息交流的作用。用少君的话来说，这份电子刊物，

"在时代风云激荡的思国怀乡深情中应运而生"[①]。不少文学研究者，都把《华夏文摘》的创刊，看作网络文学问世的标志。有关网络文学的起源存在着许多混乱的说法，经过大量相关资料的考证与比照得知，1993 年 6 月 28 日，中国留学生在 Usenet 上建立了"alt. chinese. text（中文新闻组）"（ACT）[②]，中华网络文学以新闻的方式在全球互联网上传播。因为当时没有 Windows，因此，只有那些专门学习过计算机的人才能用。由于不是中文系统，写汉字都要转成图片贴上去，读与写都不胜其烦。直到留学麻省理工学院的严永欣等人开发出中文软件"下里巴人"之后，汉字输入问题才开始得到解决。

方舟子在回忆 ACT 创立过程的文章中说，现在能找到的最早的 ACT 交流帖，是一副"征联对"，征联的上联为"紫阳泽民"，应征的下联为"瑞环耀邦"。征联者和应征者分别来自德国和加拿大，可见在此时 ACT 已从美国传播到了全世界。在同一天，后来被列入"网文八大家"的冬冬发出了他的第一个中文电子帖《唱支山歌给你听》：

没劲！
大家怎么都那么空虚呀！
给你们唱首歌吧！
从北京，到延安，
路途是那么遥远。
七十二条，羊肠小道，
弯弯曲曲，走不完！
看远处，又走来，咱们的毛委员。
头戴着礼帽，他身披着长衫。
小鬼，就跟在后面。
……

---

① 钱建军：《北美华文网络文学创作的回顾与展望》，《中外文化与文论》1999 年第 8 辑，四川教育出版社 2001 年版，第 158 页。

② 关于 ACT 建立的具体日期，多数相关著述都比较含糊，但也有极少数相对明确的说法，例如，方舟子在《ACT 的兴起》一文认为，ACT 是在 1992 年 6 月 28 日，由美国印第安纳大学的魏亚桂请该校的系统管理员建立的。魏亚桂提了 alt. zhongwen 和 alt. chinese. text 等几个名称供管理员选择，该管理员不懂中文和汉语拼音，于是就挑选了 alt. chinese. text 这个英文名称。

由于此帖之前的帖子如今都已不可考，于是，冬冬的这个帖子被说成中文网络第一帖了。当年热衷发帖的“网上元老”们能够忆起的中文“网事”，最早的大约也只能追溯到1993年，所以，方舟子等人“很保守地”把中文国际网络的形成时期定在了1993年。资料表明，1990年初，美国各地中国留学生相继创办了一些综合性中文电子杂志。实际上，不仅在美国，在世界其他地区，如欧洲、日本等地，留学生们也都创办了自己的中文电子杂志。大家为了更有效地交流思想、联络情感、消愁破闷，利用网络建立母语沟通渠道，这是自然而然的事情。世界各地的中国留学生纷纷效仿ACT，300多个中文网站魔法般地“从天而降”，一番“耀世绽放”之后，这些留学生网站如今大多已经消失于网络空间的茫茫星际之中，但其中也有一些坚持至今的佼佼者，它们注定要在历史上留下或浓或淡的一笔。例如，方舟子于1994年创建的《新语丝》是最著名的网络文学刊物之一，迄今为止，《新语丝》仍然不失为一份有影响的网络文学刊物。早期著名的网络文学刊物，除了《新语丝》外，还有1995年创办的专注于“诗歌”的《橄榄树》，以及1996年创办的专注于“女性文学”的《花招》等。

从一定意义上说，网络文学的出现，是全球化时代中国当代文学发展的必然结果。如果没有全球化浪潮的推动，就没有汹涌澎湃的留学潮；没有那一波又一波的留学潮，就没有那么多莘莘学子“立在地球那边放号”，就没有那么多华夏儿女远离父母之邦，就没有那么浓烈的乡情乡思需要倾诉；没有那么飞扬激越的青春梦想，没有那么刻骨铭心的情感郁结，就没有《新语丝》，就没有《橄榄树》，就没有《花招》；没有如繁星闪烁的诸多网络文学刊物，就根本不会出现所谓的网络文学。从这个意义上讲，我们可以说，正是中华海外学子们的催促和引领，中华网络文学才得以在北美诞生。用马季的话来说：“海外网络文化的领先优势和游离于汉语母体的留学生对中文的依恋，使他们乐于用自己的母语在互联网上沟通思想、交流感情，因此说华文网络文学的产生既是偶然，也是必然。”① 总之，网络文学的呱呱坠地，既是各种历史机缘的巧合，也是全球化背景下中华文学发展的时代要求和必然结果。

在早期留学生作品中，我们常常会看到这样一个主题，那就是远离祖

① 马季：《读屏时代的写作：网络文学10年史》，中国工人出版社2008年版，第1页。

国和亲人的留学生最初遭遇的“文化震撼”（Culture Shock），即《北京人在纽约》等作品中所展现的那种中西方文化碰撞所造成的内心冲突。异质文化之间的矛盾对许多初出国门的中国人，往往会造成意想不到的挫折与伤害。如一些留学生“初次踏上花花世界，耳目全新。走亲访友，目睹家家以车代步，屋里堂皇富丽，电脑设备样样俱全，而且有的还拥有数幢房屋。反观自己两手空空，对比之下使人惆怅异常”①。一旦遇到不顺心的事情，或者无端遭遇心情灰暗的时刻，美国这个曾经“千万里追寻着”的天堂，仿佛突然变成冷漠无情的地狱。当他们从这种异常失落的心境中醒悟过来之后，那种令人憧憬的西方文化神话顿时黯然失色。人逢此境，怅何如之?!

在经历两种文化的冲击后，曾经忽略的母语文化，悄然变成他们最后的精神家园以及情感寄托之所，给他们带来了亲切可靠的心灵慰藉。所谓“嘉会寄诗以亲，离群托诗以怨，”此时的异国游子多有同感。关于这一点，在少君等人以留学生为题材的小说中得到相当充分的表现。聂庆璞在分析少君的作品时指出：“少君笔下的中国留学生、新移民们在席卷大陆的留美风潮的裹挟下，漂洋过海来到‘天堂之地’——美国，起初在文化价值观的取舍上，不约而同地倾向西方社会、西方文化。然而在追求自身真正的精神家园，在真正得到灵魂的休憩时，祖国文化、传统文化才是最温暖、最恬静的港湾。他们从对祖国的情感中，才能找寻到自身在异国文化中的位置，这种不可替代的爱，是他们生存的支柱，也是他们获得勇气和目标的源泉。中国知识分子包括第一代美国华人作家在两种文化的碰撞中不能以理性的现代人的身份在异国社会和文化中从容地找到自己的位置时，徘徊于两种文化之间又难以扎根的困境中，面对茫茫大洋阻隔，回想过去，思乡不断，寂寞、漂泊、流离、苦闷之感油然宣泄而出。”②

陈九在《海外中文写作和我自己》中写道：“我在纽约从事中文写作20余年，经历过很多写手走了来来了走，潮起潮落的过程。但无论如何，仍然有不少人执着行走在这条无助的寂寞之路上，包括我自己。有人说文学的本性是功利的，语不惊人死不休，我看未必。我的感觉恰恰相反，海

① 少君：《一只脚在天堂——在美中国人的人生自白》，南方日报出版社2000年版，第70页。

② 聂庆璞等：《网络写手名家100》，中央编译出版社2014年版，第5页。

外中文写作虽说不伦不类，没皮没脸，但起码有一利，我们写作的动机是纯粹的，因为热爱，为构筑生命而记录情感，能发表固然好，即便无人欣赏，只贴在自己博客上，还会继续写下去，这正是海外中文写作经久不衰愈演愈烈的原动力。你可以理解为这是对孤独的逃避，一种内敛自省的苦渡，清风明月的独白，是无边无际的安静与放手，是为保持内心平衡，不被平庸的居家生活逼得去偷情或到大街上放枪，而给自己创造的宗教。”①

物质贫乏现象或许很快能够得到改观，精神的困顿与迷茫则只能依靠精神的方式得以救治。从某种程度上说，早期的写手或多或少是出于精神的渴求才投身网络写作的。

第二节 “网络少君”的“奋斗与平等”

少君，原名钱建军，1960 年出生于北京一军旅之家，18 岁考入北京大学学习物理，毕业后当过《经济日报》记者。1988 年赴美国得克萨斯大学攻读经济学博士学位，学成后历任美国两所大学的研究员，并兼任中国厦门大学、华侨大学、南昌大学教授等职务，1998 年被《世界华文文学》选为年度封面人物。2000 年，40 岁盛年时，他宣告退休，专事游历写作，开始了“一半时间在书房，一半时间在路上”的快意人生。

据《网络少君》一书统计，少君有《现代启示录》《未名湖》《奋斗与平等》《大陆人生》《人生笔记》《网络情感》《西域东城》《人生自白》《天府成都》《约会周庄》《人在旅途》等各种版本的著述 40 多部；编著作品主要有《北美华文创作的历史与现状》《海外新移民文学大系——北美经典五重奏（五卷本）》等 30 多种，收录其作品的各种文学文集更是不计其数。

上述作品，大多是少君网络上颇有影响的文字结集。例如，网上流行的《网络情感：旅美作家少君网络文学精品》一书，是少君网络文学作品系列中的一种，所收录的小说主要有：《大厨》《图兰朵》《爱是什么》《我先生》《告别》《ABC》《破车》《爱是不能忘记的》《新移民》《经济

① 陈九：《海外中文写作和我自己》，http：//blog. sina. com. cn/s/blog_ 3f5e666e0102drqz. html。

学家》《歌星》《大陆人》《初恋》《洋插队》《绿帽子》；散文有：《爱在他乡的季节》《因为爱你》《她》《殉诗》《荷花》《张家界》《牌坊》《缘思》《大陆纪行》《秋叶》《躲他们远些》《生命中的最后一天》《父子情深》《女朋友》《上海印象》《无悔》《网络哈佛》《再见！达拉斯》《周庄洁茹》《凤凰城闲话》《维也纳交响曲》《人间天堂——温哥华》等。书中附录的三篇文章，《网络作家少君》《“网”上走来一“少君”——记旅美网络作家少君》《追求“不朽”的少君》都是评介少君其人其作较有代表性的文字。

按照少君自己的说法，出国前，他曾是《经济日报》的一名记者，那时 20 岁出头，风华正茂，从事着令人羡慕的职业，但当他获得了留美深造的机会时，他毫不犹豫地放弃了记者这个时称“无冕之王”的美差。就这样，他在美国重新开始奋斗时，一个刻骨铭心的感受是，离家乡越是遥远，对故国文化眷恋越深，而且还难以找到宣泄这种浓郁情感的方式。

1984 年，网络开始在美国流行，于是少君将自己的感触通过网络传输给同学朋友们，而当时的计算机还是 UNIX 系统，转换成中文格式程序复杂，因此第一批网络文学作家均是如他一样的理科生。1988 年，少君开始了网络写作，多是以随笔方式，书写打工、读书方面的感受。1991 年《华夏文摘》第一次刊登了他的作品《奋斗与平等》。而直到 1998 年，少君才真正意识到自己是一名作家，那年他受邀出席中国作家协会在福建举办的文学座谈会，会议内容就是方方、铁凝、陈世旭等一批国内最知名作家向移民作家们学习。①

对北美华文网络文学有过深湛研究的蒙星宇在《网络少君》一书中说，少君是“全球中文网络文学第一人”，理由如下。

第一，少君是第一篇中文原创小说的作者，1991 年 4 月，他在美国网站上发表了全球第一篇中文原创小说《奋斗与平等》。

第二，少君还是第一位评介网络文学的学者，他在 1998 年 10 月中国作家协会召开的“北美华文文学作品研讨会”上，首次向中国学术界介绍了华文网络文学，根据会议发言整理的论文《华文网络文学》是中国第一

---

① 少君：《网络文学作家第一人　少君要写时代大卷》，https：//www. jxnews. com. cn/jndsb/system/2004/09/16/000730399. shtml，2004 年 9 月 16 日。

篇论述网络文学的历史、特征及其对传统文学的冲击挑战等问题的学术论文，网络文学从此首次进入了中国学术界的研究视野。

第三，少君也是中国第一批成功进行商业化写作的网络作家。1999 年至今，中国和美国等各大出版社，争相出版他的 40 多部网络作品集。他在中文网络上笔耕了 20 年，以卓越的网络文学实践，率先创造出大规模的高品质的网络作品：原创网络短篇小说“人生自白”系列，开创了网络“自白体”的先河。

此外，少君还率先引领了网络时代文学范式的两次重大变化，即网络自娱写作和网络两栖商业化写作；率先展示出网络时代的文学精神：游戏精神和个体精神。他充满游戏精神的网络文学作品，不仅以随心自娱的写作心态突破了文学创作的范式，更以“流浪者”的深刻调侃和超然的“玩家”精神，为商业化浪潮中的文学僵局带来了一股另辟蹊径的清源。他充满“个体精神”的写作，以理性的个体自我意识和自然的个体情欲之美，补充了中国文学的创作规则和审美范本，为一贯以“集体主义”为核心精神的中国文学带来重要补充和有益启示。有鉴于此，蒙星宇认为，少君应该是一个被华文网络文学永远铭记的名字，也应该是被中国文学史铭记的名字。可以毫不夸张地说，少君的网络文学作品是中华网络文学的第一座里程碑。①

少君的经历，具有较强的代表性。首先，少君是在改革开放初见成效的 20 世纪 80 年代末期的留学潮中走出国门的年轻俊彦，是真正践行“胸怀天下、放眼世界”之理想的“八十年代新一辈”。其次，少君兴趣广泛，多才多艺，在经济学、政治学、心理学、历史学、地理学等人文社科领域都颇有心得，且在他的创作中得到了比较充分的展示。尽管他是一个非文学科班出身的人，但他在语言的领悟和写作技巧的把握方面，丝毫不逊色于专业人士。在他的笔下，大千世界，栩栩如生；人生百象，跃然纸上。其文风如行云流水，行止自然，姿态万千，为早期网络文学树立了标杆。

少君描绘人生世相的著名作品是《人生自白》。这部作品的主要内容是对中国大陆改革开放后百态人生的描绘与评述。作者思考的主要问题是中国人在致富奔小康的同时，如何保持健全心灵与健康心态。这部使少君

① 蒙星宇：《网络少君》，九州出版社 2011 年版，第 1—2 页。

扬名海内外的短篇集，以对平面化的世俗人生的描绘，提供了一道后现代的“文化快餐”，同时也为当代人提供了一幅审视人生世相的时代长卷，有人称其如“一幅‘清明上河图’般的浮雕面影”，从作品表现出的题材之广泛、人物之众多、世相之迷离、心态之繁复等情况看，将《人生自白》视为当代“清明上河图”似乎也不算夸张。

《人生自白》不仅叙事主体得风气之先，表述技巧也颇为独特，所描述的海外留学生、新移民与大陆各色人物，在其当时都是引领风尚的弄潮儿，但他们的生活千姿百态，在改革开放的时代大潮中，这些人物从外表到内心都出现了万花筒式的分化与变幻。作者在描绘人心繁杂、世态浇漓的日常生活景象时，始终保持着一种强烈的人文批判精神，在幽默风趣的冷嘲热讽之中，更是蕴含着一种深厚的人性关怀和深情的审美追问。《性革命》描述新来美国的中国青年的性革命，变成谋取个人利益的性交换。《美丽的研究》用极其正经的语言，刻画了一个“极不正经”的专门吊女孩“膀子”的“老王”如何用系统论、心理学、群体心态、层次分析以及竞争心理，成功追求漂亮女孩们的故事。《大厨》写北京哥儿们如何在美国的底层逆境中奋斗。《洋混子》描写了一个以帮助青年女子“出国”为名却玩弄女性的洋混子，最后被驱逐出境的故事。《布尔什维克》写一个老人用当代革命者的眼光看美国，讲了半天批判美国的话，少君却用“我”的一句问话，“为什么你让自己的儿子移民来美”的事实反问他，使他的长篇谈话变得虚伪荒唐。《板儿爷》写当代北京城的蹬板车载客的“骆驼祥子”。《ABC》《嫖客》《洋插队》《歌厅老板》以及《经济学家》等都是很有趣、很诙谐也很沉重的篇章。[①] 有学者认为，“《人生自白》充分体现了精英情结的想象性补偿写作动机、以大规模的小叙事和方言为特征的大众写作模式，同时也体现了北美华文网络文学独特的审美特征：精英情结的大众写作”[②]。

关于少君对网络文学的贡献与影响，可从《网络少君》封底的一组评介文字中略见一斑：“作为博采中西芳华，融现代文理知识于一体，做过学生、工人、工程师、记者、研究员、教授、公司老板的少君，如此丰富的人生角色与经历，使他在进行文学创作时，就拥有为别人所羡慕的

① ［美］汤本：《追求“不朽”的少君》，《少君文集》，中国文联出版社 2001 年版，第 654 页。

② 蒙星宇：《“精英情结”的大众写作：少君小说集〈人生自白〉评论》，《电影评介》2010 年第 6 期。

取之不尽的创作素材，及广泛的社会认知和创作时的从容心态。对于转换在不同的文化境遇、身历不同寻常的人生体验和拥有多方面多层次的人生历练的少君来说，其作品表现出的是他对社会文化、人生等重大命题的关注和思考，感知着个体生命的喜怒哀乐，感应着大千世界的春华秋实。”

最早研究少君且出版过《解读少君》的陈瑞琳说：“解读少君，对于传统的文学评论来说无疑是一个学术上的挑战。因为少君完全不同于以往文学史上的任何作家，他的写作方式，以及他走向读者的渠道，都可说是新时代的崭新开创。他那质朴热情慨然坦荡的个性背后，蕴藏着深不可测的生命之泉。更像一个怀揣老式左轮手枪的职业杀手，衣冠楚楚地站在庆典与盛宴的人群中，等待着出手的机会。”“少君是一个人格建构非常成熟的作家。在他身上，正可以看到我们这个时代变迁的风云，而且是博采中西芳华，融现代科技资讯于一体，同时他的笔又是饱蘸着生活的源流！这，才是少君的创作之所以如此具有张力且一发而不可收的根本所在。”①

少君自己也认同这样的说法：他之所以下笔万言，文思奔涌，真正的原动力是其内心深处一直渴求着一种“灵魂的宣泄”，从而舒弛经济运作带给他的精神羁绊。他并不愿成为一个纯粹的学者、企业家，他要在文化的意义上塑造自己的人格。“宣泄”二字，无疑是少君早期小说的关键词，同时也是早期华文网络小说的主要特征。

在《人生自白》后记中，少君也坦言了“以文泄气”的宣泄动机：“一时冲动地来到美国，一下子从行走中南海的年轻学者变成中餐馆端盘子的小侍者，从指点江山的青年理论家变成美国二流大学的留学生，其中失落与痛苦的情感真是罄竹难书。”“我开始抱着眼不见心不烦的理论搞经济研究，以后来到美国留学，大学任职，又下海经商，堵在心里的那股气，始终难以释放，后来去了佛光山，经高人指点，就开始了以文泄气，修身养性的漫长生活。我不能不写作，写作使我在与金钱游戏的压抑中得到释放，写作也使我在异域的漂泊中感受到生命的价值所在。”有评论说，少君把文字中的故国之梦，变成了治愈“边际人”心灵深处矛盾、困惑的良药，对他来说，如果中西文化的困境是他宣泄的原因，那网络

① 陈瑞琳：《“网”上走来一“少君”——兼论少君的〈人生自白〉》，《世界华文文学论坛》2000 年第 3 期。又见《少君文集》，中国文联出版社 2001 年版，第 316 页。

写作则是一种宣泄的途径，所以他喜欢称自己的《人生自白》为“宣泄文学”。[①] 这部作品虽无意于“补察时政”，却有益于“泄导人情”。

有研究者认为，少君在《人生自白》中所体现的那种敏锐观察和绘声绘色的叙述风格，具有一种寓大义于微言的优势。以此优势进入散文，加上少君无论对于故国还是对于世界无所不能涉足的开阔视野，便构成了少君大散文的基本态势，从小说到散文，如少君充满奇遇的戏剧人生，从一个高潮走向另一个高潮。少君的这些散文，就如同“人生自白”一样，不是想要影响别人的灵魂，也不是为了稿费，而“是一种无法割舍的文化的爱，是一种心灵需要的喷发，是一种精神希望的寄托”[②]。

少君的散文以才情二字见长，这基本已成读者和评家的共识：“惟情之一字，维持世界；才之一字，粉饰乾坤。”这些散文，以其自身恢宏的气势、博大的胸怀、开阔的境界、厚重的积淀、多变的思绪、细腻的情感、精致的结构、优美的语言，独树一帜，别是一家。黎阳在《一幅长天绿水、花光百里的风情画卷——别是一家的少君散文》中坦言：“说实话，同少君的《人生自白》等小说相比，我还是喜欢他的散文。”何以这么说呢？黎阳认为：“与以《人生自白》为代表的以理节情，冷静甚至是冷漠叙述方式的小说不同，少君的散文热情而奔放，潇洒而飘逸，字里行间都涌动着真挚与情愫。看了《人生自白》，倍感沉闷与压抑，因为那里面有太多的现代化大都市的喧嚣与浮躁，人生的多变与无奈，人性的裂变与人类的异化，后现代主义对物欲与本我的推崇，尽管作者只是客观而冷静地反映这一社会现实。但它带给人的总是一种虚无的感觉，不知人类的精神家园究竟在何方？而少君的散文给人的只有知识的丰富、精神的愉悦、情操的陶冶、审美的享受、情感的洗礼、灵魂的升华。如果说少君的小说是一幅阔大而随意的写实画，是原生态的略显粗糙的模具，那么少君的散文则是精雕细琢的纤秀的玲珑塔，而呈现出的则是长天绿水、花光百里的风情画。”[③] 既有“月明华屋，画桥碧阴”的绮丽神采，亦不乏“幽人空山，过水采蘋”的自然神韵。

---

① 聂庆璞等：《网络写手名家100》，中央编译出版社2014年版，第5页。

② 曾慧燕：《北美华人移民文学的发展》，http://www.chinaqw.com/news/2005/1209/68/8639.shtml，2005年12月9日。

③ 黎阳：《一幅长天绿水、花光百里的风情画卷》，http://www.liyangwz.com/workShow.aspx?WorkId=312，2011年3月17日。

关于少君的诗歌创作，也引起了网络读者较大的兴趣。少君的诗歌数量虽然不多，且散布于各种诗歌网站，但其影响却不容忽略。这些诗歌不仅形式别致，而且内容相当广泛，有研究者将其归纳为三大类别：一是对人生的亲情、友情的歌唱；二是对忠贞爱情的歌唱；三是对各种各样复杂人生的情思。少君的诗歌有较深刻的哲理性。如他的《人生五步曲》《护士的眼睛》《北斗星》《一个病人的短语》等诗歌，就熔铸着诗人丰富而深刻的人生感悟。他的短诗《生活》《梦》《醋》《太阳》《广告牌》在网上颇为知名。①

> “活得如鱼得水志得意满色彩斑斓精彩无比”的少君是一个走在时代前列的人，但对于少君来说，他创作的最大优势却并非仅仅利用互联网这一先进媒介作为自己的写作手段，而在于他特殊的命运遭际、丰富的人生体验和广博的知识积累。放眼少君所处的社会、时代，我们发现：“中国社会成了一个现代与传统共存、文明与落后并在的矛盾体。”他身处社会的巨大历史变革时期，并横跨欧亚大陆，亲历东西文化的直接冲突与交锋，这种来自时间与空间的文化冲突，形成他独特的二重文化、地域身份，并为他提供颖异的艺术视角。少君当过工人、工程师、记者、研究员、教授、社长、会长，直到跨国公司经理、总裁，甚至还坐过牢，接触到较为广阔的社会人生，积淀了许多成为他创作素材的人生体验与感悟。同时，在知识结构上，少君拥有深厚的文学素养、扎实的理科知识、丰富的科技工作经验、渊博的经济学知识等，加上他有着从东方到西方的文化跨度，博采中西文化芳华，突破了文化的地域性局限，有一种凌空俯瞰的清醒与超脱，所有这一切为他的小说注入了特殊的魅力，构成少君小说吸引人的内在原因。②

蒙星宇在《网络少君》一书中总结说：“少君的小说，开创了独具一格的‘自白体’先河，他怀着忧虑的震惊，深切地关注着同胞在生命激流中的摸爬滚打和惊慌呐喊，把每一个个体人生的悲剧和喜剧都演绎为生命

① 顾圣浩：《网络作家少君》，《青年作家》2002 年第 9 期。

② 刘广倩：《少君创作的人文追求与美学追求》，《美华文学》2004 年夏季号。

选择的必然结果，凸显了他作为经济学者的理性思辨，从而独树一帜。他的散文，融漫长的历史沿革，丰富的风俗民情，如画的自然风景于一体，气势恢宏，境界开阔，积淀厚重，语言纯美，纵横捭阖，恣肆汪洋，字里行间闪烁着灵动，充盈着飘逸，涌动着温情，是当代作品中少见的文化大散文。"[①] 对于一个以网络文学闻名的作家来说，这样的评价或许有拔高的嫌疑，但对少君这样一个纸网两栖作家来说，这种评价还是恰如其分的。除了"开创自白体"或有争议以外，蒙星宇对少君的总体评价，相信那些认真读过少君作品的人定会深表认同。

"他优雅自如地写作，没有谋生思财之虑，而是富裕有产阶级的'闲适'下的勤奋创造，没有鲁迅笔下'干柴多少钱一斤，白菜多少钱一斤'的穷酸文人的潦倒艰辛，写作是他没有后顾之忧的全力以赴，这样的创作，才会大气，这样的创作，才会才华横溢。少君在用他的笔超越人生。"[②]

当然，少君的作品也明显具有早期网络文学的一些缺陷，如果以传统纯文学的审美标准来要求少君，上述作品的文学史价值显然会大打折扣。即便是《奋斗与平等》，充其量也只能说是瑕瑜互见之作。事实上，该小说在其发表之初，就受到了读者的严厉批评。在《华夏文摘》第5期"读者来函"中，一位署名"牛异"的读者说："自该刊开办以来，每期我都翘首以盼。但四月二十六日第四期所登一篇文章《奋斗与平等》，我读后觉得十分反感。"牛异首先怀疑这篇文章的真实性，并对小说主人公的"炫富"表示强烈不满，如"今天我能住得起每天二百美金的房间，能花个四五千度一次圣诞假期，是因为我奋斗的结果，付出和所得是等值的，动量守恒定律是永恒的"[③]。牛异认为，作者对中国留学生乃至中国人的评论也是很不公正的："我很不喜欢大陆人对社会的抱怨，他们把自己置身于社会之外，甚至把自己放置在一个低层次的社会阶层中，然后又怨天尤人。中国旅美学人有七八万之众，如果能振作起来，重视自己和重视这个社会给每个人的平等权利，我就不相信会比犹太人差。"牛异批评说："你就是再发了，变成个百万富翁，也大可不必这样趾高气扬地对同

① 蒙星宇：《网络少君》，九州出版社2011年版，封三。

② ［美］汤本：《追求"不朽"的少君》，载《少君文集》，中国文联出版社2001年版，第655页。

③ 马奇：《奋斗与平等》，《华夏文摘》1991年第4期。

胞说话。”此外，这封读者来信，还列举了小说其他知识性和逻辑性方面的一些错谬。有趣的是，牛异在落款之后，特意标明此信“写于尼亚加拉度假村（NIAGARA FALLS)”。平心而论，牛异的批评虽不无吹求之嫌，但也的确触及了《奋斗与平等》的软肋。

第三节 “图雅的涂鸦”

在中外文学史上，很少有图雅（有时也写作涂鸦，昵称鸦）这样一个影子式的神秘人物。他被评论家说成中文网络写作“祖父级的前辈”。但这个德高望重的“前辈”到底是谁却始终是个难解之谜。从 1993 年到 1996 年，他在全球中文网络里如日中天，他创作的散文、寓言、小说、杂文风靡一时，但就连与之直接联系过的方舟子对其身份也知之甚少，也曾四方打探，至今毫无结果，这位“网上绝无仅有的语言大师”，给网友们留下了许多传说和猜想。

方舟子在纪念图雅的文章中说，当年活跃在 ACT 和《新语丝》上的一些网络写手并不刻意隐瞒自己的个人资料，但是图雅对自己的情况总是守口如瓶。方舟子回忆说，1994 年，图雅的散文《寻龙记》获得了中国台湾地区《“中央”日报》的一个文学奖，按要求需提供个人简介，他才首次公开透露了一点个人信息，然而也非常有限。其中提到“五十年代出生于北京”，而这是只要细读他的文章就可以推测出的。他有时也在网上跟人讨论一些高等数学的问题，所以他的专业大约与数学有关。有关这位“影子大神”的个人信息基本都是推测，因而大多存在争议，甚至连其性别也有争议，虽然其文风、措辞明显男性化，网上却有人哄传，到现在也还有人怀疑他是女扮男装。方舟子曾向图雅邮寄过东西，当时收件人使用的是男子英文名，由此推断，图雅应该是一位男性。在《怀图雅》一文中，方舟子还提供了另外一些宝贵的信息：

> 1996 年 4 月，《新语丝》《花招》《橄榄树》《枫华园》等刊物的成员二十余人在华盛顿百合家聚会，鸦曾说要到会，与会者翘首以待，最终也没见他露面。三个月后，鸦就从网上消失了，距离他初次上网，刚好整整三年。
>
> 鸦大概可算是网上绝无仅有的“语言大师”，文章用语极富个人

特色，光读文章不看署名也可猜出是他的手笔，别人也无法假冒。鸦长于叙事、抒情而拙于说理，所以他的文学作品的质量远胜于议论文章。但即使是那些感性盖过了理性的议论文章，虽难以说动读者，却也因为诙谐风趣而富有可读性。与国内网上风行的那种将恶谑当有趣的搞笑文章不同，鸦的诙谐往往富有韵味，类似于西洋的幽默，在品味上，比油嘴滑舌高出了不止一筹。鸦的文学作品，也以语言取胜，在布局谋篇方面仍有欠缺。所以他的散文强于短篇小说，短篇小说又强于中篇小说。他创作的两篇中篇小说，结构都很零乱，不成样子。这是网上随写随贴的毛病，倒未必是天赋不足。如果鸦能够潜心创作，仔细推敲，中文文坛或许能出现一位小说大家。这是鸦还在网上时，我就一再指出过的。但愿他现在就正躲在地球的哪个角落闭门谢客创作巨著。①

这种“散文强于短篇小说，短篇小说又强于中篇小说”的情况，实际上是早期网络文学比较普遍存在的现象。作为业余爱好，网络写手们大多只能“随写随贴”，即便有总体构想，在零零碎碎的写作过程中，也难以将写作计划贯彻到底。只有到了专以写作为业的签约网络写手那里，才会出现长篇优于短篇且越写越长的情况。

《图雅的涂鸦》出版后，现代出版社还特意发布了一次“寻人启事”：图雅，别名涂鸦，昵称鸦。20 世纪 50 年代出生于北京，具体年龄不详。可能为男性。专业与数学有关。1993 年 7 月上网，1996 年 7 月离网，从此失踪。曾旅居北美。图雅，看到此“寻人启事”后请与以下地址联系，以便领取此书出版后的大额版税，并为翘首以待的读者、网络后辈写手以及崇拜者们签名。

天涯论坛在转载这则“寻人启事”之后，还附上了一个简略的“图雅年表”：

20 世纪 50 年代　出生于北京，建设部大院（原建工部大院）。

1993 年　任中文电子杂志《华夏文摘》特约编辑；7 月，第一次上网，并开始在国际中文新闻组（ACT）写作。

① 方舟子：《怀图雅》，《图雅的涂鸦》，现代出版社 2002 年版，“序”第 2 页。

1994 年年初，参与筹备著名的“新语丝”中文网；散文《寻龙记》获奖。

1996 年 4 月《新语丝》《花招》《橄榄树》《枫华园》等海外中文电子杂志的成员在华盛顿聚会，图雅应邀与会，却最终未露面。

1996 年 7 月 图雅离网，从此再未出现。

图雅不出现，传说四起。传说一：正躲在地球的哪个角落闭门谢客创作巨著；传说二：对网络写作现状极度失望，不见不烦；传说三：逗你玩儿……当然，还少不了八卦类的传说：有一位美女因为爱图雅的文章而和他缔结良缘，美女和图雅约定，从此退出网络，只做人间神仙伴侣。因为她害怕图雅的漂亮文章和俏皮话再次射落其他人的芳心。一定是这位美女的才貌让图雅服气，他金盆洗手，把网上的风头让给了后来的写手。这样的结局很有喜剧感，大概是其粉丝们的创作，也可以看作对图雅的祝福吧。

如前所述，关于图雅作品的风格特征，《图雅的涂鸦》的编辑者进行了不无夸饰的描述：图雅的语言机智，对话写得很出彩，有燕赵男儿的慷慨。图雅短篇小说的风格有“网上王朔”之称，机智，诙谐，幽默，风趣，有时又玩世不恭，痞气十足；多以“××记”为题，描写作者赖以成长的大院生活、尔虞我诈的工作环境，以及海外生涯的奇人、奇事、奇遇；杂文酷似王小波的风格，知识性、趣味性并重，而且奇思异想层出不穷，以至有人误以为是王小波去世后的“遗珠”。因此，图雅的这本由他人搜罗编纂的集子被说成网络写手成名的必读书。

如前所述，有些人把图雅说成“网上王朔”，也有些人说图雅更像王小波。这样的例子可谓俯拾即是。如，徐建新认为：“图雅的文字与王朔相仿，很有特点。其作品诙谐幽默，可一读再读。”当然，也有人对“网上王朔”的说法颇不以为然，因为，“无论文字风格的凸显，还是故事题材的选用，图雅都有明显区别于，甚至高于王朔的地方”（应帆语）。有评论者认为，如果说王小波是“文坛外高手”，那么图雅便可称为“纸媒外高手”。“图雅的成就丝毫不逊色于王小波。”（张远山语）网络作家宁财神说：“1995 年，图雅应该是最受欢迎的网络人士，虽然从未现身，但方舟子那帮老炮谈起他，都是一脸神往。那时候，图雅靠的应该是文采吧。后来看到一些当年 ACT 的旧人旧帖，任意挑一个出来，搁到现在都可以打遍天下无敌手了。”[①]

在《砍柴山歌》的后记中，图雅坦言：“几十万字，信手涂鸦，说明这两年还挺有心情。这个也值得高兴。生活是许许多多大大小小的着急构成的。一会儿要交作业，一会儿要去饭店洗碗，一会儿又要去车站接同学，每一件事都刻不容缓，每一个人都讨债似地追你，一直把你轰进坟里才罢休。这就导致了生命质量的显著下降。在如此劣质的生活中，能‘偷得浮生半日闲’，往键盘上打一篇玩意，不是相当对得起自己吗?”黄发有认为：“图雅的文字简洁明快、议论机智诙谐、故事活色生香，没有过多的渲染和雕饰，这种隐身、即兴、自由、非功利的写作状态，正是真正热爱文字的人对于网络文学的期待。”[②]

现代出版社出版的《图雅的涂鸦》收录的作品主要有：《小野太郎的月光》《扮猪记》《吃狗肉记》《拱猪记》《逐鹿记》《买车记》《养鸡记》《鹦哥记》《破瓮记》《画饼记》《姑妈阿兰》《回忆黑手党》《三伯》《剃头的故事》《美国小调之 MAZE》《美国八卦野战军》《食客》《“市民智慧”的有趣晶体》等。文集中还收有方舟子的《怀图雅》和“佚名”的《今天，共同想念一只鸦》。

图雅的作品当然远不止《图雅的涂鸦》中所辑录的这几篇，事实上，图雅是一个多面手，在小说、散文、杂文、诗歌等方面都有令人拍案叫绝的佳作，其中大多数作品读者仍可在“亦凡公益图书馆”等多家网站见到。例如，亦凡公益图书馆登载的图雅散文主要有：《吃鸡三境界》《听笛与挠痒之余》《感恩节苦谈》《寻龙记》《读书轶事》《小鸭杰克》《阿西莫夫，卡尔塞根，抹布及其他》《橄榄》等。杂文有：《第五维》《图雅谈国是》《图雅杂文选》《八百亿的菜叶子》《说圆》《佛学研究：讨论中的鸡和轮回》《酒和酒友》《小三思想》《我看〈新语丝〉》《浮肿与清新——春节联欢节目短评》《劝架》《中国人不打中国人》《天方鱼话》《四难小议》《花钱与做鬼》《短歌行：论曹毛之别》《杂论鲁迅的文章》《闲话洗澡》《逆境与人》《日本的随想》《民歌与民智》《狼》《砍柴山歌》等。在一些收有图雅作品的网站上，仍然可以看到“鸦迷”们稠密的身影。

人们喜欢图雅，甚至怀念图雅，这与后来常见的对网络名人的“粉丝

---

① 宁财神：《瞧人家那青春燃烧的》，《芳草（网络版）》2006 年第 8 期。

② 黄发有：《从宁馨儿到混世魔王——华语网络文学的发展轨迹》，《当代作家评论》2010 年第 3 期。

情结”甚为不同，喜欢和怀念图雅的读者以40岁以上的网络“前辈”居多，与其说他们是在怀念图雅，不如说是在怀念一个时代，一个以图雅为代表的心灵化写作的时代。那时，网络还是一片尚未开垦的处女地。对于早期网络写手来说，那时的网络写作与传统写作的不同或许主要表现在“换笔”方面，即除了媒介变化外，其写作趣尚和思维方式仍然保持有传统文学的一些基本特点。这一点，从图雅早期的一些文学随笔中便可见一斑。例如，图雅《诗的随想》以一种近乎学院气息的诗学理论话语，阐发了他对诗歌的直观感悟和理性思考，这是在后来的一些知名网络写手中难得一见的成熟而自信的诗学理论。

△ 解诗

“新诗难解”——常有人抱怨。但诗不是数学方程，因此不能有定解。也许挽救之道是把诗与音乐相比，无论是如泣如诉的单弦，还是疾风暴雨的交响，目的是弄出些振动，达成感情的流动或激发。因此诗必须可感而富有传达力。宋打油的“黄狗身上白，白狗身上肿”是话不是诗，因为大家读了无动于衷。北岛的“从星星的弹孔中/将流出血红的黎明”是诗，因为可以读出一些心灵的惊悸。

△ 意境

诗借意象的张力构筑一个具有模糊边界的想象空间，供读者的感觉纵横驰骋。或称意境。好诗的意境或鲜丽如初升海日，或悠远如山寺晚钟，必有相当的想象余地。而既然要模糊悠远，就不能把意思说尽。言尽而意不尽，绕梁三日不绝。艾青的“在人家还没有把我送到火葬场之前/我还要鼓起勇气/去追赶失去的时间”，嫌说得过尽，而舒婷的“爱情穿过生死的界限/世纪的空间/交织着万古常新的目光”却把相当的想象交给读者。两者区别在于意境的形态与尺度不同。

△ 朦胧

“烟笼寒水月笼纱”，美在朦胧。印象派的画，在近处看，目不暇给，如鲁智深打翻油盐铺子，诸般颜色忙不迭涌出来，并没有什么秩序。向后退两步，形象与旨趣却充分显现出来。这与读北岛风格的诗有几分相似。以其《夜归》为例：“经历了空袭警报的音乐/我把影子挂在衣架上/摘下那只用于/逃命的狗的眼睛/卸掉假牙，这最后的词语/合上老谋深算的怀表/那颗设防的心//一个个小时掉进水里/像深水炸弹在我的梦中/爆炸//听见了我的恐惧”。乍看这诗形象荒谬，语无伦次。但抛弃逐字解释的逻辑，跳出来直接感觉它，倒有些意思。惊惧是一个主要的情绪。眼睛像狗一般警惕。连牙都是假的，何况词语。噩梦连绵，个个都有爆炸性。怀表也锻炼得老谋深算，主人可想而知。这般世界，本身即如一场噩梦，生活于其中，真如影子般虚无。另一个情绪当然是不满。在如痴的呓语中藏有愤怒的机锋。如此黑暗，弄个“深水炸弹”炸炸也好。或与其“听见自己的恐惧”——日日听空袭的音乐，不如像台湾诗人管管在一首诗中所说“他妈的，翩翩而去”。

总之读诗不必拘于小节而求甚解。写诗是运用想象，读诗何尝不是。①

这种中规中矩的诗学短论，与当下幽默俏皮的网络文字有着一望而知的差异，而这差异背后的原因，还大有探究的余地。如今，图雅似乎已成了远去的大师，但“图雅全集”或《图雅的涂鸦》已成为多家网站的经典文献。其实，图雅是谁并不重要，重要的是“图雅之所以成为图雅”的“图雅的涂鸦”被完整地保留在网络上，只要作品还有人关注，身为作者的图雅就没有消失，尽管总有些好奇的人会问：那只会唱歌的“鸦”到哪里去了？

有位名叫“瓶儿”的网友说：“过了几年后，我重新开始到网上看东西，再也没有读到过图雅那么精华的文章，我才意识到我们那时有图雅是多么幸运。在失去图雅的这些年中，我越来越认同图雅的观点，越来越欣赏他的智慧和他的真实。可是，斯人何在？”

有人说图雅是那种一经接触便终生喜欢的天才型作者，譬如，自称“很有五分钟热度的毛病”的兰花说：“前两年偶然看到图雅的文章，一下子就喜欢上了。喜欢至今，热情不减。”对许多作家作品，或许她只有五分钟热情，但是对图雅，她“却是从一而终，白头到老的”。类似的说法还有很多，一篇题为《今天，共同想念一只鸦》的佚名文章说：“整整一天，我坐在电脑前，翻看着一张又一张离不开图雅的文字的中文网页面，《橄榄树》《网文原创》……鸦都是一个不可忽视无法遗忘的存在。在那些跳达的文字中静坐，想着这样一个有趣的人，你只能够想象他曾经

① 图雅：《诗的随想》，《华夏文摘》1991年第38期。

的生存，可能永远也不能够一睹他亲切的面容，黯然神伤。就好像王小波，当你发现世界上原来有这样一个人的时候，他已经一别经年永不回头了。你不可能再想象一个偶然的相逢，想象你伸出同声同气的手，告诉他，你喜欢这样的文字和这样的思想。你只能够抬头望一望星辰，说，我看到你了。”① 尽管如此，大多数“鸦迷”仍然期待着奇迹出现，仍然在期待着图雅归来。

著名批评家黄发有说：“在中文网络文学的萌芽阶段，图雅是一个传奇。……海外留学生在远离母语版图的边缘情景中自生自灭的写作，在很大程度上是自我陶醉的寂寞歌唱，在无所依托的离散状态中摆脱了先入为主的写作框架。图雅的存在，在网络空间点亮了一种纯粹的梦想，推开了一扇半开半掩的精神之门，吸引着追梦的人群去寻觅无限的可能性。”②方舟子认为人们怀念图雅的根源在于：“鸦在中文网的三年，恰恰是中文网络同一、非商业化的黄金时代，鸦也因此成了那个时代的一个象征。我们今天怀念图雅，也正是因为怀念中文网那段一去不复返的好时光。”③

这就是幽灵般的图雅，就像一则迷人的寓言。

---

① http：//www. bxwx. org/b/31/31489/5109888. html.

② 黄发有：《从宁馨儿到混世魔王——华语网络文学的发展轨迹》，《当代作家评论》2010年第3期。

③ 方舟子：《怀图雅》，《图雅的涂鸦》，现代出版社2002年版，第3页。

第四章

蒙面舞会：第一代网络写手的自由书写

如前所述，中华网络文学肇始于北美，第一代网络写手理所当然是北美那些网络写手，如少君、图雅、方舟子等。但网络文学研究者们对“第一代网络写手”早就有比较一致的看法。在一定意义上说，“第一代网络写手”已经成了网络文学研究领域里的一个专有名词。《网络文学词典》对“第一代网络写手”作出了如下界定：“20世纪90年代末期，最早在网络上发表文学创作并小有名气的写手，以及发表文学评论意见者。代表人物有痞子蔡、宁财神、安妮宝贝、邢育森等。”① 当我们未做专门说明的时候，还是遵从习惯说法，把痞子蔡、宁财神等人看作“第一代网络写手”。当然，细究起来，这些网络写手大多在网络文学创作方面起步较早、成名较快，无论就写作技巧、行文风格、审美趣味还是任何其他与文学艺术性密切相关的因素而言，他们之间的共同性并不太多，尽管人们已经习惯称他们为“网络写手”，给他们贴上了“第一代网络写手”的标签，但实际上，这些人大多互不相识，且经历有别，处境各异，其才胆识力更是参差不齐……若按照传统文学的分类标准，“第一代网络写手”这个概念根本就无法成立。但网络文学毕竟不是传统文学，这种“类无归属、言无定说”的存在形态，正是网络文学不同于传统文学的最显著特点之一。

对传统文学史而言，作家作品无疑是文学史家关注的核心内容。就这一点来说，网络文学史的写作也不能例外。网络写手和网络作品，理所当然是“网络文学史”的主要内容。有关网络写手的研究，曾繁亭的《网络写手论》和聂庆璞的《网络写手名家100》都是相关研究的重要著作，两位网络文学研究专家也大体认同《网络文学词典》对网络写手的分类。

---

① 欧阳友权主编：《网络文学词典》，世界图书出版广东有限公司2013年版，第145页。

例如，在《网络写手名家100》这部迄今为止最为全面、集中地展示当代网络写手总体面貌的著作中，作者按其在网络文学发展史上产生影响的先后顺序，将100位著名网络写手划分为四代。表面上看，代际划分整整齐齐，井然有序。但细究起来，代际“四分”的学理依据相当复杂，简简单单、一目了然的阵容背后，隐含着错综复杂的难题。如此划分，显然并非完全出于逻辑的必然，或多或少有些迁就表述的需要。众所周知，对于网络文学这样一个泥沙俱下的研究对象，仅仅能做到“言之有序”就已殊为不易，要真正做到尽情尽理、无懈可击，这绝不是单个学者力所能及的事情。正如要计数满天繁星或恒河沙砾只得靠粗略估算一样，面对巨大数量的网络写手群体，我们将其适当划分，化万千头绪为几人几事，然后分而述之，以期对其概貌有一个大致了解。如此化繁为简多少有点以管窥豹、以蠡测海的意味，但这也并非有意避重就轻，实属力有不逮，情非得已。

有关对网络写手及其作品的选择取舍之难，欧阳友权有一个形象的说法，无论“沙里淘金”还是“珠海选贝”，遗珠之憾必然在所难免，他甚至以“断指之痛”来形容被迫删削文稿的感受。在《网络文学评论100》后记中，欧阳友权有令人印象深刻的描述：

> 书稿整理完毕，心中却留下两个挥之不去的遗憾：先是篇目遴选时的遗珠之憾，后有篇幅压缩中的“断指”之痛。前者采取的是以“舍”求“得”的方式，正所谓任凭弱水三千，我只取一瓢饮——基于本书设定的基础学理、盘点现场、价值评说、批评建构、特征把握、写手剖析、作品解读、文体类说、局限质疑、产业辨识、发展动势等主题要求，不是“沙里淘金”，而是“珠海选贝”，不求文质兼美，但求为我所用。而处理后者更是别无招数，只能狠下心一次次使用“剪切”键，为求字数达标，许多文章不得不一压再压、缩而又缩，以至为自己的“残酷”愧疚不已，深感对不起这些文章的作者和原发刊物编辑。①

对文章的选择尚且如此令人纠结，对网络写手的甄别和挑选就更加难

① 欧阳友权：《网络文学评论100》，中央编译出版社2014年版，“后记”第349页。

以决断了。毕竟，文章白纸黑字具有相对的固定性，戴着网络面具的写手们则不然，那些著名网络写手大多是神龙见首不见尾的神秘大咖，他们中间的大多数人除了在网上写作以外与常人无异，但也不乏特立独行的“异数”：有的行踪隐秘，有的性格乖张……总之，不少传统的行为准则，对这些网络新新人类已不再有效了。当然，无论是“人”是“鬼”，我们选择网络写手的主要依据仍然是作品而非其他。

以聂庆璞的《网络写手名家100》为例。作者在后记中坦言“拣选名家”的苦衷之后，也交代了自己选择网络写手的几大原则：首先是100位网络写手名家的确定，这是一项艰难的工作。网络写手上百万，成名的也在万名以上，日常生活中人们说“百里挑一”“万里挑一”，不过只是一句俗语而已，但作为学术研究来对待这个“挑”字，其工作之繁难实则超乎想象。作者首先采取的办法是查阅已有研究文献，对其中出现频率高的网络写手优先选出；其次是查阅各文学网站，对排名靠前的网络写手优先选出；再次要考察作品，对一些影响大、获得重要奖项作品的网络写手优先选出；最后还要考虑时代性，有些网络写手可能从整个网络文学的宏观视野来看，其作品并不十分突出，但他们在网络文学发展的某个阶段确实很有影响，因而也不能忽略。因此，这100位网络写手肯定不是依某一条件排下来的结果，而是反复权衡、综合考虑的结果。也可以说是殚精竭虑、精益求精的结果。尽管如此，但作者仍然觉得自己的选择太过“仓促”。必须指出的是，我们在选择网络写手和对网络写手进行分类时，主要参考了聂庆璞、曾繁亭等人的相关著作，对网络写手及其作品的评介文字，也比较充分地借鉴和吸收了他们的既有研究成果。

根据欧阳友权、马季、聂庆璞和曾繁亭等人的相关著述以及相关网络资料，我们将痞子蔡、安妮宝贝和著名的“三驾马车”，以及俞白眉、黑可可、罗森、朱海军等人定位为“第一代网络写手”。值得注意的是，这里的“代”字，颇值得玩味。仅从字面上看，它似乎只有“年代”“时代”的意思，但实际上时间和代际方面的意义是相当含混的，因为何为第一代网络写手，且究竟谁能代表第一代，是值得深入研究的问题。相反，一种纯属过度阐释的联想义——“代表”“代替”似乎可以更为贴切地描述这个“第一代”的情形。因为他们无疑是一大批网上写作者的“代表”，而他们的地位又很快被“第二代”网络写手“代替”了。

迄今为止，有关第一代网络写手的优劣成败、功过是非，学术界还没有定性的评论，各种相关批评文字之间，表现出了极大的差异性，可以说求全之毁与不虞之誉兼而有之。其中有代表性的意见认为，与海外华文网络文学的“心灵书写”明显不同的是，第一代网络写手中的大多数人，在网上试笔之初，与其说是写作，还不如说是找乐子、玩游戏。他们早期的网络文字，虽然同样具有“涂鸦”色彩，同样没有明确的目的性，但就真正借网络这个平台走进文学世界的新一代网络写手来说，恣情快意、寻乐撒欢才是其原始的动机。

早期网络写手的情况甚为复杂，风起于何方，水流向何处，谁也说不明白。任何妄图定于一尊的评论，都是片面狭隘的大话瞎话。某些“隔岸观火的网络文学短评文章”把早期网络写手说得那么单纯，网友调侃其“图样图森破”，可谓一语中的。实际上，不少网络写手，在网上大红大紫之前，早就是小有名气的作家了。关于这方面的情况，曾繁亭在研究了大量早期网络写手的基本情况之后提出了写作阵地“转移说”：网络文学形成伊始，在很大程度上仅仅是写作阵地的转移，赛博空间吸引了众多文学青年加入——安妮宝贝、宁财神、李寻欢、邢育森、慕容雪村、江南、今何在、燕垒生、王小山等就是其中的佼佼者。

值得注意的是，曾繁亭所说的这些作者的“转移阵地”，与黄鸣奋所描述的“换笔”虽有异曲同工之妙，但籍籍无名或小有名气的文学青年“移师”网络之后，快速变成文坛新秀，这就不是单靠“换笔”所能解释的了。曾繁亭认为，这一批网络写手原本就与传统文学关系密切，其中不少人在网上声名鹊起之前已多多少少在传统媒体上发表过一些作品，只不过出于这样或那样的原因没有得到应有的关注而已。从这个意义上讲，第一代网络写手脱胎于传统文学，其作品明显具有传统作家的风格和气派，也就不难理解了。

真正崛起于网络的写手是萧鼎、当年明月、天下霸唱、酒徒、血红、唐家三少等更年轻的一代，我们不妨称其为第二代网络写手。他们凭借网络的风力青云直上，名声大振。这一拨网络写手的成名与上一拨人的崛起在时间上几乎没有明显的间隔，用曾繁亭的话来说，“仅是脚前脚后的事”，但在文学渊源上，两拨人的情形可谓大相径庭。与前一拨网络写手原本就是“格子爬虫”只不过“移师”网络才成为网络写手的情形不同，新一代网络写手则纯粹生长于网络，他们这拨人绝大多数有着理工科的学历背景，与传统文学的关系甚为疏松。天下霸唱曾经坦率地承认，在写作

《鬼吹灯》之前，他连500字的工作报告都不会写。起初，他们只不过是抱着“好玩”的心情在网上随意创作，没承想这些“游戏文字”居然受到了网友的追捧，随后写作的欲望便一发而不可收。作为在一种新的创作机制中步入文坛的作家，他们的创作受网络环境的影响远比受生活环境的影响更大；曾繁亭认为，正是这一拨网络写手在“虚拟美学”支配下开创了全新的文类：想象力飞纵、游戏娱乐的写作旨趣、戏仿与复制的戏拟方法、叙事语言的汪洋恣肆、类型化的文本特征等，这些不同于传统文学的诸多独特属性，便在他们的手中翩然形成并迅速成型。而随着传统出版系统基于商业利益的考虑将他们的网络文学文本移易为纸质文本，即当网络文学凭借其自身的强大影响力从“网上”被请到“网下”，这拨“游戏文字”的文学奇才也就从“地下”到了“地上”；由是，其“业余涂鸦”遂成为一种“公共写作”，而他们中很多人与文学的关系也就从“游戏”变成了“职业”。与此同时，人们对待他们及其作品的态度也很快从宽容转变为严肃——富有学术敏感和时代前瞻性的理论家，最早发现了作为“文化现象”的网络写作中蕴含着美学转型的丰富信息，并由此对他们及其文本实施“文学性”分析。至此，网络文学作为一种新的文学机制和文学范式得以正式确立。①

必须交代的是，这里的网络写手“分代”及其依据，虽然还有很大调配空间，但既有研究成果已形成相对稳定的说法。例如，聂庆璞的《网络写手名家100》的分类就较好地兼顾了学理上的逻辑性和事实上的合理性，该著名的网络写手分类如下：

第一代网络写手主要有：1. 少君、2. 痞子蔡、3. 图雅、4. 安妮宝贝、5. 李寻欢、6. 宁财神、7. 俞白眉、8. 黑可可、9. 邢育森、10. 罗森、11. 朱海军；

第二代网络写手主要有：12. 今何在、13. 江南、14. 慕容雪村、15. 何员外、16. 可蕊、17. 蓝晶、18. 老猪、19. 陆幼青、20. 木子美、21. 李臻、22. 尚爱兰、23. 十年砍柴、24. 王小山、25. 西门大官人、26. 云中君、27. 中华杨、28. 竹影青瞳；

第三代网络写手分为若干类：（一）历史类：29. 当年明月、30. 阿越、31. 曹三公子、32. 月关、33. 灰熊猫、34. 酒徒、35. 天使奥斯卡、36.

① 曾繁亭：《网络写手论》，中国社会科学出版社2011年版，第3—4页。

雪夜冰河；（二）战斗类：37. 刺血、38. 纷舞妖姬、39. 金寻者、40. 卷土、41. 骷髅精灵、42. 晴川、43. 玄雨；（三）情感类：44. 赵赶驴、45. 崔曼莉、46. 金子、47. 流潋紫、48. 三十、49. 桐华、50. 禹岩、51. 辛夷坞；（四）幻灵类：52. 梦入神机、53. 南派三叔、54. 格子里的夜晚、55. 兰帝魅晨、56. 流浪的蛤蟆、57. 猫腻、58. 辰东、59. 树下野狐、60. 唐家三少、61. 天下霸唱、62. 跳舞、63. 无罪、64. 萧鼎、65. 血红、66. 烟雨江南、67. 燕垒生、68. 云天空、69. 青斗；（五）其他类：70. 叶听雨、71. 徐公子胜治、72. 更俗、73. 静官、74. 千夫长、75. 戴鹏飞；

第四代网络写手分为幻灵类与情感类：（一）幻灵类：76. 苍天白鹤、77. 我吃西红柿、78. 骁骑校、79. 打眼、80. 方想、81. 高楼大厦、82. 柳下挥、83. 七十二编、84. 胜己、85. 天蚕土豆、86. 天籁纸鸢、87. 忘语；（二）情感类：88. 天下归元、89. 涅槃灰、90. 纯银耳坠、91. 宁芯、92. 烽火戏诸侯、93. 黛咪咪、94. 浅绿、95. 黄晓阳、96. 12 乖乖、97. 蘑菇、98. 鱼人二代、99. 小鬼儿儿儿、100. 紫月君。[①]

我们遵循基本已成定论的说法，把痞子蔡定位为第一代网络写手的代表人物，此前活跃于北美华文网络文学先驱如少君、图雅等，出于对网络文学“首创群体”的尊重，就在约定俗成的“四代”网络写手之外专列章节讨论。这样处理，既不违背文学史写作的时序原则，也恰当地表达了对既有研究成果应有的认同与敬意。

第一节　痞子蔡与《第一次的亲密接触》

成功大学水利工程研究所的蔡智恒博士（即痞子蔡），意外地成为网络文学开坛必说的大咖，这件事本身具有很强的网络传奇色彩。马季在《读屏时代的写作：网络文学 10 年史》中将痞子蔡作为“网络文学现场”的第一个“生动个案”。并将他的《第一次的亲密接触》定位为“网络情感小说”。

马季在自己的书中对痞子蔡的网络小说越过海峡征服大陆读者的情形作了如下描述：“1998 年开始风靡整个华文网络世界，横扫图书市场的

① 聂庆璞等：《网络写手名家 100》，中央编译出版社 2014 年版，第 1—5 页。

《第一次的亲密接触》，几乎已是家喻户晓。'第一次的亲密接触'也成了流行语，在各种场合各种领域被频频借用。台湾写手痞子蔡因而在网上网下大红大紫。1998年这部小说在台湾地区出版，其简体中文版在同年11月授权知识出版社出版之前，盗版已经在京沪等地高校中流传。知识出版社第一次印刷的3万多册，在短短两个月的时间内业已售罄。为了满足广大读者的热切购买欲，又加急付印第2版。"①

2000年前后，"痞子蔡"三个字成了网络上的热门词语。直到今天，各种网络百科都将痞子蔡作为一个专有词条。如"搜狗百科"仍旧沿用了当时网上的许多说法："谈到网路文学，不能忽略这样一个名字——痞子蔡（蔡智恒），作为网路文学第一人，他的《第一次的亲密接触》曾红透海峡两岸和海外年轻一代的华人华侨。许多人则纷纷致邮，表达溢于言表的心情与崇敬。而其中所提到的一些地方更是吸引着人们重温情景的寄托。几乎一夜之间，地球人都知道了'痞子蔡'和'轻舞飞扬'，小说中的经典话语，更成为时髦男女的口头禅。"

成名之后，痞子蔡又接二连三地推出了《爱尔兰咖啡》《夜玫瑰》等众多作品，也都深受粉丝追捧。但他为何不转行做专职作家呢？蔡智恒的回答幽默又不失诚恳："'从经济的角度来看，我出一本书所得的版税是教书年薪的3倍，可这不是钱的问题。写作是我的爱好，但我却始终不是很有信心，因为我完全是凭兴趣在写；水利工程是我的专业，无所谓喜欢不喜欢，最重要的是我涉猎其中已经16年了，它虽然枯燥一些，但台湾地区很缺这方面的人才，如果我不做恐怕就更没人去做了。更何况，我在学术界也算是小有名气。'如今蔡智恒白天搞科研，晚上教书，只有半夜才有时间写作。"②

痞子蔡，原名蔡智恒。1969年11月13日出生于中国台湾嘉义县布袋镇。创作《第一次的亲密接触》时，他是成功大学修读水利工程的博士生。在熟人眼里，蔡智恒白净清秀，举止看似随意但绝对温文尔雅，因此有人说"痞子蔡"这个名字有些名不副实。但这个类似王朔笔下人物的笔名是作者不经意间获得的："因为我借书常常忘了还，被图书馆的小姐称为'痞子'，我觉得这个名字还不错，就用了，当时没想到会出名，要不

① 马季：《读屏时代的写作：网络文学10年史》，中国工人出版社2008年版，第66页。

② 参见百度百科词条"痞子蔡"，https：//baike. baidu. com/item/% E7% 97% 9E% E5% AD% 90% E8% 94% A1/742161？ fr = aladdin。

然我会起个好听的名字。”[①] 关于痞子蔡的另一个为人熟知却又令人困惑的ID名“jht”，其实是蔡智恒名字的拼音缩写，照理说蔡智恒的拼音首字缩写应该是czh，可为什么会是jht呢？不少人对此疑问是一头雾水。原来中国台湾在1986年公布了一种“国音第二式及WG拼音法”，按照这种拼音法拼读，蔡的拼音写作tsai，智为jr，恒为heng；又因为英文名字名在前，姓在后，由是，蔡智恒的名字拼音首写字母就可以缩写成“jht”。

据统计，痞子蔡出道至2014年的作品有30多部（篇），已结集出版的有《第一次的亲密接触》（1998）、《雨衣》（1999）、小说集《7－ELEVEN之恋》（包括《7－11之恋》《4：55》《雨衣》《洛神红茶》《绿岛小夜曲》《水中的孤坟》《阿妹》《围巾》等八部中短篇，2000）、《爱尔兰咖啡》（2000）、《槲寄生》（2001）、《夜玫瑰》（2002）、《亦恕与珂雪》（2004）、《孔雀森林》（2005）、《暖暖》（2007）、《回眸》（包括《回眸》《遗忘》《遇见自己，在雪域中》三部中篇小说，2008）、《鲸鱼女孩·池塘男孩》（2010）、《蝙蝠》（包括《蝙蝠》《米克》《求人之水》三部中篇小说，2010）、《阿尼玛》（2013），另有《爱巢》，据说这部书因其写作风格与痞子蔡的一贯表现明显不同，且作者本人也避而不谈，有人认为该书可能出自他人之手。

相关研究发现，痞子蔡所创作的基本是中篇小说，大多在200页到300页之间，还有一些是几个短篇小说构成的集子。痞子蔡的小说大多是关于青春爱情的故事，但原本青春美好的爱情在他笔下多是以悲剧结尾的。回顾他的主要作品，几乎离不开这样一个模式，故事的男主角最后出于各种各样的原因都没能和心爱的人在一起。由于痞子蔡的生活重心主要在大学，真实生活中的所经所历也大多在校园，所以他前期所写的故事大多是以校园背景，且主人公多为学生或毕业不久的年轻人。例如，《第一次的亲密接触》《雨衣》《槲寄生》等都是校园爱情故事。有评论认为，“痞子蔡对网路文学，有带动蓬勃之功，却也有间接让网路文学商品化之过。尽管他曾主张网路的创作园地像辽阔的草原，写手应保有野生动物的野性而不应被商业利益所豢养。但他后期的文学作品却充斥着明显的商业化气息。”[②]

① 参见百度百科词条“痞子蔡”，https：//baike.baidu.com/item/%E7%97%9E%E5%AD%90%E8%94%A1/742161？fr＝aladdin。

② 聂庆璞等：《网络写手名家100》，中央编译出版社2014年版，第20页。

就网络文学史的意义而言，痞子蔡的《第一次的亲密接触》无疑具有不可替代的划时代意义。在无以数计的介绍该小说的网页上我们能读到这样一段文字：“你还没有试过，到大学路的麦当劳，点一杯大可乐，与两份薯条的约会方法吗？那你一定要读目前最抢手的这部网络小说——《第一次的亲密接触》。由于这部小说在网络上一再被转载，使得痞子蔡的知名度像一股热浪在网络上蔓延开来，达到无国界之境，开辟了网络小说的先河。作者的电子信箱，每天都收到热情的网友如雪片飞来的信件，痞子蔡与轻舞飞扬已成为网络史上最发烧的网络情人。”

谁是“痞子蔡”？相关网页上该小说的“人物介绍”罗列了两段甚为鲜活灵动的文字：

> 花花公子阿泰和三好生痞子蔡，好友两人住在同一屋檐下，并且就读于同一所大学。阿泰的人生哲学颇为放浪，在不断追逐异性的生活中获得乐趣，而且颇有心得。相形之下，腼腆的痞子蔡对感情的事相当认真保守。但他在网络上又表现出双重性格的另一面，不但热情自信，而且能言善道。
>
> 两段不同的人生就在剧中拉开帷幕，当人生为游戏的阿泰认为及时行乐就是爱情的真谛，他与女孩小鱼的感情便在拉锯战中展开。而外形并不出众的痞子蔡则从不敢奢望真爱会降临在自己身上，直到他在网上邂逅了代号为‘轻舞飞扬’的女孩，两颗真诚的心灵终于紧紧地靠在了一起。

谁是“轻舞飞扬”？同样有两段与“痞子蔡”相互呼应的文字：

> 一个患有遗传性红斑狼疮的美丽女孩，她希望让生命更多一点亮色，与痞子蔡网路[①]相逢之后，倍感知心。两人相见之后，积蓄多时的情感更是不可抑制，青涩的爱情品出一丝丝的甜蜜……好友阿泰不时提醒痞子蔡爱情的虚幻、网络的虚幻，劝他不要动情，痞子蔡不由身陷矛盾，而阿泰自己则投身于实验与爱情，依然如故。

① 参见百度百科词条“痞子蔡”，https：//baike. baidu. com/item/%E7%97%9E%E5%AD%90%E8%94%A1/742161？fr=aladdin。

> 世事难料，轻舞飞扬的生命不期然地结束了，而小鱼也在看穿真相后拂袖而去。看似都满不在乎的阿泰和痞子蔡，重新开始了自己的生活。而所有的伤痛与回忆却悄悄地深埋心底，成为他们一段成长的经历①。

安妮宝贝认为，《第一次的亲密接触》的确有它能够抵达人心的地方。真实、自然、聪慧，让人阅读有快感。那么，这种能够抵达人心的真实自然从何而来呢？我们认为，它们主要来源于匿名写作状态下网络写手的任心随性和无拘无束，早期像痞子蔡那样“亲密接触”网络的那些写手，在一个无须计较名利的虚拟空间里，犹如参加一场来者不拒、永不谢幕的“蒙面舞会”，既已“蒙面”，他们真实、自然的内在本性，根本就无须其他伪装或掩饰。

关于这一点，痞子蔡谈论写作经验时的表白颇有代表性：“写《第一次的亲密接触》的时候是处于匿名状态，比较没有顾忌，如果你已经成名的话再写身边的人，人家当然会对号入座。但因为我是刚开始写作，虚构的成分少一些，真实的自然要多一些。”作者坦言，小说人物“痞子蔡”还是蛮像他本人的，当然，其中难免有些自我美化的成分，不像写别人那么不留情面。小说中的花花公子“阿泰”就是以本科同宿舍的同学为原型的。“轻舞飞扬”源于现实中的两个女孩，据痞子蔡吐露，一个是网络上结识的女友，其网名即是“轻舞飞扬”；另一个是一位朋友的笔友，那个女孩在和男友见面的前一天出了车祸，两个相爱的人最终未能见最后一面。痞子蔡认为自己待人处世性格懦弱，没有进攻性，在爱情上守株待兔。因为不了解女孩子，可又总是想揣摩她们的心事，好在网络可以实现掩盖自己性别的想法，所以他的好几篇小说都用了女性的口吻，在痞子蔡看来，在虚拟空间“性别反串”一下又有什么关系呢？“反正网络写作也没有什么既定规则。”②

这里，摘抄一篇匿名读者的“读后感”，由此或许可以让我们更真实地看到某些有代表性的读者群体的真切感受：

---

① 痞子蔡笔下的“网络”通常写作“网路”。

② 马季：《读屏时代的写作：网络文学10年史》，中国工人出版社2008年版，第68页。

周末在同学那偶然看到这本书，开始，只是随便翻翻，可这本书却像用玫瑰做的陷阱，使我愈陷愈深。直到我呆坐于床上，凝想着那只咖啡色的蝴蝶在静谧的天堂翩翩飞舞。而我的心灵深处却流出了一颗晶莹泪。

这明明是漫画小说，可共鸣的朋友却坚信，这是真实的故事！并随时随地都会发生于自己的身边。网络本虚拟，但作者却给了这虚幻的网络灵与肉，打破了网络爱情的虚无性。

情节中大多是平凡的对白，和随时都出现在现实生活的小细节。但却比词语华丽轰轰烈烈的情节更惧震撼力！有人甚至到台南的成大，和大学路的那间麦当劳去寻觅男女主角的身影。更有人打听1997年1月17日的台北深夜是否真的下了大雨？

剧中的那只咖啡色蝴蝶最终飞向了天堂。而属于痞子蔡的生活还要继续。很多的朋友都认为他们的结局该是形影不离地走完人生的旅途。

我却认为，只有凄美的结局才真实，才贴切现实生活。如果是完美的结局那太过时，也只能取当时之悦。往往是看过忘过，而凄美的悲剧收尾，却使每个接触过它的人，都会被它的凄与美深深的铭刻在心灵和骨子的深处！也使那一次的亲密接触成为网络爱情历史星空中两颗最亮丽、最凄美、最耀眼夺目的恒星！

春光明媚的万花丛中，千种蝴蝶随风起舞……①

除了《第一次的亲密接触》以外，痞子蔡的不少作品都受到了研究者的密切关注，网友们为其建立的“痞子蔡吧”收集了数量巨大的相关信息。网络文学研究者们也有大量相关研究成果。例如，聂庆璞认为，痞子蔡的巅峰作品应该是《檞寄生》，这部作品延续了蔡智恒小说一贯的浪漫气氛，讲述了“我”实在不是故意，但仍旧不小心同时爱上两个女孩的“三角恋”故事：在台北担任研究助理的“我”，打开抽屉，随手拿出一根烟抽，要把烟拧灭时，发现烟上有字。每抽一根烟，便忆起一段往事。最让他心动的是她，那个在烟上写字的女孩；可另一个她也叫他痛苦，那

① 《〈第一次亲密接触〉读后感》，https：//wenku. baidu. com/view/50721df2ba0d4a7302763aa7. html?re = view。

是让他重拾信心的女孩。

爱抽“淡七星”（mild seven）的痞子蔡，用十根烟串起一个“轻舞飞扬”式的爱情故事，书中主要人物是大学时代的同学和朋友们。就像《第一次的亲密接触》一样，其中或多或少地糅进了自己切身的情感经历。故事中有很多大学时代非常有意思的生活，如参加社团、跳舞、表演话剧、辩论赛，每一件都是能留下美好回忆的往事。至于书名为什么叫“槲寄生”，其实也有一番讨论。槲寄生是一种寄生于松树上的毛虫，维京人相信槲寄生能将人由死亡中带回来，而这是源自他们“太阳神”波尔德死而复生的故事。

无论从哪一个角度看，《槲寄生》都无愧为声名显赫的痞子蔡的另一部成熟之作。聂庆璞认为，书中那十支菜虫没有抽的烟，都在痞子蔡心里燃灭了。而荃的爱也和香烟一起在他心中留下了不可磨灭的烙印。荃留在香烟上的隽秀字迹，荃那些只有菜虫明白的动作暗示，都成了驱动菜虫思念的源泉。而最后在烟盒上的言语，就像开动引擎的钥匙，让菜虫找到了心底的答案，也给了菜虫追寻爱情的勇气。这种爱情勇气的拾得，就像槲寄生能将人由死亡中带回来，能使人最后找到真爱。

总的来说，蔡智恒的作品是世俗化的爱情小说，调风弄月之际，打情骂俏之时，偶有“三俗”痕迹，但主体上仍守护着“发乎情止乎礼”的底线。他喜欢写爱情的浪漫过程，却加上世俗化的结尾。因此，他的大多数作品不足以深刻地反映社会的现实，只能给读者心理上的满足。他的作品，只有某些段落的语句值得细细品味。[①] 总体上看，还不能与传统文学经典作品相提并论。

第二节　安妮宝贝与“三驾马车”

在第一代网络写手中，最耀眼的网络文学明星无疑是安妮宝贝和“三驾马车”。在21世纪的最初十年里，安妮宝贝是网络写手大军中最引人注目的“大神”之一，在网络文学史上，她的《告别薇安》几乎与蔡智恒的《第一次的亲密接触》享有同等地位。常与安妮宝贝并称为“四大写手”的“三驾马车”——李寻欢、宁财神和邢育森，有时也随蔡智恒与

① 聂庆璞等：《网络写手名家100》，中央编译出版社2014年版，第19页。

安妮宝贝一道被网友们亲切地称作网络文学的“五驾马车”。

2015 年秋分这一天，笔者重新在中国知网上找到介绍安妮宝贝的文章，意外地发现涉及安妮宝贝的硕士、博士学位论文居然有 976 篇！这个数字对于网络写手是绝无仅有的。相比之下，少君、图雅、蔡智恒等大神级的网络写手，在硕士、博士学位论文栏的“题目”检索中，竟然没有一人超过 2 篇的，至于其他人，无论是与之齐名的李寻欢、邢育森等，还是当下大红大紫的南派三叔、天下霸唱、我吃西红柿，都未能进入研究生及其导师们的法眼。仅此一点，就不难看出安妮宝贝在网络文学中地位是多么引人注目、多么值得关注。

一　安妮宝贝

最早专题介绍安妮宝贝的文章是吴过的《桀骜不训的美丽——网路访安妮宝贝》，该文发表于 2000 年 1 月 27 日。当时的吴过是“自由村”网站的“斑竹”（版主），他以网络批评家敏锐的眼光在自己的“村子”里发现了安妮宝贝。因为她的帖子总会在吴过的“自由村”里激起波澜。吴过说，安妮宝贝“瑰丽诡谲的文字以及掩饰在文字下的桀骜不训的美丽，让我倒吸了一口冷气，网路上经常读到这样那样的文字，能如此让人心动的却不多见，而且遣词造句十分准确，连标点符号也很少出错，看来这是位训练有素的客人。……不少网友都是她的忠实读者，有的甚至多次向她献花。总之，安妮宝贝在‘自由村’是个很受欢迎的人。”“每次读她的文字都能被她笔端流露出的特殊魅力感染，我常常想，在网络写手中，安妮宝贝是个不多见的异数。”①

在“新浪读书名人堂”有一张“安妮宝贝”的名片：安妮宝贝，原名励婕，7 月出生的巨蟹座女子，一名在网络上四处飘荡的人。从 1998 年 10 月开始在网络上写作和发表作品，以《告别薇安》成名于江湖。从事过的职业：金融、广告、编辑；现在的职业：网络编辑，自由专栏撰稿和写作者；喜欢爱尔兰音乐、长途旅行、鸢尾、电影、散步。

根据网络资料，我们为安妮宝贝设计了一张由网络写手变作家的“新名片”：安妮宝贝，1974 年 7 月 11 日出生于浙江宁波，网络文学第一代写手中的重量级代表人物，著名作家，笔名庆山。出版了长篇小说、短篇小说

① 吴过：《桀骜不训的美丽——网路访安妮宝贝》，《Internet 信息世界》2000 年第 1 期。

集、摄影图文集、随笔集等各种著作。作品有《告别薇安》《蔷薇岛屿》《清醒纪》《莲花》《素年锦时》等。1998 年起发表小说，题材多围绕城市中游离者的边缘生活，探索人之内心与自身及外界的关系。2011 年 8 月，安妮宝贝的第四部长篇小说《春宴》出版。2014 年 6 月“安妮宝贝”发微博证明自己笔名改为“庆山”，随后署名出版了最新散文集《得未曾有》。

安妮宝贝一开始就和大多数著名网络写手不一样，大多数著名网络写手虽然广受关注，但其真实身份始终笼罩着网络人物所特有的虚实难辨的面纱。安妮宝贝一开始就抛头露面，她天生丽质，从来不怕见光死。更为重要的是，她的作品除了在网络上发表之外，与传统意义上的纯文学作品没有太大分别。关于安妮宝贝的文学成就，《网络文学词典》的介绍可谓简明扼要：“从 1998 年 10 月开始在网络上写作和发表作品，因网络小说《告别薇安》一举成名，是 2000 年国内风头最健的网络文学作者。她也是知名畅销书作家，其作品均持续进入全国各类畅销书排行榜，并被引介到中国香港、中国台湾、越南、韩国、日本、德国、英国等地区和国家。2007 年，安妮宝贝以 350 万元的版税收入，荣登第二届‘中国作家富豪榜’第 15 位，引发广泛关注。她的作品题材多围绕城市中游离者的边缘生活，探索人的内心与自身及外界的关系。早期作品主题多为工业化城市中游离者的生活，主题边缘，后期作品则开始关注人与外界和自我的关系，注重内心观照，有较多人性和哲学上的深入探讨。其《告别薇安》《八月未央》和《彼岸花》风格独特。自从父亲去世，安妮宝贝的创作风格出现转变，见《蔷薇岛屿》一书。同期散文则走向对自然和细节的观察和挖掘，文笔清朗，意境淡雅，《素年锦时》是这种风格的代表，受到读者的喜爱。安妮宝贝的代表作：《告别薇安》《八月未央》《彼岸花》《蔷薇岛屿》《二三事》《莲花》《素年锦时》《月》等。”①

据统计，从 1999 年 7 月到 2001 年 11 月，安妮宝贝在榕树下共发表了 46 篇作品。这些网上作品的点击数不断攀升。安妮宝贝发表于榕树下的第一篇作品《六月诗句》点击数为 15917 次，但不久，《找到那棵树》和《暖暖》就分别高达 76722 次和 77555 次，这在大陆网络远未遍及的 2000 年已是一种奇迹。而在 2000 年 1 月她第一本短篇集《告别薇安》出版后，

① 欧阳友权主编：《网络文学词典》，世界图书出版广东有限公司 2013 年版，第 113 页。

她网上作品的点击量更是大幅度攀升，2000 年 11 月 13 日发表于榕树下的《八月未央》点击量为 123995 次，随后的《彼岸花》更高达 177108 次。安妮宝贝成了网络上最走红的作家之一。[①]

安妮宝贝的出道，几乎踩着了痞子蔡的脚后跟。在痞子蔡的《第一次的亲密接触》问世不久，她的《告别薇安》在榕树下首发，当即引起了读者的高度关注，她也因此确立了自己“著名网络写手”的身份。自此之后，安妮宝贝便一发而不可收，展现了第一代网络写手无拘无束、挥洒自如的“心灵化写作”的风采，她的文字开始影响“80 后”一代人的生活和思想，正如她自己所说：“网络对我来说，是一个神秘幽深的花园，我知道深入它的途径，而且最终让自己长成了一棵狂野而寂寞的植物，扎进潮湿的泥土里面……。”[②]

前文的相关统计数据表明，安妮宝贝是第一代网络写手的典型代表。她的上述作品不仅在网络上拥有大量读者，线下出版后同样深受追捧。相关资料表明，安妮宝贝不仅出版过长篇小说、短篇小说集、摄影图文集、随笔集等各种形式的作品，她的“经营范围”远不局限于文学圈子之内。1999 年，声名鹊起的安妮宝贝就已不满足于榕树下内容制作主管的职位，2000 年，她扩大了自己的网络活动领域，担任某网络公司电子杂志主编；2001 年，她在杂志上开设时尚专栏，展示了一个女性作者的爱美天性；2008 年她在《城市画报》开设专栏；2011 年她又主编了以书代刊的《大方》杂志。聂庆璞指出，虽然安妮宝贝很早就从网络写手升级成为一名作家，但她毕竟是从网络这个平台上发的家，网络赋予她的意义是不容置疑的。安妮宝贝从来不缺读者的捧场，尽管已经出道多年，但她在大众心目中的影响力依旧不减，在 2011 年 11 月 21 日发布的“第六届中国作家富豪榜”上，安妮宝贝以 940 万元的年度版税收入，荣登作家富豪榜第 5 位。与 2007 年的第 15 位相比，她头上的光环更加耀眼了。

但值得注意的是，安妮宝贝的声名鹊起虽得益于网络，但其根本原因或许主要在于她深藏心底的“文学理想和作家梦”，她曾经痴迷地沉浸在中外文学名著的海洋之中，甚至到了乐以忘忧、废寝忘食的程度，她对文学语言的驾驭功底已达炉火纯青之境，即便与当时一些炙手可热的传统文

① 黄一：《个性驾驭网络——安妮宝贝的 10 年创作》，《文艺评论》2010 年第 1 期。

② 聂庆璞等：《网络写手名家 100》，中央编译出版社 2014 年版，第 19 页。

学大腕相比也毫不逊色。从这个意义上讲，安妮宝贝本质上是一个传统作家，只不过她在向文坛中心出发的时候，“网际高速公路”恰逢其时地开通了。

有一种观点认为，网络固然为安妮宝贝的文学梦插上了腾飞的翅膀，但安妮宝贝也为网络的文学梦赢得了鲜花与掌声。从文学之为文学的意义上说，安妮宝贝的作品与网络的关系并不具有必然性。例如，聂庆璞在评介安妮宝贝时指出，她早期作品主要关注的是工业化城市中游离者的生活，其题材、主题都具有鲜明的边缘色彩，例如其早期作品《告别薇安》《八月未央》和《彼岸花》，让人感觉随意、慵懒、漫不经心却又有丝丝入骨的颓废与悲伤。在经过时间的磨炼和洗涤之后，安妮宝贝开始关注人与外界、与自我的关系，注重内心观照，有较多人性和哲学上的探讨深入，如《蔷薇岛屿》《素年锦时》和《莲花》等。在这里，我们根本看不出网络对安妮宝贝的任何影响。从一些研究安妮宝贝作品的论文与批评文章中也不难看出，从传统文学理论的视角看，她的小说或散文或许与网络没有本质性的关联。这大约也是陈福民在安妮宝贝出道十多年后感叹当下网络文学“今不如昔”的原因之一。①

和大多数网络写手一样，安妮宝贝的成名作也是其代表作。她的《告别薇安》无疑是一部才华横溢的作品。出版商在向读者推介这本书时说：“这是安妮宝贝的第一本小说集——有关于城市、爱、宿命和消失。好像是写在一面空旷的湖水上的一本关于城市和幻觉的阴影的书。”她在接受吴过的采访时承认，她“写的都是比较阴沉的文字，里面有许多黑暗颓废的东西。同性恋、谋杀、同居、艳舞，离家出走；漂泊、伤害、脆弱的爱情。用混乱的意识流和平淡的口吻描述”。

安妮宝贝本人也最喜欢《告别薇安》。她说：“这是我网络写作的一个小小的标志。也有很多朋友喜欢它。因为在网络上面，我们不仅仅是聊天瞎侃或者谈谈不负任何责任的恋爱。我们在里面还倾注了灵魂深处焦灼

---

① 陈福民认为，泛泛地说“十年来网络文学的写作质量不断下降”，是没有问题的，只是需要对其中更深层和复杂的因素做出分析。草创期的网络文学给人们留下水平较高的印象，是因为有一批怀有文学理想、作家梦的人投身其中，他们的传统文学训练与素养，比后来涌现的网络写手要高得多，起点相对也高得多，安妮宝贝就是典型代表。后来，随着网络的极大普及和网络写作成本的不断降低，大批更为年轻的写作者加盟其中，他们才华有余，训练不足，结果，类型化几乎成为唯一的出路——这是网络文学作为大众文化时代的表达方式的代价之一。见马季《网络文学透视与备忘》，中国社会科学出版社 2010 年版，第 300 页。

不安的向往。虽然惘然，却始终前行。在《告别微安》里面，每个不同的人可以读出自己的寂寞。网络写作带给我的现实生活的影响非常多。优秀的朋友和自由的呼吸是最主要的。当然还有不算少的电话费。所以任何收获都需要付出代价。因为网络，我更加相信生命是一场美丽的漂泊旅途。"①

尽管安妮宝贝是一个多才多艺的多面手，学的是经济，做的是金融，在编辑和广告方面也有较好的业绩，但最吸引她的还是网络，因为网络最适合她的性格。她认为，网上某些模糊神秘不确定的东西，能激发最自由的想象力。网络对她来说，是一个神秘幽深的花园。她谙熟深入其中的途径，而且最终让她"长成了一棵狂野而寂寞的植物，扎进潮湿的泥土里"。

有研究者指出，早期的安妮宝贝的文字是诚实的，充斥着一种加速下坠的绝望感，她写的是她自己，当时的她有写作的勇气，也有写作的敏感。她的小说更像一面镜子，和这个社会的若干文化现象构成一个镜像的关系，也许她是无意识地书写，但是我们确实读到了某些信息。在《告别薇安》里，安妮宝贝写的就是工业化大城市边缘人的底层体验，一幕幕悲剧引起了人们对生命价值乃至社会的讨论。《告别薇安》中的同名短篇小说无疑更好地阐述了人生的虚幻与漂浮。从邂逅薇安，到喜欢挂念薇安，想象薇安，在林的眼里，倾注了灵魂深处焦躁不安的向往，薇安是谁？她又在哪里？在同一个城市，甚至在生活的周围空间？乔在不断探究这个似假还真的 Vivian。他开始于沉沦中思索，直至告别薇安，告别这个未曾谋面的人。在整个过程中，充满了网络感情同个人追求的毫无联系打造成的冷漠，"但是为什么要了解呢。她笑。我们始终孤独。只需要陪伴。不需要相爱"。总之，在《告别薇安》中，我们看到了安妮眼中的誓言、宿命、人生与爱情，但我们更应该像安妮宝贝一样，在认清生活中虚无的同时自我觉醒，追求现实的生活。

到《莲花》这部小说，安妮宝贝开始了创作的转型，与前期作品相比，安妮在小说中注入了更多理性，对于生活的创痛也走出经历、展示的阶段，开始自省与体悟生命。这部小说的情节非常简单，主要人物也仅仅只有三个，它不是以"编故事"这种传统小说模式为依托，而是更有现代性的品格，故事和人物的简单避免了小说纷繁复杂的情节和人物关系带给

① 吴过:《桀骜不训的美丽——网路访安妮宝贝》,《Internet 信息世界》2000 年第 1 期。

读者的打扰，而是把注意力集中于整部小说所传达出的精神魅力。[①]

《莲花》是一部典型的以旅途为故事框架的小说，写的是一名害病女作家庆昭困于拉萨，偶遇一个名叫善生的男子，于是自愿陪他去墨脱——位于青藏高原西南部，雅鲁藏布江畔的小村庄——寻找青梅竹马名为内河的女子。内河在墨脱的一个小学当教师。他们一路跋山涉水，经历没有预兆的泥石流以及恶心的吸血蝗虫，穿越死亡来到墨脱，善生得知，内河在几个月前，送几名孩子回家后，再未返回……内河和善生在小说中虽始终是彼此唯一的朋友，但从故事结构与内容来看，他们一直都是对立的。从儿时到成年，他们都在毫不相干的纯净世界及利益世界中拼搏和适应。内河曾和自己的美术老师发生师生恋，这位中年男子抛妻弃子，带着内河私奔至一个小镇，却在某一天忽然回家，熄灭他生命中最后且唯一的火焰。内河面对这突如其来的离开，谢绝控制情绪，最终被送进精神病院。从此，善生再也不愿触碰内河的肢体，哪怕是一个离别的拥抱。他一直以内河为耻，他说，自始至终他们彼此都只是爱着自己。故事的矛盾就是由此产生的，对立的两个人作为彼此的亲密朋友，开始关于自然与利欲的较量。内河灰暗而混浊的过去，并不是来自不善良，且最终都能够得到宽恕。善生到达墨脱，把内河的遗物留给了庆昭。他收获了内河的精神，摒弃世人的眼光及利益，义无反顾地前往期望之地，这是极端的选择——左手握着死亡，右手抓着超脱，但无论哪一面，都是能够达到目的并且最快速的方式。

这部小说自始至终都好似在倾诉，又好似是作者面对自己的拷问而喃喃自语。《莲花》或许看似悲观，但实质却在给予我们对生活的激情以及期望。小说在现实和想象的交界处，演绎了一个凄美而俗艳的爱情故事，它告诉我们，人处于一个社会之中，理所当然应融入社会并乐在其中，它引领自己在思维和社会的现实中穿行。每个人应该有明确的目标，并且去实现和满足它，生活的意义就从中而来，就像书中说的："死亡是真相，突破虚假繁荣。它终究会让你明白，别人怎么看你，或者你自己如何探测生活，都不重要。重要的是你必须要用一种真实的方式，度过在手指缝之间如雨水无法停止下落的时间。你要知道自己将会如何生活。"

有一种多少有些迷信的说法认为，安妮宝贝给自己的第一本小说集取

---

① 黄一：《个性驾驭网络——安妮宝贝的10年创作》，《文艺评论》2010年第1期。

名《告别薇安》，就已经暗示她会“告别网络”：“我知道我的读者很特殊。他们存在于网络上，也许有着更自由和另类的心态。同样，也更容易会感觉到孤独……告别薇安，它在网上引起的喧嚣，印证了我想象中的网络时代的心态。这的确是一个全新的充满欲望和激情的时代。同样，也更为空洞和阴郁。因为我们面对着的，是更多的消失和告别。”① 但是，离开了网络的安妮宝贝还是安妮宝贝吗？事实上，即便她在网上郑重其事地改了名字，但她仍然以安妮宝贝的名号受人关注，至少现在是这样。

黄一在研究安妮宝贝10年创作之成败得失的长文中，得出了这样一个结论：“安妮与网络世界呼应、互动的10年创作，不断提醒着人们：茫茫‘网’海中，作家的精神个性仍是驾驭传播、发挥影响的礁石之灯。10年中，传统评论界对安妮创作似乎处于一种矛盾而难言的境地，但安妮作品的民间影响始终是巨大的，她离群索居的写作生活在网络媒体中都始终是一种特色鲜明的个人存在。本文论及的网络文本内外的多元对话、个人物质观对网络技术性/物质性的驾驭、部落格个人‘副刊’的产生及其影响，这些在数位化时代关系到文学生存、发展的问题，都在安妮我行我素的写作中有了结果，也会在所有与时共进而又始终不失精神个性的作家那里收获答案。……数位技术的整一控制性、虚拟自足性等都足以构成淹没作家独立个性的力量。关注作家个体在茫茫‘网’海中的沉浮，做好类似安妮创作的个案研究，我们才可能逐渐找到文学在数位化时代的生存、发展之道。”②

改名“庆山”后的安妮宝贝，正如她的小说《夏摩山谷》中的如真所说的，“独来独往，一意孤行，好像在漫漫无边的大海中奋力游着，朝向自己的彼岸”。“庆山”的追索似乎已与观众无关，安妮宝贝也渐渐淡出了网络读者的视线。

二　李寻欢

关于李寻欢，互联网上许多约定俗成的概念都与他有关，如“第一代网络写手”有他一个（并列其中的通常认为是痞子蔡、安妮宝贝、邢育森等）；“网络文学三驾马车”里有他，与之鼎立而三的是宁财神、邢育森，

---

① 安妮宝贝：《告别薇安·自序》，南海出版公司2002年版。

② 黄一：《个性驾驭网络——安妮宝贝的10年创作》，《文艺评论》2010年第1期。

或认为是朱威廉、宁财神；他与宁财神、安妮宝贝被人称为网络文学的“三大领军人物”。其他说法如“四大写手”“三驾马车”，任凭少了谁，都没有落下李寻欢。仅此一点我们就不难看出李寻欢之于网络文学的地位是多么特殊且重要！

据“百度百科”介绍，李寻欢，原名路金波，1975 年 10 月生于河南平顶山市叶县，毕业于西北大学经济学专业。1996 年，他上大四时第一次在西安的钟楼看到了网吧。1997 年毕业以后去了房地产公司，有一天他突然在报纸上看到一家网络公司招人，就投身了网络事业。在网络公司里面无所事事，遂以“李寻欢”为名活跃在互联网各个文学论坛上。

2000 年 9 月，他加入知名的网络文学网站榕树下，担任内容总监，后来又担任战略发展总监。2002 年，贝塔斯曼接手榕树下，从那以后他开始转向幕后运营，向文化经理人转型。2005 年，路金波签下韩寒、安妮宝贝等人的版权，创办万榕书业，成为著名出版人。他成功运作出版了《成都，今夜请将我遗忘》《若星汉天空》《q 版语文》《一座城池》《莲花》《麻雀要革命》《我的千岁寒》等书；更成功推出“小妮子”系列，制造了畅销书流水线，把出版变成了工业，这在中国是史无前例的。2012 年创办果麦文化传媒有限公司，任公司董事长。旗下签约的作家除韩寒、安妮宝贝外，还有易中天、王朔、冯唐、安意如、赵闯、李继宏等知名作者。当时有媒体文章认为，李寻欢可能是中国最成功的出版人之一。

作为网络文学的“三驾马车”之一与领军人物，李寻欢的名号多少有些与实际不符，因为他发表的作品不多。主要著有《迷失在网络中的爱情》《边缘游戏》《一线情缘》《粉墨谢场》等。

他的大多数作品给人感觉很是俏皮，有一种清新而不脱俗的风格。作品诙谐幽默，充满了欢乐的色彩。同时，他的很多作品描绘了现代人的感情生活和心理动态，具有现代气息。他以批判的手法写爱情，颇有建树。但他网络写作生涯开始不久便戛然而止，因此现在他的文字已经较少有人问津了。有人说，随着李寻欢的封笔，整个网络文坛有种凋敝的感觉。可想而知，“李寻欢”曾经的确在网络文坛上独树一帜，风靡一时。和痞子蔡一样，他所写的作品大多为中篇小说，且以描写爱情为主，而他所写的爱情也多半是不能善始善终的。

李寻欢的写作主要集中在早期，明显带有当时特有的网络写作痕迹，如大量使用网络聊天对话体、语言简洁、故事推进较缓慢等特点，与现在的网络写作有很大不同。

《迷失在网络中的爱情》为读者讲述了一个爱情悲剧。故事的背景是网络，网名为乔峰的男主人公热衷于足球，网络论坛上每天都有他的身影。在一次网络讨论中，乔峰认识了一个名叫风影的女子。风影假装足球论坛的球友骗取了乔峰的电话，电话接通后吃惊的乔峰顿时不能言语。就这样，两个孤单的人每天畅聊于网络。渐渐地两个人心中都对彼此有了一些说不出的莫名感觉。一次风影出差的时候，乔峰鼓起勇气向她表白，风影知道后并没有太多的惊讶。出差回来的风影再三思考后接受了乔峰的爱，两人相约情人节的时候在一个酒吧见面。见面的两人互相对彼此都有好感，正式确立了关系，至此网络上的爱情走入现实。

如果故事就这样结束会是个皆大欢喜的结局，然而一切才刚刚开始。恋爱中的两人，每天沉醉于自己的小世界中，幸福地相伴。直到有一天，风影向乔峰问到何时结婚的事，乔峰听到结婚二字不由得一愣，原来乔峰的父母打算让他出国深造。乔峰明白自己深爱风影，下定决心带风影回去见父母。回家的那天，一家人在饭桌上好不温馨，吃完了晚饭乔峰的父亲让他陪着一起去看老师，家里留下了风影和乔峰的妈妈。当乔峰办完一切回到家时看到风影和母亲脸上都洋溢着笑容，以为一切都完美解决。那天在和乔峰一起回去的路上，风影提出两个人一起走一走，善良的乔峰还不知道风影的心意。一天早上，乔峰从床上醒来时，空无一人的客厅里留下了一封风影的信。为了不影响乔峰的前途，风影选择了默默离去，消失在茫茫人海里。其实那天在乔峰家，乔峰妈妈早已向风影道明了一切。失去了真爱的乔峰，独自面对偌大的城市，一种生无可恋的苦涩让他欲哭无泪。

作品有意思的地方是不仅把爱情置于网络中，还以网络喻爱情。男女主人公是通过网络认识的，又在网络上发展出爱情，这是一个相当流行的网恋故事。但最终爱情与网络一样虚幻，真真假假，难以把握。“也许，网络与爱情，真的是很相似的：明明是虚幻的，却充满着使人炫目的，神秘与美丽，让你如醉如痴地陷入进去，情愿永远不要醒来……”① 但是，爱情与网络终究不同。“我在网路上留下的足迹，总是那么快的被覆盖，被

① 李寻欢：《迷失在网络中的爱情》，引文出自天涯在线书库，http://www.tianyabook.com。下面引文出自同一作品，不再注释。

淹没，不久便彻底逝去，悄无声息，而，我的绝美凄艳的爱情啊，却总在每一个寂寞无眠的夜里，折磨我疲惫的回忆……”

从纯文学的角度看，这个作品并不成熟。人物太过单调，主要人物就是恋爱的双方，其他人在整个作品中都没有太多表现。事件太过简单，贯穿全文的只有一条主线，就是乔峰和风影的恋爱。而最引人诟病的是这个题目根本不能概括故事的内容与思想，因为主人公的爱情根本不是迷失在网络里。文章的表达方式也过于失真，比如两个相爱的人都已经回家见过父母还是仅仅知道对方的网名。作者的写作手法刻意向网络悲剧爱情故事上靠拢，两个真心相爱的人就因为男方要出国就分开，这样的理由太过牵强，给人的感觉是作者把故事生搬硬套进一个模式，最后的分手是作者刻意为之并且人工痕迹太过明显。从欣赏性来看，这样的作品只适合中小学生阅读。李寻欢作品的一大特点就是很多名字都源自金庸武侠小说，可见作者本人对金庸的喜爱。偏爱金庸小说，并以其主人公的名字命名自己书中人物的做法在网络写作中颇为流行。江南的《此间的少年》甚至因此吃了官司，当然，这是广为人知的后话。

三 宁财神

宁财神，男，1975 年 2 月 23 日出生于上海，原名陈万宁，第一代知名网络写手，作家、编剧。1991 年，宁财神以少年大学生的身份考进了华东理工大学商学院金融系，毕业后他跟随朋友来到北京，做期货交易，1997 年进入互联网行业，空闲无聊混迹于各 BBS，开始写作。他是天涯社区早期网友之一，曾担任过影视评论版版主，并发过知名帖子《天涯这个烂地方》。1999 年回到上海，加盟榕树下，担任运营总监。被誉为第一代网络写手领军人物，网络文学“三驾马车”之一。2000 年与俞白眉等合写情境喜剧《网虫日记》，被王朔鄙视。

2002 年，网络泡沫破灭，榕树下改朝换代，宁财神离开榕树下，好友俞白眉建议他再次从事编剧工作，开始编写《武林外传》。2006 年，央视播出《武林外传》电视剧，受到热烈欢迎，宁财神从此誉满江湖，成为国内著名编剧之一。2010 年电影作品《大笑江湖》等亦颇受欢迎。2011 年 5 月 24 日，宁财神受聘担任 SMG 尚世影业创意总监。

宁财神的文字类作品很多，种类也纷繁复杂，有小说、散文、小品、剧本和网帖等。除此之外还写过一些伪朦胧诗。宁财神的小说通常篇幅短小，故事性不强，以描写爱情和抒发情感为主要内容。宁财神的作品语言明显分两种，一种诙谐幽默，另一种温婉古典。幽默的语言用来发帖反映现实、创作小说或剧本。而他的抒情文章与他平日的创作风格大为不同，文字清新飘逸，内容恬淡如茶，有一定的意境，值得回味。

宁财神与一般网络写手不同，他并不以小说见长，从这个意义上说，他就是一名过了气的网络写手，虽然各大论坛都存有作品集，但新增点击率很少。他从 1997 年开始网络写作，十多年来生产了大量文字，但成功之作并不算多。相较于文学创作，宁财神参与或直接创作的影视作品则要成功一些。他创作的影视作品以世俗喜剧、情景喜剧为主，其中不少获得较高的收视率，这些影视剧的最大特点是在浅薄、无厘头的搞笑中讽刺现实。

《武林外传》是一部章回体古装情景喜剧，也是宁财神最具代表性的作品。该剧故事发生在明代一个叫七侠镇的地方，这是关中一个不起眼的小镇。一个叫郭芙蓉的黄毛丫头初入江湖，欠下钱财，被困在“能人辈出”的同福客栈。故事从这里开始，依次引出佟湘玉、白展堂、吕秀才、李大嘴、莫小贝以及邢捕头、燕小六、钱掌柜等这些性格各异、风趣动人的人物，引发了一连串戏谑生动、引人入胜的故事。一群性情各异、既可怜又可爱的年轻人聚在一起，在同福客栈里经历了江湖上的各种风险和传奇，遍尝人间冷暖，体会亲情爱情，见证成长过程中的酸甜苦辣。有评论认为，这是一部笑看武侠、“光说不练”的古装喜剧。它写的是武侠故事，实际上是一部反武侠的传奇，有点类似于《堂吉诃德》。江洋大盗白展堂武功高强，但却不敢行走江湖，被六扇门追得只能躲在客栈当跑堂；六扇门的千金郭芙蓉因为一点小钱被迫在客栈扫地；最厉害的杀手中原一点红是被书生吕轻侯说死的；衡山派的掌门人莫小贝是个啥武功也没有只惦记糖葫芦的小姑娘，凡此种种全是无厘头的武林笑话。

该剧于 2006 年 1 月 2 日在央视播出，最高收视率是 9.4%，是 2006 年中国大陆收视率最高的电视剧之一。自此之后各地方台曾多次重播，亦有良好收视率，在网络上也受到热捧。该剧最大的特色在于不间断的无厘头搞笑，以及由此带给观众的一些浅幽默。内容上少有可取之处，虽有一些对现实的小小讽刺，但也不辛不辣、不痛不痒。结构上有不少可圈可点的地方，如将整个武林发生的事置于小小的同福客栈，这一方法是继王朔《编辑部的故事》后中国室内情景喜剧的一个发展。

《假装纯情》在宁财神的小说中有一定代表性。与故事主人公老宁相好的一个女孩叫范可可，条件不错，人又贤惠。可是老宁热衷网恋，丢掉了爱情。在老宁不懈的追求下，可可又回到了老宁身边。当大家都以为故事结束时，文章出现了这样一段话："段子原本不该在这里结束的，可是再往后，结局还是个悲剧故事，写着写着，我实在是不忍心把可可写成轻舞飞扬那下场，虽然她们的命运是异曲同工。就到这儿了，各位朋友全当这是个鼠头蛇尾的故事吧。仅以此故事怀念可可，我生命里曾经最美丽的风景……此故事绝对绝对不欢迎转载，不是我劲儿劲儿的假扛，实在是因为她的问题，请勿转载。"对于这种写作手法，有种戏谑读者的意味。这样的文章也只能混一混论坛，离正规作品还有一段距离。不难看出，作者的写作手法在很大程度上模仿痞子蔡，笔下基本都是爱情悲剧。宁财神小说的艺术形象较为夸张，带有典型的影视剧人物特征。其形式有点像周星驰的无厘头恶搞，虽然写的是悲剧，但是并没有把悲的那一面深刻挖掘出来，用一个词来形容就是"乐观的悲剧"。

我们或许也应该为作者庆幸，庆幸他选择了编剧，而不是文学创作。影视剧本的技术要求相较小说而言低了很多，因为再差的剧本，只要通过图像的弥补、导演拍摄的完善，完全可以凑合过去。就《武林外传》来看，整个剧情的确没有太多内涵，只要符合大众的娱乐性要求就足矣，这类快餐式娱乐，自然难以寓教于乐，观众若能一笑而过就算达到目的了。这也就是很多网友认为宁财神是垃圾制造者的原因。[①]

四 邢育森

邢育森，男，1972年出生，北京邮电大学信息工程博士，现居北京。早年混迹于北邮BBS，ID为LOVER，文笔很好，在小说、诗歌、随笔、散文等各种文体上都有一些建树。他作为早期著名网络写手，与宁财神、李寻欢并称为中华网络文学最初的"三驾马车"。

1997年，邢育森的小说《活得像个人样》在网络上一炮走红，迅速被各大中文网站转载，非常走俏。1998年天涯网站以属名佚名的方式将这篇小说刊载于自己的版面上，这一事件说明文学界开始承认网络写作，同时也肯定了邢育森的写作能力。2000年该作在中国台湾地区出版，一家公

① 聂庆璞等：《网络写手名家100》，中央编译出版社2014年版，第17—22页。

司以 500 美元购得该小说的影视改编权，将其拍成电视剧。

2001 年邢育森应出版社之邀，写了长篇小说《极乐世界的下水道》，该作成为邢育森的告别之作。其后，他断绝了小说写作，也很少在互联网上发表作品，而是转到了电视编剧这一行，他写的《东北一家人》《闲人马大姐》等一系列情景剧，是广大影视观众喜闻乐见的优秀作品。

邢育森的文学代表作有《活得像个人样》《网侠》《极乐世界的下水道》《网上自有颜如玉》等。影视创作除了《闲人马大姐》《东北一家人》外，还有《家有儿女》《都市男女》《欢乐青春》《超人马大姐》《奇异家庭》《婆媳拼图》《当大卫遇到丽丽》等，大部分都是情景喜剧。

路金波曾评论“三驾马车”：宁财神幽默，李寻欢言情，邢育森偏严肃。这一评价颇为中肯。邢育森的早期网络写作确实非常严肃，特别是像《活得像个人样》这样的作品充满了王小波式的悲情与忧愤，还有王小波式的真实与无奈。作品充满粗话但是并不让人反感，可读性非常强。文章多以现实主义的手法来描写爱情悲剧，作者擅长情景的描写与事情的罗列，小说中人物的对白与心理描写不算很多。通常是从第一人称视角出发，故事不算曲折，但是人物众多，线索不单调，在主线故事背景下穿插一些副线故事。总体语言风格风趣幽默，但到了悲伤的环节语言却能够立即营造出一个沉重的氛围来。在他笔下塑造的人物，大多外表活泼内心孤单，充分揭示了现代人的两面性。

《活得像个人样》是部典型的网络爱情小说，“我”（天灰）用今天的网络语来说，就是一 loser，在现实与网络的夹缝中艰难生存。作为一家私企小职员，工作之余的生活就是网络聊天。在网络之间寻找爱情。第一段恋情是天灰与网友勾子的网络恋，他们是网络上的聊友，久了就有了感情，相约见面，天灰对勾子是真心的，但勾子只是逢场作戏。勾子有男朋友，不过是个懦夫，连勾子怀孕陪着上医院都不敢。第二段恋情来自天灰的英雄救美，流氓袭击碎碎，她男朋友胆小，只是旁观，天灰看不过去，出手救了她，从此她跟上了天灰。但天灰在碎碎面前很自卑，因为自己什么都没有，而碎碎什么都有、很优秀，所以他不敢接受她的爱。第三段恋情是勾子离开后，天灰很沮丧，又去网上勾搭女子，绞尽脑汁、耍了无数聪明之后终于搭上了一个叫“国产爱情”的女孩。或许是前面的感情挫折，或许是对前情的留恋，天灰对国产爱情提不起兴趣，只好不了了之。

作品最后，碎碎来到天灰的住处，把自己献给天灰，然后毅然地离开了。她说，你是我最爱的人，但不是结婚的对象。婚姻需要稳定，孩子需要良好的教育，而这些你都不具备。此时，天灰终于知道自己一直以来爱的是碎碎，只不过自己自卑，不敢面对而已。“我看着她，说不出一句话。生命里，又在燃烧，又在熄灭。”同名电影的“内容介绍”中，有一句话说得极为精辟：“这是一个燃烧年轻生命火焰几近于自焚的故事。”

作品的题目是“活得像个人样”，但作品中的天灰却活得不像个人样。社会的竞争、生活的紧张、时代的物欲、现实的残酷，令这位处于市场体制运作中的青年，自我意识支离破碎，在他的自我意识中只有社会角色及生理角色，而精神层面的自我严重失落。为此，他泡网、泡妞，在与勾子醉生梦死的狂欢中宣泄痛苦，在灵与肉的挣扎中试图找回一个完整的自我；但几番情感的波折，带给他的是更为痛苦更为悲怆的孤独与破碎。最后，天灰走进一家医院，在“生与死”的思辨中，终于寻回失落已久的精神自我，让自我意识得以愈合。这篇作品是作者在自己丰富的人生经历和深刻的人生体验基础上，在满脑子全是要诉说要倾泻的冲动下完成的故事。作品中天灰的历程，也反映出作者自我意识的一次整合治疗过程，正如他自己所说，“我”也通过这篇文章完成了自己。

有评论认为，这篇作品有王小波的味道。天灰在如此的现实中能干什么？事业上能做出什么？爱情上能收获什么？天灰的未来在哪里？除了愤世嫉俗外还能何为？如何才能活得像个人样？今天的 losers 去读这篇作品，可能有比当时读者更深的感慨。

像这样的创作，是“文艺升华”的实现，是一个自我意识的修复过程，有利于提升总体自我感知水平，提高自我接纳的程度，促进自我内部的统合，从而提升人格的健康水平。

第三节 俞白眉、黑可可

与 2003 年之后“起点模式”一统天下的网络文学不同，在 20 世纪的最后几年，以宁财神、邢育森等人为代表的网络作家们，至少还是怀着某种程度的“文学梦”的写作者。在他们眼中，尚处于婴儿阶段的网络文学，有着无比广阔的、必然是革命性的未来。他们强烈地要求一种从内容到形式、各方面都与传统文学大相径庭的文学样式。俞白眉在他们之中，或许并非创作上的骄子，亦不是学识最为出众者，但这个来自计算机技术领域的作者，至少在当时，迈出了网络文学理论探索的第一步。

俞白眉，原名武涛，1975年出生，陕西西安人，毕业于西安电子科技大学。他的创作应该可以上溯至20世纪90年代中期，但首次在网络上发表作品，则是1998年。从今天来看，他以与当时20岁出头的年龄并不相符的老练笔法创作的《洪水退去之时》颇值一提。但他的评论类作品却更值得关注。俞白眉的评论文章在网上流传较广的主要是“网络论剑”系列，尤其是《大梦先觉篇》《刀剖周星驰篇》《主力难当篇》等，其他评论文章如《四大才子打麻将》也是其创作风格的集中体现。

与当时在网络文学中普遍的幽默风气一样，俞白眉的文章最初便是以“软包袱”式的调侃著称，他自陈文风接近王朔，但在表述内在思想方面，远比“痞子文学”一本正经得多——这也确是其创作的价值所在。《大梦先觉篇》通篇以对话构成，这种对话形式可以上溯至20世纪初梁启超的《新中国未来记》，该作第三回，主人公黄克强与李去病两个彼此问诘民主与专制的长短，相互批驳40余回。《新中国未来记》论的是国家前途，而《大梦先觉篇》则议论文学的前途——说来仿佛幼稚，但作者在文中的思考生气勃勃。文章的立意，首在“城市生活”的发现，并进而认为，“城市生活”在20世纪90年代之后并没有得到传统作家的积极表现，“他们集体选择了保持沉默”。作者将这一状况描述为“时代的交替”，这一叙述固然有其正当性，但是接下来，俞白眉对新旧时代本身进行描述，特别是在涉及网络本身之时，便明显地表现出了犹豫：这也是可以理解的，尽管国内这些第一批在网络中成长的作者充分地意识到了自己所处的革命性时代，可未来毕竟尚未可知。

对这种希望和犹豫作出某些认真补充和回应的，是另一篇更为深刻的《刀剖周星驰篇》。尽管在这里，俞白眉充分暴露出自己作为一个并非文学专业出身的写作者对于文学史、美学史的陌生，但其中仅就他所关注的“大众艺术”而言，其中的分析颇为精到，值得一观。

《刀剖周星驰篇》的形式与《大梦先觉篇》相类，也构造了一个“解剖周星驰”的故事框架，叙述人“我”的身份徘徊在高级医师和精神病人之间，而被解剖的周星驰被放在全民偶像的位置上，作品不时在极度认真的分析和无厘头式叙述之间自由穿插，多少也相对提高了阅读的娱乐程度。文本论述的核心，承接了《大梦先觉篇》中一带而过的“大众文化”，或称通俗文艺，指的便是周星驰《大话西游》一类的作品。俞白眉实际上试图构建起一个评价通俗文艺的框架，以此明确地彰显对“传统的古典的美学标准”和“严肃艺术家”的反叛，他明确地要求将两种美学标准、两类艺术家按照“两种不同的职业”进行平等看待，“它唯一的目的和出发点就是对最大数量受众的直接满足”，换言之，“认真地搞笑”。“最大数量的受众”指的是那些从一开始就处于精英文化之外的“半文盲”，以及“正在上厕所的懂艺术的人”。

在俞白眉的解剖刀之下，《大话西游》的成功之处在于将“媚俗”做到了极致，并指出“真正能持久媚俗的东西，往往是自觉不自觉地有些深刻的”。之所以如此，实际上原因很简单。按照作者的想法，成功的“大众艺术”实际上是将精英文化当中为少数人所理解的内容——时常是启蒙式的宏大叙事——以一种大众化、通俗化的方式进行了传播，因此大众多少能够感触到一点点深刻的内容，但同时占据其大部分娱乐空间的，还是媚俗的艺术。俞白眉在这里其实依旧自觉不自觉地表现出了精英化的取向，但他在分析时又不可能完全脱离艺术欣赏水平低下的“大众”，因此才不得不地说“大众艺术家只能比观众高一点点”。问题在于，所谓“大众”既不是一个完整的实体，也不是一个固化的概念，“最广大的人民群众”只能是一种修辞。不同的群体固然经常可以用一个笼统的“大众”加以描述，但就其消费口味来说，远不能一概而论。

俞白眉在 2000 年之后就逐渐从网络文学领域淡出，但他所从事的影视编剧工作，实际上可以视为他对“大众艺术”的进一步实践。他参与的知名作品有《延安爱情》《无敌三脚猫》《房前屋后》《西安虎家》《东北一家人》《闲人马大姐》《网虫日记》《欢乐青春》等，好评如潮。

黑可可这个名字始见于网络是在 1999 年前后。初期的作品大多较短，“网恋”和城市生活是其较为常见的主题。当年，《晃动的生活》令其一举成名。同年，她就职于榕树下，2001 年离开后在天涯社区张贴自己的作品，之后便渐渐淡出网络文学的圈子。至今已出版的作品有《晃动的生活》《食草动物要彼此相爱》《艳遇昙花一现》等，在榕树下工作期间，主编了《八姝在线》等文集。

从当时的创作环境来看，黑可可的写作是适于自身所处其中的大环境的。在开始写作之前，她本人是一个“职业经理人”，在进入网络文学的圈子之后，很快成为榕树下的一员干将——实际上，尽管她的作品最初在网络上发布，但也与当时的作家们保持着一定程度的工作联系，无论是从其创作风格还是之后的生活道路来看，她都不能被视为典型的“网络作家”。她更像是一名诞生于20世纪90年代市场环境之下，对现实有着某种极端诡异的敏感的写作者。至于网络，更多的是作为构成其生活和写作经验的一部分：从其文本当中网络所占据的角色来看，它与酒吧、同性恋、婚外情一样，是与传统文学叙事中经验环境的疏离而存在的，它们所共同构造起的，是世纪之交中国都市里的风景。而一身黑衣的黑可可，恰如蜘蛛般盘踞在由这些节点串起的网状都市当中。

黑可可的写作风格趋向于一种萨冈式的小资情调，最优秀的篇章其实都是在叙述城市中的种种悖谬。相对温情的作品当中，除《食草动物要彼此相爱》等少数几篇之外，都时常落入单纯状写某种单一性格的俗套，即便是脍炙人口的“怪怪婆”系列，也首先以对人物之妖异的描写征服读者。《艳遇昙花一现》则将这种风格推向极致，黑可可在其中着重描绘的，是城市背景下个体的迷失。在《危险的爱情电影》中，城市女人冷慧职场顺利，家庭则呈现出一种莫名的荒诞——她丈夫的情妇住进了家里，她却不为所动，维持夫妻身份仿佛仅仅是生活的义务。情妇小芹来自乡村，外表柔弱内心却无比阴狠：她童年的苦难和身体上的疤痕，成了用以炫耀的勋章。而当看似纯良、骗过所有人的无心之过被暗示为有意为之时，小说便戛然而止。

如冷慧、小芹一样，黑可可笔下所有的人物充满了来自自我身体内部的疏离感，而欺骗、伪装和激烈鲁莽、永不完美的爱情则是永恒的主题。在《晃动的生活》当中，新郎是出卖爱人的骗子，被视为病态的男人有最高尚的爱情，面相怯弱的少女总是用自己的软弱作为征服他人的武器；《城市制造》通过一个身涉险境的阳光少女，一点点呈现城市深处诡秘的弄蛇老妇，末了却发现她正是以兜售这种荒谬的人生生活，老妇的秘密和生死，不过是作为新闻的素材。

在黑可可有限的自述当中，其感情经历远不如笔下那般复杂。尽管她尽力将自己塑造成一个职业经理人的形象，但小说文本当中那种刻意冷暗平静的语调，并不能掩盖其爱情渴望。抛开《危险的爱情电影》《食草动物要彼此相爱》当中对于校园爱情——往往是对成熟且真诚男性的渴望不提，作者时常有意将这种爱情放在一种被回忆、被错过的位置。这种写作倾向其实与20世纪90年代的林白、陈染等人的“女性写作”具有某种前后相承关系，但那种对于身体欲望的细腻描述，以及总是处在被物化、被压抑的女性心理状态不同，黑可可笔下的女性要富有进攻性得多。在《自己买花自己戴》中，叙述者“我”，对那个习惯于从女伴身边诱走其配偶的李兮态度暧昧。一方面，在她讲述的故事当中，着重强调了受害女性对李兮的愤怒；另一方面，却明显有意地以一种波澜不惊甚至略带赞美的笔调，来书写李兮的姿态和情绪。细究故事本身，作者的情绪其实颇为明显：作为第一受害人的“我”，仿佛毫无保留地接受甚至理解了李兮的行为：所谓男人的爱情，在充分的诱惑面前不值一提。而当作为尤物化身的李兮出现之时，一切男性都无法自持。在“我”模糊的表达当中，这种行为的发生，对那些深陷爱情当中的女性来说，甚至是幸运的。

第五章

绝对隐私：第二代网络写手的孤独狂欢

> 这是一个娱乐之城，在这里，一切公众话语都日渐以娱乐的方式出现，并成为一种文化精神。我们的政治、宗教、新闻、体育和商业都心甘情愿地成为娱乐的附庸，毫无怨言，甚至无声无息，其结果是我们成了一个娱乐至死的物种。
>
> ——［美］尼尔·波兹曼：《娱乐至死》前言

我们对第二代网络写手的界定，或许最易遭人诟病。首先是第二代与第一代、第三代的界限如何划分的问题，确切的依据是什么？这类看似再简单不过的问题，如果要想从理论上找到令人信服的答案，其实非常困难，因为网络写手的分代，很难找到可以一以贯之的逻辑起点。坦率地说，笔者希望将来有人对这类问题追根究底，彻底摸清来龙去脉，但无奈眼下我们力有不逮，只好存而不论。对这类近似于名实之辩的难题，如果毫无洞见，最好保持沉默。我们姑且按照先行者开辟的道路边走边看吧。

事实上，网络写手的代际划分未必有确切不移的根据，更多时候可以说是一些约定俗成的潜规则在起作用。例如，第三代网络写手的领军人物酒徒，2000 年就有出手不凡的《秦》，以这种资历足以跻身第一代网络写手，但《秦》多少有些"生不逢时"。2003 年酒徒重炮推出的《明》一炮震动网络文坛，他甚至因此被誉为"架空历史小说的开山鼻祖"！那恰好是第二代网络写手高歌猛进、纵横天下的时候，我们将其归入第二代网络写手似乎也名正言顺。但是，他此后推出的"隋唐三部曲"［《园》(2009)、《开国功贼》(2010) 和《盛唐烟云》(2012)］以排山倒海之势，打造了一个辽阔无疆、风光无限的网络历史小说王国，在第三代网络写手中占据着领军人物的位置，将其安置在第三代网络写手阵营中于情于理，似乎也没有什么悖谬之处。这还只是从作品问世之先后这一个侧面考虑，其他方面，如题材、风格、流派、影响等因素并没有纳入代际划分的考量中，与英雄排序或将帅授勋相比这大约并不容易多少。这也是为什么宋江为梁山好汉排座次要谎称是九天玄女的神谕，即便雄才大略的毛泽东也不得不感叹“英雄有泪不轻弹，只是未到授衔时!”网络写手分代之难，由此可见一斑。

元好问也曾有类似的感叹：“奇外无奇更出奇，一波才动万波随。只知诗到苏黄尽，沧海横流却是谁?”随着网络文学的快速发展，“沧海横流却是谁”的问题，自然而然地受到了越来越多人的关切，网上叱咤风云的都是些什么人物？他们那些被人疯狂点赞的作品到底好在哪里？对于诸如此类的问题，当代文坛的有关方面早就该有个相对权威的“说法”了。在第二代网络写手纵横网际、第三代网络写手崭露头角的时候，一场大规模的网络文学作家作品的盘查与清点工作适逢其时地开展了起来。自2008年11月到2009年6月，由中国作家协会，中国作家出版集团、《长篇小说选刊》杂志社和“中文在线”共同举办的“网络文学十年盘点”活动，对1998—2008年这十年的网络文学进行了全面摸底调查。这一次高规格、大规模的调研评估活动，可以说是对中华网络文学的一次全面“清理”与“检阅”，专家们以主流文学价值观和传统审美标准“审视”网络文学，在网络文学批评领域树立了“公正、公开、公信”的形象，在读者和作家中引起了强烈反响。

主办方发布了盘点规则，盘点作品经过初步摸底，海选出100部作品，交由评审专家交叉审读，21位终审专家分别为进入终审阶段的21部作品写出评语，并背靠背地对作品进行名次排序。以交叉审读累计总分的平均值为最后得分。进入终审的21部作品，按照最后分值高低顺序排名如下:《此间的少年》；《成都，今夜请将我遗忘》；《新宋》；《窃明》；《韦帅望的江湖》；《尘缘》；《家园》；《紫川》；《无家》；《脸谱》；《狼群》；《天行健》；《琴倾天下》；《都市妖奇谈》；《原始动力》；《电子生涯》；《回到明朝当王爷》；《官商》；《曲线救国》；《真髓传》；《凤凰面具》。

作品榜单发布后，“沉默的大多数”网友对专家的盘点结果很不以为然，认为这不是网络文学爱好者的网络文学，而是传统文学“看门人”眼中的网络文学。但无论如何，这次盘点的影响是不容低估的。这里的21部作品，大多数作品有好几家出版社出版了纸质书，不少作品甚至被改编成了电影、电视剧。如《此间的少年》《成都，今夜请将我遗忘》就被多家出版社出版，并被改编成了电影、电视剧。

下面是相关帖海中的一朵朵小小的浪花：

keith 羽　2012 - 04 - 06 20：04：35

如果算 2009 年前的话竟然没有《江湖志》《悟空传》!!! 还有《亵渎》和《诛仙》难道都还比不上《回到明朝当王爷》?

新浪网友　2012 - 02 - 06 21：28：11

我发现以西方文化为背景的经典一本都没有……难怪没有《佣兵天下》，和谐啊!

machinecat6666　2012 - 01 - 18 13：39：11

《真髓》都 TJ 了也能评吗?

新浪网友　2011 - 08 - 10 23：35：00

什么盘点，《庆余年》这么好的作品居然没有。

zhushilu1888. * *　2010 - 07 - 04 17：14：14

《回明》那种马文也算? 真是笑死人了

新浪网友　2010 - 04 - 29 20：30：58

《诛仙》那种中学生看的东西……

新浪网友　2009 - 10 - 28 13：44：11

《飘渺之旅》应该入选吧

新浪网友　2009 - 10 - 25 19：19：54

什么玩意，没《诛仙》叫什么十年盘点

……①

这些“网络批评家”的评议，看似鸡一嘴鸭一嘴，无甚高论，但他们对传统文学“看门人”的不屑仅从“和谐”、“TJ”（太监）、“马文”等“行话”中便可窥见一斑。

不难看出，上述 21 部作品，基本都出自第二代和第三代网络写手之手。由中国作家协会主导的这次盘点，有一种官方或半官方的色彩，有出

① 陈定家:《重温“网络文学十年盘点”》，http：//blog. sina. com. cn/s/blog_4e481e6101019hsj. html，2012 年 12 月 31 日。

版社、杂志社和相关网站的共同参与，盘点队伍具有较强的权威性和公信力，但以主流文学观念和传统审美意识盘点新生网络文学，显然存在着创作理念、思维方式、批评标准和审美趣味等诸多方面的严重错位。传统文学与网络文学是很不一样的两个“圈子”，各自的“游戏规则”多有不同之处，由“圈外”人士对网络文学的是非成败“评头论足”，“圈内”作者和读者的不认可应该说是情理之中的事情。

有趣的是，这个“圈内”“圈外”的说法也颇受争议，有人说“圈子论”看似有理，实则无稽。首先，网络最大的特点就是其无限的开放性，根本就没有什么圈子可言，互联网的出发点和归结点就是要打破区隔和界限，从这个意义上讲，可以说网络具有焚毁形形色色的一切圈子的功能。其次，退一步来说，就算“久在樊笼”的人们心中残留的“圈子”依旧有影响，但参加评选的专家未必就是真正的“圈外”人，他们对网络文学的关注，也未必一定比嘲笑盘点不公的网友少。在网络这么一个开放的平台，“圈内”“圈外”的意见少有水火不容的时候。最后，即便这个所谓的“圈内”“圈外”的意见针锋相对，也未必就是“圈内”人的意见更正确，所谓旁观者清，“圈外”人的意见往往更确切些、更透彻些。假若让“圈内”的网友们自己“盘点”也未必一定公平合理，盘点者与被盘点者也未必就一定皆大欢喜。事实上，所有网络上的排行与褒贬都是有争议的。关于这一点，传统文学的评奖，如茅盾文学奖、鲁迅文学奖甚至诺贝尔文学奖等，有哪一项“评比”公平到了无懈可击的程度呢？为此，我们将这一结果作为甄别网络写手名家的重要依据之一，可以说是综合考虑了众多因素之后的慎重选择。

第一节　江南与《此间的少年》

“网络文学十年盘点”排名榜首的作品是《此间的少年》，这部作品是以金庸小说人物为基础的同人小说，是一群青少年的大学生活故事。小说以宋代嘉祐年为时间背景，故事发生的地点在以北京大学为模板的“汴京大学”。江南说，《此间》中使用的人名无一例外地出自金庸先生的十五部武侠小说……但是，无论这个故事中的人物叫什么名字，他们都不再是人们耳熟能详的江湖英雄和侠女，他们更贴近于曾经出现在作者身边的少年朋友们，而《此间》，也是一个全新的故事。据作者说，《此间的少年》只是一个少年时代的轻狂舞蹈。在尚未遗忘之前，他用当时的心情把过去复制下来，留给多年以后的朋友和自己看。

该小说中的主要人物是“金庸迷”熟悉至极的乔峰、郭靖、令狐冲等大侠，不过在江南的笔下，他们和“70后”的大学生没有什么不同，早上要去跑圈儿，初进校门的时候要扫舞盲，有睡不完的懒觉，还会站在远处默默注视自己心爱的姑娘……在《此间的少年》里，主人公郭靖和黄蓉是因为一场自行车的事故认识的，而这辆自行车是化学系老师丘处机淘汰下来的，杨康和穆念慈则从中学起就是同学，穆念慈对杨康的单恋多年无果，最后选择的人却是彭连虎。作者心中存着金庸小说先前的印象，再徜徉于这样全新的故事中，对于江南来说，这是一种双重的温习，而这双重的回忆最后归结为一点，便是他们那一段轻狂无畏的少年时光。他们在这里种下自己最初的爱情，错过最初的缘分，经历着自己光辉灿烂的荣耀和黯然神伤的挫折，然后从这里迈出一大步，永远走进了成年。这就是江南的“创作经验谈”。

无论是面屏追读还是持卷细品，阅读《此间的少年》的读者都会反反复复地遇到这样一段告白：“这是一本引人入梦的书，一本让我们在不知停歇的劳顿中稍息的书，一本掩卷后轻叹一声却又心满意足的书。”[①] 读完小说前，或尝疑乎是；读完小说后，必定犹信然。

江南，原名杨治，安徽合肥人，生于1977年，1999年毕业于北京大学化学系，2004年于美国圣路易斯华盛顿大学硕士毕业。作者最初赖以成名的《此间的少年》，其描述对象乃是大学校园生活，因而也常被视为“校园青春小说”的代表性作品。这类作品在描写对象上具有固定性的内容，主要包括校园爱情、寝室生活、课内课外、毕业聚会、校园与社会之间的冲突等。

但为什么《此间的少年》会在众多校园小说中脱颖而出呢？从写作主体来说，江南作为“75后”的一员，其自我经验主要表现在《此间的少年》对金庸等人的武侠作品借鉴和戏仿等方面。作品将来自阅读的文本经验和作为经验环境的社会——校园生活——进行了颇为取巧的融合，似乎处于不同世界当中的人物、行为和故事在文本中有效地结合在了一起。小说既指向作为阅读经验的金庸小说这个“文本空间”，同时又融入了大学

① 江南：《此间的少年》，华文出版社2004年版，封底。

校园生活这一“环境空间”，人物及其性格基本原样取自既有文本，但情节和情绪又全然属于“当下”。

放到今天来看，《此间的少年》其实出彩之处不多。来自金庸小说的同名人物，其原本的性格与故事背景固然会给作者造成一些限制，但也给作者提供了构架其文本结构的便利，并且也能够颇为取巧地影响读者的阅读期待。故事发展的主线也主要由校园中新老生之间的关系、各专业之间在球场上的竞技等“现代校园情节”构成，而人物的性格、姓名则多少暗示了故事情节的走向。

小说本身并不以完整情节见长，“郭靖与黄蓉”“班长令狐冲”“杨康与穆念慈”“乔峰与康敏”等相对彼此独立的故事情节，约略在宋代的语境当中复现了金庸原作中的人物关系。问题在于，如果将这一层意义空间剥离开去，小说本身便乏善可陈。原始人物形象仅仅被放置在现代版的情节中，用力最多的“班长令狐冲”部分也仅仅是有限现实经验的直接转化——并且这一部分在出版之时也进行了大幅度的删改。

作品的特色主要体现在语言层面。尽管将现代语词置入文本所设置的宋朝的举动并非独创，即便不考虑国外同人小说，也有前述《悟空传》等先例，但类似“罗刹诗人普希金”“西域吟游诗人马勒的第四交响曲”或者“大宋当前三十年经济建设的三个中心环节”之类层出不穷的语句依旧可以使读者会心一笑。这种通过名词转换在文本这一虚拟空间产生间接指代现实生活的“游戏”，是当时及之后网络文学的重要特征之一。在这种写作方式当中，江南实际上将金庸小说、校园生活两个更大的意义空间在文本当中进行了黏合，这样的作品既是在讲述一个“故事”，同时也是在唤起读者自身的经验。阅读产生的审美效果，产生于不同意义空间的相互介入过程中，作者的叙述所起到的乃是暗示和唤起读者“记忆”的作用。

除去小说本身作为文学作品的价值之外，我们同时更应当看到的是，作者这种通过对“集体记忆”进行复现的写作方式所具有的市场号召力。与2000年前后大多数网络小说类似，最终实体出版的作品的确与网络连载的版本存在结构上的不同。其中，相对具有较强现实价值的“班长令狐冲”部分被大幅删改，而被保留并加以润色的章节则主要是作品中最具“卖点”的校园爱情——尤其是“被错过的”或者“失败的”校园爱情故事，作者颇费心思地避开了其中激烈颓丧的部分，从而为之营造出一种浪漫的忧伤气氛。

我们应当看到，面对读者市场，《此间的少年》实际上对记忆中或者想象中的“大学生活”进行了选择性复现和美化。其所唤起的情绪、故事和结局因作品中人物的丰富性，能引起大部分读者的共鸣。在这个意义上，作者将多种个体化的经验及其可能性在文本中并置，其中反映的“生活”虽然与现实经验极其相似，但在经过了作者加工之后却显得更具有审美愉悦性。

即便仅仅从商业意义上来说，小说的确相当成功地契合了市场人群的阅读心理——这一特征也同样贯穿于江南参与构架的“九州世界”特别是其历史部分当中，当然也包括同样在市场中大获成功的《龙族》等一系列青春题材作品。江南更是凭借《龙族》登上了作家富豪榜，其中的重要原因就在于，他极为精到地把握住了中学生阅读市场的心理趋向——这也有其依据，编辑曾拿着小说的提纲跑了3个学校，采访了200多个学生，亲自去书摊发调查表。这一系列作品远比同类首发实体书籍来得厚实，篇幅其实更加接近网络小说，但依赖远高于网络阅读的售价和国内数一数二的铺货能力，江南的收入超过郭敬明，倒也并非无法理解。

第二节　慕容雪村、何员外、十年砍柴

第二代网络写手中有不少文学功底深厚的实力派，其中慕容雪村、何员外、十年砍柴等都是杰出代表。这几位粉丝心目中的大神级网络写手，都创作出了足以与传统文学媲美的优秀作品。例如慕容雪村的《成都，今夜请将我遗忘》、何员外的《毕业那天我们一起失恋》、十年砍柴的《闲看水浒——字缝里的梁山规则与江湖世界》，还有宁肯的《蒙面之城》、李臻的《哈哈，大学》、尚爱兰的《性感时代的小饭馆》、云中君的《我一定要找到你》、烟雨江南的“尘缘”系列、西门的《说好一言为定》、黎家明的《最后的宣战》、雷立刚的《秦盈》等，可以说这些是第二代网络写手奉献给网络文学园地的优秀作品。

慕容雪村

慕容雪村，本名郝群，东北人，祖籍山东。1974年出生于山东平度，14岁迁移到吉林白山，A型血，双鱼座。中国政法大学1996届法

律系毕业。中年网络写手，悲观的胖子，怀疑主义者，平凡中带一点书卷味道的清秀，由于酷爱读书，双眼近视，鼻梁上总是架着一副眼镜，身高 1.70 米左右，虽然算不上所谓的五短身材，但也不是鹤立鸡群。平日穿着打扮非常随意，多穿休闲装，舒适的鞋子，头发虽然不是精心打理，但也还算比较整齐。经常出没在影碟店和咖啡馆，外表看上去像一般的上班族，没有人会把他的形象和高深莫测的作家形象联系在一起。读其作品，可知其人乃是机智深刻、颠倒红尘、痛苦悲观之人，是一个潜行在罪恶与绝望边缘的中年男子，他无疑是这个年代城市人群的一个缩影。读其文章，言简意赅，直逼主题，令人赞叹不已。2002 年慕容雪村凭借小说《成都，今夜请将我遗忘》在广大网民中引起强烈反响，并迅速走红，被推举为“四大写手”之一（其他三人为李寻欢、安妮宝贝、今何在）。2003 年，他又创作了《成都，今夜请将我遗忘》的姊妹篇——《天堂向左，深圳往右》，从而进一步巩固了自己在中华网络文学创作领域的地位。①

慕容雪村再一次走进“网络文学”的视野，是在 2009 年年末，他以一种颇具个人英雄主义气质的方式，孤身潜入江西上饶的传销团伙，卧底 23 天。他依据这段经历创作了《中国，少了一味药》。有评论说，尽管这篇小说实现了由虚构向“非虚构”、由冷眼旁观向切入现实的转变，但其字里行间透露出的浓浓的颓废乃至绝望味道依旧如前。

慕容雪村的成名作与代表作当推《成都，今夜请将我遗忘》。在这部小说中，作者以一种冷漠而肆无忌惮的笔触，书写了陈重以及大学同寝室的弟兄们在职场与生活的泥潭中混迹的黯淡故事。小说最初吸引读者之处，是该书被嘲弄为“很身体”，即毫不隐晦的性描写。作品中充斥着性爱、嫖娼、外遇、私通等情节，这固然有出于吸引读者眼球的目的，但必须指出的是，在作者的叙述语境当中，这种叙述越到后来，也越倾向于一种愤世嫉俗的情感发泄，而不是一味沉湎于欲望的狂欢。

作者很明显地将叙述分成不同的结构单元，而在每个单元当中，总是不断地引入大学时代的生活，有时是作为现实的反衬，主人公常常带着这样的回忆陷入一种模糊的反常情绪之中，但在面对现实时——主要是职场

① 参见百度百科词条“慕容雪村”，https：//baike. baidu. com/item/% E6% 85% 95% E5% AE% B9% E9% 9B% AA% E6% 9D% 91。

当中的人事倾轧——便彻底将其抛之脑后，亦即“遗忘”。类似的情况也一再地出现在对性行为、性关系的描写当中，无论是嫖娼还是外遇，在小说当中得到呈现的性关系鲜有传统语境中的“正常”——实际上，这恰恰是此前“网下”文学当中普遍回避的话题之一，即便偶有涉及，也充满了性之外的叙述内容，并且时常是模式化的。而《成都，今夜请将我遗忘》在某种意义上是对“谈性色变”这一习俗的一次矫枉过正的尝试。在这里，非但这些夫妻生活之外的性爱得到了一再的描写，用以表现它们的语言，甚至在整体上趋于一种极度冷静的口吻。换句话说，在慕容雪村笔下，总是牵涉更多的文化意义或文化禁忌的性爱，不过是当下混乱生活当中毫无亮色的一环：这是出场角色们身上或多或少共有的特征。

小说主人公陈重在庸常无趣的生活中自甘沉沦，在工作中与同事钩心斗角，在生活上常常见利忘义，甚至勾引朋友的未婚妻。小说中各色人物在物欲与情欲的引诱和控制下，过着一种充满焦虑、迷茫甚至恐惧的灰暗生活。如李良因未婚妻沉迷于与陈重的性爱而逐渐颓靡沉沦，陈重也在发现自己的妻子有外遇之后方寸大乱，继而迁怒于王大头。

如何理解这种矛盾性呢？作者将小说归于“青春残酷系列”，意在展现社会转型期一代人承受的精神阵痛。作者笔下的大多数人物基本都失去了希望，进而毫无生机。性爱成了他们借以麻醉神经的酒精。在小说开头，尽管人物都有外遇，主人公至少还在努力维护家的幻象，而这种幻象被撕破之后，家蜕变为“其实就是个睡觉的地方”。家庭的温情破灭之后，爱情和友情被证为虚妄，则进一步加深了这种绝望，并且一直延续到了小说的最后。主人公又一次沉迷于与年轻肉体的关系中，试图从中寻找某种意义的存在，但又毫不留恋地迎接必将到来的虚妄，故事因而也失去了继续的必要。

在 2010 年的《中国，少了一味药》中，作者将这种绝望放置在传销组织成员的身上。尽管在叙事当中，作者不断地强调对故事中人物的批判，强调“欺骗”“愚蠢”“希望”，有一股悲悯横贯其中，但那种绝望来自他所描述的人物本身。那种陷于迷梦无法自拔的形象，以其现实的力度彰显着真实的痛苦。

何员外

何员外，原名龚文俊，在 21 世纪头几年，1981 年出生的他能够在网络当中走红，是预示之后的网络写手或称“段子手”之境况的典型案例。2001年他的成名作《越女剑哀痛者和幸福者》《养狗还是养蚊子》很难被纳入传统语义当中的“文学”范畴，但却能够契合当时最广大网络用户的口味：短小、有趣，在形式上不拘一格。特别是《越女剑哀痛者和幸福者》一篇，在女主人公看似缠绵悱恻的叙述之后，文末“笔锋一转”，轻轻巧巧揭露自己乃是一只蚊子，此时再来看文后的一系列注解，就颇为有趣——作者等于又带着读者重新解读了一遍，正是在“女主人公”的刻板印象和“母蚊子”这两套全然二致的叙述模式当中，风趣的意味自然而然地弥漫于字里行间。

问题在于，这种创作方式基本统治了何员外的一切作品，在短章中调笑尚可，以此构造长篇，就显得零散无序或杂乱无章，但这却并不会给阅读造成障碍——此时，网络文学的娱乐性得到了极度彰显，《毕业那天我们一起失恋》和《何乐不为》是这一模式下的典型作品。这两部小说的情节并无多少新意与深意，值得关注的仅仅是作品中一系列单一细节的内在逻辑——除了大学生活当中颓唐懒惰乃至有意搞笑的游戏态度之外，主人公的言行更多地接近于日本动漫当中的“自我吐槽”。

“吐槽”尽管在形式上与“反讽”类似，但其目的仅在语句之内，具体来说，比如：

> 才两个礼拜，这两个家伙就把我给忘了，这件事情令我感到很愤怒。于是我抄起拖把就准备往他们头上敲去。估计是他们从我抄拖把的优美的姿势上面认出了我，两人拼命叫着“何员外饶命”。既然他们认出了我，就原谅他们了。①

在这里的叙述纯然是一种游戏心态，无论是“忘了”“愤怒”“敲去”“认出”“原谅”，都仅仅是故意表露出的姿态。因此“抄起拖把”这样近于斗殴的行为通过“戳破”这种表露，起到的是娱乐效果——这种逗乐的手段早已成为“惯例”：

> 终于——门开了——进来的居然不是山贼，而是丸子。我拿起扫

① 何员外：《毕业那天我们一起失恋》，上海人民出版社2002年版，第67页。

帚就把丸子打了一顿，丸子哭着说，我什么事都没干你为什么要打我？我说那是因为你不是山贼。[①]

“打了一顿”和“哭着说”显然也并非实指。在这样的文字游戏当中寻找“意义”自然是强人所难，至于作者自己在访谈中将其引述为“负熵”[②]，则完全是故弄玄虚的说法。还有借此对颓废慵懒的大学生活进行批判——同样毫无道理。作者在这样的重复当中，成功地构建起了贯穿整个文本的夸张滑稽而且慵懒的气氛。这在21世纪初网络文学对于大学寝室生活的描述当中，几成惯例。如在《此间的少年》当中：

开始梁发劳德诺他们还嘻嘻笑着转头就忘，照旧熄灯前去令狐冲他们宿舍踢门领补助。可是很快他们就发现杨康实在是个有点狠的主儿。杨康从家里直接带了一把菜刀一只砧板来，每天一到十点，杨康就整出菜刀砧板咚咚咚地剁了小葱去泡面，然后把菜刀以一个很酷的角度砍在砧板上。梁发他们一步踏进来，往往看见杨康段誉几个围着雪亮的菜刀，一个个翻起白眼来泡面，好像就等肉下锅了。而令狐冲此时就像一个无家可归的小贼，躲在某个自习室里打瞌睡。[③]

在这里，“菜刀”作为核心道具，起到的效果与“拖把”“扫把”类似。这类明确指向暴力的道具实际上仅仅用来表达人物当时的情绪。因而，它们或者成为令人印象深刻的道具，或者仅仅作为气氛的烘托，共同之处在于“有趣”。

在此之后，何员外的作品还包括《学人街教父》和《都市男女》《长大成人》等电视剧剧本。无论是小说还是剧本，其整体路数鲜有变化。至于被视为转型之作的《根本牛人》，到现在也还未出版，在网络上仅有若干章节可供一观，小说内容以罪案为主，尽管夸张、滑稽的气氛略淡，但语言依旧保持着原有的慵懒风格。

---

① 何员外：《毕业那天我们一起失恋》，上海人民出版社2002年版，第60页。

② 《纪念青春岁月　当何员外告别校园的初恋》，http://edu.sina.com.cn/l/2003-08-23/51856.html，2003年8月23日。

③ 江南：《此间的少年》，华文出版社2004年版，第40页。

十年砍柴

十年砍柴，原名李勇，1971 年生，兰州大学中文系 1993 届毕业生。2004 年《闲看水浒——字缝里的梁山规则与江湖世界》由同心出版社出版，2010 年由山西出版社再版。如果说，此时作者的创作还囿于小说文本以及职场、市场当中的世道人心，之后的作品则对于历史、政治的观照则越发明显：《皇帝、文臣和太监——明朝政局的“三角恋”》（2007）、《晚明七十年：1573—1644，从中兴到覆亡》（2007）、《闲话红楼：大观园的后门通梁山》（2009）。至于《进城走了十八年：一个 70 后的乡村记忆》（2011）和《自由与宽恕：曼德拉传》（2013），对国内外现实的反思与观照，更成为作者书写的直接目标。实际上，这些作品并非十年砍柴赖以成名的关键，作为受益于博客浪潮的创作者之一，博客以及各个报纸上的专栏文章才是他栖身的自由世界。

与 2003 年前后在网络空间当中广为人知的大多数写手不同，十年砍柴这个名字连同他所写的《闲看水浒——字缝里的梁山规则与江湖世界》，更多地呈现出“网络小说”之外另一片广阔的文学天地。当时，四大名著以其亦雅亦俗的特征，在网络话语环境中颇受热捧，但从对故事文本的深度演绎来看，在《闲看水浒——字缝里的梁山规则与江湖世界》之前，少有成功案例。十年砍柴的这部作品，其形式无视“小说”“散文”这类的经典样式，反而更加接近传统的“诗文评”——事实上，《闲看水浒——字缝里的梁山规则与江湖世界》对金圣叹的评点就颇有借鉴。正是在这类“闲谈”“闲看”之中，作者的书写固然基于《水浒传》的文本，但也并不为之所限，近则观想企业文化、人物精神，远则一窥宋代军政得失，彰显的乃是作者本人的胸中丘壑。

全书分为五编，每一编均由七篇到十篇随笔式的文章构成。文章的题目往往取巧，比如：“谈梁山公司被收购”“黑道的规矩与武松的品牌”，诸如此类。看似章节与章节、篇目与篇目之间并无多少直接联系，但实际上，作者依照整个水浒故事的进程，逐一采撷不同阶段不同人物的不同表现，特别突出其中的一两处细节，再拓展开来。为了进一步保持全书的完整性和连贯性，作者其实提供了几个贯穿全文的基本观念，最明显也最值得分析的是人物身份构成。十年砍柴在看似作为一个整体的“一百〇八将”当中，发掘出“原梁山系”“晁盖系”“宋江系”“二龙山系”等不同“山头”，对其具体身份又有“底层盗匪”“宋朝叛将”等划分。当然，在这个过程当中，有另辟蹊径的真知灼见，也有勉强为之的一家之言，至于是否契合原作者的意向，则很少在作者的考虑范围之内。

将“梁山”视作一个中国社会历史之模板的写法，在十年砍柴后来的作品当中也多多少少有所表现。而《晚明七十年：1573—1644，从中兴到覆亡》，则可视作这种写法的另一典型案例——实际上，《晚明七十年：1573—1644，从中兴到覆亡》深受《万历十五年》的影响，作者将该书定位为：“希望读者能比较轻松地读完这些文字后，对一个帝国从中兴到覆亡之路有个基本的了解，也能在读故事之余，对中国的王朝兴亡以及传统政治的困境有所思索”[①]，换句话说，该书更像一部普及版的“史论”。作者选择的角度，是晚明时期的四个重要人物，并以简明扼要的特点加以概括：张居正“救时”，万历皇帝“怠政”，魏忠贤“乱政”和崇祯皇帝“无力回天”。《晚明七十年：1573—1644，从中兴到覆亡》的文笔实际上与《明朝那些事儿》相类，其内核固然是叙述历史、分析得失，但采取的却是小说家的笔法。

> 熬到最后能进入高层的，那都是些在官场这个八卦炉里修炼到极高段位的牛人。他们要学会等待、忍耐，学会掩饰、伪装，学会合纵连横，拉一派打一派；学会伺机出击，一剑封喉。
>
> 高拱是这样的高手。
>
> 张居正更是这样的高手。[②]

这笔法虽不似当年明月那般调侃，但已然接近古龙的武侠。《晚明七十年：1573—1644，从中兴到覆亡》实际上是将原来仅属于少数历史研究者的感悟、心得呈现给普通读者，而作者一方面以此作为叙述的内容，另一方面又致力于发掘其中能与读者情感遥相呼应的因素，提供某种感人至深的审美效果。在市场上得到较为强烈的读者反映，也就可以

① 十年砍柴：《晚明七十年：1573—1644，从中兴到覆亡》，陕西师范大学出版社 2007 年版，第 4 页。

② 十年砍柴：《晚明七十年：1573—1644，从中兴到覆亡》，陕西师范大学出版社 2007 年版，第 2 页。

理解了。

在十年砍柴最近的作品当中，对现实的观照越发强烈。作为在网络文坛上为人熟知的“70 后”写手，“十年砍柴”们或许是纠正“起点式”过于商业化、市场化之网络文学的一剂良药。

第六章

为稻粱谋:第三代网络写手的签约写作

2003 年 10 月，随着在业内领先的幅度越来越大，起点全面实行付费阅读，推行分级付酬的网络版权签约制度，开创了电子出版新模式。成功的商业化运作迅速提升了其知名度与影响力。

到 2003 年年底，起点宣布“VIP 计划中订阅率最高的作品已经达到 20 元/千字稿费级别”，并且“访问量位居世界 500 强行列，国内排名前 100”。由此，一场轰轰烈烈的 VIP 运动席卷了各大相关网站，天鹰文学、翠微居纷纷宣布开始实施 VIP 制度，而幻剑书盟也连续推出了“手机短信价格”的调查和“书盟收费服务”的调查，VIP 制度走上正轨，意味着在网上发表作品也可以获得较高的稿酬。

在这种背景下，先前以网络“涂鸦”打发时间的一批年轻人，顺着网站的提示，无师自通地把自己培养成了网络签约写手。其中不少终日在屏幕与键盘之间瞎混的“网虫”，也纷纷从起点这个巨大的孵化器中破茧而出，摇身一变，成了一群在网络文学辽阔天空振翅翻飞的彩蝶。一时间，“签约写手”成为各大媒体的热门词，一批“为文学而文学”或“为娱乐而文学”的年轻人转而开始为挣钱而写作了。

从一定意义上说，VIP 制度的实施对网络文学的生存与发展具有革命性的意义，它使付费阅读这种运营模式从理论走向了现实，网络写作也顺理成章地变成了一种可以养家糊口的职业。与此同时，类型化、市场化、快餐化的网络文学生产机制也粗具雏形。一大批类型化小说，如《诛仙》《鬼吹灯》《盗墓笔记》《韦帅望的江湖》《明朝那些事儿》《新宋》《窃明》《九州缥缈录》《尘缘》《致我们终将逝去的青春》等，在这一期间陆续问世，为羽翼未丰的网络文学带来了巨大的声誉，正是这批文学作品所引发的一波又一波的轰动效应，使传统文学真正感受到了网络文学的威力与挑战。

学术界将这一代网络写手的主要活动时期划定在2003—2008年，即以起点的付费阅读开始，到盛大文学成立为止，这一段时间正好是网络文学开始市场化运作到确立产业化机制的过渡阶段，令人印象深刻的是，这个过渡阶段的起止点竟如此清晰，这也让网络写手的代际划分变得轻松了许多。对于始终伴随着争议之声的网络文学来说，这个时期对自身形象的确立极为重要，应该说这是一个需要"明星"也的确涌现出大量"明星"的时段，按照聂庆璞的说法，"第三代网络写手中不乏大才，他们写的许多作品虽然因类型化而虚幻，但不得不佩服他们天马行空的想象，横溢的才华与激情四射的热血。像萧鼎、天下霸唱、唐家三少、南派三叔、玄雨等。还有当年明月、灰熊猫、雪夜冰河、阿越、曹三公子、月关等对历史的宏阔把握与理解也不得不叹为观止。赵赶驴、三十等人幽默轻松的文笔，桐华、金子、天下归元、辛夷坞等女性网络写手的爱情笔墨都可圈可点。总之，第三代网络写手用他们的作品开拓出了文学市场，吸引更多的人重新回到文学的阅读场，带动了我国文学市场的繁荣。同时也开辟了我国文学类型化的道路"①。可以说，自第三代网络写手闪亮登场，网络文学才有望在中华文学史上占领一席之地。

第一节　当年明月与《明朝那些事儿》

1998年，《第一次的亲密接触》问世以后，有人惊呼，原来文学还可以这么"玩"！2007年，《明朝那些事儿》出名以后，有人感叹，原来历史还可以这样"写"！喜欢这种"另类历史"的"明矾"们注意到，这部题为《明朝那些事儿》的网络作品，早在2006年3月10日就已在网上亮相了。作者"当年明月"是一个名叫石悦的26岁公务员。他开始在网络上写《明朝那些事儿》时并没有意识到自己正在发表一部有可能载入史册的长篇历史小说。到2009年4月7日完结时，这部历时三年的作品，累计已有150万字。小说主要讲述的是大明王朝的帝国兴亡、君臣大义、国计民生等宏大话题，但作者以市井小民闲扯淡的心态看明朝，"多少兴亡事，都付笑谈中"，以庄严正大的史料为基础，以确切年代和真实人物为

① 聂庆璞等：《网络写手名家100》，中央编译出版社2014年版，第3页。

主线，以小说笔法和娱乐心理，对有明一代的政治经济文化大事以及帝王将相和平民百姓的日常琐事，无论巨细，只要有趣，他便娓娓道来。

意外获得大名的当年明月，每每回忆起写作之初的经历时，都难免感慨一番。这些起初漫不经心、原本“只图一乐”的文字，出乎意料地引起了网友们的极大关注，特别是他的那句“历史应该可以写得好看些”的名言，得到了数百万网友的追捧，他的写作动力与其说出自“春蚕吐丝”般的内在需要，毋宁说出自粉丝们的热情点赞与喝彩。网友们的称赞或许可以一笑置之，但出版商的青睐却让作者看到了实实在在的好处，作品尚未完成就已开始出版，网上连载到一定内容就结集出版，几年之后，这部七卷本小说总销量突破千万册，成为“近三十年来最畅销之史学读本”，在读者中掀起了一股“读史热”“明朝热”；小说多次荣登各大网站畅销书排行榜单，并已被译为日语、韩语、英语等文字出版发行。不用说，收入菲薄的公务员石悦在“扮演”大神级网络写手当年明月的过程中，毫无悬念地快速蜕变成了文学圈的“土豪”。

当年明月的这部小说，就如同历史著作一样严格地遵循着时间顺序，依照历史年代历数明朝将近300年间所发生的大事儿、趣事儿、喜事儿、怪事儿、风流事儿、伤心事儿……作者以生动活泼的网络语言，从开国皇帝朱元璋一直讲到亡国之君朱由检，像说评书一样对大明王朝17朝16帝所经历的家事国事和爱恨情仇进行了戏剧化演绎。明朝300年间著名和非著名人物的“那些事儿”，被作者一桩桩一件件摆上台面，娓娓道来。作者以网络流行语对历史人物和历史事件所进行的故事化叙述，不仅赢得了读者的喜爱，而且还多少有些意外地赢得了一些史学大家的认可。评论家们认为，小说既以史学家的笔触对当时的政治经济制度进行评价，又以小说家的笔法展开叙事，并对人物的心理进行深入的揭示，成就了历史的“第四种写法”。

作为一名普通的海关职员，当年明月的作品如此炙手可热，中国海关出版社自然不会放过这种“近‘海’楼台先得‘月’”的机会。2009年“海关版”的《明朝那些事儿》对这部作品的介绍可谓提纲挈领、言简意赅，认为小说基本以史料为基础，对明朝帝王、王公权贵和部分小人物的命运进行了全景式描绘，其中对官场政治、战争、帝王心术的描写尤为精细，对当时政治经济制度、人伦道德的演绎堪称出神入化。

纵观明代近300年的历史大戏，明太祖朱元璋是当之无愧的男一号。

当年明月从《洪武大帝》开篇，无疑是最简便也最可靠的选择。作者从朱元璋的出身开始写起，到永乐大帝夺位的靖难之役结束为止，叙述了明朝最艰苦卓绝的开国过程。

正如唐太宗和清圣祖不是开国之君却是王朝最重要的奠基人一样，明成祖朱棣在明朝的地位如同唐太宗和清圣祖。第二部《万国来朝》叙述了这位威名赫赫的永乐大帝的事迹——挥军北上征蒙古，钦命郑和下西洋，西北设置哈密卫，东北驻守奴儿干，南下讨平安南，等等，直到永乐二十二年于北伐蒙古归国途中病逝。明朝在经历了比较清明的“仁宣之治”后，开始进入动荡时期。大宦官王振把持朝政胡作非为，导致20万精兵丧于一旦，幸亏著名忠臣于谦在“土木堡之变”后力挽狂澜，挽救了明帝国，但随即又在明英宗复辟的“夺门之变”后被害身亡。这段历史在作者笔下可谓风云激荡、气势恢宏。

明英宗朱祁镇的“夺门之变”是全书最精彩的桥段之一。明英宗短暂的一生充满大起大落、大喜大悲，并最终走向彻悟与平庸，自此之后，大明似乎进入了一个荒诞不经的“闹剧”时代。第三部《妖孽宫廷》，叙述了忠奸不分的朱祁镇听信谗言，杀害曾救国于危难之际的大功臣于谦，而这也成为明英宗继“土木堡之变”后在历史上留下的又一大污点。明英宗之后，相继继位的明宪宗和明孝宗，一个懦弱不堪、无所作为，另一个心有余而力不足。明宪宗的畸恋与明孝宗的专情皆为历代帝王之最，当年明月自然也做足了文章。千古悲情的弘治帝去世之后，撂下的重担落在了明代近300年中最能闹腾的一个皇帝——朱厚照身上，他宠八虎，建豹房，自封威武大将军，在宫廷中频频上演荒唐的闹剧，局势也因此动荡不安，这时便引出了一位亘古罕有的文武奇才——王阳明，他清剿盗寇，平定叛王，勇斗奸宦，给后人留下了许多近乎神话的传奇——同时，作为公务员的当年明月，也在书中穿插了大量描写精彩的权谋之术、战争之术、诡诈之术，令人眼界大开，各种恢恑憰怪的传奇故事，时而令人拍手称快，时而叫人瞠目结舌。

大明王朝被“宫廷妖孽”闹够了以后，好大喜功而又刻薄寡恩的嘉靖出场了。第四部《粉饰太平》，从嘉靖即位、大礼议之争开始。嘉靖皇帝借大礼议之争清除了一批前朝旧臣，总揽大权。此后他的生活日渐腐化，一心想得道成仙，国家大事抛诸脑后，奸相严嵩因此得以长期把持大权。同时大明大兴土木，粉饰太平，以致财政空虚，兵备废弛，东南沿海的倭寇和北方蒙古的铁骑成为明朝的心腹大患。“钦天履道”的嘉靖虽获得了“宣文广武”的虚名，但大明王朝也正是在短暂的“嘉靖中兴”之后，朝政日非，江河日下，自此颓势难挽，直至灭亡。该部主要讲述了朝廷的权力之争和边疆的抗倭斗争。作者绘声绘色地把人们耳熟能详的故事演绎成惊心动魄的传奇。

清史家孟森说，明虽亡于崇祯，其实亡于万历。貌似太平盛世的万历朝，在第五部《帝国飘摇》中，可以概括为四个字，即“内争外战”。“内争”写严嵩倒台后，徐阶、高拱、张居正三位杰出的政治家各施手段，你方唱罢我登场。三人都是实干家，为振兴大明呕心沥血；但这几位首辅其实也都是阴谋家，在铲除异己时都心狠手辣。上述两点又以张居正为最：论其谋国，一条鞭法和考成法的改革措施遗惠万民、泽及百代；论其弄权，顺我者昌，逆我者死，虽杀门生亦不眨眼。“外战”即援朝抗日战争。当年明月把战争场面写得波澜壮阔。这一卷还描绘了一系列栩栩如生、呼之欲出的英雄人物，如“不世出之英雄”李如松，临危受命、堪当大任的朝鲜名将李舜臣，抗倭殉国的老将邓子龙等。“内争”部分写权臣之间的尔虞我诈，云谲波诡，读来令人毛骨悚然；“外战”部分写东南边界的金戈铁马，英勇悲壮，让人如临其境。

当年明月写明朝开国故事，略嫌简略，因为那时他是一名新手，难免战战兢兢，多少有点谨言慎行的意思。待写到嘉靖、万历，声名显赫，气定神闲，可以海阔天空地敞开话匣子论家国大事、扯儿女闲篇，所以，后三卷显得从容不迫，尤其是明亡清兴的部分，可谓一咏三叹，荡气回肠。第六部《日暮西山》是“亡国之音”的序曲，主要讲述了晚明“三大案”及其引发的党争，尤以魏忠贤的兴起和袁崇焕的奋战最为精彩。这段历史只需如实盘点一下就足以令大多数虚构作品黯然失色。《日暮西山》可谓风雷滚滚、气吞河岳，作者悲情悲壮的描写，营造出一种残阳如血的雄浑悲慨境界。

最后一部是《大结局》，在这一时期，北方的后金崛起，经过努尔哈赤的经营，势力急剧壮大。努尔哈赤死后，皇太极即位。袁崇焕登上了历史的舞台。作者告诉我们，袁崇焕这位民族英雄，在历史上不过是个二流角色。关于这一点，大多数读者会有不同看法。毕竟在历史背后，还隐藏着许多不为人知的秘密。关于袁崇焕的死因，更是与我们之前知道的历史大不一样：一场与他无关的争权夺利，把他送上了断头台。大明的动乱此时不过刚刚开始，随后陕西等地爆发的农民起义才是朱明王朝真正的心腹之患。用当年明月的话来说，也许你知道闯王高迎祥、闯将李自成、八大王张献忠，但你知道“薛仁贵”“曹操”和“刘备”也到明末来了吗？这绝对不是穿越小说里的场景。而你又知道竟然有义军队伍叫“逼上路”“鞋底光”“一块云”，甚至“三只手”这样的名字吗？对这些看似没来由或无厘头的问题，当年明月都有别出心裁的解答。在他看来，历史本身很精彩，金戈铁马，儿女情长，权谋诡谲，要什么有什么，而且有些事件之诡异之匪夷所思，哪怕是再高明的小说家，也无法构思出来。

在网络小说中，明朝故事基本是以戏说或穿越为特色的，但《明朝那些事儿》居然像学术著作一样与历史文献较真，并把“小说”当作“历史”写，这多少有点“反其道而行之”的意味。然而，正是作者这种忠实历史、“假戏真做”的“傻劲”，使得《明朝那些事儿》在同类题材的网络小说中脱颖而出。书中大部分材料不仅有案可稽，而且大多出自堂皇史著，如《明实录》《明史》《明史稿》《明史纪事本末》等。当然，为了照顾网络粉丝的阅读趣味，作者依据史实做适当的发挥也是情理之中的事情。作为小说，在尊重历史真实的前提下加进一些作者的合理推测和想象，这在司马迁写《史记》时就已成为一种文字行当里的“潜规则”。尽管作者翻检的是明代的官方史料，但他毕竟生活在当今的网络时代，他既不能也不愿像张廷玉写《明史》那样一本正经，而只能用现代人熟悉和喜欢的方式讲“明朝那些事儿”了。

我们从一份档案开始

姓名：朱元璋别名（外号）：朱重八、朱国瑞

性别：男

民族：汉

血型：?

学历：无文凭，秀才举人进士统统的不是，后曾自学过

职业：皇帝

家庭出身：（至少三代）贫农

生卒：1328—1398

最喜欢的颜色：黄色（这个好像没得选）

社会关系：父亲：朱五四　农民

母亲：陈氏　农民（不好意思，史书中好像没有她的名字）
座右铭：你的就是我的，我的还是我的
主要经历：
1328—1344 年　放牛
1344—1347 年　做和尚，主要工作是出去讨饭（这个……）
1347—1352 年　做和尚主要工作是撞钟
1352—1368 年　造反（这个猛）
1368—1398 年　主要工作是做皇帝

作者以这种生动活泼的文字写朱元璋，在前网络时代或许是不可想象的。但在网络写作中，这种文体却算得上中规中矩且未越网络写作之雷池半步，如果说网络写作也有“雷池”的话。

总体来看，作者似乎是在写一部“通俗版的明朝通史”。网友“观海卢云远”概括说，该书的长处在于“俗、真、趣”：“俗，俗得彻底；真，真得感人；趣，趣得好玩。”还有读者认为：“历史早就应该这样写，太有趣了。感觉朱元璋跟身边的兄弟似的，特别能理解他。”作者完全是用现代人的立场来描述历史事件和人物，这种写法无疑高度契合了年轻读者的阅读心理和语言习惯。还是以前文对朱元璋履历的介绍为例，这种网络版简历并非没有严格的格式要求，它们与都市报上娱乐明星的简介或大学生的求职简历一样容不得差错，古板的历史学家可能会认为这简直就是乱弹琴，但这种“简约时尚的国际范”能赢得网络读者的会心一笑。

从叙述方式上看，轻松自如地用现代语言叙述古人逸事当是该书成功的重要缘由。这种叙述方式拉近了古人和今人的距离，让读者仿佛能够看到一个个鲜活的古人就在身边，显得轻松幽默、活泼有趣。如：“于是历史上就出现了劳模朱元璋的光辉事迹。”“他（夏言）始终牢记自己的打工仔身份，全心全意为领导服务，早请示晚汇报，从不结党。”“徐有贞是一个有理想、没道德、有文化、没纪律的复合型人才。郑小姐装起孙子来，也是巾帼不让须眉。他（曹钦）在宴会上，十分兴奋，对所有人封官许愿，希望在座人等努力放火、认真砍人、造反成功，前途无量。”①

---

① 曾繁亭等：《网络文学名篇 100》，中央编译出版社 2014 年版，第 127 页。

一位网友在自己的博文中洋洋洒洒地写了一篇近万字的小说读后感，声称“在讲史小说里，明月的文笔算独树一帜。……首先，明月的文笔非常幽默，其中包括网络流行语、广告语、电影台词、有钱锺书老师的名著笑段，更有作者原创的搞笑段子。时而幽默、时而严肃、时而乖张、时而正经，这充分展现了我国公务员同志不一般的表达能力与反应能力，以及庞杂的精神世界。其次，明月在展现一段历史的同时，加入了自己的职场经验，因此，在描写明朝公务员的生存状态时，显得尤为出色。他首先描写了最高领导者的喜怒无常，这或许是明月的经验在告诉我们，伴君如伴虎这类百年不变的道理。最重要的是他展现了普通公务员之间的尔虞我诈、上下级之间的关系。在这里，明月完全融入了自己的情感，将公务员的生存状态以一种血泪史的方式来表达，句句泣血，字字惊心，也让我切身地感受到了明月内心的苦闷、挣扎、彷徨、无奈。这让我对当今的公务员群体也有了新的认识，他们不再是以往所显现的那样骄横蛮霸、不可一世、以浪费纳税人钱为乐的国家蛀虫，而且像农民工兄弟一样，战斗在生存与毁灭的第一线的钢铁战士。”① 这类借题发挥的评论，屏幕上触目皆是，它们组成了传统文学批评中难得一见的别样风景。

当然，在众多即兴式的评论中，也有不少学理性的文字，例如，历史学者彭勇说，《明朝那些事儿》是“比较有趣的普及书”，“最大的特色是通俗易懂，也有趣。至于说到历史的真实，应该说大体上还是不错的，作者也花了不少工夫，没严重的错讹。当然了，这毕竟不是学术著作”。周枝羽将之称为“一个流行文化研究的经典案例”。他认为，“这部书几乎具备了流行文学传播的一切因素。只是我没有想到一部具备了这些因素的作品居然是一部历史作品，而且是正史，完全不是戏说，我甚至不知道能不能把它称为小说，因为它几乎是完全忠实于《明史》的”②。创作这种介于史书与小说之间的作品，对在学养方面普遍缺乏自信的网络写手来说，是不折不扣的“高难动作”，从这个意义上说，《明朝那些事儿》的成功，也极大地提振了网络写手的信心。

让我们再看看酒徒、月关、阿月、灰熊猫、天使奥斯卡、雪夜冰河

---

① 《〈明朝那些事儿〉的读后感10》，https：//wenku. baidu. com/view/711df4654531b90d6c85ec3a87c24028915f852d. html。

② 参见360问答“明朝那些事儿　明史专家对其如何评价”，https：//wenda. so. com/q/1365025756065756。

的历史小说，看看纷舞妖姬、刺血、金寻者、卷土、骷髅精灵、晴川、玄雨在刀光剑影和腥风血雨中演绎人生悲欢离合的故事，看看赵赶驴、辛夷坞如何写现代都市爱情，看看桐华、金子、流潋紫如何描绘清宫粉黛钗裙的内心世界，看看天下霸唱、南派三叔如何在盗墓故事里驰骋想象，看看唐家三少、梦入神机和萧鼎等如何在幻灵园地将网络文学的独特魅力发挥得淋漓尽致……我们不得不说，藏龙卧虎的第三代网络写手，已经以不同凡响的创作实绩，为网络文学史描绘出了波澜壮阔、气势恢宏的辉煌画卷。

第二节　酒徒、月关

在第三代网络写手中，同样以“明朝那些事儿”而誉满天下的酒徒、月关无疑是值得浓墨重彩地写下一笔的重要人物。在当年明月成名之前，酒徒就已经在网络上经营出了一片不大不小的地盘，他的试笔之作《秦》(2000）本来出手不凡，但并未产生预期的效果。三年之后，他推出的历史架空小说《明》（2003）使其崛起于网络江湖，紧接着的《指南录》(2006)，也为他赢得了广泛、深入而又持久的关注。有评论说，酒徒也因此获得了“架空历史小说的开山鼻祖”的美誉。

另一位以“明越”崛起于网络的大神是月关。2007 年，月关以处女作《回到明朝当王爷》横扫网络，当年即囊括了多种奖项，在 2008 年举办的“网络文学十年盘点”评选中，月关的这部经典之作入选十大人气作品第六名，此后的《大争之世》《步步生莲》《锦衣夜行》等作品一直保持着极高的关注度，在众多铁杆粉丝眼中，月关有如繁星点点的网络写手群里的一轮明月。除此之外，同为第三代网络写手的灰熊猫，也是以写有关明朝的惊世之作《窃明》而红透网络的（参见本书专门评介“清穿明越”的章节)。

一　酒徒的《家园》

2014 年 5 月 18 日，由中国作家协会全国网络文学联席会议和中文在线联合主办的酒徒作品研讨会在京召开。中文在线董事长兼总裁童之磊和白烨、王祥、马季、桫椤、吴长青、刘英等评论家与会研讨，分析探讨了酒徒的作品及历史小说创作的基本规律。陈崎嵘表示，此次酒徒作品研讨会是中国作家协会第一次为一个网络作家的作品开研讨会，一方面，向社会显示中华网络文学的实际水平，宣扬一种正确的创作观；另一方面，通过研讨会，探讨网络文学跟社会各界合作的体制和机制，并尝试建立网络文学评价体系。[①]

酒徒，1974 年生于内蒙古赤峰，原名蒙虎。毕业于东南大学动力工程系。毕业后在北京从事电力设备调试工作多年。17K 小说网知名签约作家，中国作家协会会员，首届网络文学联赛导师。自称“好饮但不善饮，常饮常醉，所以为酒徒。此外，喜欢信口胡说，怕惹事，自己权当醉话”。酒徒的网络写手生涯是从《秦》开始的，但处女作因为题材难以讨巧和技巧不够娴熟而被冷遇。2003 年，他推出另一部架空历史小说《明》，一炮震动网络文坛，并因此被誉为“架空历史小说的开山鼻祖”。此后，他一发而不可收，接二连三地推出了《指南录》、《家园》（出版时更名为《隋乱》）、《开国功贼》、《盛唐烟云》[②]、《烽烟尽处》。其中《隋乱》的繁体中文版曾创下中国台湾地区金石堂、诚品、博客来三大连锁书店畅销排行榜榜榜有名的销售纪录。《隋乱》除了在汉语文化圈风行外，还被翻译成泰文等多种外语，成为“中国第一部被翻译成外文出版的网络小说”[③]。酒徒的小说磅礴大气，热血激荡，且不缺乏侠骨柔情，在故事里蕴含着极为丰富的“民本情怀”和“自我牺牲精神”，因而广受欢迎。在网络作家群和读者群中，“酒徒大大”拥有极高的声望。

酒徒的网络历史小说与过去的历史小说最大的不同在于对历史的“架空”，正如鲁迅《故事新编》之所谓“只取一点因由，随意点染”，酒徒将历史真实与艺术真实的矛盾搁置一边，在古代和现代错综交融的语境中释放想象力的潜能，在方寸荧屏之间放手展开了自己心中波澜壮阔的历史画卷。尽管他的《秦》《明》《家园》等作品中的历史具有明显的虚构色彩，但正如某些网络评论文章所指出的，酒徒的“架空”，表达了那个时代延续至今的民族大义和家国情怀；守护家园、守护我们的国家、守护我们的民族，这种精神恰恰是文学作品所应该传播和传递的精神。中国作家协会专为酒徒作品召开高规格的研讨会，其目的十分明确，就是要通过对

---

① 《中国作协首次举办网络作家酒徒个人作品研讨会》，http：//book.163.com/14/0521/10/9SOV8UEL00923P3U.html，2014 年 5 月 21 日。

② 酒徒的《家园》与其后出版的《开国功贼》《盛唐烟云》合称为“隋唐三部曲”。

③ 聂庆璞等：《网络写手名家 100》，中央编译出版社 2014 年版，第 116 页。

酒徒作品的研讨，有效地厘清网络小说尤其是网络历史小说的发展脉络，从而推动网络文学的精品化进程。在2014年“净网行动”中，大量的网络文学作品受到了质疑，酒徒作品研讨会的召开表明，中国作家协会以及文学主管部门，对网络文学发展前景充满信心和期待。

酒徒凭借《明》成为轰动一时的知名网络写手，而《家园》则奠定了其大神级网络写手的地位。《家园》是酒徒的代表作，讲述的是隋炀帝年间，河北上谷少年李旭，为逃避兵役进入大草原。在草原中收养了一头被草原民族视为圣物的银狼，并结识汉人徐大眼（徐茂功），与流落草原的中原人学习箭技和兵法。他帮助寄身的突厥发展壮大成为一个大部落，后因得罪突厥贵族，只好回到中原。在参加隋炀帝首征高丽之战时，他立下大功得到赏识，被提拔重用。隋末动乱，义军四起。他先投奔李渊父子，后又归附张须陀，在四处征战中，他有幸结识了秦琼、程咬金、罗士信等豪杰。后又随众入伙瓦岗军，与红拂女相识相知、渐生情愫。主人公李旭虽是虚构人物，但在这部百万字篇幅的作品中，他是绝对的唯一主角。

《家园》围绕少年李旭的成长展开叙事，但气势恢宏的历史背景和波澜壮阔的社会变迁明显区别于专注于“小我”的成长小说。“小说似真似幻地夹裹了众多著名的历史人物，这既让人有熟稔于心的了然，也有架空设置吸引下的好奇。李旭十四岁进入草原部落，习得突厥语言和骑兵的一些战术，这成为其后来成长的铺垫。尔后，李旭参军求取功名，跟杨广、李渊、李世民等历史名人接触。在隋征高丽时，他带领护粮队伍一路跟随着大军。高丽军队行踪飘忽，战术诡异，隋朝杨广朝令夕改，指挥失当，最后全军覆没；李旭带少量残兵突围回国，勉强让大隋朝的惨败有一抹英勇的亮色。但到了鸭绿江，先行的隋兵已经烧断桥梁，李旭险些丧命，从此不再信任皇帝和世家贵族。随后，李旭在乱世中逐渐成长，先是训练一支精兵，将瓦岗军打得大败，使李密的夺鼎之心遭到重创。再后，他被剥夺兵权，派在张须陀手下打击农民起义军；张须陀对其器重有加，授予重任使其迅速成长。他自立山头，试图在混乱的大局中找到自己的安身立命之地；然而世家贵族看不惯一介寒门居然膨胀起来，趁其为张须陀死难出兵复仇之机，放强敌在他背后再次让他险些丧命。最终，李旭来到西北自立。在他的治理下，西北成为一个流民聚集、耕读勤奋的安定地带。但是乱世已经到来，他训练的精锐部队反复出击，以保家卫国。他顶住了罗艺铁甲骑兵的进犯，带盟军北进抵抗突厥，此时的李旭，俨然成为又一个争夺天下的豪杰。”①

如前所述，以《家园》为代表的酒徒的小说，“气度恢宏、语言凝练、情节曲折，文风厚重，而且往往凸显民主、爱国等普世思想，含有厚重的历史沉淀，处处带着对人生的思考和悲悯情怀。”聂庆璞说：“酒徒的作品胜在细节，但行文的大气少有人可以比肩；胜在深刻，但煽情的功力同样让人望尘莫及。他的作品充满矛盾却又显得协调糅合。足可见酒徒思想之开阔、功力之深厚。”“网络文学十年盘点”审读委员会为酒徒的这部作品写下了这样的评语：“《家园》是一部网络上的英雄传奇，作者把英雄主义贯穿到了网络文学的穿越小说类型之中，赋予小说积极的意义。人物刻画比较生动，性格把握到位，不亚于传统小说的笔力。从审美特征来看，这部小说更接近传统小说，网络仅仅是一个载体，网络的审美特性在这部小说中显得比较弱。接近传统小说还表现在故事结构比较单一，以及作者注重人物性格的塑造。李旭是作者塑造得比较成功的人物形象，这是一个重信守义的英雄形象。叙述上的自由放纵则可以看成是作者对网络载体的充分利用，但由此带来不节制的弊端。”② 在此后的作品里，酒徒显然注意到了专家们指出的不足，其作品之简洁精练，使大多数同类作家望尘莫及，因此有评论者称赞其惜墨如金，“惜墨如金”这四个字对于传统诗人来说，或许不足夸耀，但对于一日万言的网络写手来说可谓极高的褒奖。马季认为：“酒徒是网络作家中少数具备写作自觉的作者，也就是努力往网络文学精品化方向发展的作者。”③

二　月关与《锦衣夜行》

月关，原名魏立军，1972 年出生于山东平原。“月关”二字据说是从唐诗“秦时明月汉时关”一句中“淘”来的，也有人将“月关”二字合起来识作一个“朕”字，认为这是作者雄心壮心的体现，也有人揶揄月关取个笔名也不忘“三宫六院之想”，真不愧为“YY 绝世高手”。主要作品《回到明朝当王爷》《狼神》《一路彩虹》《大争之世》。曾用“梦游居士”

① 曾繁亭等：《网络文学名篇 100》，中央编译出版社 2014 年版，第 123 页。

② 参见百度文库《网络文学十年盘点终审 21 部作品》，https://wenku.baidu.com/view/4452e39aa200a6c30c22590102020740be1ecd90.html。

③ 马季：《〈盛唐烟云〉：历史小说的探索之路》，http://ilu.17k.com/article/39。

马甲发表小说两部：《成神》《颠覆笑傲江湖》。

月关自幼聪颖，但对学校模式化的学习方式不甚配合，给人以不爱学习的印象，实际上他的阅读范围极为广泛，求知欲也非常强烈，尤其好读通俗小说，如《三侠五义》《李自成》《杨家将》《说岳全传》等。大量的课外阅读，使他成了小朋友们中间颇受欢迎的"说书人"。随着阅读兴趣的增长，他曾不分昼夜地沉浸在金庸、古龙、黄易、卫斯理、云中岳、柳残阳、琼瑶、岑凯伦、于晴、席绢等小说家建构的虚幻世界之中。在初中时他与同伴们一起创作过长篇武侠小说，后因老师没收了手稿，才不得不放弃了这种"前网络时代"的自发式写作。高中毕业后，月关开始学金融，曾担任过银行高级主管。2011 年，在其创作《锦衣夜行》时，这位捧着银行金饭碗的白领班头，竟然放弃了许多同龄人心神向往的好工作，专门干起了必须没日没夜辛苦码字的网络写手行当。月关的家人对他的选择或许曾经有过疑惑，但事实证明他弃职从文并不是心血来潮，而是顺应缪斯召唤做出的深思熟虑的决定，这与一般意义上的冒险跳槽很不一样。渐入佳境的《锦衣夜行》，让月关对实现自己的文学梦想信心满满，果然，作为起点的白金作家，月关破网而出，顺理成章地加入了中国作家协会，成了为数不多的"入会写手"。

根据月关的回忆，在 2005 年前后，他上网看小说，那时主要在银行内网上看，看着看着，他越来越觉得这些转载的小说大多太粗太滥，于是，转至外网寻觅这些没有结局的小说，结果发现有些小说必须付费阅读。他一次充值 600 元至起点卡上，将自己喜欢的作品痛痛快快地下载到"我的书架"里。在等待更新的百无聊赖的日子里，月关儿时的写作梦开始复活。就这样，"自己写写看"的愿望，将一个银行职员变成了一个白金级网络写手。当然，月关也并不是上网即火的幸运写手，他最先写了部武侠同人小说《颠覆笑傲江湖》，反响尚可，但随后推出的都市小说《一路彩虹》和玄幻小说《成神》则读者寥寥。

2006 年 12 月，月关开始在起点连载历史穿越小说《回到明朝当王爷》，一炮而红。该作品成为 2007 年度起点最受欢迎作品，同时也成为百度、搜搜等搜索引擎上的热门搜索关键词，搜索词条达数十万。2008 年 1 月，该作品连载完结。2009 年由太白文艺出版社出版，共 13 册。此后，月关的创作变得更加不可遏止，接连创作了《大争之世》《步步生莲》《锦衣夜行》《醉枕江山》等作品。

月关因为自己的成就获起点2007年度最受欢迎作家金奖。《回到明朝当王爷》曾连续五个月蝉联起点月票榜首（2007年11月—2008年3月）。2012年第七届中国作家富豪榜上，月关排名第4。头上顶着“大神”的光环，月关的写作顺风顺水。这么看来，好事者将其名字“月关”合起来解作一个“朕”似乎也有那么一点道理，月关的小说，确有那么一股王霸之气，说月关心底珍藏着一个“朕”字，也未必是打酱油之匆匆过客有口无心的“野狐禅”。就连盛大集团董事长陈天桥、滚石公司老总段钟潭、著名歌星周华健等企业家、文化名人都是月关的书迷，月关在粉丝心目中的地位由此可见一斑。

其中《锦衣夜行》一书在2011年年末由网友投票选举的“金键盘”票选中获“年度小说”称号，曾蝉联起点历史类小说排行榜第一名。

《锦衣夜行》看似是一本很老套的穿越小说，基本设定似乎也乏善可陈，其实不然。主角夏浔穿越前是军人，回到明朝后成为鼎鼎有名的锦衣卫成员。在北上寻燕王途中夏浔遇到了急于寻找替身的锦衣四人组，通过斗智斗勇取得了杨旭这个合法身份；锦衣卫统领罗克敌欣赏他的才干，并有意培养其为继任者。夏浔来到南京，卷入明初的历史纷争中。

由于夏浔对大明历史了如指掌，面对时人百思不得其解的历史难题，他是唯一确知谜底的超人和智者。在其与燕王的交往中，他屡建奇功，并稳稳当当地坐上了辅国公的宝座；对于命运各异的历史名流如解缙、郑和、纪纲等，他都能悄然走进他们的世界而毫不显山露水。最令读者大呼过瘾的是，夏浔在复盘历史的棋局时，最大限度地利用其“先知”特权，尽力弥补作为后世中国人的遗憾：派人去日本挑拨内战，打击倭寇海盗；历史上明朝被来自白山黑水的女真族所灭，故而夏浔在女真族弱小之时提前经略辽东，促成民族融合；针对郑和七下西洋的不足，他编织了一张巨大的利益网络，在全国掀起出海热潮，使这一后世津津乐道的历史事件终得圆满，不再引发无限叹惋……这些纯属虚构的历史事件，月关的编造可谓有条不紊。故事合情合理，情节丝丝入扣。

曾繁亭在评价《锦衣夜行》时指出：“与某些缺乏基本史实依据完全胡编乱造的网络作品相比，《锦衣夜行》作为一本历史小说，既有基本的历史脉络作为框架，又有情节设计上的挥洒自如、机智轻松。在对待历史的态度上，该书更多的是推动历史遵循原本的轨迹，并用主角的行为解释一些历史谜题，例如燕王三子如何逃出南京、宁王为何突然与燕王联手、燕王如何在济南城下躲过铁铉刺杀、东征明朝的帖木儿大帝为何暴毙等。……在此基础上，故事情节一环扣一环，并无突兀之感；朝堂上的刀光剑影纤毫毕现，书中描写的政治斗争和主角所用种种计谋十分精致细腻。”[①] 与当年明月的《明朝那些事儿》相比，《锦衣夜行》更好地发挥了小说艺术的诗意追求；与他自己的《回到明朝当王爷》相比，《锦衣夜行》更加注重历史题材的庄严与厚重。

在起点推介《锦衣夜行》的页面上有这样一段文字：“靖难削藩，迁都修典，征蒙古，下南洋，我无处不在，却无人知道我在。乾坤入袖，锦衣夜行，低调！低调才是王道。曲折的生命传承，延续的被动命运，成就了他的崛起和反攻。看似没有主动权的冒牌货，却扭转了自己生命轨迹的被动局面，让整个相关环境，都展开了新的局面！风起云涌的夺帝之争，步步为营的削藩改革，永乐大典的光辉时刻，大改迁都的操控乾坤，平内攘外，大小事件，所有的光芒里，都抹不去他的影子、掩盖不住他的足迹！明初历史，风波不断。那是个动荡将息的年代，却有着一批英雄枭雄搅动历史，将大明朝的统治，推至第一个高潮！在这样的历史之中，一个来自现代的小人物，如何翻云覆雨，插手如此动荡之中，成就自己的低调辉煌?!”这些富有诗意的文字，有如主人公夏浔的一则墓志铭，高度浓缩了夏浔这位“锦衣夜行”者宏大史诗般波澜壮阔的一生。

最值得称道的是，作者依据最新史学研究成果，重新塑造了朱棣这位帝王的形象，洗清了清人刻意抹黑永乐帝的污点。虽然书中朱棣是正面的形象，但这并未影响到作者对其种种权谋手段的描写，如他对辅国公也并非一味信任，而是不断加以制衡，这使得人物更加真实鲜活。除此之外，小说也难能可贵地给了锦衣卫一个客观的评价。在大部分的史书记载中，锦衣卫与东厂均臭名昭著，连他们的创建者也因此受到株连批判。在该书中读者可以了解到：锦衣卫原本就是明太祖麾下最精锐的一卫，主要监察对象是百官藩王；早期锦衣卫中世代藏身于三教九流中的成员更让人敬佩。而东厂的设立，最初确实是为了平衡锦衣卫，有利于朝廷，只不过这两者逐渐堕落，变成了欺压百姓的工具。[②]

如前所述，月关也曾尝试写其他题材的小说，如玄幻、都市、武侠等，

① 曾繁亭等：《网络文学名篇 100》，中央编译出版社 2014 年版，第 139 页。

② 曾繁亭等：《网络文学名篇 100》，中央编译出版社 2014 年版，第 141 页。

但这些或者不很成功，或者没有得到读者的认可。他成功的作品基本是架空历史小说。由此看来，月关对架空历史有独到的驾驭。① 尤其是在《回到明朝当王爷》和《锦衣夜行》两本书中，作者对“明史”中重大历史事件的熟稔程度丝毫不让专业学者，对有明一代的名人逸事更是搜罗甚详，人物言谈行事少有突兀之处，在论人议事方面达到了信手拈来、涉笔成趣的境界。不少网络大神认为，月关是专业作家中的重量级网络写手，无论是穿越小说还是历史架空小说，他的造诣皆非一般网络写手能望其项背，在艺术表现手法和语言锻造等方面亦不乏可圈可点之处。仅就《回到明朝当王爷》和《锦衣夜行》两本书来说，“众神眼中月关大大”就足以当得起这个评价。

第三节　晴川、刺血、纷舞妖姬

一　晴川与《韦帅望的江湖》

晴川，原名武丽莉，女，黑龙江哈尔滨人，生于20世纪70年代，毕业于哈尔滨工业大学建筑系，之后在银行工作。晴川利用业余时间写作，为晋江、清韵书院等多个网络文学网站的人气专栏写手。2000年，晴川曾以小谷的笔名在《科幻世界》上发表《蝶》《新人》，获银河奖。她已出版的作品有《大漠鹰飞》、《一生追随》（《玫瑰的刺》番外）、《兄弟》、《玫瑰的刺》、“韦帅望的江湖”系列等。她在广州花雨出版社《闲闲吧》系列短篇集中以晴川的笔名刊载“浣纱灵异事件簿”系列。晴川自称：“不愿参与办公室政治，不擅交际。不会说话，也不会说谎。一生唯一坚持的不过是一直在做梦，且把梦写下来。”②

说晴川就不能不说她的“韦帅望的江湖”系列小说。晴川自2005年开始创作“韦帅望的江湖”系列小说，已连载八卷，卷一《少年韦帅望之童年结束了》、卷二《少年韦帅望之大刃无锋》、卷三《少年韦帅望之众望所归》、卷四《少年韦帅望之大隐于市》、卷五《青年韦帅望之不减狂傲》、卷六《青年韦帅望之唯我独尊》、卷七《青年韦帅望之二止干戈》、卷八《韦帅望之魔教教主》。此外，还有番外《白逸儿番外之错了

① 聂庆璞等：《网络写手名家100》，中央编译出版社2014年版，第110页。

② 参见百度百科词条“晴川”，https://baike.baidu.com/item/%E6%99%B4%E5%B7%9D/7506058#viewPageContent。

再错》、前传《魔鬼的玩具》、后传《凤凰劫》、《韦帅望的番外》等。2006 年 7 月，韦帅望前传《魔鬼的玩具》与《少年韦帅望之童年结束了》、《少年韦帅望之大刃无锋》、《少年韦帅望之众望所归》共四部签约影视版权。

小说以一个小小少年韦帅望为主人公，故事的开始就是四岁的顽皮幼童突然被这个世界上唯一宠爱他的母亲抛弃。失去母爱庇护的帅望，带着自己沉重不堪的身世之谜时刻行走在生与死的边缘。他的童年过早地结束了。他身为魔教教主之子，却被白道领袖养大。帅望是天才，武学心法、医理经商、机关炸药无不精通。小时候的愿望是“山清水秀衣食无忧，知己二三人，红袖添香”，但命运却让他无比强大。在巨大的痛苦里挣扎的帅望，却依旧保持着天性的纯良和真诚。

值得注意的是，“韦帅望的江湖”系列小说类型一直很难界定：它不是言情，也不似武侠；它没有通篇缠绵悱恻的爱情，全文却依旧以“情”字统领，父子、兄弟纯真的感情金刚不破；它颇有古龙、金庸之风，却又与他们笔下的江湖不同；刀光剑影的武打场面不是它所谓江湖的全部，统摄全篇的只是少年的顽皮捣蛋。网友称它“别样的温情，原来这样也算爱，另类的江湖，颠覆了记忆中的武林传奇”。

“韦帅望的江湖”系列小说是一个关于“爱与成长”的故事。该系列以儿童的视角展开，透过韦帅望这个聪明顽皮的少年的成长经历，探究的不仅仅是当下儿童的成长问题，还着眼于整个社会的共性问题——如何在纷繁复杂的社会（江湖）中保持健康心态，努力发挥潜能；如何在充分了解人生阴暗面的前提下依然保有赤子之心。小说全篇虽夹有虚幻和穿越的内容，作家却以真实的笔触描述了人在漫长的成长过程中所必然要经历的爱恨纠缠与人生起伏，并以细致入微的心理描写展现出人物内心所经历的矛盾、痛苦与彷徨。很多韦帅望迷对晴川这部长篇小说一追就是几年，且读且思中，跟着他一起成长，一起经历磕磕绊绊，一起品尝人生的苦辣酸甜。2008 年，“韦帅望的江湖”系列小说被评为“网络文学十年盘点”十佳人气作品之一，可谓实至名归。

2007 年 4 月，晴川另一部中篇小说《宋启珊》创作完成。这是一部都市题材的作品。小说女主人公宋启珊数年如一日为家庭辛劳付出，而当身为服装设计师的丈夫一夕成名之时，却要求与她离婚。为了自己辛苦操持多年的婚姻家庭，宋启珊愿意做任何事，却独独不愿意苦苦哀求丈夫留下，最终她选择答应丈夫的离婚请求。离婚后，她开始结识年轻男人，他们比自己的前夫更年轻、更帅气、更有才华，可是她依旧忘不了数年来丈夫渗入自己生活的点点滴滴。离了婚的丈夫回来问她可不可以回到从前，因为泪盈于眶，没来得及回应的她竟与前夫永远地擦肩而过。兜兜转转，生命的际遇里，所遇的都不是她的所爱，可是每一个人也都留了一份或深或浅的真情在她生命之树的年轮之中。

晴川的小说吸引人之处在于，作品的意义并不局限于文本内容的架构，更重要的是通过文章而呈现出人的一生。它或许没有看起来那般美好，身处其中的我们也难免陷入其中的阴霾与陷阱，可即便如此，我们自己也要相信生活的美好。对于生活的泥沼，大可不必恐惧与回避，像韦帅望一样勇往直前，像宋启珊一样清醒坚强。成长之路没有圆满，我们时时刻刻都走在路上。

二　刺血

刺血，原名李忠卫。1981 年 12 月生于河南新乡，曾就读于郑州大学计算机信息工程学院。代表作品有《狼群》。[①]

作者自己是一个军事爱好者，看了很多网上的军事小说，因为无法忍受其中千篇一律的武器介绍（似乎全世界都只用那么三四种枪）和喊几声口号、下几个命令就打赢死了多少人的战争，所以想写篇反映打仗战士的文章。有了这样的想法后，刺血开始了小说《狼群》的写作。《狼群》是一篇名动一时的雇佣兵小说，2004 年 2 月，起点首发，2006 年 8 月完结，至 2011 年 8 月累计点击量达 1300 余万。2008 年 6 月，朝华出版社出版《狼群》实体书，新浪、搜狐、腾讯等多家读书频道重磅推荐。

这部小说的核心内容是关于作为雇佣军的海外特种作战部队的传奇故事。作者以第一人称的口吻，讲述了一个平凡的中国学生刑天不平凡的生活经历。在一次暑期的度假旅游中，刑天在缅甸意外遭到劫持，凭借天生的军人天赋和丰富的军事知识，他成功躲过被猎杀的命运。在这次奇特的遭遇中，刑天的优秀特质和机敏表现令人印象深刻，他也因此被国际知名的雇佣军组织“狼群”相中，并从此踏上战火纷飞的生命历程。经受了一

① 参见百度百科词条“刺血”，https：//baike. baidu. com/item/% E5% 88% BA% E8% A1% 80/8597664。

场场生与死的搏杀和血与火的考验之后，刑天逐步成长为一名优秀的雇佣兵战士。但是，即便获得了巨额的经济回报，刑天始终受不了战争中杀戮的血腥和残忍，认为那并不是自己想要的生活，于是他产生了回到正常生活的强烈愿望，但出乎意料的是，战场上多次的血腥浸染和深入骨髓的杀戮本能使他再也无法正常生活，有一次他差点失手将自己的父母害死。

在公序良俗和伦理道德的强大压力下，深感无力回归正常生活的刑天，终于死了心，回到"狼群"，重新投入战斗。战争无情，兄弟有义，在血腥、死亡、远离亲人的孤独感的包围下，深厚的兄弟情成了他最大的精神慰藉。靠着兄弟间的信任与合作，"狼群"成为国际知名的雇佣军组织，后来却在美国间谍的一手策划下，几乎全军覆没。多年后，"狼群"的"叛徒"——扳机，带着刑天的儿子杰克来到"狼群"的基地，将刑天生前的日记交给了他。就是在日记中，杰克看到了刑天记载的这一路走来的点点滴滴，深有所悟，并最终回到了母亲的怀抱，在一定意义上，杰克代替自己的父亲实现了回归正常生活的愿望。

从网络小说分类的视角看，《狼群》是一篇军事题材的小说。它以一个独特的切入角度，写一个原本与雇佣兵生活完全无关的大学生意外加入雇佣兵的故事，写他眼中的雇佣兵世界以及他自身的雇佣兵生活。小说向读者展示了雇佣兵团"狼群"的战斗故事，展示了一个雇佣兵的成长坎坷，塑造了一个个有血有肉、有情有义的雇佣兵形象。小说以丰富的内容将读者带进一个新奇、刺激的世界，这里不仅有枪林弹雨的激战，也有爱恨情仇的煎熬，还有政治斗争的变幻莫测、人性的多重面相和心灵的苦苦挣扎。这就是世界鲜为人知的雇佣兵生活的真实写照。

作者不仅在题材开掘和情节安排上创意十足，更是在叙事技巧等方面下足功夫。刺血以细腻的笔触、简练而富有张力的语言，描述了一幕幕波澜壮阔的战争画面，给人以强烈的战争紧张感和阅读快感；在人物塑造上，他也根据小说中故事的需求鲜明地刻画出人物的形象特点；并通过巧妙的结构和细致入微的心理描写，将人物与故事情节配合得浑然天成。尤为可贵的是，作品视野开阔，取材宏富，熔军事、宗教、政治、文学、物理学、医学、心理学、社会学于一炉，在网络上获得了很高的人气，被广大军迷捧为经典。

小说开篇就有一股浓浓的兄弟情谊扑面而来，这种热血铸就的生死交情，令人震撼不已。刺血小说的另一个鲜明的特点是，在描述战争场面与军旅生活的同时，作者深入探究在战争这种特殊环境中人性的复杂与纠结，并极为深刻地反思了战争对于人性的破坏与摧残，在更高层次上凸显了作品的意义与价值。

当然，作为一部篇幅超长的网络小说，《狼群》也难免存在一些疏漏之处。例如，书中众多相似的战斗场面、刻意重复的生存常识和某些矛盾的情节设置等。很多书迷表示前半部分更加轻松耐看一些，后半部分剧情太密集，最后的结尾因为全体的阵亡而稍显残酷。不过，瑕不掩瑜，刺血的《狼群》还是被网友公认为网络最具可读性的现代军事文学作品之一。

除《狼群》外，刺血还有另外两部作品。《十诫》也在起点连载，最后更新于 2007 年 10 月 9 日，只有十章内容。网站对小说的介绍表明，所谓“十诫”，即十条诫言，在蛮荒或更早时期便已作为传统而形成。违反十诫的下场悲惨而可怕，以至记录者无法用笔墨形容其万一。但时代变了，不论多严格的戒律，经过漫长的时间侵蚀，维系传统的共识都会被打破和遗忘。破坏者开始出现，他们被命名为“猎食者”！刺血另一部小说《持续火力》据传已完结，正在商讨出版，网络上一直没有相关消息。网友们对于刺血的作品一直饱含期待，粉丝们热切期盼着他的回归。

三　两栖写手纷舞妖姬

在第三代网络写手中，纷舞妖姬也是不可忽略的实力派“大神”。他虽然是个出类拔萃的网络写手，但审美观念与行文风格等更像一位资深传统作家。事实上，他在当代文坛更被自己和他人看重的身份是“中国军事小说作家、编剧”。当然，纷舞妖姬被网络研究者说成第三代网络写手的代表人物，还主要在于他的另一重身份——“起点白金作家、大神之光，网络顶级人气名家”。

纷舞妖姬，本名董群，起点白金作家，网络顶级人气名家，当今国内军事网络小说作家中的中流砥柱。他的座右铭是：“人生一世，草木一春，当得轰轰烈烈，方能不枉此生！成王也好，败寇也罢，在热血中方能铸就男儿的一片天。”董群在 20 世纪 70 年代末出生于山东济南一个标准的军人家庭，后随父迁居于山西，儿时的生活环境注定他一生与军队结缘，也造就了这位极具血性的军事小说作家。从军后，他喜欢研究武术和枪械，接受过系统军事训练，拥有空手道黑带三段段位，对狙击与反狙击、诡雷设计、丛林山丘特种作战等军事知识有一定了解；曾在中印边境和印度人交手，空手对白刃，生擒死敌，但自己也受伤退役。退役后，便写起了军事小说，风格张扬热血，迅速引起了众多军迷的热烈追捧，创造了军事小说阅读的新高潮。

纷舞妖姬曾于2003年元旦开始玩《大话西游2》网络游戏，在玩仙族的“舞天姬”角色时，随手起了“纷舞妖姬”这个名字。后来，他注册写小说时就一直沿用这个名字。因为纷舞妖姬作品中口号较多，无论是冲锋陷阵还是防守反击，抑或是和平年代，主人公动辄就豪言壮语，因此网友也亲切地称其为“口号男”。他与刘猛（《狼牙》作者）、都梁（《亮剑》《血色浪漫》的作者）被网友并称为当今军事传奇类小说的“三驾马车”。

2005年9月，纷舞妖姬开始在网络上连载军事战争类小说《鹰隼展翼》，创造了2万收藏量，9000订阅量的成绩。随后，《獠牙之蛇》《弹痕》《第五部队》《诡刺》《生存法则》等小说接连更新，战绩斐然。纷舞妖姬的作品风格以阳刚、热血、震撼著称，国内书迷们对他的评价很高，有书迷称:“通俗小说有两种，一种是好看的，另一种是能让人一看再看的——纷舞妖姬的小说属于后者!”不少网友认为，纷舞妖姬的军事小说必将能引领一个“新军事创作时代”。

《弹痕》是纷舞妖姬从2006年起在起点连载的军旅生活系列小说，也是网络上公认的纷舞妖姬最有代表性的一部小说。《弹痕》共有五部，包括《弹痕Ⅰ绝密尖兵》《弹痕Ⅱ风云际会》《弹痕Ⅲ热血勋章》《弹痕Ⅳ至高荣誉》《弹痕Ⅴ大结局》。小说曾于2007年5月登上起点首页热点推荐，至完结累计获得760万点击量，战绩不俗。实体书由中国友谊出版公司、江苏文艺出版社、武汉出版社等多家出版社出版，销量过百万。个人作品在起点网总点击率破3000万，根据《弹痕》改编的电影《战狼Ⅱ》总票房超过50亿元!

《弹痕》向读者们展现的是神秘特殊的第五类部队。这是一群悍不畏死的绝密尖兵。原始丛林、高原戈壁、冰山雪地、荒凉大漠是他们与死神决斗的战场，咸水鳄鱼、孟加拉猛虎、毒蛇野猪、密林蟒蛇时常如影相随。用书中的原文来说，他们“打过枪，玩过炮，还和拉登拍过照。走过南，闯过北，拉着死神跳过舞。中过弹，挨过刀，枕着鳄鱼睡过觉。翻过山，游过河，搂着死人嗥过歌”。小说主人公战侠歌刚被特招进第五类部队时，叛逆、冲动、稚气未脱，后辗转被送到陆军、空军、海军磨炼。回到第五类部队后成长为一个强悍、聪明、铁血仗义的军人。在后来各种战斗中，在“蓝盾”世界特种兵军事竞赛中，为了中国特种兵的无上荣誉，战侠歌与战友们用勇气、尊严甚至生命铸就第五类部队的热血勋章！小说字里行间透出阵阵来自军营的角铮狂鸣之气，精心谱写的锐气十足的军旅壮歌，向读者们展现了一场场惊心动魄的经典军事对决。

纷舞妖姬的小说张扬热血，阳刚震撼，男人的不屈斗志和阳刚之气跃然纸上，有一股杀伐天下的气魄与舍我其谁的豪情。其文笔犀利锋锐，风格硬朗，《弹痕》等作品读起来有大气磅礴的震撼，与此同时，于任情恣肆的快感中又能体验到作者细腻的情感。纷舞妖姬在小说中既全面展现出中国特种军人的热血、忠诚、无所畏惧，也刻画出男人肩头所担当的忠、孝、义的责任，于豪迈中流淌出脉脉温情，让人读罢热血沸腾。他笔下塑造的每一个有血性的主人公都有一种可以撼动读者心灵的神奇力量，他的每一部作品都有吸引读者一口气读完的神奇魔力，在悍文林立的军事小说领域可谓游刃有余、挥洒自如之长篇佳作。

与其他网络小说类似，纷舞妖姬的作品也存在一些不足之处。如，部分情节过于夸张，在人物塑造上将主人公刻画得过于完美，文字上锐气有余而细腻不足，后期某些作品甚至存在情节雷同的现象，令部分读者失望。同时，小说中一些军事知识的错用也成为不少网友的诟病之处，比如将飞行员穿的抗荷服认为是抗电荷的衣服。以理性的眼光来看，虽然作品本身的确存在某些不尽如人意之处，但篇幅如此之长的一篇网络小说，而且是在边写边更新的条件下完成的，作品有瑕疵也是可以理解的。对于网络作家及其作品，网友们还是应该以更加宽容、平和的心态客观地予以看待和评价。

第七章

诸神荟萃:第四代网络写手的吸金魔法*

第四代网络写手是网络小说类型化的推动者和既得利益者，他们所经营的类型化写作园地，正处在一个头茬收成意外丰盛的好时期。他们在第三代网络写手开拓的类型化跑道上一路奔跑，不舍昼夜创造了人类写作史上的一个又一个奇迹，网络写手规模之大可谓前所未见，日更字数之多令人咂舌，版税收入之高更是令人叹为观止。

随着网络文学产业化进程的日益深入，类型化写作唯点击率马首是瞻的情况会越来越普遍。一个有趣的现象是，第四代网络写手主要关注玄幻与言情，从前异常火爆的官场、黑幕、情色、武侠等题材类型似乎受到了一定程度的冷落，为什么会出现这种情况呢？有人认为，这与有关部门倡导的“净网”行动有关，也有人认为，这是读者阅读趣味之潮变与转向的结果，但无论出自何种原因，第四代网络写手专注于点击率所得到的回报，不仅超出了读者与研究者的想象，即便是作者本人，在面对自己的收入账单时，偶尔也会不敢相信自己眼睛。

第四代网络写手中的主要代表人物，无疑是我吃西红柿、天蚕土豆、骁骑校、打眼、方想、苍天白鹤、高楼大厦、柳下挥、七十二编、胜己、天籁纸鸢、忘语、天下归元、涅槃灰、纯银耳坠、宁芯、烽火戏诸侯、黛咪咪、浅绿、黄晓阳、蘑菇、鱼人二代、小鬼儿儿儿、紫月君等，由于篇幅限制，只能挑出几位代表人物，简略考其行迹，并对其一两部声名卓著的作品做一大写意式的评析，或蜻蜓点水，或管窥蠡测，或以点带面，期望可以通过对几位大神的粗略评介，让人对“气吞万里如虎”的第四代网络写手有一个剪影式的印象。

---

* 本章初稿主要执笔者是王青、黄晓群。

第一节　我吃西红柿与《星辰变》

我吃西红柿，原名朱洪志，1987 年出生于江苏宝应，2009 年肄业于苏州大学数学系，是起点白金作家，有着“起点大神之光”的称号，也是中国网络作家富豪榜上榜榜有名的当红作家。他的小说因通俗易懂，想象奇特，敢于创新，为众多读者所爱，多次在起点的一些排行榜上名列前茅。《盘龙》是我吃西红柿第一部成为百度热门搜索 TOP50 榜首的网络小说，首发 13 个月后就创造了 8000 万的点击和 50 万收藏的惊人战绩。我吃西红柿的主要作品有《星峰传说》《寸芒》《星辰变》《盘龙》《九鼎记》《吞噬星空》《莽荒纪》等，其中《星辰变》多被认为是他的代表作。

据我吃西红柿自己介绍，他自幼就对武侠小说有着浓厚的兴趣，迷人的武侠小说常使他废寝忘食，其中金庸、古龙、卧龙生三位大师的作品，更是让他推崇备至。只要稍有空闲，他就会想方设法寻找武侠书籍，天长日久，他最喜爱的武侠小说“这盘葡萄”中的上品、中品都被他扫荡一空，他渐渐开始对某些粗制滥造的武侠“烂葡萄”感到不满了，尤其是对某些小说里主人公的性格和命运感到失望，于是，我吃西红柿决定亲自栽种自己的“葡萄”。

就这样，我吃西红柿在读高二时便创作了自己的处女作《星峰传说》。高中的写作经验使他树立了信心，在大学两年多的时间内，他居然发表了 600 多万字的网络小说，这种每种必收的成功经验，使他体会到了“葡萄”转身变成“美酒”的快慰。在大三期间，他也实现了由普通学生到“网络大神”的华丽转身。

在不少网络写手经常断更的背景下，我吃西红柿以舍我其谁的气概和不胜不休的精神，一次次斩关夺隘，顺风顺水地闯过了“千万字”大关。他的作品阅读人数众多，是始终能在起点网站名列前茅的为数不多的作者之一。尤其是《星辰变》《盘龙》等作品完结后，更是在网络小说界涌现了大量的后传与跟风之作，从而引起了一系列官司，网传有“小说不读星辰变，纵称书虫也枉然”的美誉，体现了“网文之王”不可动摇的地位。[①]

---

① 参见百度百科词条“我吃西红柿”，https：//baike. baidu. com/item/% E6% 88% 91% E5% 90% 83% E8% A5% BF% E7% BA% A2% E6% 9F% BF。

我吃西红柿的小说并不是纯粹的武侠，而是一种追求人的内在修为并改变人的内在结构、超越物质限制的幻想类修真小说。他的《星辰变》《九鼎记》等都是这类作品。事实上，我吃西红柿早期的作品，如《星峰传说》《寸芒》等，其修真的特点就已有端倪可察。同时，我吃西红柿的仙侠修真小说，还是一种带有西方魔幻色彩的新仙侠小说，喜欢参照西方的传说构建一个神魔的世界，参照现代宇宙理论构建星空战界。如《盘龙》《吞噬星空》《莽荒纪》等，皆有其宏大无边的幻想空间。[①]

《星辰变》是一部背景宏阔的奇幻修真小说，讲述的是一个先天修真有缺陷的人得到一块奇石后修炼成宇宙开拓者的故事。主角秦羽是一位王爷的三世子，天生无法修炼内功，为了得到父亲的关注，他毅然选择了修炼痛苦艰难的外功。风吹日晒，严寒酷暑，无论多艰辛，他都锲而不舍，学到了一些小武功。而真正改变命运的是，他在无意中得到了一颗流星化作的神秘晶石——流星泪，在这块奇石的帮助下，秦羽犹如破茧化蝶一般武功大增。在结识了生死兄弟侯费和黑羽后他更是如虎添翼，历经各种奇遇，最终成了潜龙大陆最高位的上仙。但他很快得知所谓的上仙只是最普通的一名修真者，为了追求更高境界，他毅然离开家乡流寓海外，经历种种磨难，最终成为凌驾于天尊之上的存在——鸿蒙宇宙掌控者。

《星辰变》这部小说打破了起点的收藏、点击、订阅等多项纪录，并由此真正确定了我吃西红柿起点第一的地位。一位叫“逆流SE”的网友在百度贴吧这样评价道：“星辰变对人物心理刻画极强，站在主人公的角度去描写，读者产生难以言表的代入感。”还有网友用了“书中高潮不断，精彩连连；情节丰富，引人入胜”等词语来形容这部小说。《星辰变》无论是在语言运用、结构安排还是思想情感表达上，与以往的修真小说相比，都有独到的创新，成为修真小说的巅峰存在，影响着修真小说的创作：我吃西红柿发扬了“小白文”的创作模式，开创了修真小说“升级换地图”的新模式。《星辰变》的成功，不仅向我们揭示了网络小说的创作模式和本质，同时也说明，无论何种文学创作模式，打破常规、敢于创新才是获得成功的最关键因素。[②]

---

① 参见聂庆璞等《网络写手名家100》，中央编译出版社2014年版，第185页。

② 参见聂庆璞《网络小说名篇解读》，中国社会科学出版社2011年版，第261—262页。

聂庆璞在《网络写手名家100》中对《星辰变》作为修真小说的代表作所具有的鲜明特色进行了比较全面的探索与分析。他认为，《星辰变》的成功主要与以下几个方面的因素有关。

第一，语言平白朴实。他可能是网络“小白文”的真正实践者。所谓网络“小白文”，是指语言直白、文笔普通、情节简单而发展明快、角色人物相对脸谱化的小说。第二，在内容结构的安排上，时间和空间的跨越可以说独具匠心。第三，在情节安排上，网状放射式的线索安排使得情节的发展看似错综复杂，但实际上却是清晰明了。第四，在思想情感上，小说可谓中规中矩，励志图强，歌颂人性中的美好。第五，语言的表达方式、情节的推进演化、思想的传递等各个方面的一些创新，使得《星辰变》超越了以往的修真小说，成为修真小说的巅峰存在。

《盘龙》是我吃西红柿的又一部力作，是一部具有超高人气的西方玄幻类小说。2008年《盘龙》以丰富的想象力及微显稚嫩的文笔创造了网络文学的点击神话，总点击量已经超过一亿。这本书讲述的是拥有“盘龙戒指”的龙血战士后代林雷的成长历程。大陆上，传说中的四大终极战士之一的“龙血战士”已经千年没有出现过了，而唯一有着龙血战士血脉的克巴鲁家族也江河日下，成为一个小镇的普通贵族。而这个家族中的继承人，年仅八岁的小林雷在踏入已布满灰尘的祖屋中时，却无意中得到了一枚看似极为普通的戒指——盘龙戒，戒指内藏有圣域强者德林柯沃特的灵魂。此后，在他的引导下，林雷开始修炼魔法并苦练武技，并在喝了脊背铁甲龙的血之后实力日渐强大。从下位神一直修炼到中位神，再成为上位神，最后灵魂变异、炼化四枚主神格，成为超越宇宙的存在，变成了鸿蒙宇宙的第二掌控者——林蒙。也就是说，《盘龙》是《星辰变》的前传，林雷就是《星辰变》中飘羽天尊的师尊林蒙。[①]

《盘龙》这部小说的亮点仍是创新，应了“不走寻常路”这句俗话。不少人认为该书的结构、人物、世界的设置上与唐家三少的《狂神》都有相似处，仅是情节、剧情、高潮有所不同。[②] 作品展现出天马行空的想象力，令人惊叹，其小白文风格已达炉火纯青之境。

曾在起点火爆连载的《莽荒纪》是我吃西红柿一部仙侠奇幻文，小说

---

① 参见曾繁亭等《网络文学名篇100》，中央编译出版社2014年版，第199页。

② 参见聂庆璞等《网络写手名家100》，中央编译出版社2014年版，第185页。

以人族少年纪宁为了生存以及守护所爱之人而不断刻苦修炼、奋斗自强为线索，为读者展现了一个庞大而壮丽的奇异世界。这本书自上传就取得了骄人的成绩，得到了广大读者的好评。与传统修仙小说不同的是，它写的不是一个主角的奋斗史，而是一个群体的抗争史，属于英雄的史诗。小说行文大气流畅、情节多变、人物性格丰满，实为一篇不可多得的仙侠奇幻佳作！

我吃西红柿绝对算得上网络中的大神级写手，每个月能完成约30万字的更新，已出版十多部巨著，多部作品一次又一次刷新起点的纪录，多部作品被改编为网络游戏、拍成电影等，这对于一个30岁出头的年轻人来说，已是一个奇迹。能取得如此成绩，与小说的语言浅白、情节紧凑、场面恢宏、想象奇特瑰丽、人物多而不杂、不断创新等容易俘获读者的因素密不可分。

我吃西红柿“小白文”的写作风格受到不少读者的厚爱，但也遭到一定的质疑，认为《星辰变》存在语言浅白、情节粗糙、故事重复、细节雷同、人物僵硬等问题。[①] 在这样的情况下，不断创新，不走固有套路，既有速度又保证质量，用心写好每一个故事，无疑是我吃西红柿面临的挑战。

第二节　天蚕土豆、苍天白鹤、骁骑校

在第四代网络写手的英雄谱系上，除了我吃西红柿极为引人注目外，天蚕土豆、苍天白鹤、骁骑校等人也是光彩夺目的明星大神。

一　天蚕土豆

天蚕土豆，原名李虎，男，1989年12月出生于四川德阳，作为网络新生代写手代表人物的他，是起点超高人气白金写手，2014年担任浙江省网络作家协会副主席。2008年凭借处女作《魔兽剑圣异界纵横》一举折桂新人王，跻身人气顶尖写手之列，2009年更是凭借《斗破苍穹》1.4亿的点击量加冕网络小说人气王，也因此奠定了在网络小说原创界难以动摇的人气顶级写手地位。天蚕土豆在2012年网络富豪榜中

① 黄发有：《网络文学再认识：释放网络文学新的可能性》，《人民日报》2014年7月4日。

以1800万元荣登网络作家富豪榜的第三名。他的作品并不多，但部部精彩，主要著有《魔兽剑圣异界纵横》《斗破苍穹》《武动乾坤》《大主宰》等。①

从一个喜爱小说的观看者到成为一个创作的实践者，相信这是很多网络写手的创作经历，而有着“天王”身份的天蚕土豆的经历就是一个典型案例。天蚕土豆家处一个小县城，父母都是生意人，有一个哥哥。作为弟弟的他上学时并不像哥哥那样爱学习，不喜欢写作文，甚至高中没读完就辍学了，整日整夜在网上看小说打游戏，是父母眼中的“问题少年”。沉浸在网络世界里的年轻人有着天马行空的想象，心血来潮就开始书写自己的故事，凭着一腔青春热血和丰富的想象力，在起点写了自己的第一部作品《魔兽剑圣异界纵横》并获得比其他工作更高一些的收入，一直为他担忧的家人这才听任他走上了网络写手这条“卖字为生”的道路。很多人都能在天蚕土豆身上找到自己的影子，却不是每个人都能幸运地达到这样的高度。

天蚕土豆的处女作《魔兽剑圣异界纵横》，2007年开始在起点连载，属于异世大陆的小说。故事讲述的是少年刘枫穿越到一个魔法与斗气的世界，初来乍到的他，不断拼搏进取直到成为黑袍剑圣，虽一次次深入险境，但凭着智慧与各方势力斗争，并最终由“异界废物”蝶变为世界强者。当然，作为处女作，这部书在手法上难免还有些稚嫩。但作者把大家了然于胸的升级体系和异界体系相结合，两者之间的冲突也给主角带来升级空间和发挥余地，《魔兽剑圣异界纵横》从开头到结尾，架构、文笔、节奏都在慢慢进步。读者点击量也随着作者进步不断飙升，并达到超3亿的惊人纪录。天蚕土豆也因此“名震江湖”。

第二部作品《斗破苍穹》属于有点穿越性的玄幻小说，是天蚕土豆的巅峰之作和代表作。这部小说从发布起，就稳居各类小说排行榜第一；当年进入百度搜索关键字前10名。该书纸质文本由湖北少年儿童出版社发行，随后又由《知音漫客》改编为漫画出版，2003年制作成网络游戏，各类下游产品均获上游佳绩。该书讲述了天才少年萧炎由弱变强的修炼之路。穿越到斗气大陆加玛帝国的萧炎在创造了家族空前绝后的修炼纪录后

① 参见百度百科词条“天蚕土豆”，https：//baike.baidu.com/item/%E5%A4%A9%E8%9A%95%E5%9C%9F%E8%B1%86。

突然成了废人，整整三年时间，家族冷遇、旁人白眼、被未婚妻退婚等种种打击接踵而至。就在他即将绝望的时候，一缕幽魂从他手上的戒指里浮现，一扇全新的大门在他的面前开启。从修炼游历、战胜强敌到建功立业、收获爱情，萧炎的外在实力逐步提升，灵魂修为不断增长。围绕萧炎的成长主线，作者实际上揭示了强者为尊的主题。强力意志源于生命亦归于生命，既是衡量人生的最高价值尺度，又可作为强者拥有话语权、决定权与统治权的理论依据，这一观念在《斗破苍穹》中得到了充分的展现。[①] 有网友这样评价：该书结构严谨，冲突不断，情节跌宕起伏，高潮迭起，异彩纷呈，使人废寝忘食；尤其是面对困难绝不退缩的萧炎，为读者竖起了一面积极向上的旗帜。

《武动乾坤》是天蚕土豆的第三部力作。2011 年，书名一经发布，立即引发“围观”，创起点小说正文零字数收获百万点击量的纪录，该书发布后，席卷起点各大榜单，历经近两年连载，受到持续追捧，旋即出版成书并改编成网页游戏。小说讲述了一平凡少年林动为家族荣誉努力修炼，最后横扫各大门派而成神成仙的故事。从情节上讲，本书的设置颇具心思，不仅把人物的感情描写得很细腻，而且抓住了一个非常敏感的元素——男人的尊严。林动的故事可以说是热血战斗的一个最贴切的写照。

《斗破苍穹》和《武动乾坤》这两部小说都是天蚕土豆的重要代表作，有着超高的人气和影响力，受到众多书友的好评。但与此同时，也有一些质疑的声音。有学者指出，两本书的剧情都高潮迭起，相差不远，都是天蚕土豆一贯的升级模式：遇险，化险为夷，奇遇，变强，达到目的。这些小说不仅构架、人物关系、剧情发展和战斗模式都很简单，而且破绽百出：只需要武力就能解决所有问题；完全没有政治经济文化等方面的深见，是实至名归的“小白文”，以毫不出彩的文笔，带读者进入了一个情节简单、跌宕起伏、令人眼花缭乱的世界，征服了众多读者。[②] 这种纯娱乐式的“征服”与其说是文学的成功，还不如说是一种文学精神的溃败。学者曾繁亭甚至感慨：显然，《斗破苍穹》与《武动乾坤》的情节有着极大的相似性，同为名噪一时的网络小说巨作，作者这样的处理令认真的读者很失望，在很大程度上也是网络文学和网

① 曾繁亭等:《网络文学名篇 100》，中央编译出版社 2014 年版，第 193—194 页。

② 聂庆璞等:《网络写手名家 100》，中央编译出版社 2014 年版，第 202—203 页。

络时代的悲哀。

天蚕土豆因写小说的速度较慢，而被某些粉丝称为“拖豆”“拖神”等，也许有人会说时间是质量的保证，但在这个“慢品”难敌“快餐”的网络小说市场里，天蚕土豆既想放慢节奏，又要满足粉丝渴求，实为不易。当然，天蚕土豆在今天之所以取得如此之成就，是与自己的认真和努力分不开的。他曾说：“在一个架空的世界中，随意地构造着自己所喜欢的东西，那种成就感无与伦比，直到现在，我最喜欢的，依旧是玄幻。”是自身的兴趣使天蚕土豆的写作有了无限的可能，这也使他的小说以精彩的伏笔、紧凑的结构、奇巧的构思、瑰丽的想象而为人所称道。2014 年，天蚕土豆的第四部作品《大主宰》获得年度最佳网络文学奖，这说明天蚕土豆的作品依旧是深受读者喜爱的。只要敢于接受和改正不足，提高更新速度，不断在作品中注入新鲜的血液，相信天蚕土豆会取得更大的成功。

二 苍天白鹤

苍天白鹤，男，本名陆晓宁，汉族，1975 年生于浙江宁波。曾为起点白金作者，后成为创世中文网签约作者，2013 年重返起点，2014 年 3 月成为宁波网络作家协会首批会员之一。2014 年，他以 200 多万元的版税收入，位列 2013 年度中国网络作家富豪榜前 20 名。苍天白鹤创作非常勤奋，属于码字最快的大神之一。其作品《武神》在 2010 年起点优秀作品中名列前茅，这也使苍天白鹤真正晋升起点大神之列。2013 年 9 月开始连载的《无敌唤灵》，在重返起点后，人气持续增高，多次在起点读者点击榜、推荐榜、月票榜等诸多排行榜占据一席之地，2013 年 12 月获得起点月票榜第十名。以早期的《武神》以及新作《无敌唤灵》最为读者所喜爱。

2007 年之前，苍天白鹤还是一名高级宾馆的厨师，工作之余常沉醉于小说的世界中，因小说后续久久不出便尝试自己涉足。2007 年 3 月其第一本玄幻小说《苍天霸血》出炉，两个月后便开始上架出售，2008 年 10 月最终完成，共约 140 万字，作为新人的处女作点击量高达 780 万次，可谓是大获全胜。之后第二本书《梦幻王》问世，虽点击量稍有下降，但受到不少好评，紧接着第三本、第四本科幻小说《星际之亡灵帝国》《异界之光脑威龙》完成，创作一年的收入就达厨师的十倍有余。这些在《武神》

之前的创作，大多在中国台湾地区出版，因为那里对于此类型小说有比较固定的读者群，而大陆的出版社并不是很感兴趣。[①]

《苍天霸血》是苍天白鹤的第一部作品，讲的是一个叫许海风的平凡小子被蛇咬后喝蛇血而变得强大，最终从一个小兵成为大帝。《星际之亡灵帝国》是他一部较为有影响力的小说，写的是一个地球联盟的普通学生，因得亡灵法师的传承而拥有了可控制灵魂的能力，成为银河系人类大联邦第一高手的故事。小说虽沿袭了打怪升级的老套路，关于凡人的情节有点拖，文章节奏把握不够得当，但苍天白鹤天马行空的想象力仍吸引着众多的读者。

苍天白鹤的代表作《武神》属于东方玄幻小说，是在2009年12月开始创作的，在起点刚一连载点击量便一路飙升，后出版成书，共有十多册，销量很好，这也使得苍天白鹤跻身2012年网络作家富豪榜先列。本书主人公少年贺一鸣，无意中在小湖底获得奇遇，修炼功法时产生神奇效果，加之天生有着极高的参透力，他不断修炼创新的功法，最后步入巅峰，成为一名继往开来的武神。虽然贺一鸣面对的是无止境的武道，但他并没有停止，他不断地提升自我。在现实生活中每个人会遇到诸多的机遇，随之而来的便是种种的挑战，当我们克服一切艰难险阻取得成功后，该继续前进还是停滞不前？很明显，只有不断拼搏进取才会不断取得进步，并最终到达人生的巅峰，这便是《武神》告诉我们的浅白哲理。

《武神》无疑是一部充满励志色彩的小说，因其鼓励读者不断探索奋进而受到肯定，有网友称赞苍天白鹤文笔精湛、题材新颖，可谓仙侠界的又一典范。与此同时，也有部分读者提出反对声音，认为本书的构思太简单，并无新意。家族角色之间的命名太相近，增加了认人的难度。故事中贺一鸣经历了多次半年闭关，但他一直是14岁，他一直14岁吗？这样的质疑就类似于电视剧的穿帮镜头。尽管如此，《武神》之所以能够受到几万网友的追捧，其丰富的想象力及情节布控能力、严谨的构思，加上最为独特的逆天更新速度，无疑是其成功的主要原因。

《无敌唤灵》是苍天白鹤的新作，于2013年开始连载，而那时苍天白鹤的笔龄也将近7年，正值盛年的他对于幻灵小说也有独到的见解，这部小说称得上苍天白鹤重回起点开始大展宏图之作。故事大致讲的是戎家弟

① 聂庆璞等：《网络写手名家100》，中央编译出版社2014年版，第183页。

子凯旋偶有奇遇，得唤灵之术，召唤永久存在之特殊灵体，从而名扬天下。对比《武神》，同样是主人公在途中奇遇，但是，人物不再是无知少年而是一名有着慧根的戎家弟子，人物角色塑造较为成熟。该作在还未完成之时就受到书友的高度好评，且多次登上起点首页热点封面推荐，当时就有论者认为《无敌唤灵》将创造玄幻网络小说的又一神话。

苍天白鹤在小说界被封为大神，绝不仅仅因为精湛的文笔与异于常人的想象力，更与其逆天的更新速度和自身的勤勉分不开。关注他的读者可发现其每天更新 8000 字绝不拖延，堪比唐家三少，满足了读者饕餮的阅读欲望。网友"天朗"赞道：苍天白鹤的小说更新速度很快，是追看的网络小说里更新速度最快的。苍天白鹤将自己的成功归功于运气："一定的创作积累、一定的人气，在一个个刚刚好的时间段，又符合大众喜欢的潮流，才能成功。"[①] 其实，属于跨界写手的他，文学底子并不厚，但他靠勤奋来弥补自身的不足，其脚踏实地、中规中矩的写作风格赢得了不少读者的喜爱。但与此同时，苍天白鹤也陷入了一种尴尬的状况：保证了量而质却难以保证。固有的打怪升级的模式，会逐渐使读者产生审美疲劳，即使能持续更新，但在日新月异的网络小说界也仅是权宜之计。

综观苍天白鹤的小说，其最擅长的莫过于世界的设定与情节的起伏变化，而情感与人物心理的描写则是其要成长的部分。在今后的写作道路上，苍天白鹤既要继续保持对读者负责的姿态，同时又要努力创造出属于自己的写作特色，不断创新，把好小说写作的每一关。

三　骁骑校

骁骑校，男，原名刘晔，1977 年生于江苏徐州，电力自动化工程师，现为江苏省作家协会会员，中文在线签约作家（17K 小说网大神级作家），担任过第一届网络文学联赛导师，曾参加鲁迅文学院举办的培训学习，其间被室友戏称为"校长"。自 2007 年出道以来，先后写作了《铁器时代》《武林帝国》《橙红年代》《国士无双》《春秋故宅》《罪恶调查局》等作品。其中以《铁器时代》和《橙红年代》尤为受读者喜爱，《铁器时代》在连载时多次获全站订阅第一名，《橙红年代》连载时曾荣登点击榜首位，是网络上第一本点击过亿的都市小说，获第四届中国数字出版博览会"优秀作品

① 苍天白鹤：《网络文学创作让我过上了想过的生活》，《宁波晚报》2014 年 3 月 18 日。

奖”。2015年，《匹夫的逆袭》获第一届网络文学双年奖铜奖。2019年12月23日，《橙红年代》获第二届“茅盾文学新人奖·网络文学新人奖”“最佳人气作品奖。”骁骑校本人还荣获了“2011年度最具商业价值奖”，数年间共发表作品字数上千万，在读者中享有很高的赞誉。

骁骑校取得如此佳绩，与众多天才、怪才相比，更多的是源于自己的勤奋刻苦。他18岁就踏入社会，除了当兵外，工农学商皆有历练，陆续做过包装工、售货员、建筑工人、会计，开过公司。出身于教育世家的他，在工作之余不忘继续进修，相继拿到会计和法学的学位以及会计师、工程师职称。想成为一名大侠，光有江湖上的历练还不够，还必须要有坚实的基础。骁骑校童年时期就爱读名著，初高中时期阅读了国内绝大部分大牌文学期刊，这为他的写作打下了扎实的基础。骁骑校算得上一个资深军友，除了喜欢收藏各类军事刊物及相关资料外，每天都要上网看书，以网络小说和军事期刊为主，2002年他也曾小试牛刀，在铁血网发表架空历史的军事类小说《雪原奇兵》，虽不成功，却积累了不少经验。因有着丰富的阅历，应该将经历和感悟写下来，这便成了《铁器时代》的写作动机。2007年8月，带着“《铁器时代》是废品，可以马上太监”评语的骁骑校从起点转到17K小说网，虽被编辑签约，但并没有上新书榜和点击榜，压力巨大的骁骑校没有放弃而是陆续更新，也正是这些努力，才造就了《铁器时代》的傲人成绩。①

《铁器时代》，这本架空历史的穿越小说是骁骑校的处女作。小说讲述了主人公刘子光穿越到明末清初南北割据时期的种种传奇经历，他从奴隶到角斗士，再到将军和佣兵集团的首领，一切变化都像神话。他的队伍里有蒙古骑兵、斯巴达战士、扶桑浪人、马木留克、北欧海盗，当然还有国王和公主。《铁器时代》当月上架的单章订阅数就超过了1000，成为上架新书中的探花郎，并几度冲击17K小说网分成订阅榜榜首。在众多历史架空类小说中，《铁器时代》能够脱颖而出，与其情节的合理展开及内容的专业描述是分不开的。主角刘子光穿越成为一个社会最底层的奴隶，故事情节由此展开，他面对欺凌不断反抗，最终成为铁厂老大，取得领导地位后靠利益领兵驭将。这样的情节设置合情合理，又贴近现实生活，之后的情节虽是天马行空，但都在情理之中。有网友评价说：构

① 《〈铁器时代〉作者骁骑校访谈录，有照片哟!》，https：//www.17k.com/chapter/22674/1592931.html，2009年1月12日。2019年12月23日，骁骑校的《橙红年代》荣获“最佳人气作品奖”，笔者有幸作为颁奖嘉宾见证这个令人难忘的时刻。

思巧妙，情节曲折，人物刻画细致深刻，气氛渲染恰如其分，是一部不可多得的好书。[①] 的确如此，小说对古代军事编制、军事谋略的运用等，都凸显了骁骑校深厚的军史功底和超群的想象力。同时对于人物的刻画有血有肉，值得称道。

由于骁骑校是一个铁杆军迷，所以前期作品类型也以军史为主，其历史知识丰富，各种历史人物和事件信手拈来，作品历史气息较为浓厚。但骁骑校并不甘于单一类型的创作，而是大胆尝试都市题材。在网络文学界由军史转都市的扑街写手比比皆是，但骁骑校却凭借《橙红年代》成功转型了，并一发不可收。

《橙红年代》是一部都市青春励志小说，算是骁骑校的巅峰之作。这部反映都市草根阶层奋斗史的小说一经推出，即受到广大读者的狂热追捧，成为当年网络文学的扛鼎之作，并于2011年出版成书。故事主人公依旧是《铁器时代》的穿越者刘子光，八年前，他是畏罪逃亡的烤肠小贩，八年后，他从历史中走来，面对的却依然是家徒四壁的凄凉景象，空有一身过人本领的他，只能物业保安做起，凭着一腔热血与铮铮铁骨，奋战在这轰轰烈烈的橙红年代。这不是一部单纯的都市YY小说，它更是一本奋斗史，作者以主人公的视角为主线，描述了弱势群体的生活态势，以及边缘青年的彷徨迷茫、自强不息并最终成为社会栋梁的故事，具有现实批判意义和催人奋进的作用。通过一个充满传奇色彩的故事，本书阐明了如何在和平年代保持一个男人的血性。这是一部男人读的书，也是一个女人了解男人的最好途径，它被广大读者誉为“男人的童话”，并获得“最佳人气作品奖”，可谓实至名归。

名为“胖雄”的网友认为这是难得一见的好书，书中情节跌宕起伏，完美融合现代社会元素。还有读者称赞它“是一个时代长卷的真实写照”，多角度、多侧面地反映了我们所生活的这个时代。[②] 不难发现，小说中的黑道厮杀、官场恶斗、商战诡谲、百姓困苦、富二代猖狂等，正是时代主题元素的生动呈现。无论是传递的正能量，还是融合现代元素的生活，都极大地触动了读者的心灵，容易引起共鸣，从而受到火热追捧。

其实，每部作品都会倾注作者的某种情感，这是保持小说创作者个性

① 《铁器时代》，https：//www. 17k. com/book/22674. html，2013年10月7日。

② 聂庆璞：《网络小说名篇解读》，中国社会科学出版社2011年版，第30—31页。

的必然，如果拿捏不当，就有滥情之嫌。很多都市小说就是这样的滥情小说，充满了漫无逻辑的情感堆砌。但骁骑校不一样，他的作品既给读者带来了情感上的愉悦，又成功避免了这样的弊端，这需要作者丰富的阅历、细致的观察力和深刻的思考能力。这就是骁骑校带给我们这个时代的价值。

第三节　天下归元、涅槃灰、纯银耳坠

一　天下归元

天下归元，女，本名卢菁，别名桂圆，江苏镇江人。现为中国作家协会会员，潇湘书院当家花旦，新穿越小说代表作家，当当网青春文学热门作者，可谓当代"古风"文坛上最大气、最具畅销力的金牌作家之一。至今，已出版了《燕倾天下》《帝凰》《扶摇皇后》《凰权》《千金笑》《凤倾天阑》《女帝本色》等作品。其中《扶摇皇后》《凰权》上市先后荣登当当网青春文学畅销新书榜首。《帝凰》获潇湘书院十年经典第一；《扶摇皇后》则获"2011 年度中国优秀女性文学奖"，并于 2012 年、2013 年连续两年，获潇湘书院最高奖非凡成就奖。①

2008 年 9 月，当时的网络文学正趋向多元化发展，天下归元在潇湘书院网上开始发表她的处女作《燕倾天下》。这是一本历史言情小说，取材于大明靖难之役而创作的一段传奇故事。然而，女性网络文学以言情为主，其他题材的小说很难出头。毋庸置疑，她失败了。作品的点击量很低，没有加 V。面对惨淡的情况，天下归元没有放弃，而是继续更新，把一本不要钱的书写了一年，足足 70 万字！也正是这样的坚持，成就了日后《燕倾天下》的盛名。市场经验不足的她，第二本书选择了悬疑题材，复杂深沉，文字晦涩，忽略了网络读者浅性阅读的习惯，于是这本书又失败了。

天下归元的前两部作品纯粹是奔出版去的，但失败的现实使她彻底看清了网络文学的游戏规则。她放弃了出版的执念，直接将目光定位在纯网络文学基准上，从设定、架构到语言、思路，完全网络化，在坚持个人写

---

① 参见百度百科词条"天下归元"，https：//baike. baidu. com/item/% E5% A4% A9% E4% B8% 8B% E5% BD% 92% E5% 85% 83/10006041？fr = aladdin。

作原则和迎合读者口味之间，寻求了一个基本的平衡。[①]

《燕倾天下》为架空历史类作品，于2013年9月由青岛出版社出版，这是天下归元的第一部小说。故事发生在朱棣从燕王到明成祖的这一历史时期，朱棣私生女璇玑郡主与侯府四公子沐昕、紫冥教少教主贺兰悠之间的爱恨情仇是小说主线。作者以紧凑的情节、鬼斧神工的文笔，给读者展现了一幅美不胜收的工笔长卷。网友诗评："天下倾时星霜变，血染金銮红绡绝。锦色年华歌未彻，燕过秋深醉明月。"不难看出，这是粉丝的集句诗，诗中句句都是天下归元的原话。天下归元说："《燕倾天下》是我最纯粹、最深情、最纠缠、感情最深浓、最能保持我初出道时的干净与清越气息的一本，它最纯粹地保留着我初期最纯情的心。"现已成功的她，用这部清丽的处女作，铭刻那段无名却不曾放弃过的岁月以及斯时斯日永不复还的清新风格，这是她最纯粹、最值得纪念的作品。

《帝凰》后名《沧海长歌》，架空历史类小说。这是天下归元的又一得力佳作，2011年已出版成书。讲述了一个关于爱恨、生死、天下、人心的"沉静在表而激烈在骨"的故事。该小说将现代悬疑破案元素代入古代争霸大背景中，不走普通宫廷路线，而以悬疑题材为主，在追寻真相的过程中掺杂爱情、争霸、破案、官场风云、战争、权谋权术等多种元素，层次丰富，悬疑气氛浓厚，抽丝剥茧，层层深入，包袱不断抛出再层层解开，人物个性鲜明，感情细腻动人，读之催人泪下。

《扶摇皇后》是一部穿越玄幻小说，于2011年出版成书。讲的是考古界"红发魔女"因盗墓时动静过大墓室坍塌，成了"烈士"。17年后，她穿越到五洲大陆变身为孟扶摇，夺得七国之令，最终抵达位于陆地极北的穹苍神殿，最终扶摇直上。这部小说最初的架构灵感源于当时较风靡的玄幻小说。玄幻小说步步升级的设定易引起读者的追逐兴趣，但那时还未有一本完整意义上的女性玄幻小说，天下归元依然冒险创作，于是一本结合女性对言情的阅读要求并辅以玄幻构架的书，就这样诞生了。而这本书的出现，使得她跻身于一流写手之列。

这部小说继承作者一贯的风格，语言幽默，笔力雄浑，感情冲突激烈，情节波澜壮阔，令人热血沸腾。采用非同寻常的穿越构架，以类似于玄幻升级和地图串联的方式搭建故事主脉络，令人耳目一新。马季认为，

① 聂庆璞等：《网络写手名家100》，中央编译出版社2014年版，第209页。

小说的主人公像当代女性的一面镜子，有着正能量的散发，塑造的人物也个性鲜明，表现手法不拘一格，清丽的文风和夸张的情节充分展现了作家的叙事个性，但也存在平面化的问题，设计缺少深度和难度，假如作者创作前多做一些案头准备工作，这些缺失或可避免。另一位学者欧阳友权也提出这本书存在深度不够、零度写作等类似问题，但对于作品也给予了很大肯定，认为有极强的可读性。

《凰权》，属于天下归元创作的古代言情小说佳作，于 2012 年出版实体书。写的是一个关于复国和夺位的权力争斗故事。女性作者善写情感，权力角逐并不是她们的特长，《凰权》故意绕开了权力争斗的血腥，重点写情感上的纠结，这是作者构思的巧妙之处。全书大气而不失细腻，情节环环相扣，伏笔不断，所塑造的人物个个生动形象，处处体现出作者纯熟老到的笔力，以及张弛有度的人性把握能力。

天下归元的作品部部精彩，每一个故事都是一段引人入胜的传奇，每一个主角都鲜活如生，不愧为继金庸、古龙后大陆最富霸气与才情的作家之一，深受读者喜爱。她的作品总是磅礴大气，霸气强悍却又饱含柔情，情节丰富饱满，语言诙谐，想象力超群。天下归元把爱情、友情、政治、战场，借助幽默的语言结合在一起，形成了独特的写作风格，这也是她的小说让人沉迷其中无法自拔的主要原因。

天下归元的小说虽受广大读者喜爱，但也遭到了不少质疑，有学者指出，天下归元的创作存在爆发式更新、文字累赘、情节收放不自如、情感过于不确定、缺乏深度思考等问题。对此，天下归元在采访中做了回应，表示坚持文本速度与质量并重的态度，不受网络快餐文化的影响，努力在网络文学的新鲜、灵活、平实、丰富的基础上，拓展深度，提升高度，传递积极的人文精神和文学信念。相信天下归元的经典作品与负责的姿态，将给文学界传递更多的正能量，积极影响其他的网络写手。

2017 年，天下归元获得了首届“茅盾文学新人奖・网络文学新人奖”。笔者受评委会委托为其撰授奖词：“天下归元是言情类与‘新穿越’小说领域的翘楚……她的作品情感冲突激烈，情节波澜壮阔，文笔优美，格调清新，大气厚重，且带有丰富的玄幻色彩，在古风类言情小说中独树一帜，深受亿万读者的喜爱。”

二　涅槃灰

涅槃灰，女，原名陈淼，“80 后”网络作家，上海人，毕业于华东师范大学，红袖添香第一批 A 级签约作家，网络言情小说人气天后，作品日订阅连续破万，拥有粉丝数百万。涅槃灰属于高产的网络写手，到目前为止，主要著有《我的脱线王子》《逃婚俏伴娘》《隐婚》《穿 PRADA 的王妃》《琉璃门——雪妖天舞》《错爱摩天轮》《罂粟妖姬》《雪域圣殿》《惊世大小姐》《宫阙无泪——旖月传》《大姑子北北小姑子南》《绝色芳华》《你的爱，是那片浅白色深海》《豪门长媳十八岁》等多部作品。其中《逃婚俏伴娘》《隐婚》《穿 PRADA 的王妃》的影响力较大。

涅槃灰出身于小资家庭，从小衣食无忧，家人很支持她做自己喜欢的事：文学创作。没有经济压力，纯粹为了喜欢而写作和泡论坛。她说："文字是我的梦想！最大的心愿就是像 J. K. 罗琳或者丹·布朗一样写出一本轰动世界的经典小说。"2007 年 8 月，涅槃灰抱着好玩的心态开始在红袖添香写作，最早的作品是《我的脱线王子》，受到读者肯定后，就开始倍加努力地写作，并一发不可收。2009 年，她携多部作品参加第二届华语言情小说大赛，入围四部，最终凭借《逃婚俏伴娘》总点击量接近 1 亿的成绩问鼎大赛冠军宝座，可谓一鸣惊人。2010 年，她再次参加此大赛，并被邀请做代言人，作品《隐婚》夺得第五赛季冠军、年度季军，而《穿 PRADA 的王妃》则夺得名家擂台赛冠军。2011 年 1 月，《步上云梯呼吸你》入选 2010 年最具影响力的十大网络作品。可见，涅槃灰的人气极高，作品深受读者的喜爱。

涅槃灰的代表作之一《逃婚俏伴娘》，这部都市偶像青春小说，以超过 2000 万的点击量火爆网络，成为当时网络又一流行作品，赢得了盛大文学"首届全球写作大展"都市言情类的最高版权交易金，这也使她赢得包括广西师范大学出版社等十大出版机构的热力推荐。小说讲述了喜欢做伴娘的屠丫丫的故事，她在为好友做伴娘时新娘落跑，自己被迫顶替演完一场"婚礼"秀，最后却假戏真做，上演了一出喜怒哀乐的情伤悲喜剧。简而言之，这是一个富二代和灰姑娘的曲折爱情故事。有网友用"有点荒唐，有点可爱"的评语来表达对这本书的阅读感受，作者通过细腻的情感描写，爆笑幽默的对白以及步步惊心的商战，打造了这部情感真实度百分之百的"浪漫现实主义"小说。小说中现代灰姑娘纠结人心的唯美爱情故事，牵动了众多读者的心弦。

《隐婚》是涅槃灰的又一力作，一经推出，便受到高度关注和热烈欢迎，后由春风文艺出版社出版。故事主角林熙薇，刚踏出大学校门的第一件事便是往左手无名指套进了一份责任，却因为破坏了职场游戏规则而四处碰壁，最后她不得不妥协。本以为能风平浪静地过小日子，不料一切都难以控制，办公室“风声”掀起后，从面对上司的不信任、与丈夫的隔阂到婚姻破裂、不可抗拒的金钱诱惑，林熙薇回头看走过的路，才发现一切都无法从头再来。这部小说完全脱离了偶像剧的框架，用看似轻松、幽默的语调，描写了隐婚的年轻夫妻在职场打拼的工作与生活，从一个独特的侧面反映了社会真实存在的隐婚问题。

结婚本应会幸福地与人分享快乐，但很多人因担心失去工作而甘做隐婚族。作者以流畅凝练但又不乏诙谐幽默的语言，巧妙的故事安排，步步深入，环环相扣，以隐婚小两口悲欢离合的故事为切入点，生动地反映了现实社会中的“隐婚”问题，偶然中带有必然，感性中富有理性，一波三折，扣人心弦。尤为可贵的是，作者把隐婚族为了工作应酬、怕被同事冷落、结婚是个人隐私的心态描写得淋漓尽致。小说在精彩曲折的故事情节中，折射出作者智慧的思考——以女主人公林熙微由隐婚到最后被婚姻踢出局的遭遇告诉我们，婚姻是需要尊重和认真对待的。①

《穿 PRADA 的王妃》也是涅槃灰的重要作品之一，属于穿越言情小说，于2010年由武汉出版社出版成书。小说主人公苏小婉失足落下山崖后竟然掉在了古代波斯国三公主的送嫁队伍前，立刻被当作圣女下凡替换成波斯国第一美女伊雅丝送去唐朝皇宫，觐见她未来的夫君——唐朝皇帝李纯，并最终开创了大唐的另一盛世。作者以超群的想象力、丰富饱满的人物刻画、紧凑的故事情节，又一次征服了不少读者。有网友认为作者充满了奇思妙想，作品中的爱情故事不是千篇一律的霸道占有，而是一份执着，对爱的执着，今生认定，便无怨无悔。还有网友对“放弃江山的爱与放弃自由的爱，到底哪个更伟大”的问题进行了探讨。可见，涅槃灰的作品不仅让人赏心悦目，而且还能引发人的思考。当然，也有一些读者认为作者文笔虽不错，但对整个人物安排过于平实，不够荡气回肠，作为一本消遣读物，它并不像传言中的那么精彩。

涅槃灰的小说以言情为主，但又并非只涉及言情，而是从现实取材，以其细腻的文笔触讲述了一个个精彩深刻的故事，浸透了浓浓的情感，同

① 参考聂庆璞等《网络写手名家100》，中央编译出版社2014年版，第212页。

时以故事折射出丰富的人生哲理。总之，她的小说以“不真实中的真实，不理智中的理智”深深打动人心。读者每看她一部小说，便能陷入一段情感，留下一段思考，这对一位作家来说，已是很大的成功。即使作品中也会存在一些不足，但我们仍然相信，在未来的时间里，涅槃灰将会写出更多含金量高、感染力强的优秀小说。

三 纯银耳坠

2009 年 10 月底，一篇名为《哥也混过，哥也爱过，现在哥也低调》的帖子发布在百度“魔兽世界吧”，受到了广大网友的热捧，点击量高达 6000 万，发帖人“纯银耳坠”这个男女莫辨的帖主被知情网友们亲昵地称为“六哥”。2009 年 12 月，帖主签约 17K 小说网，帖名也升级为小说《一起混过的日子》，并一跃成为百度贴吧“2009 年第一神帖”。后来，《一起混过的日子》还获过 17K 小说网新书点击榜第一，17K 小说网总点击榜第一。对于纯银耳坠来说，同样值得关注的小说是《哥几个，走着》，该作品的闪光之处在于它曾拥有这样一项历史纪录——17K 小说网第一本 PK 票过万的小说！2012 年 6 月，该书荣获 17K 小说网订阅榜第一名和全站粉丝榜第一名。纯银耳坠的主要作品，除了《一起混过的日子》《哥几个，走着》外，比较著名的作品还有《我们是兄弟》《辉煌岁月》《双蛟记》《狼与兄弟》等。2014 年，《辉煌岁月》上线后大受追捧。[①] 2018 年 5 月，入选第三届“橙瓜网络文学奖”百强大神。

纯银耳坠，男，原名王立军，1988 年出生，河北保定人，大专肄业，现为 17K 小说网签约作家，中国作家协会会员。资料表明，纯银耳坠出身于一个富裕的家庭，读小学时成绩很好，但到了初中开始顽劣，整天瞎混，高中也没好好学习，导致高考不理想，上了个大专，后退学混社会。不料家中突遭破产变故，纯银耳坠为帮家里减轻负担去工厂上班，但不得志，险些轻生。为了发泄情绪，爱好写作的他下班后就在贴吧写东西。2009 年年底，通过名为“键盘上的烟灰”这一 17K 小说网作者，认识了 17K 小说网的总编血酬（刘英），最终签约 17K 小说网，从此走上了创作这条道路，人生开始了一个里程碑式的转变。因有着特殊的成长经历，纯

① 参考百度百科词条“纯银耳坠”，https：//baike. baidu. com/item/% E7% BA% AF% E9% 93% B6% E8% 80% B3% E5% 9D% A0/781557？fr = aladdin。

银耳坠对亲情、友情有自己独特的青春感悟，他笔下的每一位主人公身上都能折射出自己的影子。2012 年 2 月 17 日，拥有较大网络名气的纯银耳坠发了一条“炮轰炫富”的微博，引起社会广泛议论。在接受采访中，他做了一些解释:“有感而发，为了自省。这件事或许也给人一些启示，那就是作为公众人物的耳坠，说话做事不可像常人一样任性而为，凡事都需三思而后行，而网友也不应过度揣测别人。”

《一起混过的日子》是一部校园热血青春小说，是纯银耳坠的处女作，2011 年 4 月完本，点击量 5000 余万。小说主要讲述了一个去外地求学的少年的故事，主人公王越，外号六六（这也是网友称纯银耳坠为“六哥”的缘由），从初中到高中这几年在学校与同宿舍同学结成团伙，打架斗殴、喝酒闹事、追女孩子……“为兄弟他能豁出命去，为女友他能受得住所有的苦。不管什么时候，一句‘哥几个走着’都令他热血澎湃，激情高涨……”这些是全书的核心观念，也是主人公的人生信念与行为准则。这本书的语言虽不华丽，多采用朴实直叙的方法；但所塑造的人物，形象丰满鲜活，有勇有谋，敢爱敢恨，让人如临其境。小说中几个“兄弟”间，所谓的承诺、报酬、请求都是浮云，只要有需要，喊一声“哥几个，走着”便会赴汤蹈火等，这些描写看似夸张，但也可以说是现实生活的真实写照。因为从作者的个人经历，以及目前一些年轻人的生活状态看，这部小说尤为贴近生活，给人以真实感，这也成了众多读者喜爱它的主要原因。

《我们是兄弟》是纯银耳坠的又一力作。主要讲述的是“80 后”的追忆，“90 后”的崛起。时光荏苒，江湖老去，当王龙从王越手中接过大旗，躁动的青春被热血点燃，爆发出新的期盼，祭奠那段光辉岁月。“曾几何时我们一无所有，从今以后一定出人头地!”这本书保持着纯银耳坠一贯激情澎湃的气势，是一本不可多得的热血青春小说。

《辉煌岁月》刚刚发布之初，就成为 17K 小说网的热门新书之一。书中主角王力，一个曾经被同学百般欺负的少年，在认识了唐俊、金砖等热血兄弟后，压抑、无望的人生发生了改变。王力如何在冷眼嘲笑下奋力崛起，化解老一辈的恩怨情仇，缔造属于自己的辉煌岁月，是该书的主要故事。

纯银耳坠的小说没有绚丽的魔法斗气，也没有长生不老的修真；没有未来科技，也没有超术异能，更没有掉山崖后神奇的穿越，只有一起混过爱过的温馨。就如纯银耳坠自己所说：“我是没有那么好的文笔，我只是想写一个爽的故事，或真或假，让大家看得爽了，消磨了时间了，就够了。”正是这种“热血中带着温馨”“真实而不虚华”的特点，吸引了广大的读者。

然而纯银耳坠的小说也遭到一些网友的吐槽，认为纯银耳坠的小说一直是沿袭着第一部的套路，没有创新，越写越虚假。学者聂庆璞则指出，纯银耳坠的作品最大的问题是缺少一种价值观，同时建议作者在作品中或明或暗地透露自己的价值判断。[①] 其实，这些逆耳诤言的存在，不是打击或误解，而是帮助纯银耳坠祛病强身的良药。因此，纯银耳坠今后的作品可以考虑更多新颖的题材，尝试转变风格。同时，努力在作品中传递人文精神或审美价值，创作出越来越多有灵魂的、高质量的作品。

2018 年 5 月，纯银耳坠入选第三届“橙瓜网络文学奖”百强大神。他的困顿与成功，他的焦灼与坚守，在网络作家中具有一定的普遍性。

---

① 聂庆璞等：《网络写手名家 100》，中央编译出版社 2014 年版，第 212 页。

第八章

清穿明越：网络小说类型化举隅

类型化是网络文学进入产业化时代文学生产“集约化”的一个重要标志。类型化也从一定意义上说明当代网络文学写作发展到了一个相对成熟的阶段。有趣的是，类型化像网络文学的其他大多数特点（如娱乐化、通俗化、无厘头化等）一样，与文学市场化、影视化关系密切，在这方面，网络文学与传统文学没有太大分别。但与传统小说分类相比，我们会惊奇地发现，网络小说的类型之精细简直令人咂舌。如果说传统文学的类型化作品是“个体手工业者”扎堆儿的结果，那么网络文学类型化小说，则犹如工业化流水线下的批量产品。例如，武侠小说通常有传统武侠、历史武侠、谐趣武侠、快意江湖等；言情小说有纯爱唯美、爱在职场、菁菁校园、千千心结、YY 等。分类之细，超乎想象。网络小说常见类型见下：

玄幻：东方玄幻　远古神话　异术超能　转世重生　异世大陆
奇幻：西方奇幻　吸血家族　魔法校园
科幻：机器时代　科幻世界　黑客时空　数字生命　星际战争
灵异：推理侦探　恐怖惊悚　灵异神怪
武侠：传统武侠　历史武侠　谐趣武侠　快意江湖
仙侠：现代修真　古典仙侠　奇幻修真
言情：纯爱唯美　爱在职场　菁菁校园　千千心结　YY
历史：架空历史　历史传记　穿越古代
军事：战争幻想　特种军旅　现代战争
游戏：虚拟网游　游戏生涯　电子竞技
体育：弈林生涯　篮球运动　足球运动

其中玄幻、奇幻、科幻、武侠、仙侠、历史、言情都是极受追捧的类型，还有更为细致、更为专门的分类。其中“清穿明越”被安置在“历史”类型之下的“穿越古代”之中，由此也不难看出，类型小说在网络写作中的规模有多么庞大，关联有多么复杂。尽管类型化发展如此快速，影响如此广大，但相比之下，其相关研究却太过薄弱。例如，网络文学批评者对类型化的认识往往还停留在特性描述层面，如类型化是“受资本宰制”的“商业化产物”，是“通俗流行文化的表征”云云，但类型化更深层次的发展动因以及发展态势等被批评者漠视。

有研究者注意到，“类型化的网络小说，在大众读者的热情推动下不断成型，其发生发展的根本缘由在于人类各种生命情感的需求。类型小说对人类的情感需求做出分门别类的回应与安置。读者缺少某种情感体验，就会去欣赏能提供某种情感体验的‘类型小说’或‘类型电影’，在幻想中代入、融合故事主人公的情感体验，特别是高峰体验，以达到心理的补偿与平衡，产生愉悦感，恢复积极的心态。这种生命体的本能，也使文艺作品发挥其各种功用成为可能”[①]。俗话说，榜样的力量是无穷的。网络小说类型的形成，也往往是大批网络写手对某些具有榜样意义的优秀作品追随与模仿的结果。当模仿之作在数量与影响等方面累积到一定程度，人们不得不对其“分门别类”的时候，实际上其“类”就已有其“型”了。不过，这只是就其外在表现而言的，就其内在成因而言，类型化是通俗化、大众化、市场化的必然结果。通俗作品容易得到大众认可，有读者认可才会有潜在的市场，有市场就能够达到一定的规模，达到一定规模才有分类的必要，从这个意义上说，类型化实际上也可以看作网络文学相对繁荣的一种表征。

类型化与其说是作者造成的，毋宁说是读者造成的。类型化的主要动因在于阅读的需要，读者需要作品突出地呈现某些情感体验，有效调动某一类心理预期、情感参与，满足人生某一时期或某种生活境况下的心理需求。一般来说，女性迷恋言情，男人热衷武侠，因此，即便在网络时代武侠与言情依旧是小说园地的常青树。尽管某些网络写手大有傲视琼瑶、金庸之意，但其基本套路仍然清晰地保留着琼瑶或金庸的影子。

当然，这并不是说网络小说的类型化缺乏有别于传统小说的追求与创新，事实上，即便是言情与武侠，也因其表现形式等方面的不同而明

① 康桥：《网络小说的类型化与独创性》，《人民日报》2013年8月13日。

显具有网络时代的特色。至于穿越小说、玄幻小说等相对晚出的类型，与传统小说的差异之大，足能以泾渭分明喻之。先以玄幻小说为例，相关研究表明，这种类型的兴起显然受到了西方玄幻小说、好莱坞电影的启示，并且在寻求“想象的本土化”这一动机支配下，连接中国古代神话、历史文化典籍、明清小说等资源，但是，在作者与读者求新求变的欲望推动下，玄幻小说呈现出强烈的个性化面貌，既有《恶魔法则》《佣兵天下》等创造性地运用西方玄幻小说的魔法、龙、精灵、天使与魔鬼等元素，也有《盘龙》《神墓》等混合了东方神魔小说与西方玄幻小说中的诸种神力元素，更有《间客》这一类打通了玄幻小说与科幻小说的类型界限，另开小说类型的局面。[①]

至于穿越小说，这种不少评论家眼中最热门的类型小说，一度成了网络小说的代名词，例如在《步步惊心》等穿越剧热播期间，穿越小说尤其是所谓的“清穿”小说[②]受到了网络读者几近疯狂的追捧。这类小说的主要特点是，主人公出于某种原因（如换灯泡摔倒）突然穿越时间隧道，空降到一个著名时代，如明末清初或康乾盛世，在一个与此前完全不同的环境里，上演一幕幕充满悲欢离合与爱恨情仇的人生大戏。

穿越小说是“穿越时空小说”的简称，穿越小说集玄幻、历史和言情三大小说类别的要素而自成一体，当穿越小说发展到一定阶段之后，网络写手们在花样翻新的过程中演绎出了大量的“反穿越小说”，即从古代穿越到现代。有趣的是，被认为是“当代穿越小说之祖”的《秦俑》，实际上就是以“反穿越”为特色的。

其实穿越并非网络文学的专利。穿越之作，古已有之。文学史家往往认为世界上第一部穿越小说是马克·吐温的《康州美国佬在亚瑟王朝》，其实不然，穿越时空的幻想实际上是一个既古老又现实的话题。如果换个角度看问题，或许可以说我们天天都在不知不觉地穿越时空；从宏观视角而言，我们一觉醒来，“坐地日行八万里，巡天遥看一千河”。更不用说人人天天都要睡觉做梦，即便醒着，也不免“神与物游”，或“身在江湖，

① 康桥：《网络小说的类型化与独创性》，《人民日报》2013 年 8 月 13 日。

② “清穿”小说即“穿越清朝网络小说”的简称。一般指现代人穿越到清朝，与古代王爷发生的爱情故事。网友们通常根据故事情节把“清穿”小说分成若干类：1. 康熙党，如《一生挚爱：孝懿仁皇后》等；2. 四爷党，如《步步惊心》等；3. 十三党，如《梦回大清》等；4. 八爷党，如《谋嫡诱色》等；5. 十四党，如《明月借清辉》等；6. 其他党，如《独步天下》等。

心存魏阙”，或“思接千载，视通万里”，或“寄意寒星”，“血荐轩辕”，凡此种种或许都可以说是一种精神的穿越，这种离开当下处境不再受时空辖制的“浮想联翩”，实际上与穿越没有本质区别。从现实的意义上讲，在想象中穿越时空是人类与生俱来的一种思维能力，而电脑和网络就是一个标准版的穿越时空的现代“法器”：“临屏片刻知天下，上网古今任纵横。”试想，还有什么比视屏、微信等以网络技术为支撑的现代媒介更能体现穿越之本质特征的实例呢？

从一定意义上说，古今中外一切以虚构与想象为特征的文学作品，都可以说是创作主体在想象中穿越时空的文字记录。当然，这样说难免有将穿越无限泛化的嫌疑。中国古代文学作品中有大量“穿越”故事，如“庄周梦蝶”，这种人蝶异界的交互穿越在《聊斋志异》大量的人狐恋爱故事中得到了淋漓尽致的发挥。晋人“王质烂柯”也是古代穿越故事的典范之作。王质伐木，遇见仙人对弈，一盘棋未下完，“斧柯尽烂，既归，无复时人”（郦道元《水经注》和任昉《述异记》均有记载）。南朝刘义庆《幽明录》则记述了刘阮进山采药，遇见美女，遂结连理，半年后下山还乡，故里山川依旧，世事沧海桑田，正所谓“洞中方七日，世上已千年”。这类穿越奇闻在《太平广记》和《聊斋志异》等作品中比比皆是。说到底，所谓穿越，无非一席想象的盛宴而已。它既不是今人的专利，也不是国人的专利。

有研究者指出，《圣经》中有诸多具体而又明确的穿越时空的记载，在古希腊神话、《荷马史诗》、但丁的《神曲》、斯威夫特的《格列佛游记》等著名文学作品中，穿越时空的故事几乎可以说不胜枚举。

有人说“世界上最早的穿越小说发生在中国的唐代”，唐代爱情传奇小说中关于穿越的故事的确多姿多彩，有些甚至比今天的穿越小说更为新奇诡谲，或更为香软浓艳，但“最早”二字就未必确切了。仅就文学经典而言，至少在东晋陶渊明那里就已有精彩的例子。如《桃花源记》，过去人们习惯将其看成一篇记录奇闻逸事的散文，或认为它描绘了一个没有阶级、没有剥削、自给自足、人人自得其乐的乌托邦。我们承认，这种理解并无不妥。但若从穿越的视角看，它完全符合一篇穿越类微型小说的所有条件。武陵渔夫，在一片桃林中迷失了道路，在落英缤纷中寻见一山，“山有小口，仿佛若有光”，便“穿”而“越”之，来到了一个“不知有汉无论魏晋”的世外桃源，客寓数日后，回到“现实世界”，便向官府报告自己惊人的“地理大发现”，引起了官府和民间的高度关切，虽闻之欣然，却屡寻无果，渔人的一场“白日梦”，给时人留下了多少悬念和遐想。千百年来，又有多少南阳刘子骥那样的高尚士人，在想象中穿越那座小口若有光的山，在良田美池之间，浮想联翩，流连忘返。如果不过分拘泥于字面意义，我们将其看作武陵人的南柯一梦似乎也没有什么不妥。

当然，今天的穿越小说与上述具有穿越意义的作品在诸多方面具有不可同日而语的差异，仅就规模而言就不难见其天壤之别。的确，在上述只言片语中，我们可以看到穿越的意念或穿越的元素，但与网络上动辄上百万言的穿越小说相比，是否有点小巫见大巫的意味？

我们注意到，20 世纪 80 年代流行的穿越小说，大多因被改编为电影、电视剧而享有很高的声誉，如李碧华的《秦俑》、席绢的《交错时光的爱恋》、黄易的《寻秦记》，都先后变成了影视圈中的“千金之子”。自此以后，穿越小说渐渐演变成了一种广受追捧的文学现象，各种各样的穿越小说，纷纷成了网络写手尤其是女性网络写手的“掌上明珠”。

一个有趣的现象是，随着网络文学的发展，穿越小说脱离了《寻秦记》那样的男性和武侠路子，女性的特征越来越明显。女性的穿越言情小说成为穿越小说的主流之一，以至有人干脆将穿越小说作为分支并入言情小说门下。诗人沈浩波曾对网络上流行的穿越小说主角性别由男变女的嬗变过程，进行过有趣的分析，他认为“男性穿越小说不容易被市场接受，因为男性的消费通常比较理性。而女性相对要感性许多，所以穿越小说在玄幻上没红，在言情上却红了”。说到底，穿越不过是一种形式，言情才是内核。

在《秦俑》问世 15 年之后，网络上的穿越小说开篇之作——金子的《梦回大清》于 2004 年 7 月 1 日，首先在晋江上开笔，作品以其清新、幽默、含蓄、曲折的文风，逐渐受到广大读者的喜爱。2005 年，《梦回大清》开始被各文学网站竞相转载，并被网民评为“时空穿越文的巅峰之作”“网络十年最恢宏曲折、越看越好看的爱情故事”。2006 年年初，《梦回大清》出版上市不到两个月，就已经跻身各大图书畅销榜。面对如此强烈的阅读需求，作者再度开笔创作了《梦回大清终结篇》以回报意犹未尽的热心读者们。如果说《梦回大清》赢得无数读者的赞誉是源于庞大的历史架构，那么《梦回大清终结篇》则是延续这个架构之后的浓墨重彩的一笔，并为穿越小说披上了一件女性化的外衣。

著名批评家王绯注意到，“性别区划”在穿越小说中具有特别意义。

她认为，从阅读流行的角度看，《交错时光的爱恋》并没有带动起穿越潮流。《寻秦记》在读者中的影响似乎更大些，作品中的人物凭借现代搏击战胜许多英雄好汉，还靠着“秀”诗词歌赋征服了众多美丽佳人；《寻秦记》带动起男子穿越故事的网络文学热潮，各种玄幻小说随之出笼，乃至出现了玄幻文学门户网站。然而，《交错时光的爱恋》《寻秦记》同《梦回大清》所开启的穿越小说类型还是有很大不同的，其中最大的区别表现在女性视角和女性色彩上。

从文学史的意义上说，《梦回大清》通过一个当代妙龄女穿越到康熙年间，展开“九子夺嫡”的故事演绎，为后来的“清穿”小说创作起到了定调、定型的作用，用王绯的话来说就是《梦回大清》一开始就为“清穿”小说制定了一种“定性”与“定向”的套路。所谓“定性”，一是指“清穿”小说的作者为女性，二是指作品中穿越的主角为清一色的妙龄年轻女性；所谓“定向”，是指穿越的时空目标为大清——大多集中在康熙或雍正年间，偶尔也有跳出康雍年间穿越到“前朝”的，但相较而言，穿越到努尔哈赤或顺治时代的屈指可数。在如此“定性”与“定向”的语境下，女主角穿越后的行为与情感路线定在和皇子发生风花雪月的恋情，在三角或多角恋情中经历种种宫闱秘事，经历权力角斗的考验，在后宫的天翻地覆中找到真爱或情感归宿。①

金子的《梦回大清》2006 年 1 月 9 日在 91 文学网连载以来，在不到 50 天的时间里，点击量就突破 60 万，并以平均每天 1.2 万的点击量长期置身“周点击榜”前列，连载不到两个月便稳居小说总点击榜第一。2006 年初，《梦回大清》实体书由朝华出版社出版，上市近两月，即进入各大图书畅销榜；2007 年，《梦回大清终结篇》出版；在当当网的数千种小说销售排行榜中长期稳居前 30 位，并为各大门户网站的读书频道争相转载——在 91 文学网、新浪、搜狐、腾讯、中华网等网站的连载中，点击量均居前列；作品销售突破 100 万册。因此，有评论认为，《梦回大清》的线下出版异常火爆，将穿越小说的发展推向一个新的高度。

能有如此骄人的业绩，《梦回大清》引发一场穿越风潮也就不足为奇了。自此之后，无数作者开始跟风写作，“清穿”小说便成了一个知名度

① 王绯：《21 世纪新媒体与文学发展》，社会科学文献出版社 2012 年版，第 260—261 页。

极高的专有名词。2007 年，穿越小说的发展迎来了自己的高峰，坊间甚至有“穿越年”的说法。穿越小说不仅在网上大行其道，不少出版社也试图借穿越小说振兴一下低迷已久的码洋指数，例如作家出版社在 2007 年以 12% 的版税签下了所谓的“四大穿越奇书”（《木槿花西月锦绣》《鸾：我的前半生，我的后半生》《迷途》《末世朱颜》），并以首印 10 万册的高规格许给作者稿酬。“四大穿越奇书”中“清穿”小说独占了四分之三，“清穿”小说在这一年的影响由此可见一斑。与此相映成趣的是 2007 年的“明越”[①] 小说也出现了井喷现象，因此，这一年也获得了一个“明年”（穿越明朝的简称）的绰号。

对于整个穿越小说而言，戏份最重的当属“清穿”小说，而其中戏份最重的则非“九龙夺嫡”莫属。在数以千计的“清穿”小说中，参与“九龙夺嫡”的每个阿哥都被“穿越”过 N 次，尤其是太子、八阿哥、九阿哥、十三阿哥、十四阿哥这些命途多舛的皇子，差不多个个被“穿成了筛子”。即便如大阿哥胤禔之类影视作品戏份相对较少的阿哥，写手们也不乏“到此一游”的雅兴。例如写大阿哥这个倒霉蛋的也有《重生斗清穿》《清穿之长兄难为》等作品。当然，地位特殊些的皇子与太子就更受网络写手们青睐了。写太子胤礽的作品，不仅数量庞杂，也有部分水平较高的作品，如《清话·胤礽》《梦断宫城》《繁花散尽》《废太子重生记》《绝代风华》《清歌之胤礽》等，虽无惊世之作，但也并非篇篇俱无可观之处。

八阿哥胤禩素有“八贤王”的美誉，曾经是夺嫡声望最高的王子，因此除了四阿哥雍亲王爷之外，他是最受网络写手和读者追捧的“主子”，如《谋嫡诱色》《梦回廉亲王府》《瑶华》《清空万里》《清风吹散往事如烟灭》《hello 我的福晋》《蝶舞清梦》《清殇月痕》《浮生劫》等，都是冲着八阿哥去的穿越小说，其中《谋嫡诱色》《瑶华》等，都曾引起网友热捧。尤其是《瑶华》，被改为是著名的“清穿三山”之一。有读者感叹，八阿哥夺嫡不成含恨离世，想必是死不瞑目，但百年之后，名下有这样一本《瑶华》引为知音，这位心智过人的王爷或许自此也该含笑九泉了吧？

---

① 随着穿越小说的发展，除了“清穿”小说外，比较流行的还有“汉穿”“宋穿”“明穿”等各种小说，其中“明穿”一开始就有一个与“清穿”相对的专用术语“明越”，也许是“穿越明清”最为流行，所以就有了“清穿明越”的说法，渐渐地，“清穿”与“明越”就成了一种约定俗成的说法。

写九阿哥胤禟的也不在少数，这位大清初年的财神爷，具备当下女性网络写手对“高富帅”YY的资质。在“九迷”之作中，《凤舞大清》《清影迷离》《散尽笙歌》《九爷吉祥》《一场烟花，半世飘摇》《心中的那颗朱砂痣》《清秋一梦》《清烟如梦》《大清盛世之小气财神》等，虽然品相参差不齐，但也不乏值得一读的作品，例如，《凤舞大清》在不少排行榜上均有不俗表现。

十三阿哥胤祥和十四阿哥胤禵都是清史中的传奇人物，他们不仅地位尊贵、武艺高强，善于带兵打仗，且都是怜香惜玉、侠骨柔肠、多情俊美的“男神”。这两人最符合女性网络写手的口味。当然，还有一点是谁也不会忽略的，那就是“九龙”之中，唯有十三阿哥是铁杆的“四爷党”，唯有十四阿哥与雍正共额娘。老十四虽与雍正同父同母，却偏偏离心离德，竟然是“八爷党”的骨干，这些戏剧化的角色在写作过程中有充分的发挥空间。这类作品中，写十三爷的有《福晋当家》《不做嫡福晋》《清梦惊雷》《清梦晓》《扑流萤》《清风扶醉》《想穿就不怕遇阿哥》《梦回大清》《魂归大清》《青瓷怡梦》《世上桃源》《梦若流星》《梦回怡王府》《清恋祥云》《得意笑清风》《清朝的快乐时光》《怡情绝恋》《清萍醉月》等，这些作品大多小有名气，其中《梦回大清》已被看作开创“清穿”小说题材的经典之作。写十四爷的《相约的前世今生》《十四福晋》《清烟袅袅》《浅颜微笑》《只是为了遇见你》《红袖王朝》《繁花落》《一缕清缘》《笑傲大清》等，虽无大红大紫的作品，但也各有其闪光之处。

不言而喻，“清穿”小说压轴戏的主角，大多会选择真龙天子。这类小说不能说篇篇精彩，但的确也有不少出类拔萃之作。如野雨的《东风吹尽龙沙雪》，讲述的是大明和亲公主朱昭瑾与清朝奠基人努尔哈赤之间爱恨纠葛的故事，是极少以清太祖为核心的“清穿”小说。李歆的《独步天下》（朝华出版社2007年版），作为标准版的“清穿”小说，也可以归入努尔哈赤名下。至于以皇太极和雍正皇帝为主角的“清穿”小说，引用宋丹丹的话说，那真是“锣鼓喧天、鞭炮齐鸣、红旗招展、人山人海”！对于这样的火爆场面，我们姑且做点冷处理，暂且按下不表，像小说家惯用的留白手法一样，将高潮交由读者去发挥想象。

必须指出的是，如过江之鲫的网络写手摩肩接踵地涌向“清穿”小说，多多少少也会带来了一些负面效应。譬如说，如此众多的网络写手沉迷于题材相同、路数相近的类型化圈子里，很容易使读者审美疲劳。

关于这方面的情况，相关批评家们已有很多精彩精辟的论述，请恕兹不赘述。

当然，任何事情都有瑕瑜互见的两面性。有一种意见认为，从文学史的意义上讲，“清穿”小说中的大多数作品或许没有太大的存在意义，但对于整个网络文学来说，没有这无数小草般不起眼的作品出现，网络文学就永远看不到自己的春天。所谓“蔓蔓日茂，芝成灵华”，否则满园春色，从何而来？仅就“消费”的角度而言，每一部作品，无论好坏，背后都有一批批读者的支持，而正是千千万万读者的存在，才带来了网络文学的繁荣。因此，尽管“清穿”小说的写手多为电视剧“辫子戏”的爱好者，他们中间的大多数人对历史的“关目”未必足够熟悉，但他们至少可以为这类小说的生存与发展贡献自己的力量。

上面这些说法无疑是正确的，但这种正确议论即便没有跑题，也未免给人以苍白空洞之感。撇开具体作品讨论文学，仅就意义谈意义，其结果终将会变得没有意义。研究“清穿”小说，或许应该到所谓的“清穿”小说的“三座大山”中去发现其价值。

第一节　“清穿”小说的“三座大山”

“清穿”小说的三座大山指的是金子的《梦回大清》、桐华的《步步惊心》和李歆的《独步天下》。《梦回大清》2004 年在晋江连载，讲的是一个叫蔷薇的普通白领游故宫时“梦回大清”，与胤祥、胤禛等阿哥之间发生的故事。作为开山之作，开辟了一种新的文章构思，然而也存在文学性方面薄弱的问题。《步步惊心》出现的时间大约与“梦回”同时，但其文风与“梦回”迥然不同，作者桐华想要还原一个真实的历史，它剧情更加复杂化，初恋是胤禩而男主角却是胤禛；同时更注重描写历史，女主若曦不仅有爱情困惑，同时也在经历历史，改编为电视剧后风靡一时！李歆的《独步天下》跳开了康雍乾三朝的俗套，进入了努尔哈赤时代，女主与皇太极谱写了一段旷世情缘，而且，作者在写作方面的认真态度实在令人敬佩，不仅参考了大量历史资料，甚至研究起了地图，在很好地刻画人物的同时，还结合了当时的经济、社会背景等，哪怕是战争场面都刻画得一丝不苟。

一　金子的《梦回大清》

2004年7月1日，金子的《梦回大清》在晋江上开笔，自2005年开始被各文学网站竞相转载，并被评为“时空穿越文的巅峰之作”“网络十年最恢宏曲折、越看越好看的爱情故事”。2006年，《梦回大清》实体书由朝华出版社出版，上市近两月，即进入各大图书畅销榜。2007年，《梦回大清终结篇》出版，在当当网的数千种小说销售排行榜中长期稳居前30位，并为各大门户网站的读书频道争相转载。

《梦回大清》讲的是，普通上班族小薇，原本是到故宫御花园去和“发小”会面的，没想到在故宫长长的甬道浮想联翩时迷了路，误打误撞地进入一个年久失修、挂着满文匾的狭小四合院，里面空气污浊，她竟然“头一晕，就什么都不知道了”，于是，一个梦中穿越时空的故事——“梦回大清”就这样诞生了。小薇身不由已地进入清朝的皇宫内院，来到曾经在史书或传说里知道的人物们中间：热情的十三阿哥，深沉的四阿哥，威严的康熙皇帝以及红墙内命途多舛的姑娘等，他们和小薇一道携着各自的故事纷至沓来，随着作品情节的一步步展开，在历史与现实的交错中，在超越时空的爱恨情仇纠葛中，向人们诉说了一个现代版本“灰姑娘”的爱情故事。由于作品涉及爱情、友谊、阴谋等多重元素，令读者爱不释手。

关于《梦回大清》，无数网站的“内容介绍”较为简洁：“故宫里的一次迷路，竟引领我来到了清朝，热情如火的十三爷，深沉内敛的四爷，相爱伤害，何去何从，生命中最难的竟是一次又一次的无奈选择……作者以充满京味的语言，在看似平淡的开篇中，一步步打开小说情节，一个个人物也次第而出，让读者伴着清新幽默的语句慢慢置身其中，在恢宏、曲折、精彩绝伦的情节中手不释卷、如醉如痴。”①

关于《梦回大清》的作者金子，自称“70后”川籍写手，生于大凉山，长于重庆，毕业于四川美术学院油画系。从事过教师、编辑、设计师等职业，厌倦一成不变的职业生活，后辞职自由写作。凭借穿越小说《梦回大清》而一跃成名，成为知名女性阅读品牌“悦读纪”最具影响力的作家之一，“清穿”小说的领军人物，重庆作家协会会员。曾出版长篇小

① 参见搜狗百科词条“梦回大清”，https：//baike. sogou. com/v138042. htm。

说《月光下的单人床》《时间灰烬》《玫瑰花精》等。网络上对金子的介绍大多闪烁其词，千篇一律地引用了这样一句话："一个爱做梦的女孩子，貌不出众，技不压人，唯求一生平顺喜乐足矣。"这大约可以看作金子极绚烂后回归平淡时低调处世的一种说法。

和作者本人一样，小说主人公小薇也是21世纪普通的上班族，她身上带有现代女孩子的洒脱、不羁、智慧和幽默，但穿越到尔虞我诈的宫廷之后，她的别具一格就超出了六宫粉黛的想象，对这样一个"天上掉下来的薇妹妹"，四阿哥、八阿哥、十三阿哥、十四阿哥等无法不另眼相看。而深知历史发展轨迹与各人命运的女主角，在权衡之后最终选择十三阿哥胤祥，并获康熙帝指婚，成为十三阿哥的侧福晋。之后小薇为保全十三阿哥而被赐死，幸得四阿哥营救，改名兆佳氏·鱼宁。随着九子夺嫡的风云变幻，她却被再度赐死。女主惨死之日，就是回归现代之时，一切不过是一场黄粱美梦。

一个如此老套的故事，的确也可以说是一部看上去"貌不出众，技不压人"小说，但它何以能够受到广大读者如此多的赞誉，甚至是近乎疯狂的追捧呢？作品自身的原因自然不可忽视，如在创作手法上有意识地将古典宫廷、时空穿越和现代言情三大元素融合在一起，在表述方面力求语言清新、诙谐幽默，在情节设计方面也力求巧妙、新奇，但成功的原因，远远不止这些。例如，在电视清宫戏强势占据大江南北的背景下，康乾盛世无疑是一个被电视剧炒得滚烫的"黄金时段"，金子作为第一个上网穿越至此的淘金客，其题材顺应时潮，其视角新人耳目，无论她是误打误撞还是有备而来，想不火一把都很难。与其说是金子制造了"清穿"小说的轰动效应，倒不如说是她蹭着了辫子戏的热点而已。

中国社会科学院文学研究所王绯研究员从女性批评的视角对《梦回大清》进行了别开生面的"深度破译"。她把《梦回大清》视为"女性作者主要写给女性的清穿样本"，认为从女性文本的角度，对《梦回大清》持续不衰的阅读热进行了深度破译。

第一，21世纪初，大众传媒及消费文化对女性形象的塑造所产生的巨大影响。时代在变，社会在变，价值观在变，我们的择偶观也在变。但择偶观的核心几千年来一直保持着顽强的惯性，这个核心就是"郎才女貌"，在这个意义上，今日与几千年前，并无不同。金子就是在这样的文化背景下做了“穿越鼻祖”，她不仅深明这一铁律，更清楚铁律之下现实人生的巨大缺失与无奈，说：“每个女孩子都希望自己漂亮、聪明，拥有很优秀的朋友和爱人，而这些在现实中往往无法获得满足，却可以在看文、写文的过程中获得心理满足。男性也同样会在穿越中将自己无限美化，掌控乾坤，以达到情感宣泄的目的。”①

第二，商品社会的实用主义、拜金主义、享乐主义及功利主义思潮，对时代择偶观、爱情婚姻观造成了巨大冲击。从20世纪90年代开始，拜金主义、享乐主义大行其道，“婚嫁改变命运”“干得好不如嫁得好”的社会心理，主导了女性的择偶观，“大款”在爱情婚姻市场上成为“白马王子”的代名词，“嫁大款”作为择偶新词，锁定了待价而沽的漂亮姑娘的梦想；另外，随着“傍大款”嵌入私人话语，“二奶”开始进入法律语境，女子在多元化社会中获得了以非婚方式改变命运的机会与可能。然而，无论婚嫁改变命运之观念的内涵与外延如何变化，女子的美貌亦是改变其命运的绝对前提。

第三，灰姑娘期待白马王子的永恒情结。白马王子之所以成为女性“集体无意识”中的情结，是因为永恒，因为不可泯灭。只是，人生太多的缺失，现实太多的匮乏，只能让这样的白马王子情结释放在大清皇宫的白日梦里，因为只有在那样的地方，才能让她们与皇子相遇，才可以找到能够真正与白马王子原型匹配的梦中情人。就像金子说的：“穿越题材会一直延续下去，毕竟这个是女孩子很极致的一个想法，王子和灰姑娘的故事离现实很遥远，但你穿越过去，摆脱很多的束缚，很多东西出来会很有意思。但我觉得作品中，历史观、题材、对这个世界看法的描述等是不能改变的。”②

继《梦回大清》之后，金子开始潜心雕琢自己的第二部“女人书”——《夜上海》。金子的故事离开了大清的紫禁城，而穿越到了民国时期的大上海。小说中的主人公云清朗是个寄人篱下的女孩，聪颖而早熟。姐姐丹青为了逃婚，带着清朗来到了光怪陆离的大上海。在此，清朗偶遇上海三大名门中黑道上的六爷陆城。在硝烟弥漫的夜上海，一场惊心动魄的故事悄然上演，人物命运在乱世中跌宕起伏，凄美的爱情随着风起云涌的时代而

① 《独家对话〈梦回大清〉作者金子：穿越大有可为》，http：//ent. sina. com. cn/v/m/2010－01－15/09292844865. shtml，2010年1月15日。

② 《独家对话〈梦回大清〉作者金子：穿越大有可为》，http：//ent. sina. com. cn/v/m/2010－01－15/09292844865. shtml，2010年1月15日。

展开。《夜上海》延续了《梦回大清》充满张力和悬念感的叙事，冷静淡定处透出幽默，紧张刺激时显露从容。清爽的情感如涓涓细泉，渗入层层设防的心田，抚慰现代人疲惫紧张的心灵。正如一位粉丝所说，金子的小说“平凡而不流俗，自信而不张扬，犹如一株兰花，静静散发出属于自身的光华”。2008 年，《夜上海》出版。之后，数十家影视公司争购其影视改编权。

如今，《梦回大清》已成为网络文学类型化的一个重要标志，用王绯的话来说就是“一个具有衍生价值的母本”，根据王绯的统计，自 2003 年 11 月到 2008 年 12 月，仅在晋江连载的以“梦回”命名的小说及诗歌就有：《梦回钱塘》（折兰与想，诗歌，2003 年 11 月）、《蝶舞梦回》（爱猫的鼹鼠，2006 年 4 月）、《雨霏梦回》（春山笑，2004 年 7 月）、《梦回宋朝》（杏儿，2004 年 11 月）、《梦回·断》（雪织薇，2005 年 7 月）、《梦回江南》（瑶光，2005 年 9 月）、《太古梦回》（鬼灯子，2005 年 10 月）、《梦回古代》（绝色小狐仙，2005 年 10 月）、《梦回汉朝》（豆僮，2005 年 12 月）、《梦回千年》（蜡笔小鑫，2006 年 1 月）、《梦回盛唐》（箫笛，2006 年 1 月）、《梦回·尼罗河畔》（羽狐，2006 年 3 月）、《午夜梦回》（可缘，2006 年 9 月）、《梦回前朝》（枫林晚，2006 年 3 月）、《梦回乱世》（清泉丁冬，2007 年 4 月）、《梦回千年》（Yuya 幽夜，2006 年 4 月）、《梦回清朝》（boshi0086，2006 年 4 月）、《梦回匆匆》（燕风森，2006 年 4 月）、《梦回人间》（陈惜若，2006 年 5 月）、《梦回唐朝》（zoe 凝霜，2006 年 10 月）、《回梦录》（流＊觞，2006 年 10 月）、《梦回水乡》（水绿红蕖，诗歌，2006 年 11 月）、《梦回红楼》（灵韵儿，2006 年 12 月）、《梦回金枝》（泪颖，2006 年 12 月）、《梦回秦》（晓葑，2007 年 1 月）、《梦回莫斯科》（tutu0815，2007 年 1 月）、《梦回唐朝》（霓殇，2007 年 1 月）、《梦回燕山》（闻澜，2007 年 1 月）、《梦回·轮回》（落红，2017 年 1 月）《梦回大唐》（青眉如黛，2007 年 2 月）、《梦回晨曦》（烟波独钓，2007 年 3 月）、《梦回红楼》（上官茗薇，2007 年 3 月）、《梦回情仇》（梨花泪，2007 年 3 月）、《午夜梦回》（云雪云，2007 年 5 月）、《梦回飞天》（橘罗，2007 年 4 月）、《梦回南京》（文筱，2007 年 8 月）、《汉末梦回》（叶涯雯，2007 年 6 月）、《午夜梦回》（无心插柳，2007 年 6 月）、《午夜梦回》（午夜舞夜，2007 年 6 月）、《梦回大唐》（南宫梦翊，2007 年 6 月）、《梦回大明》（月牙兔，2007 年 6 月）、《梦回前清》（冰玉梦，2007

年7月)、《梦回青楼》(爱情鱼自由水，2007年6月)、《梦回中世纪》(流瑾，2008年12月)、《梦回远古》(落樱飞舞，2007年6月)、《梦回隋唐》(女巫养的猫，2007年6月)、《午夜梦回》(海饼干，2007年8月)、《回梦仙境》(小数点，2007年9月)、《梦回三国》(无限失意，2008年7月)、《梦回长安》(斯夜，2007年8月)、《梦回一世》(枫瑶，2009年2月)、《缘·梦回》(唯琳，2007年10月)、《梦回彼得堡》(annalisa，2007年10月)、《梦回隋唐》(沈千寻，2007年11月)、《梦回三国》(隐仙，2007年11月)、《梦回情迷》(哆咪啦、2007年11月)、《梦回武林》(一箭清心，2007年12月)、《梦回浮云》(格子衬衫，2008年2月)、《梦回秦朝》(云晴霄，2008年2月)、《梦回江湖》(阿阜，2008年2月)、《梦回唐朝》(爱在天地间，2008年2月)、《梦回花烙》(雨烙星辰，2008年2月)、《梦回王朝》(婉律·小芸，2008年7月)、《六月梦回》(步遥，2008年2月)、《午夜梦回》(某川，2008年7月)、《梦回盛唐》(慕寒烟雨，2008年3月)、《回梦晓然》(乐亦菱，2008年7月)、《梦回西游》(折二根，2008年3月)、《梦回阑珊》(枫尘隐沙，2008年3月)、《梦回明朝》(寿司转转，2008年3月)、《梦回深海》(枫叶&晨岚，2008年3月)、《梦回西游》(流光飘飘，2008年4月)、《梦回前世》(梓馨，2008年4月)、《回梦仙游》(博尔玉，2008年5月)、《梦回大唐》(狐狸西西，2008年7月)、《子夜梦回》(恋红茶，2008年6月)、《梦回南庭》(彼岸南庭，2009年7月)、《午夜梦回》(卿卆陌亽，2009年1月)、《梦回还》(楚狂生，2008年7月)、《午夜梦回》(空兰，2008年7月)、《梦回千年》(漠风，2008年7月)、《梦回天界》(鬼梗，2008年7月)、《前世梦回》(叶色，2008年8月)、《星夜梦回》(星辰流年，2008年7月)、《梦回魂》(琉璃天国，2008年8月)、《梦回埃及》(阿迦舍，2008年8月)、《梦回天龙》(saphia，2008年8月)、《梦回唐朝》(失语症，2008年9月)、《梦回女儿国》(花羽清梦，2008年11月)、《午夜梦回》(飞天神猫，2008年11月)、《梦回三生》(苍晓，2008年11月)、《梦回秦朝》(撒影儿，2008年11月)、《梦回流年》(千羽浪，2008年12月)、《梦回那时》(木樱月，2008年12月)，等等。

从上述衍生小说的类型看，除了穿越类，还有相当数量的玄幻、奇幻、架空历史、武侠、科幻、惊悚/恐怖、耽美爱情、同人/未知/动漫等类型。这说明，《梦回大清》的影响已不限于小说类型意义，还有女性之于网络文学书写的特别意义，其“特别”主要体现在：纯然“梦回”的文学书写方式，为女性写家提供了一个最适合其性别特征的几近万能的书写形式，开启了她们通往各种文学类型的通道，可谓“梦回”天下任我游了。另外，爱情是文学永恒的题材，对女性文学作家而言，这近乎是永恒的题材或主题，一旦跻身网络自由书写的“梦回”流，“梦回”赋予她们的是无尽无休的文学表达欲望；只有网络，才可能实现她们的愿望。①

二 《步步惊心》与《独步天下》

在“清穿”小说三座大山中，《步步惊心》无疑是其高峰，小说于2005年在晋江连载，网络转载总点击量超过1亿。2006年其实体书出版，行销几十万册。被改编为电视剧后，收视率令人惊叹。作者桐华原本就是知名女作家，悦读纪签约作者，文坛新言情小说“四小天后”之一。但她之所以能以大神级网络写手的身份自由翱翔于网络文学的高空，全是因为《步步惊心》给她插上了一双美丽的翅膀。

尽管《步步惊心》上网即火，但真正大红大紫却是在同名电视剧热播之后。小说的主人公张小文，一个25岁现代都市白领，在换灯泡时从梯子之上跌下，穿越到康熙四十三年的北京，成了一名叫马尔泰·若曦的十三四岁清朝女子——八阿哥廉亲王的侧福晋马尔泰·若兰的妹妹。在短期离开无望的情况下，她只得随机应变接受现实，开始在清朝听天由命地经历五味杂陈的穿越生活。

马尔泰·若曦初到八王府就颇受王爷关注，不久又与其他阿哥发生错综复杂的情感纠葛。八阿哥的温柔体贴令她心动迷恋，但拥有现代意识的若曦，内心深处难以接受这份情意，她以若即若离的姿态逐渐让八阿哥淡出自己的生活。与热情似火、湿润如玉的八阿哥相反，四阿哥外冷内热，心思缜密，对她处处留心时时关怀，若曦在宫中的生活似乎处处与他有着千丝万缕的联系。作为明了历史进程的女主人公，她知道四阿哥将会继承大统，因而对他颇为上心。若曦明白自己的心之所向，可作为皇帝的女官，她也深知四阿哥并非皇帝最爱的儿子，而且太子的两立两废、十三阿哥的十年囚禁、八阿哥的失势、马尔泰·若兰的去世等都是两人感情路上

① 王绯：《21世纪新媒体与文学发展》，社会科学文献出版社2012年版，第289—290页。

的严峻考验。《步步惊心》的最后两个章节，写到了若曦与四阿哥最终令人叹憾的结局：八阿哥正福晋引火自焚，失去了孩子的马尔泰·若曦成了十四阿哥名正言顺的侧福晋，而成为皇帝的四阿哥也终将在遗憾与落寞中度过一生。[①]

与大部分网络穿越小说一样，《步步惊心》将穿越背景定格在九龙夺嫡的时段。张小文是一个拥有独立思维的现代职业女性，胆大心细，热爱自由，更兼有对历史的预知，这使得她在清朝的故事注定会风生水起。其所化身的若曦想要自由的生活与她作为一个八旗女子身不由己的矛盾、宫廷复杂的钩心斗角与若曦善良品格的矛盾、皇帝与阿哥间的矛盾以及阿哥间因争位爆发的激烈冲突……这些因素使得女主人公的感情线路越发一波三折。仿佛一切都是美好的，但底色却又是那么严峻乃至残酷。诸多矛盾推动着故事的发展，人物的命运也在纠结冲突中一步步被推向不可逆转的结局。人物感情纠葛背后一直潜藏着的权力争斗暗线，不时让轻松的感情戏份突然爆出凛凛的高潮，令人深感意外与叹惋，这是《步步惊心》吸引读者大获成功的重要原因之一。

当然，《步步惊心》的不足之处也是显而易见的。譬如说，心理情感的描写就有待加强。纵然书中情节的发展节奏紧凑，煞是好看，但作者似乎在营造外在冲突时耗尽了心力，而不再观照内心发展。一旦人物心理的变化与情节发展存在较为严重的脱节，细心的读者面对缤纷而来的情感戏份也就难免生出诸多难以理解的狐疑。

李歆的《独步天下》[②]，作为标准版的“清穿”小说，与大多数“追四哈八”的作品不同，她直接将穿越目标定在努尔哈赤治下的后金。小说写一个父母双亡的女摄影师步悠然，在一次古墓探险中意外跨越了 400 年时空，灵魂依附在女真第一美女——东哥的身上。东哥实有其人，据历史记载，此人全名叶赫那拉·布喜娅玛拉，只活了 34 岁。据作者说，有这样一则民间传说：东哥带着“可兴天下，可亡天下”的咒语出生，自 10 岁起就令努尔哈赤为之不断发动战争，拥有着“一女亡四国”的传奇经历，并成为努尔哈赤生命中的“七大恨”之一。当一个 400 年前的神秘女性拥有了一个现代人的灵魂，她的生命和爱情将会发生什么样的变化？一个现代女子突然

① 曾繁亭等：《网络文学名篇 100》，中央编译出版社 2014 年版，第 187—188 页。

② 李歆：《独步天下》，朝华出版社 2007 年版。

介入已是定局的历史，她能适应自己的新身份吗？她会如何对待趋之若鹜的感情攻势？她在其短暂的余生里会引发何等传奇？穿越高手往往会在这一类问题上展开并由此激发读者兴趣，使人忘情其间，不忍离屏而去。

有资料显示，《独步天下》曾经是《今古传奇·言情版》最具人气的历史爱情小说，第二届腾讯网“作家杯”原创文学大赛第四期冠军。这部小说不仅是言情小说，也可说是历史小说。作者李歆对于描写史实的认真程度近乎苛刻，每个小细节都会认真求证。但是这种追求史实的认真，却没有抹杀她描写爱情的浪漫，整部小说充满了各种类型的爱情。[①] 由此可见，《独步天下》虽然不能说在“清穿”小说王国中“独步天下”，但称其为“清穿”小说中的佼佼者应该是不成问题的。

“清穿”小说的流行，在一定意义上对网络文学的发展起到了积极的推动作用，这一点毋庸置疑，但“清穿”小说的负面效应，如随心所欲地戏说历史等，也引起了不少有识之士的忧虑和批评。有批评者指出：“现在看穿越并且相信那些故事的人已经不是小学生了，他们有的都结婚生子了，这样误读下去，100年后的人们大约会以为康熙持香港护照吧！在历史课本里加入一些野史知识，并对电视剧勘误，或许是新教材编订应该考虑的一部分。”[②]

还有人批评“清穿”小说像曹雪芹讨厌的那种类型化的“佳人才子”小说一样，千部一腔，千人一面，一味花邀艳约，自始至终无不涉于情滥的篇目，满纸王爷、贝勒、福晋、格格，整部小说就像一部张国立辫子戏台词的串烧版，这类充斥陈词滥调的无聊文字，几百年前就已令人厌倦了，今天的读者如此热衷于“穿越”这类软饮料般的故事，这是人文精神低落、审美趣味退化的表现。总之，在反对者看来，“穿越小说，可以休矣”。应该说，这一类批评未必都是吹毛求疵，多多少少说到了当今网络文学的痛处。但今天的网络文学，毕竟与曹雪芹时代的通俗小说有极大的不同，我们评价当代的“清穿”小说，理所当然应该有与时俱进的立场和姿态，即便借用《红楼梦》中那块顽石的高论说事，作为批判，也不能完全无视作者、作品“朝代年纪”和“地舆邦国”等方面的信息，而必须时刻保持网络时代批评家应有的主体意识和批判精神。

---

① 参见百度百科词条“独步天下”，https：//baike.baidu.com/item/%E7%8B%AC%E6%AD%A5%E5%A4%A9%E4%B8%8B/1152757。

② 孟静：《清穿和历史》，《新民周刊》2011年第41期。

有道是，“一夜花开满树红，转眼花落万枝空”。开得容易谢得快，这可以说是事物发展的必然规律，穿越小说自然也不能例外。有研究者认为，穿越小说作为玄幻类和言情类小说的“更新换代”，在形式上有了很大的突破，大胆新奇的想象也是有目共睹的。但它们必定也会有一个内在的生命周期，断无长生不老之理，就如同它们取代曾经炙手可热的盗墓小说一样，其独步天下的地位也一定会被另一种类型所替代。从图书的出版方面来看，题材重复、跟风严重、情节老套、新奇程度急剧下降等现象不容忽视。这类图书大多采用流水线生产制作，出版周期短，出书速度快，图书数量多，精品小说少，书籍质量得不到保证。然而畅销书本身就是大众文化的产物，从这个意义上讲，畅销书的娱乐化现象有其存在的合理性，也是出版行业在图书策划过程中不可回避的。以娱乐化和市场化为特色的穿越小说自然也难以免俗，事实上，所有的类型化网络小说都难以真正做到出淤泥而不染。

第二节　穿越明朝的“三条大河”

“清穿明越”之所以是一个值得一说的话题，不仅因为它们之间有一望而知的内在联系，还在于二者互为照应的对比关系。就写作影响而言，“清穿”小说因金子《梦回大清》的一炮走红，“明越”小说便有《梦回大明》高精仿作；“明越”小说有灰熊猫的《窃明》，“清穿”小说便相应出现了天使奥斯卡的《篡清》；就写作风格而言，“清穿”小说好像是一阵阵清风，诱使美人花间歌舞；“明越”小说则更像一壶壶烈酒，听任英雄醉卧疆场；“清穿”小说的作者多为女性，多写闺阁闲情，触目多是红巾翠袖、轻歌曼舞；“明越”小说的作者多为男性，多写建功立业，满纸金戈铁马、绝地孤城。正如网友“烦穿越”所戏言的，穿越小说无非“女爱清穿，男喜明越，哥哥妹妹回明清，双双对对游宫阙”。就既有创作成果看，如果说《梦回大清》《步步惊心》和《独步天下》是“清穿”小说的“三座大山”，那么《回到明朝当王爷》《明》和《窃明》也可以说是“明越”小说的“三条大河”。当然，说上述三部穿越明朝的网络小说是“三条大河”很容易引起误会，似乎这早已成为“清穿”小说“三座大山”那样一种约定俗成的说法，事实上，我们并没有找到将这三位作者作为一个“相似家族”进行评说的证据。把他们放在一起说的理由除了将“明越”小说与“清穿”小说对比分析以外，主要还是这三部作品都是足以代表“明越”小说一流水平的心血之作，它们理应在网络文学史上占有自己的一席之地。

对于穿越小说来说，2007年是一个具有特殊意义的年份，继清宫戏的滚滚热浪之余绪，溯源而上的明朝戏出现了前所未有的暴涨态势。这一年，“大明王朝”的影视剧在各大电视台争相热播，《朱元璋》《传奇皇帝朱元璋》《大明王朝1499》《大明王朝1566》相继成为荧屏的重头大戏，当年还传出《大明王朝1587》正在筹拍的消息，网上风头正劲的《明朝那些事儿》也有人在张罗影视改编，各种消费大明的文化节目、普及读物甚至文物收藏、展览等，都能看到“清宫热”激活“明朝热”的发展态势。2007年，媒介流行着这样一句俏皮话——“今年是‘明年’”。

这一年，描写“明朝那些事儿”的网络小说自然不甘示弱。网上各类有关“清穿明越”的小说。在众多穿越明朝的小说中，《窃明》《临高启明》《雅骚》《官居一品》《明末边军一小兵》《锦衣夜行》《顺明》《寒门崛起》《明朝那些事儿》《回到明朝当王爷》被读者誉为“十大明越奇书”，类似的小说还有《重振大明》《盛世大明》《明末江山》《晚明崛起》《活在明朝》《大明闲人》《晚明霸业》《大明帝国》《血起大明》《龙翔大明》《大明春色》等，数量之多，令人惊叹！其中被网友“排名第一的网络小说”《回到明朝当王爷》问世不久就被太白文艺出版社相中，纸质版一经推出即轰动一时。凤歌的大作《沧海》，在2007年8月上半月进入故事高潮，点击量急速增加，这部小说中的“东渡记”“沉冤录”和“涅槃书”所演绎的那些惊天地泣鬼神的故事均发生在“明朝嘉靖年间”。至于说从2006年开始不断发酵升温的《明朝那些事儿》，在2007年则可以说是该年度最畅销的当红小说。

相比玄幻、历史、盗墓，穿越的这股风潮来势更凶，网罗的作品数不胜数，不知道穿越的人已经“奥特”（out）了！随着庞大读者群的形成，穿越小说的作者群也开始以整体的形象出笼。名动一时的有“四小天后”“六小公主”和“八小玲珑”①，这些作者的穿越作品占了相当一部分数量。同时，穿越小说更是在荧屏上大放异彩，如电视剧《步步惊心》等热

① “四小天后”分别是指藤萍、桐华、匪我思存、寐语者；“六小公主”：辛夷坞、顾漫、缪娟、金子、李歆、姒姜；“八小玲珑”：沧月、木然千山、明晓溪、米兰Lady、妖舟、唐七公子、媚媚猫、爱爬树的鱼。

播期间，相关小说也同期受到几近疯狂的追捧。

说到类型小说的起落兴衰，我们认同这样一种意见：“姹紫嫣红非有意，争芳斗艳各有时。”网络从来不寂寞，玄幻红透之后出现了历史热，正当人们感叹历史题材风头占尽时，盗墓热悄然兴起了；《鬼吹灯》《盗墓笔记》之后，发酵多时的“清穿”“明越”小说发力了……沉舟侧畔千帆过，穿越之后知是谁？毕竟，世上从来就没有常开不败的花朵，但无论作者还是粉丝，都无须为此悲观。网络小说既然是从众随流的通俗艺术，自然也不必像陶潜、元稹那样故作孤标傲世之想。对于网络类型小说的更迭嬗变，我们赞赏这样一种达观的心态：“花中何必偏爱菊，此花开后更有花！”单就穿越而言，金子的《梦回大清》尚未完全降温，不就已经有人抛出《梦回大明》了吗？事实上早就有不少网络写手“回到明朝”了。

一 月关的《回到明朝当王爷》

月关（本书第六章第二节已有专题介绍）作为历史架空小说的高手，写起明朝的故事尤为得心应手。2007 年对月关来说具有一定的特殊意义，这一年，他获得了起点年度最受欢迎作家金奖，其代表作《回到明朝当王爷》获得了 2007 年度十大网络原创作品第一名，因为这部小说一直保持着起点年度月票总榜纪录——连续五个月蝉联起点月票榜首（2007 年 11 月—2008 年 3 月），正可谓“网上一轮才捧出，屏前万姓低头看！”对于月关和起点来说这都是一段有趣的历史。这部讲述穷困书生变作显赫王侯的穿越小说是作者第一次使用月关这个笔名的心血之作，称其为作者的成名作大概不会有争议。

2008 年《回到明朝当王爷》进入“网络文学十年盘点”十大精品终审环节，获得人气第六，排名在《家园》和《悟空传》之前。次年该作又同。《大争之世》《步步生莲》入榜中国台湾地区图书借阅榜前 20 名。《锦衣夜行》还荣获中国台湾地区金石堂销量第一名。盛大集团董事长陈天桥，滚石公司老总段钟潭，著名歌星周华健等企业家、文化名人都是月关书迷。2011—2012 年，月关连续两届分别获得起点金键盘奖年度作家和年度作品两项冠军。2012 年第七届网络作家富豪榜，月关以 370 万元排名第 16 位。[1] 总之，月关的创作实绩堪称辉煌，但我们想说的是，他的这些

① 聂庆璞等：《网络写手名家 100》，中央编译出版社 2014 年版，第 111 页。

荣誉大多与两部“明越”小说分不开，即与《回到明朝当王爷》和《锦衣夜行》分不开。

由于《锦衣夜行》前文已有比较详细的评介，于兹不赘。这里专就《回到明朝当王爷》说说“穿越明朝”的“那些事儿”。这部小说，视野开阔，气势宏大，情节曲折，语言考究，令读者爱不释手。故事说的是，由于牛头马面的差错，一个名叫郑少鹏的人在一年间变成了“九世善人”，如果他再做一世善人就要成佛了。判官只好利用系统错误，将其送到明朝正德年间，附在一个叫杨凌的秀才身上，由此展开了他惊心动魄、丰富多彩的一生。那是一个光怪陆离却又极好玩的时代，既有京师八虎的邪恶，又有江南四大才子的风流，还有大儒王阳明的心学，再加上荒诞不经的正德皇帝朱厚照。浑浑噩噩中踏进这个世界的主角，不得不为了自己的命运，周旋在这形形色色的人物之中。有东厂、西厂、内厂、外廷之间的纷争；有代天巡狩清除贪官的故事；有剿倭寇、驱鞑靼、消灭都掌蛮、大战佛郎机；而且还有开放海禁、移民西伯利亚这类历史大戏……总之，点开月关的网页，精彩的故事便纷至沓来。

作为一部受到热捧的网络小说，能够在激烈竞争中脱颖而出，必然有其特别之处。有网友赞叹作者写战争大气磅礴；也有人爱其写情感儿女情长，时而回肠九转，时而血脉奔涌；还有人欣赏其写智谋，逻辑缜密；尤为可贵的是，作为一个网络写手，月关写起人物对白来，行文古朴，颇有几分明清小说的风神气韵。尽管有时文笔水平不一，少数情节略有牵强，笔法也不及金庸、倪匡等简练，然而瑕不掩瑜，总体上看，《回到明朝当王爷》构思精巧，行文畅达，且充满豪气豪情，从神到形都无愧为网络文学上乘之作。

小说中杨凌这样文韬武略的英雄人物，往往是无所不为的“极品种马”，但月关笔下的杨凌却不是。因为一般的种马小说，书中所有女性都貌美如花，个个莫名其妙地爱上男主人公，没有任何情感上的培养，都是一见钟情。该书的写法与这些书有所差异。书中的12位主要女性虽也是个个如花似玉，美貌非凡，但与男主人公都有感情发展，有的开始甚至是拒绝他的，只是在后面的发展中出于各种原因而嫁给他。书中对众多女性形象的出色描写受到粉丝的好评。这些女子出身不同阶层，性格不同，气质各异，月关使用个性化语言对她们各自的言谈举止进行了惟妙惟肖的刻画，收到了较好的审美效果。当然，有人坚持认为，“这只不过是种马小说的变种，从文学的意义上来说，这种‘变’使它有了文学的‘人文’韵味，却不能改变其种马小说的本质。就像《红楼梦》，尽管好，但仍是意淫小说一样”。聂庆璞认为，《回到明朝当王爷》最大亮点还在于，“将诸多对于中国历史的思考注入架空历史中，例如耕牧之争、大陆扩张与海洋扩张、政治集团间的博弈、经济理论的运用甚至对于邪教和农民运动的思考，也借杨凌之手隐晦地阐述了作者的主张与见解”①。

“网络文学十年盘点”对《回到明朝当王爷》的评语是“一篇机智而恣肆的历史穿越”小说，评委认为小说语言以及叙述比较机智，很善于运用民间智慧，在文体类型上自由恣肆，在穿越小说类型中加入了自己的创造，这种创造性可能来自武侠小说或戏说历史的电视剧，但作者善于“拿来”。小说有一种网络特有的幽默感，将现实的语言拼贴到历史语境里，产生一种反讽性，作者借助网络载体充分发挥了自己的语言机智。有人称这是“另类的《鹿鼎记》”，这既是褒词，也是贬词，因为它最明显的不足就在于未能在主题上以及构思上超越《鹿鼎记》。当然，要求网络写手超越金庸，这无异于痴人说梦。但对于月关这样的顶级大神来说就另当别论了。

二 酒徒的《明》

2003 年，酒徒推出了《明》，使架空历史小说成为当年网络文学的热词，酒徒本人也因之获得了“架空历史小说鼻祖”的美誉。

《明》这部作品写一个名叫武安国的业余登山爱好者，莫名其妙地坠入明朝洪武九年（1375）的北平往北百余里的山村里。发现他的村民说：“咱这个村子叫匠户营，是蓟州北平顺天府怀柔县地界，这里已是大明边界，过了那边那道山，就不归大明管辖喽。”

预设好穿越的时间和“落点”之后，作者对主人公武安国的身份进行了相当详细的交代：在 2003 年北京市公安局的疑案记录上，有这样一份报告：武安国，男，28 岁，××大学机械、冶金双硕士学位，业余登山爱好者，××设计院工程师，于 9 月 8 日在司马台附近露营失踪。失踪前身体健康，无异常行为。此人曾获北京市职工运动会长跑、射箭金牌，空手道黑带。

① 聂庆璞等：《网络写手名家 100》，中央编译出版社 2014 年版，第 112 页。

在北京失踪的武安国出现在明朝的第一个场景是落入虎口，求生本能使其冒险一搏，他不仅成了打虎英雄，还因为一张虎皮转眼间变为地方首富。这位“打虎上山”的英雄，从此踏上了一条建功立业的“孤星血泪”之路。

当武安国最初得知自己“陷落”到了“暗无天日”的明朝时，他只恨自己没有被老虎吃掉。但是，当认识到自己真正的处境时，他便开始为自己的人生寻找出路了。武安国推算当时应该是1375年，再过百年，西方就开始了波澜壮阔的大航海时代，而中华文明也从此被西方赶上。在这种背景下，穿越到大明王朝的武安国开始了自己从普通百姓到极品土豪的奋斗历程。在小说第一卷中，主人公的一切故事都按照作者预设的路径，有张有弛地向前推进着。但面对庞大的粉丝队伍，酒徒感到了一种成功的压力。

酒徒在撰写第二卷的时候，干脆敞开心扉与读者直接对起话来。他说，第二卷关于战争的场面会很多，自己不太会写，因为前头已有难以超越的范例令人不敢动笔，“酒徒甚至想把所有战争场面全部省略掉，以免自惭形秽。所以他诚恳地请求读者多多帮忙出主意，给作者点儿好点子”。压力往往会转化为动力，或许正是这种“临敌念”与“过桥心”，才使酒徒小说的大战场面描写赢得了读者的惊叹和论者的赞誉。

有评论说《明》不仅仅是一部穿越类的小说，作者表达得更多的是一种思考以及抗争的精神。这部小说最大的毛病就是理想化，作者希望武安国燃烧自己以做大众的引路灯。这一颗火种也许会成燎原之势，但更有可能会被扑灭。武安国带去了先进技术，但那个时代最缺乏的还是先进思想，武安国企图用自己的忍辱负重来感化周围，来澄清那个世界：“虽然我会死，但我死后的世界一定会有所不同。”

在酒徒看来，如果说历史是一场持续千年的风暴，那么个人就是这风眼中的一叶扁舟。以个人的能力来改变社会的进程，无异于螳臂当车，其结果是尸骨无存且于事无补。但几千年来，为理想而奋斗的人总是前仆后继，奋勇当先。在残酷的现实面前，改变也许是速死，但不改变就是等死。理想的伟大之处就在于虽然只有一点点希望，但还会让人为之奋斗终生。

小说里面几次谈到明朝统治者缺少政治智慧的问题。用书中的话说：“朱标采用黄子澄的提议，高俸养官……得了丰厚俸禄的官员们非但没有满足贪欲，反而将手逐渐伸到新兴工商业当中。非法侵占他人财产，官员和商人勾结的案例比比皆是。”“朱二、曹振这种老臣的存在，其实是保证建文朝廷苟延残喘的基石，有他们在，燕王朱棣就不敢轻易起兵。可自以为聪明的大佬们非常配合地将这些基石一块块拆掉，等着倒塌下来的大厦将自己压死。”

明朝的官僚过于贪婪，只追求短期的利益。他们的所作所为，不仅损害了社会，而且也损害了自己的长期利益，他们的掘墓人不是别人，而正是他们自己。这看起来似乎可笑，但肉食者鄙的事实确又贯穿大部分中国历史。在历史上，即使面临外部入侵和农民暴动，统治集团仍旧内斗不止。西晋末年的八王之乱是一个例子。明末福王财富如山但拒绝拿钱出来抵抗闯王又是一个例子。

从这点讲，建文朝的危机首先是一种精神危机。贪婪是人类本性的一部分，贪官奸商唯利是图，所以要指望那时的官员商人不贪恐怕不太实际。书中凡是涉及共同利益的，如股票市场等，多为武安国首创，郭璞监管。要是换了周崇文做北方六省布政史，恐怕早崩溃了。酒徒的这类家国之思与社稷之论在“清穿”小说中是很难见到踪迹的。这也是“明越”小说与“清穿”小说的一大差异。

酒徒对动乱的描述更是入木三分。他从明史中清晰地看到，动乱迫使人为自己的生存奋斗，而无暇顾及他人的痛苦。动乱也培养出无数有野心而时刻准备踩着别人上去的人。动乱岁月，人命危浅，在一个缺少互信的环境中，人人自危，于是世道会因此更加混乱，这种恶性循环在历史上一再上演。酒徒将跳出这种恶性循环的希望寄托在武安国等英雄人物身上，这也是为什么小说里面的英雄们，大多无意于荣华富贵，且多数死于非命。王飞雨、李善平、马皇后、濮英、伯辰，甚至高德勇和晴儿都是如此。“为什么要流那么多的血，因为社会需要的是一种精神革命，由此才能打破历史的宿命，也才创造出中华民族需要的政治智慧。”①

据酒徒吐露，《明》的写作在 2003 年 10 月就开始了。当时他的事业正处于低谷，感情也极度苦闷。那一年春天，相恋多年的女友去了澳大利亚，无聊之际，开始写下第一章文字。不久之后，他不仅获得了读者的赞誉，而且还从男友升级为丈夫。当《明》的第一卷快要收尾的时候，他偶

---

① 《历史的宿命与民族的智慧——读“明”的一点感想》，https：//m. qidian. com/book/5647/1350056. html。

然看到路边的租书店里有一本《大明王朝》，书皮上赫然印着“酒徒著”，这使酒徒意识到自己的书原来是有经济价值的，于是他终于痛下决心要把自己打造成 VIP 作者。

在第一卷结束和第二卷开始之前，酒徒花费了近半个月时间整理自己的写作思路，为整本书制定了大纲。在小说的字里行间，他逐渐把自己对历史与现实多年的思考加了进去。第一卷，武安国等人不过是在一个县城里折腾；第二卷，他们要面对全国的问题，还有封建社会后期的所有危机，这些危机如何解决，连历史学家都认为是个谜，何况一个书呆子武安国，这对故事之外酒徒这个“半梦半醒的醉鬼”来说无疑是一个巨大的挑战。

2004 年年底，盛大对起点的注资让起点跨越了门槛，依赖雄厚的资金，起点一下子把竞争者抛到了身后。作为长期供稿作者，酒徒也在起点的成长中收获了丰厚的果实。酒徒坦言，他无法预测今后起点的发展方向，但他相信，这个独特的网站会越办越好，因为，它曾经是“我们”共同的“起点”。

三　灰熊猫的明代架空巨制《窃明》

灰熊猫，真名谢栩文，历史爱好者，以创作《窃明》一炮而红，获得诸多赞誉；其作品还包括《虎狼》《伐清》《朱棣的权谋》等，均为历史类小说。《窃明》的成功，使其入选搜狐“读本好书”2008 年度十佳图书，并在同年“网络文学十年盘点”活动中，荣获“十佳优秀作品”称号。一则广为流传的评语说：“《窃明》是引发巨大争论，口水滔天的网络奇书；一部能够令人热血沸腾、血脉贲张的历史战争小说；一部恢宏的历史之书、热血之书、战争之书、权谋之书。”

灰熊猫的明代架空巨制《窃明》就诞生在有“明年”之称的 2007 年。网络评论家陶大认为，在“清穿”“明越”系列中，《窃明》是最好的历史架空小说，“可以称之为明代架空第一。说是最好，不是在于其情节，也不在于文笔。而是灰熊猫通过一个挣扎在明末辽东的黄石，将一个湮灭于清史的明末揭开一角，让我们得以窥见那些我们还算熟悉的历史人物到底是什么面目，天启帝、魏忠贤、袁崇焕、熊瑚弼、孙承宗、祖大寿、东林党徒、辽东将门，这些明末人物，都被作者写活了，写绝了”①。

① 《我为什么要读〈窃明〉》，https：//book. douban. com/review/1388789/，2008 年 5 月 25 日。

按照作者最初的写作计划，《窃明》的情节将集中于主人公黄石在明王朝灭亡前最后几年，因为作者认为，明亡之前的最后几年，在时间上虽然短了一些，但故事却十倍、百倍精彩于之前的十几年。

“窃明”并不是指主角窃取明朝而代之，而是说明朝本不该早亡，但被各个小利益集团所盗窃、蛀空，这是“窃明”的本意。《窃明》书友“14920”为《窃明》主人公黄石戏作“史记体”传记，在网上流行一时：

> 石，河北人，家贫，行乞至辽东，投身行伍。初隶广宁游击孙得功麾下，积功至守备。广宁军败，石斩叛将孙得功，护广宁军民入关。未至，石曰：“不能存广宁，无面目入关！”乃自将百骑赴辽东投文龙，授东江游击，领长生督司。石招抚流民入岛耕织，聚众四百以练新军。石治军素严，新军临阵，如臂使指，识者叹曰：“此军一成，世无关张之将。”军成，石兵出辽南，连战皆捷，威名远震。以功升东江副将，授太子少保，赐银令箭，领东江左协。崇祯二年，袁崇焕至皮岛，缚毛文龙，将诛之。石闻之，直趋入帐，问崇焕曰：“毛某何罪？”……语未毕，崇焕辞穷，怒甚，令甲士缚石。石大呼：“督师责毛帅以开镇八年不能复寸土，督师非责毛帅，乃责我东江诸将士。毛帅引军二百东进之时，东江镇有寸土乎？丁卯之役五战五捷，力挫虏酋，兵指辽阳，非东江将士乎？陈忠捐躯镇江，张盘陨于旅顺，阵没以千数计，八年血战乃有东江之地。督师以不复寸土见责东江将士，问心得无愧乎？督师今擅杀毛帅，寒东江将士心，明日辽东不复为大明有矣！”崇焕益怒，急呼左右引出斩之。石叹曰：“不图莫须有之罪复见于今日！”遂就戮，时年二十八。临刑口占一绝：“一生事业总成空，半世功名在梦中。死后不愁无勇将，忠魂依旧守辽东。”……自石领东江左协，所部战则在前，退则居后，故能得众心。石死，东江左协诸将怒曰：“将军功盖辽东，虏闻名丧胆，今无过受戮。自坏长城，莫此为甚！”自此不奉崇焕号令，辽事遂坏。

《窃明》不仅拥有巨大的粉丝群体，而且还有与小说匹配的游戏、剧本、地图，影响之巨，可见一斑。“网络文学十年盘点”审读委员会这样评价《窃明》：“作为一部穿越架空小说，《窃明》的可贵之处在于它建立在扎实的历史基础之上，作者熟悉历史，掌握了充足的史料，并对历史有着自己的识见，因此在故事性背后能够感觉到作者鲜明的历史观。作者的历史观呼应了现实思潮，从而使作品具有一种影射现实的寓意。这是一部网络小说中的厚重之作。但作者透露出的民族主义倾向是一个颇带争议的话题，尽管围绕民族主义的争论各执一词，不应轻易断定谁对谁错，但在这部作品中，过分拘泥于民族主义还是妨碍了作者对历史的超越。作者善于书写战争，战争场面不仅气势恢宏，而且具有一种悲壮感。但是，作为时空穿越的另一类演绎，《窃明》线索杂乱，篇幅过于浩繁，读来比较吃力。"① 而《窃明》不仅仅在于写活了明末，还在于给我们展示了残酷的真实并提出了沉痛的反思。建奴数万草寇为什么能屠杀大明三分之二的人口，湮灭天下？在那个不可思议的年代到底发生了怎样荒诞的历史事件？哪些人该为这样泣血的历史结果负责？作品引发的这一类思考实属难能可贵。

袁崇焕的形象再造问题是书中的争议点之一，作者引用丰富的历史资料在书中提出了袁崇焕是大明帝国罪人的说法，从而在网络引发巨大的口水战，至今不息。对袁崇焕的批判在《窃明》一书之前就有，并且争议极大，所以"倒袁"不是自灰熊猫开始，但是《窃明》的出现，使得灰熊猫无形中成了旗手。对灰熊猫"倒袁"的描写，也有读者表示不满："如此激烈的否定，是否过于武断？"

《窃明》的简体版实体书与网络版本的内容有部分出入。实体书里面交代黄石的前世是一个熟读明末历史的理工类学生，其中部分情节特别是结尾部分，与网络版本略有不同，而中国台湾地区盖亚文化有限公司出版的繁体版本实体书却更多地保留了网络版本的内容。

---

① 参见百度文库《网络文学十年盘点终审 21 部作品》，https：//wenku. baidu. com/view/4452e39aa200a6c30c22590102020740be1ecd90. html，2019 年 4 月 7 日。

第九章

汪洋恣肆:网络作家的语言革新与文体嬗变

文学作为语言的艺术，其发展历程必然与语言的变迁关系密切。因此，从语言的视角考察网络文学的发生、发展过程是很有必要的。

表面上看，网络语言天马行空，随心所欲，似乎毫无定则可言。但实际上，任何语言的产生过程都存在着形形色色的程序与规则，这些程序与规则把持着、规范着、引领着语言的形成和发展。网络语言自然也不能例外。短短的十几年间，有多少曾经风行一时的网络语言已被雨打风吹去，又有多少曾经的雷人雷语已变成或即将变成陈词滥调。

语言和各种约定俗成的东西一样，无非各种直接相关和间接相关因素共同作用的结果。从一定意义上说，语言的习用是其主体“民主选择”的结果，无论是权力话语还是草根话语，话语主体的实际选择才是其生存发展的决定性因素。人们对自己不理解、不喜欢、不习惯的话语有权保持沉默，反之，那些悦耳动听且耳熟能详的话语就有可能变成话语主体的惯用语。遍布天涯海角的网民群体，在网络这个虚拟的赛博王国里，很快形成了具有“族群特色”的话语体系，而作为语言艺术的文学，一旦迁移到互联网的“新大陆”，出于生存与发展的需要，就不得不对传统语言进行必要的重新解码与编码。

如前所述，网络文学语言的蓬勃发展是草根力量迅速崛起的结果。在这个所谓的网络自媒体时代，传统意义上的“话语权”已经发生了深刻变化，迄今为止，这种变化并没有停歇的势头。有人说网络文学给传统文学所带来的最深刻革命，既不主要发生在文学题材、主题等方面，也不特别出现在小说技巧、结构等方面，而是明显表现在其对既有话语权的颠覆与重建方面。事实上，网络文学不同于传统文学的最直观表现也正是语言的“出格”与新奇。网络文学语言的简洁随意、自由无羁、变异特色以及狂欢化、杂糅性、口语化、速食化、重口味等特点，使其迥异于传统文学语言。

第一节 网络作家的语言特征及其价值取向

文学作为语言的艺术，始终与语言保持着一种相互依存、生死与共的亲缘关系。语言的任何变化，都会直接或间接地在文学领域得到反映，因此，研究网络文学的生存状况与发展态势，网络语言是必不可少的关注对象。

一 从“互联网魔鬼词典”看网络作家的语言特征

2007 年 3 月 4 日，全国人大代表彭富春呼吁立法禁止网络中的暴力文化。彭富春指出，在互联网上流动的非教育信息就有 70% 涉及暴力，不说游戏网站和各种论坛中充满着血腥与戾气，就连文学作品与日常网络交往中也普遍存在着语言暴力现象。包括网络文学在内的文学作品中存在着大量的暴力情节描写，网络小说中的那些“大侠”“英雄”，一言不合就拔刀相向，这些形象对青少年的成长具有极大的危害。他认为，从影视、网络到文学作品与日常语言中的暴力，仅靠舆论难治，应以立法形式限制暴力文化的扩张。以网络语言为代表的语言暴力引起社会各方面的广泛关注，以至人大代表呼吁立法禁止，网络所引起的语言变革及其所带来的混乱现象由此可见一斑。

也是 2007 年，有两本网络文学著作对网络文学语言进行过比较深入的探讨。一本是马季的《读屏时代的写作：网络文学 10 年史》，该书附录二“互联网魔鬼词典”对网络语言尤其是网络文学语言中流行的各种新鲜词汇进行了“全方位”盘点，是迄今为止最全面反映网络文学语言的重要文献之一。

马季的“互联网魔鬼词典”虽然收录了很多与文学无关的词语，但这些词语的频繁出现，往往也是网络文学作品区别于传统文学作品的一个显著标志。马季说，“互联网魔鬼词典”是由广大网友在在线跟帖、聊天、留言过程中共同创造发明出来的一套特殊词汇系统。它的来源庞杂而广泛，可谓形形色色、多种多样。总的来说，不同的网上“族类”有自己不同的或特有的常用“词汇”，这些“族类”主要有：“小资一族”“板砖一族”“白雪一族”“洋文一族”“阿谀一族”“灌水一族”等。既然被称为

“互联网魔鬼词典”，说明其中的词汇必然具备幽默、调侃、夸张、形象、生动、新颖、戏说等网络色彩与功能。

有的“词汇”拥有多层含义，在不同的交流语境中表达不同的意思。因此，作者只能以“词汇”的基本形态加以归类。马季将“词条”分为“名词解释篇”“字母篇”“数字篇”“表情篇”“中文演义篇”五个部分。这个分类颇具特色，其中“字母”和“数字”的含义极为直白，不言自明。

“字母篇”最常见的构词法就是“缩略”。如：AFAIK：as for as I know，就我所知。BB：宝贝、情人、孩子，看具体情况而定。BL：玻璃，不是指一种易碎品，而是指同性恋。FLG：前些日子家喻户晓的，经常在网上提到的一种社会现象。FT：Faint，晕倒的意思，也叫分特，表示惊讶、不可理解、不可置信等意思。MM：妹妹、美眉，表示年轻女性，千万不要用来指“妈妈”。PP：多义词，可代表票票（钞票）、漂漂（漂亮）、片片（照片）、屁屁（屁股）、怕怕（害怕）、婆婆，需结合上下文理解，有点挑战智力。YY：意淫（歪歪），衣服（衣衣）。

“数字篇”更为干净利落，其中的词汇清一色地利用谐音，鲜有例外。如02746：你恶心死了；02825：你爱不爱我；0564335：好无聊时想想我。下面的例子可能是坐在屏幕前边吃边聊的一对男女的对话，不用“说”，“一指禅”足矣，以下模拟对话的“解释”皆源自马季的互联网“魔鬼词典”：

W：0594184 （你我就是一辈子!）
M：07868 （你吃饱了吧?）
W：08056 （你不理我了?）
M：5196 （我要走了。）
W：5366 （我想聊聊。）
M：5646 （无聊死了!）
W：584520 （我发誓我爱你!）
M：6121 （懒得理你。）
W：555…… （呜呜呜……）

这种近似于“密电码”的对话，适应范围有严格的限制，知情人或许觉得很有趣，“局外人”则有可能觉得5646（无聊死了！）。当然，从编码与解码的角度看，“字母缩略”和“数字谐音”都较好地体现了“成本最低化”原则，其合理性可谓一望而知，但其局限性也是显而易见的。

值得注意的是，就语言表情达意的功用来说，简洁明快和“成本最低化”未必就一定是最好原则。事实上“字母缩略”和“数字谐音”多是“菜鸟”们摆弄的“小儿科”游戏。在此两类之外的第三类词汇，相比之下就隐含着某些耐人寻味的“玄机”。譬如“网吧”，常见的解释是“互联网上网服务营业场所”。但马季的“互联网魔鬼词典”却采用了以“网络文学语言”解释“网络文学语言”的方式把“网吧”解释为“一种专门盛放青春的地方。业者一般会感到越来越没前途，却如同雨后春笋的产业。也是默认所有人为18岁以上的地方”。这里的每一句话貌似与“网吧”无关，但只要稍稍了解网吧情况的人，一定会对这种幽默灵巧、传神即兴的说法心领神会，并发出会心的笑。类似的“解释”或正话反说，或“王顾左右”，或“插科打诨”，或“装疯卖傻”，或“声东击西”……总之就是不能“一本正经”，在一种类似于无厘头“小品”的幽默氛围中，“互联网魔鬼词典”把网络语言的个性特征发挥得淋漓尽致：

网吧联盟：世界上最不团结的联盟之一。网页制造者一厢情愿的单相思产物。

网友聚会：最无聊的聚会，常常以尴尬无比收场。令参与者和组织者都后悔得要死的聚会。

网友：一种制幻剂。有网友的时候，容易使人产生很多类似对方就是刘德华，对方就是张柏芝的制幻良药。失效以后，网友往往被冠名“恐龙”和“青蛙”两种虫子，再也不想理了。同时也是能够准确地说出对方的口头禅却叫不出对方名字的人。

聊天室：叽叽喳喳的一个地方。流氓和圣女都喜欢。一般一个聊天室的建成，会有成千上万的金钱来烘焙。假如这个时代你不会在这里撒野，人们一定会用膀胱（更正：旁光）扫你的脸。

精华：版主给自己哥们姐们的自留地儿。好的文章一定不在BBS的精华区里。

速度：网上说“速度”这个词的时候，往往是说“慢”的意思。

E-MAIL：典型的复合型“人才”。集“电子信件信道”“垃圾泛滥信道”“广告传播信道”“病毒流行信道”等多“信道”于一身。

网游：玩家的“游”，商家的“油”，家长的“忧”，孩子的“诱”……

博客：互联网里总是有很多客人，先是黑“客”，然后是闪“客”，现今流行的是博“客”……

马季之所以戏仿安布罗斯·比尔斯而撰写“互联网魔鬼词典”，或许与时人对网络语言既充满好奇又不以为然的矛盾心态有关。作者以词条解释的形式点评与叙述有关网络现象，极尽戏谑调侃之能事，三言两语便将网络写作早期的缺陷与弱点和盘托出。作者以网络语言的形式评点网络语言，具有一种类似于小品和杂文所特有的反讽效果。

从相关性的视角看，马季“互联网魔鬼词典”中的“中文演义篇”，可以看作“名词解释篇”的补充。这里的“中文演义”更体现出“名词解释”的特征。例如：

坛子：论坛。

打倒×××：称赞某人。×××做了什么值得庆祝的事情，让人眼红，比如买到便宜货时，其他人表示祝贺的用词。有时为了强调，还会加上“再踏上一只脚”等来表达强烈的祝贺。不过不熟悉的人之间慎用。

打PP：打屁股，打PG的温柔词，对某人做错事或说错话的小惩罚。

严重××：与动词联用，表示强烈的情感，比如严重打倒、严重同情之类。

亮骚：将心爱的东西展示给外人看或向他人炫耀得意之事，一般是褒义。

领导：有说话权的人，除非特别指明是单位领导，否则经常用于家里的那位；还有小领导，就是你家里的小太阳。坛子里某人说：“我们家领导如何如何”的时候，往往表面上看是谄媚、奉承的态度，谦卑得很，但是实际上心里都跟什么什么似的，恨不得什么什么……

隔壁：论坛中的另外一个主题。

爬墙头：光看帖子不发言。

顶：等于UP，因为坛子的程序按照最后回复时间的先后排列，回一个帖子就可以把帖子提到最顶上，所以为了让一个帖子引起他人注意就发一个帖子，内容是：顶，或者 UP，或者啊噗。衍生词语：沉下去，浮上来。

走召弓虽：超强。

酱紫：这样子。

不言而喻，“演义”的情况通常会比其“化简”的方式复杂一些。譬如“超强”写成“走召弓虽”，故意将两个字拆分为四个字，这里就大有讲究，仅从心理学的角度来说就隐含着许多微妙的东西。有时是为了“强调”，使得“超强”两个字占有四个字的位置；有时为了显得“含蓄一点”，有时纯粹是“闹着玩”。更常见一些的“约定俗成”其实是将错就错。如“打电话”拼音输入显示为“打点化”，于是“打电话”就干脆被“网虫们”写作“打点化”。同样的例子有“虾米：什么”“幽香：邮箱”“馨香：信箱”等。

马季对“表情篇”的解释最为出彩，因为“表情篇”是最能直观体现网络语言的特异性和丰富性的部分。仅以“笑”为例，就多达 36 种（具体例证参见下文对网络语言“键构符”之“功过”的分析）。

在马季推出“互联网魔鬼词典”的同一年（2008），李星辉的《网络文学语言论》问世，这是迄今为止“国图文津搜索”所能找到的唯一一本以“网络文学语言”为研究对象的专著。该书对网络文学语言的界定和性质、审美特征、文体类型、言语形式、表现风格等进行了比较深入的探讨与评介。作者对网络语言的审美特征进行了专深探究，作者认为，网络文学语言不仅具有形象性、情感性、多样性、音乐性等“显性”特征，而且还具有情境性、自指性、陌生化、隐喻性等“隐性”特征。作为最早的“网络文学语言论”著作之一，作者的问题意识和创新精神无疑是值得高度肯定的。和早期大多数网络文学研究著作一样，尽管该著的学术立场、理论武器、思维方式等尚未真正超出传统文论的范畴，但相关研究的筚路蓝缕之功是不应被湮没的。

应该说，直到 2008 年前后，网络文学才真正得到了学术界比较普遍的关注，网络语言也因此引起了学术界的广泛关注。不仅中国学者撰写了不少文章并出版了相关专著，相关译著也开始出现在中国学者的书架之上。例如，英国学者戴维·克里斯特尔的《语言与因特网》被“山西大学科学技术哲学译丛”收入。该著的简介指出，短短几年间，互联网已经脱离了朦胧的状态，转而支配起我们生活的诸多方面。在一些地区，电子邮件几乎已经替代了传统的通信方式。对于越来越多的人来说，万维网是他们获得各种信息的首选途径，是众多休闲活动的第一选择，这已经演变为一场异常迅速的通信革命。其论述主要涉及以下几方面：（1）电子邮件、聊天组和虚拟世界中的语言；（2）互联网的语言和语言体系；（3）基于电子通信而产生的大量新名词——“面向对象的多用户网络游戏交谈”“拖钓”“赛博空间”“电子商务”等；（4）仍然不固定的规范形式支配着电子交流——新的标点格式、排列方式、问候语、告别语等；（5）新型的图形交流设计——“笑脸”等；（6）在电子时代，作者认为“网络语言”是一种全新的语言媒介，我们可以爱它、恨它，但绝不可忽视它。[①]

不难看出，克里斯特尔关注的问题，中国学者皆有相当深入的研究。事实上，在人文社科领域的互联网研究，中国学者一开始就站在最前沿，可谓“风景这边独好”。当然，学术兴衰往往与研究对象有关。有人将中华网络文学与美国大片、日本动漫和韩国电视剧并列为21世纪初的文化产业四大现象，此说确切与否或可商榷，但网络文学的快速崛起与大放异彩却是不争的事实。

二　从“键构符”看网络语言成败

随着网络文学研究的日渐深入，关注网络文学的语言问题就会成为一种必然趋势。在“中国知网”上，以“网络文学语言”进行“题名”搜索，仅2007年研究网络文学语言的论文就明显多了起来，其中不乏青年学子的硕士、博士学位论文。例如，付丹的《从中国现代文学语言的三次转型看文学语言的发展模式》（博士学位论文，华中科技大学，2007年），从近百年中国文学语言发展史的视角，对网络文学语言的革命性意义进行了学理性考察。在作者看来，网络语言对于文学这种古老的文艺形式来说是一场真正的艺术语言载体上的革命性变革，这种变革表现在“超文本”这种艺术语言形式上，网络文学的高级形态应当是一种超文本的多媒体语言。在网络文学文本中，作者将有可能充分地利用

① ［英］戴维·克里斯特尔：《语言与因特网》，郭贵春、刘全民译，上海科技教育出版社2006年版，第7页。

计算机多媒体技术，将各种图片、声音、动画组合在一起，网络文学应当是一种超级多媒体语言艺术；同时，网络文学语言还可能是一种多向链接语言，在一个母本中链接着不同的子本，这样的文本能给读者提供更为广阔的欣赏视野。对于文学来说这是一场表现手段和方式的革命性变革，这种变革将以几何级数的态势扩大文学话语的表现力，丰富文学表现的范围和手段，在纸面文学经历其过熟而衰退之后使其获得新的生命。

付丹认为，网络文学将各种图片、声音、动画组合在一起的超级多媒体语言艺术。这是从技术层面限定了网络文学语言，凸显了网络文学语言电子载体和传统纸质文学语言的区别。网络文学语言是一种多向链接语言。网络文学语言成为一个开放的体系，在网络链接中具有不同的意义和特性。理解网络文学语言，和理解网络文学一样，视角不同，结论也必然不同。付丹指出，21 世纪，成长在发达网络环境中一代人，被称为“后数码世代”（Post Digital Generation，PDG），他们是能够在老一代冷漠、机器化的数码文化中找到温暖的人性化、类型化情感，并把它们表现出来的一代。他们强调发展，主张创新，崇拜个性，是新时代的创造者而不是被施予者。在网络化生存状态下，思想活跃、注重追求变化的青少年，他们不愿使用那些重复的、冗长的、惯用的、样板化的传统语言表达方式，而是在键盘上创造了奇特的网络语言，形成了自己的“话语体系”。网络语言成为当代青年人网络生活的主题。没有规则、自成方圆的网络语言以其快捷性、丰富性、自由性、互通性的鲜明特征，成为虚拟时代青少年的新宠，显示出网络时代青年人的思维习惯与言语方式，也传达出这个时代只有青年能领悟的“人文精神”。

网络 PDG 创造了他们自己的“话语体系”，相关研究者也必须与时俱进地创造新的概念来描述新现象。近年来这方面的著作越来越多。如西班牙珀施特圭罗的《网络语言学：互联网上的语言、话语和思想》等广为人知，中国学者易文安（2000）、于根元（2001）、汤玫英（2010）、汪磊（2012）等皆有专深专著问世。相关论文更是不胜枚举。相关新概念新名词也不断涌现。如汪兴富与刘国辉《网络语言“键构符”之“功过”述评》[①]

① 汪兴富、刘国辉：《网络语言“键构符”之“功过”述评》，《外语与外语教学》2006 年第 7 期。

将键盘语言中特有的“盘符”语称为“键构符”。他们认为，网络“键构符”的流行体现了人们崇尚网络交流中“简略化、图形化、符号化、时尚化和奇特化”的新趋势。在他们看来，“键构符”的流行与其功能优势有关。首先，“键构符”具有快速激活之功效，其“视符如物的近距连通”，带来了“换笔”之后最直接的方便与快捷。其次，盘符的熟练使用还带来了一种网络“新移民”的归属感，在一定程度上折射出网民求异性思维和个性张扬的心理。例如，“键构符”运用的多寡和熟练度已经成为识别网络交流者是“菜鸟”还是“大虾”的一个尺度。生动而富于幽默感的漫画式的情绪符号能简练独特地表达个人情感和动作，表现力十分丰富，强化了网络中的信息交流功能。

从语言学的角度看，汪兴富和刘国辉还论证了“键构符”成为新世界语言构件的潜在可能性，并认为“键构符”可补充汉字系统。汉语的书面文字表达形式具有简短、形象、信息量大的特点，有条件做出调整。因而具有“半文半图”性质的“键构符”具备融入汉字的准入条件。此外，“键构符”有文字和声音所不能替代的功能。“键构符”是网络交流者主动发送用以阐释自己的情感和外表特征的符号，它与“面对面”交流中由听话人自行获取发言者的非言语信息有很大不同，由于网络交流的隐身性，网聊者都喜欢这种“隐身潜行”的方式，所以它有着与成熟文字和音视频表述不一样的效果。

但是，语言图形符号化本身在信息准确等方面也存在着许多问题。譬如说，“键构符”主要是由字母、数字和标点等符号构成，受可用符号的局限，其扩展性不强，表述粒度太粗。信息接受者对“键构符”的准确解读也会受到诸多因素的影响，因为它体现不出含义的级差值。总体上讲“键构符”只是属于修饰性的。

使用模块化的“键构符”也是典型的网络快餐文化之一。现代人追求速效，没有太多时间去推敲语言的得体与准确，寻求一个大致可行的解决方案便成为网民的首选，因而“键构符”就成了一个“万金油”式的网络交流构件。

此外，“键构符”对语言文字的污染问题也引起了相关学者的注意。例如，有论者指出，在“读图”日盛、“读文”渐衰的快餐文化氛围里，这种“图文并茂”的交流方式成了网民首选。但一些交流者滥用“键构符”，不但不能起到对文字信息的辅助作用，反而让信息解读者不知所云。

美籍华裔学者李欧梵教授就谈到香港的学生由于身处传媒时代，过多依赖图像，严重影响了其语言表达书写能力、阅读能力及想象力等。[①]

有研究者分析“键构符”与文字之间的差异给网络文学语言带来的利弊很有趣。例如，表示高兴的“键构符”：-)，用文字传递的含义就有“glad，jolly，joyful，laughing，mirthful，pleased”等，而这些词是不完全等同的。因而看似简单的“键构符”编码很经济，但解码不一定经济。加之图符化的内容不能完全融入文字表达，即在语义和语用上都有别于常规文字。但我们不能认为，“键构符”即马季所说的“表情类”网络语言形式单调、缺乏表现力。还是单以表示高兴或“笑”的符号为例，看看这里由“键构符”表示的36种“笑”，我们还会怀疑其“形式单调、缺乏表现力”吗？

：-)　这是最普通的笑脸，通常加在句尾或文章结束的地方。表示开玩笑的意思，或表示微笑。

：-D　非常高兴地张嘴大笑。

8-)　同样是笑脸，但笑的人眼睛很大。

；-)　抛媚眼，含有别意！

|-)　这是眯着眼笑，也表示回信回得快睡着了。

|-D　呵呵笑。

|-P　捧腹大笑。

：-<　难过时候的苦笑。

：-9　舌头舔着嘴唇地笑。

%-}　呵呵呵……我可没醉……呵呵呵

(-_ -)　神秘笑容（这个不需转头看）。

(:) -)　哈哈！这是一个小蛙人，戴着潜水镜在偷笑。

+：-)　神父正向你微笑呢，还不正经一点？

8：\]　嘻！像大猩猩一样的笑脸。

：-！　带着一脸不屑的笑容。

^O^　不必转头就可以看的笑脸，或是一只可爱的小猪。

^_^　不必转头就可以看的笑脸。

① 常彬：《图象与文字的新结缘》，《理论与当代》2003年第5期。

^_ <@_@ 挤眉弄眼。

..~^.^~... 女生高兴的笑，同时甩着辫子。

...~*.*~... 女生高兴得笑翻时甩着辫子。

:-)8 打着领结的笑脸，是不是帅多了？

:-/ 犹豫不决的笑容。

:-O 演说家的笑容。

:-1 平淡无味的笑。

:-8(像不像“嘭嚓嚓”的笑脸。

:-{) 留着胡子的笑脸。

:-<) 留着八字胡的笑容。

:-e 失望的笑容。

:-j 暧昧的笑容。

:-\[带着吹毛求疵的嘲讽式微笑。

:=\ 无奈的笑脸。

:-\] 傻笑。

:~) 喜极而泣，笑出眼泪来了。

<{:-)} 从瓶子里透出的笑脸。

=:-) 庞克族的笑脸。

B-) 笑的人戴着眼镜哩！

这些例子在克里斯特尔的《语言与因特网》也有较深入的描述和阐释。键构符对语言的影响必然也会波及文学，这个问题涉及文学与语言学的复杂关系，值得我们一探究竟。

三 语言变革与文学发展

人类究竟从何时开始有意识地将文字符号应用到审美文化的创造之中，迄今为止，还没有令人信服的答案。按照西方文学史家的说法，至迟在亚里士多德时代，古代希腊人就把绘画、诗歌、音乐、雕塑等称为“美的艺术”，而把医疗、建造等称为“实用技术”。中国语言文学的诞生同样有着悠久的历史，尽管文学史对文学起源问题始终含糊其词，但不难想见，艺术语言出现之前的语言必定是无意于艺术的，随着审美艺术的日渐成长和丰富，艺术语言也随之渐渐得到丰富改善并逐渐走向自觉。从一种浑然不觉的状态到自觉地将艺术语言应用于“美的艺术”之中，这两者之间存在着一个漫长的觉醒过程。但我们能确切地知道的是，假若没有这样一个符号“艺术地传播世界”的意识逐渐觉醒的过程，就不可能出现独立自足的所谓“文学艺术”；即便在文学作为艺术独立出来以后，同今天的艺术相比，其早期的存在状态显然仍具有独立自足的不完满性，因为它把实用技术也作为艺术的形式；只有当艺术创造完全从其他劳动形式中分化出来时，文学艺术才能成长为一门独立的学科，当语言艺术生产与其他精神生产形式分离开来之后，文学艺术才成其为人们意识中的一种文化现象。在这一过程中，“符号的承载物发生了变化，承载物本身逐渐变化为独立自主的文化世界，出现了书写的笔、墨、竹简或羊皮等”①。

有研究者注意到，随着科学技术的发展，复印技术、电影、电视等大众传播媒体的出现，文学艺术进一步走向了人民群众，其多元化的传播扩大了欣赏者对世界理解的速度和广度，也带来了许许多多的艺术难题，艺术符号世界被大众传播媒体空前地扩大了。正是在此基础之上，网络文学仍然秉承着传统文学艺术形式，用文字、图画或蒙太奇等来建构自己的艺术世界；但是，它作为一种新的语言符号发生了不同于此前的新质。而且，随着网络的推广和发展，这种新质必然表现为一种成熟的文化现象——实现数字化生存，走向多元化综合：它可以在一篇文章或一首诗里同时采用文字、图画或运动的画面等传统文学艺术语言符号或新科技的虚拟的画面来展现生活和心灵世界，这不同程度地丰富了文学艺术符号传承世界的能力，但是，它仍然没能摆脱传统文学艺术符号模式：作家的创作和读者的欣赏都要通过传统的文字、图画或运动的画面等来进行。但网络文学艺术化的生活在很大程度上解决了符号（文字、图画或运动的画面等）完全表达现实生活的不可能性问题。由于网络虚拟世界极大地拓宽和深入了人们的生活，被作者或欣赏者在内的所有主体所亲身体验；它虽然与现实世界仍有一定距离（虚拟），但与传统符号转换模式相比，它发生了天翻地覆的变化，生长为一种独立自主的空间文化；通过虚拟现实空间把作者、欣赏者、虚拟生活（包括世界和作品）同时同步地连接起来，使虚拟立体运动图画直接达到与现实世界和心灵世界一致的效果，从而对

① 徐珂：《语言转换模式和网络文学的发展》，《文艺评论》2001年第2期。

传统符号模式实行了截然不同的变革，使其向表达生活的真实状态不断迈进。①

梅洛-庞蒂认为："一切语言都是诗，条件是这一语言寻求表达某种新的东西。"② 世界上并不存在静止的思想，也没有透明的语言，在活的言语中，一切都处于实存和变动中。白纸黑字的语言和沉默无声的绘画作为符号，它们静静地保存着"我能"，而不能自动地呈现"我思"，但"活的语言"既是思想的道路又是思想的载体，同时也可以理解为思想本身。没有语言就没有思想，所以语言既是内在的又是超越的。语言与媒介，互为表里，共生共在，在其内在性与超越性的矛盾中，以一种对立统一的方式存在着、发展着。

就网络文学写作和阅读而言，和作者被网络语言划分为传统作家和网络写手一样，读者群也被网络语言划分为两种，有人形象地将网络语言比作"一门外语"，通晓网络语言意味着获得了网络世界的准入证，意味着拥有更多的网络文学资源和信息，意味着掌握了网民独特的交流方式。

尤为重要的是，网络语言打破了原有文学话语模式，作者和读者之间不再有森严壁垒，人人都是"写读者"，话语规训权被接受选择权所取代，自由表达权被不断放大，网络语言的这一"优越感"被渲染到"狂欢"的境地。有影响力的网络文学语言，通过各大门户网站的推介和热炒，可当即风行五洲、流布四海。网络作为语言和文学的传输工具，不仅仅只有记录功能，它还有"延异"作用，传统作家引领风骚的个人号召力日渐衰退，沉默的大多数的影响力日渐强大，网络媒介带给文学最突出的影响之一，就是话语权从作家向读者的转移——"从一人独白到众声喧哗"。

这种"从一人独白到众声喧哗"的冲击波，很快从线上辐射到线下。较早对网络语言表示警觉的应该是传统期刊的编辑。查阅相关网络资料不难发现，康帅的《当编辑遭遇网络文学语言》是最早论述网络文学语言的文章之一。作者认为，计算机网络覆盖面广、传播快捷、个人主动参与性强，而网络作家又大多为具有新思想、紧跟时代潮流的年轻人，这使网络

① 徐珂：《语言转换模式和网络文学的发展》，《文艺评论》2001 年第 2 期。

② Maurice Merleau-Ponty, *Parcours Deux 1951－1961*, éditions Verdier, 2000, p. 339.

文学作品富有朝气和活力，体现在语言上便是简单化、时尚化、流动性强。与此同时，受网络技术和电脑写作等因素的影响，网络文学在语言规范和纯洁性方面存在不少问题，语病现象较多。网络文学作品语言的这些特点，使它在向纸质出版物转化的过程中，给传统的编辑工作带来了新的课题。

康帅将网络文学语言的特点概括为以下几点：（1）大量使用电脑及网络专用术语，包括计算机世界的“软”“硬”术语和网友们在网络交流中使用的习惯用语。（2）行文中夹杂英语单词及其音译词、缩写词。如 BBS、IP、“因特网”、“伊妹儿”等。（3）时尚用语多。流行于年轻人中的语言如“酷”“烂”“水”“帅呆了”充斥于网络文学作品中。不独如此，这类作品中还存在大量新造出来的富有网络特点的“另类”时尚用语，比如把“东西”叫作“东东”，把“大侠”称为“大虾”等，不一而足。（4）对另类时尚的过分追求，使网络作品中的不少语言成了隐语（或称黑话、切口话、行话）。这其中，既有类似“TMD”“TNND”（两句著名的国骂）以及“MM”“GG”之类的汉语拼音缩略，有“斑竹”（版主）、“7456”（气死我了）之类的谐音词，也有“米国”（美国）、“恐龙”（丑女）、“青蛙”（丑男）一类的行话，还有诸如用冒号加右括号“:)”[①] 表示高兴的一整套符号语言。一些粗俗、不文明的语言现象也出现在网络文学作品中。（5）语句短促，随意性强。例如“我天才吧?”“有事 E-mail 我”这种随意性的表达几乎与日常生活中的口语无异。此外，错别字多也是一种比较常见的现象。[②]

当然，电脑或网络的专业术语是网络写手得以区别于传统作家的一门“外语”，这是网络写手具有语言优越性的领域，是“小年轻们的行话”。例如：“叠儿最初创办个人主页之时，很有缘分地在网上认识了紫胖子。是紫胖子手把手地把她从一个一窍不通的网盲培养成一个技术高超名声显赫的站长。从最基本的 HTML 语言、TCP/IP 协议，到稍有难度的 JAVA、公共网关接口 CGI、交互式多媒体动感 WEB 网页集成开发工具 ActiveX，再到紫胖子自己总结和独创的若干技巧和技术，他都毫无保留倾囊而出。”

① “:)”何以表示高兴？如果读者头向左歪就会发现，这里的“:”是一双眼睛，“)”犹如嘴角上翘的嘴巴，面部的其他部分就只能靠读者去发挥想象了。多数表达情绪情感的符号，都需要读者转换视角，发挥想象。这些符号组合的游戏规则，“青春网友”无不心领神会。

② 康帅:《编辑遭遇网络文学语言》,《中国出版》2000 年第 9 期。

这里技术词懂与不懂其实无关紧要，因为它们并不影响故事情节。

与此相关的是“利用网名体现特殊表达效果”，网名是网络写手的个性化标签，是网络写手迥异于传统作家的重要特征之一。例如：

> 起“小龙女”这个名字并不是我的初衷。在星伴，九色鹿，国讯几个聊天室，我常常叫“举杯邀月”“画眉深浅”“青箩”“红笺”……听起来就有诗意的那种，也好让和我有共同嗜好的朋友慧眼识浪漫。(小挚《聊天室的故事》)
>
> 又如：你是本站之耻，是BBS界最大的电脑病毒，你简直是被雷打中不堪使用的286cpu。各大网路各大站应该将你列为Baduser，将你delete掉。不，应列为Worstuser，编成乱码后再delete掉，免得你用undelete指令，借尸还魂回来。（JulianWang《水蓝蓝BBS站杀人事件》）①

正如古典小说时常会炫耀几句诗词歌赋一样，网络小说时不时兜售点时髦的技术词，这是身份的标志。某些网络小说就是用新词汇向读者推销故事标签的。

第二节 “网络书写综合征”及其后果

著名作家徐坤说，上网易上瘾。自开始上网之后，便患下了“网络书写综合征”，那就是，大量运用网络符号击键、交谈，省时又省力，还能即时充分表达感情。在她看来，网络书写中的想象力横溢也是传统书写里所达不到的。从各位网友给自己取的化名中就可见一斑，这一点，所有上网的人都深有体会。简言之，网络在线书写就是越简洁越好，越出其不意越好，写出来的话，越不像个话的样子越好。“在一段时间网上聊天游玩之后，我发现自己忽然之间对传统写作发生了憎恨，恨那些约定俗成的、僵死呆板的语法，恨那些苦心经营出来的词和句子，恨它们的冗长、无趣、中规中矩。整个对汉语的感觉都不对头了。我一心想颠覆和

① 周建民：《网络文学的语言运用特点》，《文学语言理论与实践丛书——辞章学论文集（上）》，2002年8月。

推翻既定的、我在日常工作中所必须运用的那些理论框架和书写模式，恨不能将他们全都变成双方一看就懂的、每句话的长度最多不超过十个汉字的网络语言。”[①] 徐坤说的这个“网络书写综合征”在书斋式的作家或学者群中甚为流行，且愈演愈烈，奴玩奴死（No one Knows），伊于胡底！

一　自娱娱人的“游戏策略”

说到网络文学作品的语言，被引用较多的例子之一是下面这一段出自《第一次的亲密接触》的名言：

如果我有一千万，我就能买一栋房子。
我有一千万吗？没有。
所以我仍然没有房子。
如果我有翅膀，我就能飞。
我有翅膀吗？没有。
所以我也没有办法飞。
如果把整个太平洋的水倒出，也浇不熄我对你爱情的火焰。
整个太平洋的水全部倒得出吗？不行。
所以我并不爱你。

这既像诗歌又不是诗歌的俏皮话，读起来既像绕口令又不是绕口令的文字游戏，给人一种似曾相识却又不知何来的“老套的新奇感”。

在网络文学作品中，游戏和娱乐功能在许多网络原创作品中都有突出的表现。即使一些深受网友喜爱的网络作家，也同样跳不出自娱以娱人的圈子。作者自娱自乐，同时也期待读者加入自己的娱乐和游戏。如《白痴，笨蛋，神经病之差异》：

(1) 吴三桂引清兵入关，只为陈圆圆。正常人不做这种事，所以他是神经病。为了女人，背上不忠之名，引来唾骂，并不聪明，所以他也是白痴。然而他断送的是朱姓江山，得到的是吴姓老婆，何损失之有？而且降清后，贵为亲王，帮崇祯拼死拼活，顶多只能混到公侯

① 徐坤：《网络是个什么东东》，《作家》2000年第5期。

而已。以这点而论，他绝不是笨蛋。

(2) 孙文十一次革命，正常人不会干，所以他是神经病。冒着抄家灭族危险，四海奔波，换得劳累困苦的一生以及不到六十的寿命，并不聪明，所以也是白痴。但他判断正确，认为非革命不足以救中国，先知卓见，可见他绝不是笨蛋。

(3) 在十字路口上碰到黄灯，十个人中有八个人会冲过去，所以剩下的那两人是神经病。明明可以过却不过，还得多等几分钟，白白浪费时间，并不聪明，所以也是白痴。但他们宁可牺牲数分钟，却少承担了一点发生意外的风险，所失者寡，所得者众，所以他们反而不是笨蛋。

(4) 一般男人喜欢外表美，身材窈窕的女孩，但 jht 却不这么认为，所以他是神经病。明明忙得要死，后天还得开个研讨会，不准备论文，却 post 一些有的没的，很不聪明，所以是白痴。但他认真灌 Ladytalk 版的水，也许有些美女心里一高兴，赏他一顿饭吃，岂不得偿所愿？以此观之，jht 也绝不会是笨蛋。[①]

这种反复套用一种句式，在带有强烈的音乐节奏感的语言中叙事、抒情和说理，结合轻松幽默的口气，使作品明显地染上了一层游戏的色彩。不少网络作品都能给人一种在语法结构固定的句式中进行填词游戏的感觉。我们当然也能在传统文学文本中找到这样的句式，如《诗经》的叠句方式就是如此。但如此不厌其烦地反复套用“公式”的“机械化”“换词练习”在当代书面文学中并不多见。这样的作品在网上十分流行，例如蔡智恒的《第一次的亲密接触》《7－11 之恋》等都是这种“换词练习”式的作品。可以说，网络创作的重要手法之一就是“戏仿”——游戏的“戏”，模仿的“仿”。著名评论家吴亮曾经在中央电视台主办的《读书时间》节目中面对亿万电视观众现场说法，他公开声言写作的“游戏性”是他从事文字活动的一大动力，他从“写作游戏”中获得了很多快乐。当然，他是很注重“游戏规则”的，所以他认为游戏其实是很严肃的事情。对于网络文学而言，吴亮的文学“游戏观”对我们重新认识文学的“游戏”价值是具有重要启发意义的。网络文学的戏仿让这种游戏价值得到了

① 蔡智恒：《白痴，笨蛋，神经病之差异》，http：//xingyueboke. com/duanpianmeiwen/40665. html。

极为充分的发挥。

就中国文学发展的大趋势而言，“游戏”无疑也是当代文学的一个“关键词”，在20世纪80年代的那场声势浩大的思想解放运动中，文学艺术出现在一个引人注目的“中心”位置。那时文艺的“休闲功能”理所当然地蛰伏在边缘地带，人们几乎注意不到它的存在。但是，自20世纪90年代以来，随着市场经济中心地位的日益巩固和加强，文学的边缘化趋势越来越明显，但是，文艺的“休闲功能”此时反倒凸显起来，使得曾极度边缘化的“休闲文艺”渐渐地走向了当代艺术生产的“中心”舞台。文艺的游戏性和娱乐性在悄然兴起的“休闲文学”中得到了充分展现。① 网络文学的游戏特征和娱乐功能，正是顺应了这个所谓的消费时代的历史潮流，才得到了出人意料的迅速发展。从目前网络文学的基本状况看，大多数网络原创作品在价值取向上，与消费时代大众文化的审美取向不谋而合：享受游戏、挥洒个性、体验娱乐。

二　文学价值观对网络文学语言的影响

网络文学本来就是高科技与大众文艺结合的产物，因此，它又具有极为鲜明的大众文化特色。但是，这种大众文化特色与传统文学理论所标榜的文学大众化特色又有很大的不同，毕竟这种大众文化特色是以网络文化的新奇性、虚拟性和游戏性等特征为前提的。在传统文学理论体系中，“新奇性、虚拟性和游戏性”等特点常常是与文艺的“大众化”要求格格不入的。传统的大众文学应该为中国老百姓所喜闻乐见，“追新逐奇”绝不可能成为传统批评家和理论工作者眼中的主旋律；“虚拟性”显然与真实性原则相违背，因此，“虚拟性”通常被认为是脱离生活的表现；“游戏性”大多数时候如果不是与腐朽的生活相关，至少也是与不健康的生活联系在一起的。在有些人眼中，提倡“游戏性”就等于放弃了崇高的人文理想。概而言之，传统文学注重的是典型性、真实性和教育意义，网络文学则明显地表现出“新奇性、虚拟性和游戏性”。这可以说是传统文学与网络文学在价值观念方面的众多重要差别的表现。

和传统文学价值理论相比，网络文学的价值观念的变化是多方面的，

---

① 陈定家：《中心的边缘与边缘的中心——“文艺与休闲”论争述评》，《云梦学刊》2002年第4期。

其最明显地表现在这两个方面：

> 第一，在价值取向上由艺术真实向虚拟现实变迁。现实主义文学的客观真实、浪漫主义文学的情感真实和现代主义文学的主观真实在网络时代都趋于消解，因为网络文学只注重文本自身所营造的虚拟世界，以及对这个世界的真实表达。艺术家可以利用这种“虚幻的真实”和“真实的虚幻”实现自己的艺术想象和创造潜能，增强作品的审美效果和艺术感染力。
>
> 第二，在价值尺度上由社会认同向个人会心转换。评价文学作品的价值水准历来存在着社会尺度的一致性和不同个体评价差异性的矛盾，最理想的价值判断当然是这二者的统一。传统的文学评价尺度更多地倾向于社会认同而淡化个人差异，而网络文学的价值尺度则更重视个体的自娱自足。①

“在价值取向上由艺术真实向虚拟现实变迁”的结果必然会使传统文学理论所强调的文学的认识功能和教育功能受到抑制或削弱，同时使文学的审美娱乐功能得到加强。必须特别注意的是，“在价值尺度上由社会认同向个人会心转换”的重要依据是网络文学比传统文学“更重视个体的自娱自足”。因此，我们认为，从根本的意义上说，个性的张扬和对娱乐的重视可以说是区分网络文学和传统文学的基本特征和价值取向的关键标识和重要线索。

网络写作是首先自娱，然后才是娱人。蔡智恒无疑是这方面的代表。在一次新闻发布会上他曾向记者说：“我的写作完全是随兴的，大家也都知道我是学水利工程的，上网写东西仅仅是为了与大家分享文字中的一些快乐，初衷绝非发表与赚钱，我想我会一直在网上游荡。”书中那句“不论我在哪里，都只离你一个转身的距离”，既是最动人的一句情话，同时也是网络文学魅力无边的最好注脚。蔡智恒作为最著名的网络作家之一，公开宣称自己的“写作完全是随兴的……上网写东西仅仅是为了与大家分享文字中的一些快乐”，这样的表白既道出了这位优秀网络作家最基本的写作特点，同时也为我们深入洞察一般网络作家的写作动机提供了有益的

① 欧阳友权：《网络文学：挑战传统与更新观念》，《湘潭大学社会科学学报》2001 年第 1 期。

参考材料。

网络原创作品，常常是一些“不务正业”的非文学人士（如“学水利工程的”）心血来潮时的信手涂鸦。但是，那些漫不经心的性情文字，那些不假思索脱口而出的诗文或感慨，却常常使某些循规蹈矩的专业作家无地自容。网络写作和传统写作一样，往往是“有意栽花”远不及“无心插柳”，信手涂鸦固然有可能是为了自娱自乐或消磨时间，但其“无目的而合目的”的审美取向，最易于使真情实感自然而然地从内心深处流淌而出。中国古代文学标举的“清水出芙蓉，天然去雕饰”境界，所强调的无非“自然”而已。网络文学的重要特点之一，似乎也正可以用“自然”二字述之。前文所说的网络文学突出“娱乐”“游戏”和“个性”等特征，其实都与网络作者兴之所至不加文饰的写作方式和随心所欲的行文风格有密切的关系。我们是否可以说，“自娱以娱人”是网络写作最基本的功能模式？

从既有研究成果看，形形色色网络文学语言具有千奇百怪的“个性化”特征，其中以“狂欢化”最为引人注目，有研究者对此做过专门论述，在此摘要概述如下。

第一，网络文学创造性地采用表情与表意符号来模拟现实人们的感官动作与身势语，逼真地表现了人的情感和狂欢场景。网络文学语言将文字、图片、数字、英文、拼音、图形、标点、运算符号等任意组合，随意链接，自由地粘贴和插入，增加了狂欢的个性和视觉效应。网络文学语言还创造性地运用网络新词汇，充满狂欢式的调侃和幽默。

第二，网络文学的语言狂欢性还表现在不拘形迹的“广场语言”上。巴赫金的狂欢理论认为，在狂欢中“所有诸如骂人话、诅咒、指神赌咒、脏话这类现象都是言语的非官方成分。广场语言摆脱了规则与等级的束缚以及一般语言的种种清规戒律，而变成一种仿佛是特殊的语言，一种针对官方语言的黑话。与此相应，这样的言语还造就了一个特殊的群体，一个不拘形迹地进行交往的群体，一个在言语世界里坦诚、直率、无拘无束的群体”①。

第三，网络文学语言的“狂欢化”特色还表现在灵活运用戏仿和幽默

---

① 李长生：《香港喜剧电影中的狂欢化问题——以周星驰电影为例》，《电影评介》2013 年第 18 期。

的语言上。有一篇戏仿刘禹锡《陋室铭》的诗词，形象地刻画了某些官僚不学无术、排斥异己、溜须拍马、拉帮结派、玩弄权术的嘴脸：“才不在高，有官则名；学不在深，有权则灵。这个衙门，唯我独尊。前有吹鼓手，后有马屁精；谈笑有心腹，往来无小兵。可以搞特权，兴帮亲。无批评之刺耳，有颂扬之雷鸣。青云直上天，随风显精神。群众曰：‘臭哉此翁！’”此外，网络写手从来就不尊崇传统语言的严肃性，他们更注重语言的休闲性、娱乐性、流行性和消遣性。这种写作态度使网络文学充满了浓厚的游戏色彩和狂欢氛围。

总之，网络文学语言的狂欢性，是对传统文学语言审美性的一次挑战，它已成为大众娱乐文化不可缺少的一部分。但“狂欢”过后，确实应对网络文学语言进行认真的研究和整理，要去其糟粕、取其精华，绝不能因网络文学语言中的某些词语颠倒了传统语言的词义与语序而谈网色变。网络文学写作的在线环境和平台，决定了网络语言的产生和基本特性；“狂欢化”特色确实给网络文学语言带来了生机和活力，也为我们提出了新的语言研究课题。[①]

三 关于“抡得开”与“搂得住”

作为网络文学的热切关注者，我们很希望知道，人们到底是怀着什么心态来看待网络文学的。遗憾的是，大多数网友可能会说：“我们只是来轻松的，只是来游戏的，何必把事情搞得那么严肃呢？那么是了，原来是码严肃文学的同志们错了，你们根本就不应该奢望大家来看你们的东西，大家只是来找乐子的呀。……我想知道的是网络文学到底有没有一点真正意义上的文学价值。我们码字的原因到底是什么？是个人的内心宣泄，个人故事的曝光，还是为文学而文学？问很多人这个问题，很多人都说不出个所以然来，似乎是自然而然的就在写了。”我们发现，网络写手常常照搬“码字专业户”王朔等人的惯用语汇，例如“码字”“找乐子”“何必把事情搞得那么严肃呢”这些分明是王朔作品中最常用的词汇和语句。当然，网络写手毕竟与王朔等“码字”明星有所不同，因为王朔怎么说也是传统作家，网络写手则可以比王朔等走得更远。

① 刘亚平：《网络文学语言的“狂欢化”特色》，《长春工业大学学报》（社会科学版）2007年第1期。

王蒙曾经对王朔“大抡大砍又搂得住”的文风深表赞赏，因为“大抡大砍”可以引起轰动效应，但往往也会招来灾祸或不快，所以“大抡大砍”之后还要有本事“搂得住”。这个妙不可言的“搂得住”，正是中国一批“过于聪明”的作家在主流意识形态和市场经济之间游刃有余的关键所在，个中奥妙自然不可轻易为外人知晓。但尽管如此，中国文坛还是有很多聪明的作家因为熟练地掌握了“大抡大砍”又“搂得住”的“登龙术”而八面玲珑，呼风唤雨。有一种意见认为，网络文学的兴起，给一些“抡得开”又“搂得住”的作家带来了不大不小的不快。因为，一般说来，“大抡大砍”靠自然条件和本能冲动就有可能获得喝彩，而“搂得住”则要靠看风使舵的智慧和随机应变的技巧。而在网络上“搂得住”或“搂不住”居然已经变得无足轻重！那些依靠“搂得住”的高超技艺获得各种荣誉和头衔的聪明作家，在网络世界岂不是注定要受到冷遇？其实这是一种天真的说法。

事实上，“抡得开”而“搂不住”恰恰是网络文学屡遭诟病的原因。周泽雄在网上发表一篇题为《“网络文学”质疑》[①] 的文章，对网络文学放手“大抡大砍”而不知适当“搂住”的倾向进行了分析。虽然作者认为“网络文学”是一个“伪问题”，但是，他在论述中却不无感慨地承认：原来危如蜀道、小似羊肠的发表渠道，转眼成了一条没有阻碍的通衢大道。如果“人皆可以为尧舜”属于不可企及的理想，“人皆可以当作家”早已成为互联网时代的事实。“网络文学铺天盖地，热闹非凡，大有取代传统文学之势。”[②] 如今，你只要把大作往某个网站或个人主页上一贴，作品就已发表成功，所有传统媒介中的复杂流程，在这里已简化为鼠标的轻轻一击。由于发表无须看任何人脸色，写作无须听任何人指令，网络文学起步伊始就获得了对文学创作而言最为重要的自由感。要知道这可是传统文学奋斗了2000年都没有得到过的殊荣。秦始皇焚不掉你的书，乾隆皇帝拿不了你的短，你的读者群理论上可以无限庞大。总之，网络文学由于不必担心因文惹祸，所以放言大胆，无所顾忌……网上的文学批评则更是肆无忌惮、凶悍泼辣，擅长一刀封喉、一剑毙敌。

---

① 周泽雄：《“网络文学”质疑》，《中学语文》2002年第12期。

② 张磊：《网络文学　想说爱你不容易》，《电脑技术》2001年第11期。

周泽雄的文章很容易让人联想到一幅关于网络的漫画，画着一只正在上网的狗，露出狡狯的表情，很高兴地说：“在网络上最大的好处就是，人们永远不会知道你是一条狗。”这只狗一“触网”就会忘乎所以，连自己是只狗都忘了，这就是互联网的神奇之处。“对于这只狗如此的兴奋，或许我们可以这样解释：（1）狗以它大脑中那一丁点类似于人的思想，就可以人模人样地在互联网上与人谈天说地；（2）人们根本见不到它的尊容，根本无法以日常的生活经验判定它是一条狗；（3）即使狗一不小心，被人知道它是一条狗，它可以生气地朝人吠几声，而人的猎枪根本够不着它。”[①] 可见，在互联网上，即使一条狗，也可以随心所欲地张扬个性和纵情娱乐，就像摇滚歌星在广场上尽情“撒野”一样。但实际情况果真如此吗？事实证明凡事都有道德底线和法律底线，网络文学自然也不能例外。多少网络大V因相信自己就是那只“影子狗”而坑蒙拐骗、大放厥词。但是，触犯道德底线的，网友“人肉”之；触犯法律底线的，网警“猎捕”之。

当然，张扬个性和强调娱乐也有种种复杂的表现。有批评者指出，“网络文学与纯文学的最大区别，正是在于说不得的话，可说而不必说的话，网络文学非说不可，一说再说，生怕读者弱智，几近密不透风，让人喘不过气来。就像现在某些所谓生活流的戏剧、电影、电视剧，从头至尾絮絮叨叨，名义上打着‘再现生活’的旗号，实则在欺骗观众，没有半句潜台词，不留一抹想象的空白。这种情况在网络文学形成伊始，还好一些。后来便急剧恶化，使网络文学成为一个偌大的文学垃圾场、情感临摹地。虽然有些情感可能是真实的，但文本却更加倾向歇斯底里的自我宣泄以及对读者无聊的媚惑。”[②] 这里说网络文学“几近密不透风，让人喘不过气来”“从头至尾絮絮叨叨”，而前文却说网络批评“肆无忌惮、凶悍泼辣，擅长一刀封喉、一剑毙敌”，这显然是两种极端不同的风格！按照通常的逻辑，对同一事物的描述，出现了两种对立的结论，如果不是两者皆错，那么其中也必有一错。但是，在网络文学这个多元多变的复杂世界里，简单的线性逻辑并不能说明一切。

在网络文学中，之所以有人可以“絮絮叨叨”，有人可以“一刀封

① 林斌：《虚拟中的身体与现实》，载陈卫星主编《网络传播与社会发展》，北京广播学院出版社2001年版，第223页。

② 陈定家：《“超文本”的兴起与网络时代的文学》，《中国社会科学》2007年第3期。

喉”，最重要的原因是“在网络上没人不知道你是谁”。所以，在网络世界里，允许“放言无忌”，允许“畅所欲言”。正如有论者指出的：“网络作品犹如‘电子面条’，主要用于互联网交流而让网虫们解馋，既不希冀编辑或出版商认可，也无须社会权力话语的首肯。原创者只要自我感觉良好，认为它能畅神达意、开心解颐，玩的就是心跳，关别人什么事！”①

网络技术对文学生产到底渗透到了什么程度？21 世纪伊始，就有媒体报道说，目前有人设计了一套软件，熟练掌握后，8 分钟可生成一篇千字作文。这种能在电脑内自动生成作文的软件，据说受到了中小学生的热烈欢迎。当一些学生在网上下载了这种神奇的软件后，他们只需在电脑内输入作文的题目和关键字，按照软件操作提示，点击鼠标和键盘，就可以选择开头、结尾和各种传神的细节，写出让语文老师大吃一惊的“优秀作文”来。从文化教育的角度来看，“作文软件”或许存在着许多负面效应，但是，对于文学艺术而言，一个成熟的作文软件，如果真的能够写出像王蒙所说的“比沈从文还‘沈’，比洋人还‘洋’”② 的作品来，我们能以什么理由来剥夺它存在的合法性呢？

第三节　技术宰制下的“众声喧哗”

当然，开发写作软件，逐步实现从源头到归宿的文学全程数字化生产，对于当下文学创作来说，还只是一种假设。虽然目前也有少数纯粹由计算机“独立”创作的作品问世，但日益升级的写作软件必将被孜孜不倦的开发者们源源不断地推送出来。毕竟，网络技术至今还没有把辛勤如小蜜蜂的作者，从繁重的脑力劳动中真正地解放出来。更为重要的是，因上帝阻挠而始终不能竣工的巴别塔依旧还是一个“烂尾工程”。有位网络写手满怀信心地说，终于熬到网络时代了，一直在试图重建巴别塔的人类自然不会放弃依靠高端技术实现千年夙愿的大好时机。

一　网络文学“发烧友”与网络语言“速食化”

网络时代最明显的变化是，昔日艺术家特立独行的多少有些神秘的创

① 王蒙：《躲避崇尚》，《读书》1993 年第 1 期。

② 欧阳友权：《网络文学：挑战传统与更新观念》，《湘潭大学社会科学学报》2001 年第 1 期。

造精神的光芒已经变得越来越黯淡，传统的以单个主体为创作核心的艺术生产劳动的低吟将会被创作群体的精细分工合作的“众声喧哗”彻底淹没。今天，电脑进入电影制作，对传统表演艺术提出了挑战。有人感叹银幕将失去真正的艺术家，电影将因电脑退化到魔术时代。

网络写作的命运也是如此，由于写作主体的转移和“分散”，人人都可以在网上率性而为，信笔涂鸦，传统的功利主义和唯美主义被声色娱乐和情感倾泻的强烈冲动打得落花流水，文学正在被网络进化还是退化为一种“游戏”，一种随心所欲的“游戏”？某些知名的“传统作家”对“网络文学”这种提法很不以为然。曾参与网络原创作品评选的著名作家王安忆认为，自己和大部分参与投稿的网络文学爱好者在对文学的理解上存在较大差距。她说，“他们不是真正的文学青年”。她甚至认为，目前大部分热衷于网络文学的写作者，在很大程度上类似于音响发烧友，音响发烧友和爱乐者的区别就在于：前者对音乐技术和设备装置更有兴趣。王安忆把网络写手与发烧友联系起来不是没有道理的。网络作家之所以被称为或自称为网络写手，白烨之所以说网络写手是“文坛”圈子之外的文学“票友”，都与王安忆的观点有相通之处。

在各种音响发烧友行为中，对视听器材技术精度和功能的崇拜，早已超越了对图像或声音本身所蕴含的人的能力的关注。当代学者周宪认为，视听设备的技术更新在相当程度上已经超越了人的能力极限，比如早已超越了人的视觉或听觉分辨能力。然而，技术并未因此而停步，音响发烧友们也并未因此而满足。相反，他们却变本加厉地追求技术表现“完美”，其实，在发烧友行为中起作用的并不是那些具有人文意义的图像和声音，而是一种工具理性，一种技术的逻辑。[①] 这些分析应该说是切中时弊的。我们只要看看《数字化生存》中如何漫不经心地对待那些总是唯恐自己赶不上科技发展速度的“电脑科技焦虑症”患者，就不难想见技术崇拜在高科技社会会如此普及和流行。例如，尼葛洛庞帝说：

> 看电视的时候，你会抱怨影像的分辨率、屏幕的形状或是活动画面的质量吗？大概不会吧。如果你有什么抱怨，一定是对节目不满意。或是抱怨像布鲁斯·斯普林斯汀所说的“空有57个频道，却毫

① 周宪：《中国当代审美文化研究》，北京大学出版社1997年版，第296页。

> 无内容”。然而，几乎所有关于电视升级换代的研究，都把目标瞄准影像显示的精致化，而不是节目的艺术性。[①]

按照通常的逻辑，关于电视升级换代的研究，理所当然应把目标瞄准影像显示的精致化，而不可能瞄准节目的艺术性。这种“通常的逻辑”本身说明，代表新兴科技的工具理性主义在电子化艺术领域削弱了甚至褫夺了传统艺术秉承的表现主义的合法地位，这种“理所当然”的态度，也说明人们对工具理性原则肆意践踏表现主义的倾向已经习以为常。

察古观今，鉴往知来，在所有的艺术与非艺术行当里，有多少痴心不改的发烧友最终成为独树一帜的行家里手甚至开门立派的一代宗师？从一定意义上说，文学一向就是发烧友、票友的事业，离开了发烧友或票友这池子水，即便是写出《长恨歌》的王安忆，也很快会变成旱地上的鱼。

但如前所述，发烧友的缺失与局限也是不容忽视的。在网络文学的众多缺失与局限中，大多与其发烧友心态有关。譬如前文所说的“键构符”的利弊、“搂不搂得住”、“网络书写综合征”等，无不如此，前文提及的网络语言的“口语化”与“速食化”特征，在一定意义上也与其发烧友心态有密切关系。

口语化和速食化在很大程度上是网络媒体技术刺激的结果，网络写手的业余心态使得表情达意分外自由、随意。这与传统文学语言追求书面语的诗情画意构成了鲜明的对比。随着自由联想式输入软件不断升级与完善，尤其是语音输入的日渐普遍的使用，网络写作的口语化特点越来越突出。在键盘翻飞或唾沫四溅的输入过程中，他们往往直奔主题而无视必要的语法修辞要求，“口语化”与“速食化”特征因之变得更为突出。正如李星辉所指出的，网络文学语言往往运用日常口语、较短的句式、习惯用语甚或简易代码，不过分讲究文句的修饰，不太考虑表达方法，不太注重铺垫和描述，语句构成简单，叙述节奏明快，情节却曲折动人，且贴近网络生活本身，因而使网络文学减少了神圣性而增加了日常性，高雅性减弱而通俗性增强。文学和非文学的界限开始变得模糊，文学语言与日常语言的界限开始变得模糊，网络文学语言成了口语词汇占很大比重、“速食化”

---

① ［美］尼葛洛庞帝：《数字化生存》，胡泳、范海燕译，海南出版社 1997 年版，第 51 页。

特色非常浓厚的语言形式。

关于“口语化”与“速食化”，李星辉有比较专深的分析。她认为，网络写手年纪较轻，自我意识很强，又喜欢求新求异，他们常常会在作品中插入一些浅显易懂，又富有创意的全新的“速食化”的表达形式。比如：谐音字，偶（我）、果酱（过奖）、大刀（打倒）、3Q3Q（thank you），9494（就是就是）；缩略语，TMD（他妈的）、Back（马上就回来）、faint（晕了）、sigh（唉……）、bf（男朋友）、gf（女朋友）；纯符号，(：—??（心都碎了）、：（（心情不好）、^0^（笑脸）、：0（尖叫）；等等。这些新奇的表达形式多数是网络文学语言“速食化”造成的，而这种“速食化”，一方面，是中文输入法重字率太高，影响输入的速度，而且容易出错，有时出错后就将错就错，反而因为新颖奇特得到了网友的承认；另一方面，是被互联网的高时效性逼出来的，网上交流惜时如金，争分夺秒，网络文学作品的网上连载也有时间限制。① 对于某些职业网络作家而言，速度就是生命，字数就是金钱。在这种背景下，“口语化”与“速食化”即便非其所愿，他们也别无选择。

也有研究者注意到，目前，网络已经介入了文学生产的全过程，“这彻底改变了已有的文学社会学，网络空间的文学权威陨落了。而且，网络语言的‘速食化’倾向将对文学语言产生深刻影响。此外，网络技术形成的超文本对于传统的线性文本结构具有巨大的冲击力量”②。对这种“深刻影响”和“巨大的冲击力量”，我们有充分的理由为之欢呼，也有同样充分的理由为之忧虑。

“正如‘数字化生存’并不等于‘诗意的栖居’一样，高科技迅猛发展也不都是艺术的福祉。阿波罗登月火箭终结了嫦娥舒袖、玉兔捣药的广寒宫神话；试管婴儿、克隆技术给生命孕育的神秘和血缘人伦的神圣打上了问号；直拨电话、电脑传真、光纤通信、电子邮件等的确方便快捷，却又消弭了昔日那种‘望尽天际盼鱼雁，一朝终至喜欲狂’的脸红耳热的幸福感。还有高速公路上的以车代步和蓝天白云间的睥睨八荒，的确让人体验到了激越和雄浑，但同时又排除了细雨骑驴、竹杖芒鞋、屐齿苍台的舒徐和随意。”③

---

① 李星辉：《网络文学语言的四个特性》，《求索》2010 年第 6 期。

② 南帆：《游荡网络的文学》，《福建论坛》（文史哲版）2000 年第 4 期。

③ 欧阳友权：《网络文学：挑战传统与更新观念》，《湘潭大学社会科学学报》2001 年第 1 期。

毕竟，网络带给文学的并不只是“现代性”的创造效率和“全球化”的传播便利，它也同样带来了形形色色的广告陷阱和机械复制的文化垃圾，使诗意地栖居变成了一种无法企及的幻想。在这种背景下，追求速成的“语言失禁”和不知所云的“乱码奔腾”等负面现象，必然成为网络时代传统文学观念体系土崩瓦解后的次生“灾害”。

事实上，在人类社会发展过程中，对技术的怀疑、排斥，甚至恐慌，始终是与技术的发展和进步形影不离的。很多重大的科技发明都曾招致过强烈的谴责和恶毒的咒骂。且不说枪炮和原子弹，就是电话、照相机乃至飞机和电视，它们在得到赞颂的同时也总能听到刺耳的责骂声。

令人遗憾的是，这种对科学技术发展的怀疑、忧虑、敌视和恐惧，在科学技术已经高度意识形态化的今天，无论它们出于一种什么理由，都将显得非同寻常的荒谬可笑。我们总是过分陶醉于科技革命的每一次胜利，即使每一次这样的胜利自然界都报复了我们。人类在征服自然界时之所以总是如此有恃无恐，就是因为人类掌握了各种各样降伏形形色色“妖魔鬼怪”的“战无不胜”的武器——科学技术。这让笔者联想到了尼采的一句名言：“与魔鬼搏斗的人得千万小心自己在搏斗中也变成魔鬼，当你往深渊里看时，深渊也在看你。”[①] 尼采的话是意味深长且耐人寻味的。人在制造机器的同时，机器也在改变人，机器甚至把人变成了“齿轮”和“螺丝钉”。而“战无不胜”的科学技术，正在由人类的工具悄悄地演变成君临一切的上帝。

二　“信息优先”与“网络语言分化”

今天，我们发现对计算机的“无所不能”感到忧虑似乎不再显得那么荒唐可笑。计算机俨然变成能够用数码随意制造一个人间天堂或地狱的天使/魔鬼。历史上似乎还从未有过什么东西像计算机这样快速而全面地征服过人类世界。与此同时，对科技的反思与批判也很快从少数精英知识分子走向了大众。计算机也因此引发了人们无数乐观和悲观的设想。而“所有形式的乐观和悲观的设想，都植根于计算机的潜能。一方面，计算机为未来开辟了远大的前程，美好的诺言最终有可能兑现；计算

① 王逢振编：《网络幽灵》，天津社会科学院出版社2000年版，第65页。

机的成就可以高速递增，带来梦想不到的好处；另一方面，惊人的成就又带来惧怕和担忧：人们是否会在计算机技术的伴随下被设定在一个他最终不能预见和控制的可怕发展过程中？人自身是否或迟或早成为这种发展的牺牲品？机器是否会变成它的制造者的主人？”① 让我们把这个难题留给未来学家去大伤脑筋吧，我们这里姑且把话题限定在文学艺术的“圈子”里。

对于网络语言来说，讲究科学、准确的“信息优先”原则始终占据着主导地位。坚持科学精神与技术品格，这是互联网得以快速发展的前提条件。但文学艺术却完全是另一套表情达意系统，文学艺术具有超越现实、驰骋想象的虚构“特权”，这二者之间的矛盾一向难以调和，这也是为什么在网络文学理论研究领域，“技术乎？艺术乎？”始终是一个令人困惑的问题。这类理论问题，在网络语言上自然不会毫无反应。

伯尔舍说：

> 自然科学构成了我们整个当代思维的基础。我们日益减少从形而上学的角度观察世界和人……正如大家所知道的，由于鬼神的存在遭到科学的否定，诗歌无论是出于什么样的启示目的，都再也无法使彼岸的精灵抛头露面，因为如果它这样做就会使自己完全招人耻笑。它再也不能由诗的动人辞藻来建立心理学，这种心理学已被现代科学的心理学的发展判定是错误的，虽然人们对此还不熟悉，但这却是真的。人们唯一能要求的就是去符合科学研究的新成果。②

今天，技术“以自然科学为根基，将所有的事物都吸引到自己的势力范围中，并不断地加以改进和变化，而成为一切生活的统治者，其结果是使所有到目前为止的权威都走向了灭亡”③。在网络写作的萌芽和发展过程中，互联网利用技术手段、技术材料、技术方式，将“技术至上主义”从改造工具的操作层面不可抗拒地渗透到“艺术制作”的观念层

① ［荷］E. 舒尔曼：《科技文明与人类未来：在哲学深层的挑战》，李小兵等译，东方出版社 1995 年版，第 26 页。

② 刘小枫主编：《现代性中的审美精神——经典美学文选》，学林出版社 1997 年版，第 450—451 页。

③ ［德］雅斯贝尔斯：《何谓技术》，何冰译，《文化与艺术评论》第 1 辑，第 201—202 页。

面，“技术至上主义”有可能成为一种“本体性”的存在支配着网络艺术生产。值得注意的是，网络文艺包括文学如果继续听任技术至上观念的支配和调遣，那么，它们的前途和命运就有可能让那些悲观主义者不幸言中。而那些持乐观态度的人从满面春风转向愁眉苦脸的日子也就为期不远了。

网络虽然为沉闷的文本增添了无与伦比的声光背景，但对深远的人文主题的表达却无济于事。一位网友感叹说：“我们看到的只是后现代的反叛、卑琐、破坏、毁灭以及所谓的‘性解放’，再无蕴含人文精神的深度性和超越性。”这位网友甚至把主宰网络时代精神世界的科技意识形态看作扼杀艺术的“幕后黑手”！

人类文明是否真的像尼葛洛庞帝所断言的发展到了一个临界点？所谓的“数字化生存”果真是现代人注定无法逃避的谶语？现代技术革命在推动社会进步和改善物质生活的同时，是否会留下无数意念中的奇幻诱惑和谜一般令人困惑的现代神话？现代人匆匆忙忙涌向“网络新大陆”，仿佛找到了一只逃避过去、通向未来的“挪亚方舟”。李河说：“作为一个敞开的全新的世界，计算机网络对于许多富于好奇心的人来说确实产生了一种‘挡不住的诱惑’。……一年前，我的一位尚未入网的朋友在看过网上漫游的演示后大发感慨说：现在忽然觉得自己就像刚从树上下来那么原始！”[①] 这种感慨其实只是网络社会无数奇怪感受的一种正常表达而已，因为网络社会是由无数惊人的奇迹组成的，网络本身就是一个史无前例的迷人神话。

毫无疑问，网络文化是人类有史以来最了不起的创造之一，有人把它看成通往天堂的“巴别塔”，相信它将给人类带来无比美好的全新的文明，它不但能轻而易举地实现人们的愿望，甚至在帮你实现愿望的同时，还为你设计了无数个你根本就没有想过的愿望。它为人类创造幸福生活提供了无限广阔的前景。但是，也有人担忧，网络这个伟大的神话，实际上是人类发展史上一个最大的陷阱，网络召唤人们逃离“原子”组成的现实家园，纷纷奔向“比特”组成的“太虚幻境”，它把现代人变成匆匆过客——现实生活也因此成了一个失去家园的驿站。

在盛赞网络社会给人类带来前所未有的解放时，渴望早日致富的人们

① 李河：《得乐园·失乐园：网络与文明的传说》，中国人民大学出版社 1997 年版，第 7 页。

首先想到的可能是它在经济领域频频制造的“金币爆炸”事件。当王选宣称要在他的公司推出100个百万富翁时，网络经济早已经在美国创造过无以计数的“淘金”神话。[①] 网购则更是为商家和顾客津津乐道。在政治领域，从文艺复兴到19世纪的工业革命，新的通信手段如印刷机和电报都大规模唤起了民众参与政治的热情。当克林顿于1996年把互联网引进白宫时，电脑是否会赋予民众以新的力量，人们拭目以待。人们的日常生活将受到电脑的何种影响也成为引人注目的话题。[②]

在这种背景下，网络文学被不少人视为“朝阳产业”和文学世界“最后的金矿”也就不难理解了。对于形形色色“贩卖矿物的商人”来说，他们只看到矿物的商业价值，而看不到矿物的美和特性，这也同样是情理之中的事情。因此，网络文学这座“金矿”的商业价值能够得到比较充分的开发也就不足为奇了。

显然，科技在不同人眼中分别扮演着天使和魔鬼两种角色。它不仅能造福于人类，也为人类制造过数不清的灾难。它不停地制造美妙的科学幻想和现代神话，同时也以它无穷的破坏力制造着人类终结的倒数计时器！当乐观主义者数着科技大踏步向前迈进的步伐时，悲观主义者则从相反的方向数着人类走向终点的脚步。对于文学和艺术，科学技术同样扮演着敌人和盟友的双重角色。

但是，不管怎么说，科学和艺术毕竟都是人类用以认识和改造世界的重要手段。米·贝京在《艺术与科学——问题·悖论·探索》一书中评价福楼拜时认为，在科学技术发达的机械化生产环境中，人会丧失人性，并变成机器。在金钱和暴力占统治地位的社会里，福楼拜产生了一种悲观的思想：“美大概对人类没有好处，原来，艺术是介于代数和音乐之间的某种东西。”但是，“这位目光敏锐的艺术家相信人的理性，相信科学”，尽

① 如1995年克拉克的“网景公司”在困窘的经济状况下以每股14美元的价格上市，结果一开盘股票价格就一路飙升到71美元，500万股第一天就销售一空，克拉克因此一夜之间摇身一变，成了美国的亿万富翁。这一类神话，使人相信互联网将是一个前途无量的巨型产业。而且，互联网不是任何公司能够单独垄断的，竞争就意味着既成为对手，又成为合作伙伴。因此，这种竞争具有“环保”的意味，既不破坏生态平衡，又能争取自己生存得更好。

② 例如在经济发达的美国，由于人口爆炸、空气污染、废品污染，许多人不愿继续生活在大都市里，可是，如果远离了都市，信息联络又将受到较大限制。在互联网问世后，由于它能够保证比打电话更方便的通信“即时性”，所以人们开始再一次向西部迁移，“农村人口”开始增长，这与中国的情形恰好形成了鲜明的对照。

管“人的思想不可能预见到未来的创作将被怎样的精神阳光所照耀。我们暂时停在一个拥挤的过道里，在黑暗中来回摸索”，但是福楼拜相信，“艺术愈来愈科学化，科学愈来愈艺术化；两者在山麓分手，有朝一日会在山顶重逢”①。显然，这个美妙的“重逢”在这个全新的世纪里正在成为现实。我们必须承认，网络文学的现状确实有令人担忧的方面，但是，对网络文学的前景，我们却满怀信心！鲍里斯·阿库宁说得好：“互联网和它所带来的新的信息空间能够扩大文学的可能性。而那些诸如‘网络把文学引向死路’之类的话，是没有事实依据的。实际情况却恰恰相反——文学从网络中获得了新的推动力。”②

2000 年 6 月，有研究者在网上对网络文学的前景进行了一次“民意调查”，活动举办者提出了这样的三道选择题——您认为网络文学是：

> A. 网络时代一次短暂的文化热潮。是网络与文学的一次偶然相遇。参与者的业余身份和游戏态度是其致命弱点，它不会对文学形成多大冲击。
>
> B. 一种非主流文学。就像地下绘画、地下音乐。它容忍叛逆，崇尚自由。参与者是一群不屑与传统文学为伍的文学至上者。它将以其独立创新的精神，挑战现有文学秩序。它将成为新文学的源头。
>
> C. 一次从媒介到内容的彻底革命，它的参与者将是所有人。它将以其前所未有的开放性、自由性、参与性，对文学的发展产生不可估量的影响。

调查结果：17.65% 的人选择 A，30.88% 的人选择 B，51.47% 的人选择 C。③

这份“民意调查”让我们对网络文学的前景更加充满信心。我们相信，在人类最新开发的这个无限广阔的赛博家园里，重建精神的“伊甸园”已不再仅仅是一个美丽的梦想。

---

① ［苏］米·贝京：《艺术与科学——问题·悖论·探索》，任光宣译，文化艺术出版社 1987 年版，第 131 页。

② 参见张俊翔编译《文学从网络获得新的推动力——俄罗斯作家鲍里斯·阿库宁访谈》，《光明日报》2002 年 6 月 26 日。

③ 《过半网民认为网络文学是一场革命》，《羊城晚报》2000 年 6 月 27 日。

> 只要我们保留一份对生活的挚爱，只要我们对快速变换的信息文明投以赞许的热情和审美的眼神，高科技的声光电屏依然能辉映出人文精神的绿地，Internet 的电子网络传递的仍将是诗意的美。[①]

所以，仍然会有无数的网络文学钟情族去追寻那风光无限的赛博家园。

三 “戏仿+调侃”案例剖析

若有人问网络文学语言最大的特点是什么，笔者会毫不犹豫地回答——“戏仿+调侃”。按照蓝爱国教授的说法，“从网络文学的一般特征推导出网络文学的文本特点，如大众性、自由性、我手写我口、传奇化、个人化、消遣化、即时交流等，大多以传统纸面文学作为看待问题的前提，是在一种企图廓清网络文学和传统文学根本差异的前提下进行的”。任何一种新型种类的合法论证总是会凸显自身的特殊性，在特殊性空间中论证自身的优越性和未来性，这是自然的，但这种自然也有可能滋长一种文化相对主义立场，一种不宽容心态，从而不利于网络文学的全面发展。在文本上，目前的网络文学首先是一种民间文学，具备一般民间文学的特征，但由于它是后工业时代的一种民间文学，也就具有若干传统民间文学不具备的后现代特征，是一种“新民间文学”。对于这种新民间文学的文本分析，我们必须顾及它所包容的各种文学成分和文化元素，以混融杂糅的视角看待网络文学文本，较为立体地认识这些刻镂在网络技术铜柱上的语言铭文。

细细品读英年早逝的蓝教授的遗著，我们对网络文学语言“戏仿+调侃”的特点有了更深刻的认识。为了使读者“立体地”认识网络文学语言的特点，蓝爱国将网络文学文本最突出的语言特点概括为三点：一是复制与戏仿；二是调侃与嘲讽；三是游戏与反讽。如果再简单一点，就可以用“仿、侃、戏”三个字加以描述。关于复制与戏仿，蓝爱国把关注点集中在网络写手对古典名著的“再度开发”方面，例如戏仿《西游记》的《悟空传》以及戏仿《悟空传》的一系列作品可谓层出不穷，甚至有关猪

---

① 欧阳友权：《网络文学：挑战传统与更新观念》，《湘潭大学社会科学学报》2001 年第 1 期。

八戒、白骨精的作品也能大行其道。网络上戏仿《水浒传》的作品数量之多，可谓不让“西游”，不仅宋江、李逵是当仁不让的主角，“水浒三大女英雄”也是网络颇为看好的人物。戏仿《三国演义》的作品也不在少数，例如新编《蒋干过江请凤雏》中有这样一段：

你倒是跳啊，屈原不是跳下去了？李白也快跳下去了，所以请你也快点吧。你倒是跳啊。……跳，还是不跳，这是个问题。默然忍受命运的残暴，或是挺身反抗公瑾的无涯的苦难，通过斗争把他扫清，这两种行为，哪一种更高贵？跳了，一切都结束了！去跳，去游，去游……可能会感冒！哎呀，这就糟了，谁知道在那冷水中游泳又会感些什么冒呢？……

这段话明显有对日本电影《追捕》和莎士比亚戏剧《哈姆雷特》的挪用，如果从戏仿理论视角分析戏仿的成因，就能清楚地看到网络文学语言热衷于复制与戏仿的合理性及其局限。

有论者指出，《悟空传》中大量的“调侃和嘲讽”，使取经人头顶的光环黯然失色，唐僧师徒也逐渐显露出为了自己的精神和灵魂得救而奋力挣扎的人类本相来——孙悟空为自由、猪八戒为爱情、唐僧为信仰，沙和尚则为解除诅咒。每个人的理想虽不一样，但都必须面对自我的本心，且不管这种本心是污浊还是纯洁。不少研究者将网络文学调侃风格的形成归功于周星驰和王朔。这是因为在网络上成长的孩子们大多受到他们二人所开创的风格的影响。对于这个论断，只要看看《网络文学论纲》中有关俞白眉的《刀剖周星驰篇》的例子和分析，就必然会信服。

我们注意到，俞白眉对“周星驰所代表的大众文化”的分析把“耍贫嘴”的功夫发挥到了极致，若将其称为“大神级的灌水高手”一点也不为过。但我们很少会注意这样一个问题，小说中大量的“灌水”式语言是否有存在的意义，这就如同我们很少会问为什么无论什么样的美酒中都会包含着一定比例的水一样。换句话说，“灌水”本身的功能往往被批评者严重低估了。例如有批评者认为，俞白眉小说中大量的“灌水”内容使作者的“真正目标”差点淹死在这些搞笑的言语之海中。马季在其“互联网魔鬼词典”中干脆把“灌水”解释为“类似：‘我爱你啊啊啊啊啊～～～你爱不爱我啊～～～我好好好好好想爱你啊～～～～～啵死你拉倒了啊!!!! 我啵我啵，我啵啵啵!'"① 这种“垃圾文字”究竟有何存在意义是一个令人困惑的难题。

我们姑且不论“凡是存在的就是合理的”是否“合理”，有这样一个事实却是不容否认的，那就是对于网络写手而言，有时候“灌水”本身就是其“真正的目标”。顺便一提，所谓“灌水”，其实就是“神侃”的象形说法。垃圾派诗人蓝蝴蝶紫丁香认为，“所谓灌水，不是指发口水帖一类的东西，而是不断地发帖回帖，以文字为水，以话语为水，以情感为水，以诗为水，不断地灌水。思维会越来越活跃，灵感会不断地喷发出来。奇思妙想，在灌水的时候层出不穷。不断地灌水，不断地给诗歌注入新的东西，不断地实验，不断地创造，也不断地分享灌水的快乐”②。由此可见，灌水有时也有其合理（甚至可爱）的一面。关于“灌水”的必然性和局限性，笔者曾在《比特之境：网络时代的文学生产研究》一书中有类似于灌水式的分析，但现在看来，笔者的分析远不如具体的例证更能说明问题，这里还是以俞白眉的《刀剖周星驰篇》为例：

好了我们继续上课。

对。大家都看到了。就是周星驰。

风采依旧虽死犹生啊。还是茫然和狡黠的眼神，还是嘲讽和煽情的微笑。从来美人如良将，不许人间见白头啊。

Oh, My god——我得控制控制自己的情绪了……

还好今天我们这里都是周星驰的发烧友。这让我说起话来很方便。跟大家谈谈周星驰所代表的大众文化，是看人下菜——跟一张嘴动辄当代中国文化几大俗的人谈，就是对牛弹琴。我喜欢看人下菜，不喜欢对牛弹琴。何况有一位外国人狄德罗就曾经这么定义过大众：“同质性极高的人的集合体。”谈大众文化，当然得跟大众谈。我看今天的同学们都是其中的分子。很好很好。

关于大众的定义，我还得解释解释。不是人民，不是群众，更不是三分之二还怎么着三分之一已经怎么着的那个劳苦大众，它是“同质异构”的。对文化而言，就是消费者，掏钱购买文化的人。对了就

① 马季：《读屏时代的写作：网络文学10年史》，中国工人出版社2008年版，第185页。

② 张晓卉：《网络诗歌主体的退隐与主体性的消解》，《广西民族大学学报》（哲学社会科学版）2007年第3期。

是你们，窝家里看肥皂剧，租盗版 VCD，跟人约会看美国大片，见什么书流行借什么书看，书架上只摆《百年孤独》《呼啸山庄》。

都别惭愧，把头抬起来吧，俞老师不是批评你们没品味。大家其实都一样。不就是让周星驰逗乐了吗？不丢人。我跟大家说个好消息——哲学家们、美学家们、思想家们正考虑咱们这事呐。都说该给同志们的这些“低级趣味”平反了。

俞老师的“贫嘴”中的确有不少是思想家们正考虑的问题。例如：“艺术到底能给人些什么样的享受？这个问题太大了。本世纪以来关于这个问题的答案是以十年为一个单位倍增的——比人类历史前五六千年的答案的总和还要多。有人把小便池作为艺术的展品，有人拿垃圾废物堆成四不像来抽象人生，还有人说丑应该代替美作为美学的主角——大家不要笑，如果大家对西方社会 21 世纪以来经济学哲学美学的演变过程有一点了解，大家就该知道他们不是疯子，他们也不是在故弄玄虚——都是艺术家。”这些貌似真知灼见的话在周星驰的电影中通常不会出现，它们或许超出了爱好“小白体”的“脑残粉”的兴奋域，而且在这个语境中显得非常生硬。

下面这段貌似“博士学位论文”的话比上面一段就更为“生硬”了。在这里，俞白眉根本就不是一般的“灌水”：

艺术家们试图从立体的多维的正向的逆向的正常的非常的清晰的混沌的中心的边缘的绝对的相对的可知的不可知的种种角度观察审视和诠释整个世界和人生中的美时，视野之中却一直有一个极大的盲点——只有极少数人觉得大众的审美趣味有可能在美学上占有一席之地，更多的人对于大众文化的发展视而不见。如果说，被多数人接受的文化或者说满足人本能快感的文化就应该被人认为是低层次的，而行为艺术之类的沙龙审美观念无论能不能被人接受但总还是精英文化理应属于较高的哲学层次的话，那么我就可以很负责地说一句，去他的吧，装什么大尾巴狼。

在这里我们已经看不到周星驰的影子了，但最后这句著名的“国骂”，还能让我们联想到王朔的小说。此外，我们还真想象不出，假如没有后面这句“国骂”作过渡语，作者如何把这里“较高哲学层次”的话与下面这段论及“形而下本能”的话黏合到一起：

同学们不要奇怪，老师我敢于口出狂言的一个再简单不过的理由是，无论谁也必须承认，形而上的哲学的物质基础就是形而下的本能。

需要另外说明的是，俞老师对沙龙艺术不抱有任何成见，只是对现在文化艺术的割据局面的公平性有看法。

说远了是不是？张黑头同学请把赵黄脸同学叫醒，我马上就要说到正题了。

简单说吧。

不要拿传统审美去审视大众文化，不要用精英艺术去比较大众文化。

你们家用狗抓耗子吗？

在这个世纪里，我们已经承认了艺术和传统意义上的“意义”可能是无关的。那么，我们迟早会承认，艺术和传统意义上的“低级趣味”可能是有关的。

实际上我们有许多时候就是把自己对于艺术的“低级趣味”的理解包装得冠冕堂皇了，连自己都信以为真了。

接着俞白眉以观众为什么既喜欢又不喜欢看《焦点访谈》的例子说：

……我注意到大家一看是正面报道可能就换频道了。其实大家喜欢看的是阴暗面，是记者面对阴暗面时阴暗面的尴尬，是结局可能出现的大快人心。这样比较痛快。可是对每一个老百姓而言，这些事其实又都是替古人担忧。这种享受，每一个人都可以自己想一想，将之解释为忧国忧民是不是有些拔高了？它和看武侠小说时侠者劫富济贫替天行道所带给人的那种近于本能的愉悦和快感有何本质不同？可是后者长期以来被公认是“低级趣味”的啊。

这哪里是写小说，简直就是教授们讲课的录音笔记。由于加上了课堂“口水词”，例如“说远了是不是？张黑头同学请把赵黄脸同学叫醒，我马上就要说到正题了”。学究式的讲经说理就变成小说式的“闲聊”。这些所谓的“灌水”，往往会收到一种类似于布莱希特所谓的“间离效果”。

再比方说，西安现在最火的一种报纸《华商报》，它的品位低下，妇孺皆知。然而不瞒各位，俞老师有时候中午吃牛肉扯面羊肉泡馍的时候，等着着急，不介意叫来报童花五毛钱拿上一份随便翻翻。碰见熟人了，躲避不及，人家一般会问：你也看这个吗？俞老师就会说，哎呀主要想包点东西的——谁还没有点虚荣心？大家笑什么？什么，都一样吗？

人人都让周星驰逗得前仰后合，又不是人人都能像周星驰一样逗得人人前仰后合。如果你能面对这个事实，那么就请放弃你那些原有的审美观念，跟我一起来想一想，这个搞笑本身，有艺术存在吗？有美存在吗？有吗？这是一道思考题，大家课后再琢磨琢磨。①

俞白眉老师通过对周星驰的解剖，亦庄亦谐地发表了作者对当代电影徘徊于市场与审美之间处境尴尬的看法，嬉笑怒骂之间不无深刻之处。例如：“我们考察周星驰的美学价值，不要用传统的古典的美学标准来衡量。那是南辕北辙——如果我们不是一无所获的话，我们得到的就一定是牵强附会出来的东西，破绽百出，难以服人。肌肉的纹理结构不同，就不能用相同的解剖刀。”不少学院派评论家称周星驰为“后现代解构主义大师”，并从他的电影里挖掘出与德里达解构主义精神相契合的特点，认为他“无视传统、颠覆权威”，具有一种天马行空的创新天赋。尽管周星驰本人未必真心认可这些说法，但教授们、博士们众口一词，将解构主义大师的标签贴在他的额头上。下面一段对“周星驰电影评论”的评论，堪称“解构主义”的绝佳例证：

比如说，我们可以看到对周星驰电影的一些评论。有人说，他无处不在的对一切神圣的嘲弄和调侃——举一个小例子比方说《大话西游》里那个有趣的称谓“观音姐姐”——正是哲学家们所关心的“上

① 俞白眉：《刀剖周星驰篇》，https：//tieba. baidu. com/p/2193855900。

帝已死”；又有人说，他对生活弱者的反英雄式的描画——举一个小例子比方说《喜剧之王》中那个四处碰壁而且在非常时刻仍然严重偏离观众期望怯懦如故的死跑龙套的——正是当代美学中最流行的解构毁灭否定等非理性主题；又有人说，他对自我毫不留情的残酷幽默——举一个小例子比方说《唐伯虎点秋香》里的宣言“谁敢跟我比惨”以及对爬虫的亲切呼唤“小强”——正可以同赵州和尚和侍者文远从“我是驴”到“我是粪中虫”的禅门机锋里关于道之所在的精髓相观照。

何必如此做作呢？这样的评论，爱之愈深，毁之愈甚。

我设想尼采海德格尔德里达听到这番评论，只会当作耳边风。赵州和尚听了，也许“咄”地一声杆棒就要打过来。周星驰听了呢，应该是用他一贯的无厘头表示欢迎：哇塞，好厉害，不知这位大哥何门何派竟然对小弟如此敬仰如滔滔江水，哈哈——哈，镜头里忽然只剩下他一双皮鞋——人早在地上摆“大”字了。[①]

有人靠喝酒或玩电游缓解压力，有人靠抽烟或喝咖啡提振精神，也有人喜欢捧一本书或盯着屏幕看小说消磨时间……我们能拿同一道德观、价值观或目的论来谈论不同事物之间的美丑、善恶或利害吗？

概而言之，网络文学语言的合理性，实际上仍然和传统文学语言一样，在于其表情达意的准确、鲜明、生动。譬如说，BBS 上，人们往往会把“悲剧”写成“杯具”，把“感觉”写成“赶脚”，开始或许是语音输入或拼音输入的错误，如果一错再错，何不就此将错就错？语言的约定俗成，原本就是一个极为复杂的过程，表面看似不讲道理，实则是因为简单的语法、修辞、逻辑规则难以解释具体话语形态之纷繁复杂。当然，更多的时候人们是故意用错别字来制造陌生化或新鲜感，增加交流的趣味性。仍以“悲剧”写成“杯具”为例，现实生活中有大量不顺心的事情，说“悲剧”显然有些夸张，但对那些盯着键盘、喝着咖啡的年轻人来说，把不顺心的事说成“杯具”，让人联想到“悲催”的事情，这实际上是对某种微妙心理的曲折委婉的表达。因此，“杯具”这种“将错就错”的无厘头式拼写，虽未必像某些网评者所说的那样，比“正规”“正确”地写成

① 俞白眉：《刀剖周星驰篇》，https：//tieba. baidu. com/p/2193855900。

“悲剧”要准确得多、鲜明得多、生动得多，但至少要有趣得多。

网络文学文体小词典（根据相关著作和网络资料整理）

1. 安妮宝贝体（约2004年）

安妮宝贝体，是指网友对网络作家安妮宝贝写作句式进行的戏仿。主要特点是用故作淡定的小资情调、反复的主题与词句以及多个句号，表现出使人感到浅薄多余的情感（矫情）。她的小资式造句风靡网络，特征如下：拒绝长句，一句话能分十句说完的，绝不用两三句话；少用逗号，用句号传达出冷淡、简短的气息；一篇文字中最起码要出现一段散文诗；经典词语是亮点，在你的笔下，词语变得行云流水，充满悲伤的意味。例如：

楼主示范：

“如我这般，独立，凌烈的女子，难得跟一次风，不要毒药，才好。安。”

网友示范：

“炸酱面吧，身边的喧嚣，与你无关。”“酱油拌饭，适合你这般素淡的女子。一碗，足矣。”

“红烧猪蹄，符合楼主，这般，蛋蛋地，忧桑。”

“我想，吃泡面，是会被遗忘的，吃煮面，却可以被纪念。”

“薯条。茄汁。包在白色棉布裙里。下锅。甜美绚丽。”

“西。北。风。饮之。”

对此，有些网友是真正想要给楼主建议的，而另外一些人则是专门为了看回复才进来的，结果就是“免疫力”高点儿的就被网友的恶搞逗得“捶地大笑”，没有接受过此类小资语言锤炼的就“扶墙出帖”，更有一位名为“笑掉门牙的兔子”的网友回复道：“一种感觉击中了我痉挛的胃，晚饭我又省了，各位V5……”

2. 校内体（约2005年）

校内体，指原来的校内网、现在的人人网常用的几种标题形式。总的来说，校内体总是有一种说不出的想撞墙感，不是疼痛就是伤感。常用的标题形式有：“每个××上辈子都是折翼的天使”“遇到××的人，就嫁了吧”“女孩，还记××的那个男孩吗？”

3. 梨花体（2006 年 9 月）

梨花体是由“丽华体”的谐音，由女诗人赵丽华名字谐音而来。其有些作品形式相对另类，引发争议，又被有些网友戏称为“口水诗”。有网友总结“梨花体”写作方法：（1）随便找来一篇文章，随便抽取其中一句话，拆开来，分成几行，就成了梨花体；（2）记录一个四岁小孩的一句话，按照他说话时的断句罗列，也是梨花体；（3）当然，如果一个有口吃的人，他的话就是一首绝妙的梨花体诗；（4）一个说汉语不流利的外国人，也是一个天生的梨花体大诗人。

力挺赵丽华的人则认为：“丽华的诗歌有种飘飘欲仙的感觉，她发现和捕捉到生活中像烟一样轻盈的那些东西，语言亦松弛到自在飘忽状态，内在的诗意却被悠然守定。”（刘亮程）“赵丽华是近年来诗歌界最具实力和影响力的诗人之一。她的诗歌被公认为在探求诗歌感性与知性、内在复杂度与外在简约形式的切点上有超乎寻常的把握和悟性，写作姿态随意、自如，毫无矫情、造作，有时从容、淡定，有时又大胆、前倾……”（千寻）“她的诗本身是对经典文本和经典诗意的一个反讽，而网友则又对这种反讽进行了反讽。”（徐勇韬）

概而言之，“梨花体”源自 2006 年 9 月发端于网络的“赵丽华诗歌事件”，由于波及广、影响大，被媒体称为自 1916 年胡适、郭沫若新诗运动以来的最大的诗歌事件和文化事件。“梨花体”最著名的代表作是《一个人来到田纳西》：“毫无疑问/我做的馅饼/是全天下/最好吃的。”

4. 纺纱体（约 2006 年）

纺纱体又称纱比体、陛下体，最早是从百度某地方贴吧传出，一个网名叫“夜叉罗刹”的女吧主经常用一种居高临下、盛气凌人的古怪文体对吧友进行“训示”，从一开始被网友鄙视批判到后来开始模仿跟风，演变至最后甚至有人成立了“纺纱教”专门学习此类文体——当然，其中暗含着的对其创始人的讽刺是不言而喻的。

纺纱体顾名思义就是仿照莎士比亚语体，需要达到那种由英文翻译成中文的阅读效果，务必使说话如莎士比亚戏剧的语言一样优美。

简单教程：倒装句绝不改成主动句式，而且要尽量词不达意，绝不能使用粗俗的字眼，坚决摒除网络流行语如偶（我）、表（不要）等，称呼应该注意使用敬语如您、阁下，最重要的是发言绝不能使用标点符号。

奇文欣赏：“因为人用大脑思考你是苹果你用果核所以你不懂。我亲爱的朋友们也许是时候听听一些忠告了虽然难免会有些刺耳但不可否认的是这将非常的诚恳。”

5. 脑残体（约 2006 年）

“脑残体”一词的说法最早出现在猫扑论坛中，这是带有一种贬义、讽刺的叫法。这些流行于年轻人群中的“脑残体”也称作“火星文”，他们大多由汉字中的生僻字、异体字、繁体字以及符号组成，简单的理解就是原有网络语言的进一步升级，作为一种年轻人叛逆心理的体现，它在一些低龄网友组成的群体中大肆传播，而这些所谓的文字对于不熟悉“脑残体”的人来说，阅读起来极其困难，很容易使人抓狂。例如：“皁已绝望旳僾凊，bú渞淂畱恋。”（早已绝望的爱情，不值得留恋。）

6. 走近科学体（约 2007 年）

“走近科学体”模仿自中央电视台科教频道同名节目解说词，其特点是故弄玄虚，先吊足读者胃口，然后呈现一个再平常不过的结果。

简单教程：“打呼噜”叫“深夜里恐怖的怪音”，“神经病”叫“灵魂出窍”或“僵尸附体”。全文需大量使用“然而，意想不到的事发生了”“事情远非这样简单……”这样的语句。

奇文欣赏：“某村一户人家老是发现自家瓷砖缝里会渗出像血一样的鲜红色液体，弄得到处都是，全村人都不知道是怎么回事。在请了许多专家过来勘测而无所得的情况下，意想不到的事情发生了，一位上了年纪的村民突然回忆说，这栋房子下面在很久以前曾经是处坟地！到底是怎么一回事呢？敬请关注《走近科学》……最后的结论是：液体是这家人为了出名自己洒上去的。”

7. 红楼体（2007 年）

“红楼梦中人”选手闵春晓的博文风格令读者捧腹，在网上迅速兴起一股模仿之风，“红楼体”由此形成。

“红楼体”被网友们一致称作“对《红楼梦》文风的拙劣模仿”，文中大量出现“这会子”“那些人儿”此类今时今日读来不伦不类的语句。

简单教程：写作时把自己想象成一个清朝才女就对了。

奇文欣赏：“直到有一天，当我回到寝室，发现录音机里，我最爱的《红楼梦》磁带被人洗去了几段……伤心惶惑间，一个要好些的女孩儿悄悄告诉我：‘人家这会子都听李玟、张惠妹，独你这样不入流，总听这些悲悲切切的音乐……扰了大家的兴致……往后还是改了吧，到底还是合群些的好……’”

8. 知音体（2007 年 8 月）

知音体，即知音体标题，是指用煽情的标题来吸引读者，名称来源于《知音》。《知音》的创始人之一胡勋璧率先在中国期刊界提出了具有哲学理念的“人情美、人性美”办刊宗旨，坚持“期期精彩、篇篇可读”的质量标准，首创了“知音体标题”。知音体对八卦的贡献不仅仅是提供了一种流行的文体和标题，而且也是“冷艳教”的开山文字。2007 年 8 月，一网友在天涯发帖呼吁：大家用无敌优雅冷艳的“知音体标题”来给熟悉的童话、寓言、故事等重新命名！一帖激起无数网友的创作欲望。

知音体的特点是用煽情的标题来吸引读者，即将简单的事情优雅化，用无敌冷艳的语言来表达，比如《嫦娥奔月》可以改为《铸成大错的逃亡爱妻啊，射击冠军丈夫等你悔悟归来》；《唐伯虎点秋香》可以改为《我那爱人打工妹哟，博士后为你隐姓埋名化身农民工》；《葫芦娃》可以是《七幼童嗷嗷待哺，无私养父啊，贩婴恶夫妇为夺婴竟向你亮起屠刀》；《皇帝的新衣》可以改为《永不低头，弱冠少年不畏强权勇揭国王裸奔恶行》；《卖火柴的小女孩》可以改为《狠心母亲虐待火柴幻想症少女，祖母不忍勾其魂入天国》；《白雪公主》可以改为《苦命的妹子啊，七个义薄云天的哥哥为你撑起小小的一片天》；《小红帽》可以改为《善良的女孩儿，你怎知好心指路采花的哥哥竟是黑心狼》。

9. 琼瑶体（2007 年）

琼瑶体，又名奶奶体，起源于著名言情小说家琼瑶的文章以及琼瑶剧的对白。琼瑶宣称，她剧本中最得意的便是“琼瑶式”对白。网友将琼瑶体的特点总结为：琼瑶体的语言绝对删简就繁，宁滥毋缺，能绕三道弯的绝不只绕两道半，能用复句结构的绝不用单一结构，能用反问句的绝不用陈述句，能用排比句的绝不用单句，能哭着说喊着说的绝不好好说。

电视剧《又见一帘幽梦》热播以来，其极具琼瑶风格的台词饱受非议，更有人在网站征集琼瑶剧中“最令人想撞墙台词”。最终一直保持沉默的琼瑶，终于在博客上作出回应，她宣称，她剧本中最得意的便是“琼瑶式”对白，并坚信“我晕”等台词将成为引领潮流的时尚词语。而网友则反驳说：“我晕”早在几年前便在网上流行，还建议琼瑶奶奶要多关心新事物。

“我知道他爱你爱得好痛苦好痛苦，我也知道你爱他爱得好痛苦好痛苦”“我真的好喜欢你，不管是那个刁蛮任性的你，活泼可爱的你，还是现在这个楚楚可怜的你”类似这样的台词在琼瑶剧中俯拾即是，观众表示，这些肉麻台词听了有“想撞墙冲动”。对此，琼瑶委屈地说，写剧本，最难写的是对白，我最用功写的也是对白。“很多人说，我的对白那么‘琼瑶’，连‘模仿’都很难。”她觉得，像“谈一场轰轰烈烈的恋爱”就是自己首创，现在已在很多电视剧中出现。

以下几例为琼瑶体的典型代表。

《情深深雨濛濛》:

男：对，你无情你残酷你无理取闹!

女：那你就不无情?! 不残酷?! 不无理取闹?!

男：我哪里无情?! 哪里残酷?! 哪里无理取闹?!

女：你哪里不无情?! 哪里不残酷?! 哪里不无理取闹?!

男：我就算再怎么无情再怎么残酷再怎么无理取闹，也不会比你更无情更残酷更无理取闹!

女：我会比你无情?! 比你残酷?! 比你无理取闹?! 你才是我见过最无情最残酷最无理取闹的人!

男：哼，我绝对没你无情没你残酷没你无理取闹!

女：好，既然你说我无情我残酷我无理取闹，我就无情给你看，残酷给你看，无理取闹给你看!

男：看吧，还说你不无情不残酷不无理取闹，现在完全展现你无情残酷无理取闹的一面了吧!

《还珠格格》:

永琪：小燕子，我真的好喜欢你，不管是那个刁蛮任性的你，活泼可爱的你，还是现在这个楚楚可怜的你，我都好喜欢好喜欢!

紫薇含着泪委屈地说：“她说你们一起看雪看星星看月亮，从诗词歌赋谈到人生哲学……我都没有和你一起看雪看星星看月亮，从诗词歌赋谈到人生哲学。”

尔康：“都是我的错我的错，我不该和她一起看雪看星星看月亮，从诗词歌赋谈到人生哲学……我答应你今后只和你一起看雪看星星看月亮，从诗词歌赋谈到人生哲学。”

10. 蜜糖体（2009 年 2 月 15 日）

蜜糖体是 2009 年网上流行的文体，这种文体的特点是“嗲不死你齁死你”。该文体创始人是天涯网友“爱步小蜜糖”。2009 年 2 月 15 日刚刚在天涯注册 ID 的她，在天涯的第一次发言是回复一个关于 LV 的帖子：“555……糖糖也好想要一个 LV 滴包包啊，糖糖滴 mammy 用滴就素 LV。而且有好多好多个哦……糖糖滴 daddy 说，等糖糖考上大学了，一定会买个 LV 滴包包送给糖糖哦，好期待呀，嘻嘻……O（∩_∩）O ~”众网友纷纷拜倒。仅凭回帖，3 天内她就迅速走红，创下了天涯成名最快的纪录。

“小蜜糖”说话、Q 聊、写博时总是一副“语不腻人死不休”的架势。其实，在日常生活中每个人身边都能找到这样的例子，只不过腻歪程度不同。

“蜜糖体”无论称呼别人还是自己一定要用叠字昵称，叫妈妈 mammy，叫爸爸 daddy，5555（呜呜呜）挂嘴边，O（∩_∩）O ~ 表情不能少。一些日常的词语，用“蜜糖体”说出来立刻感觉大变，如把“是”说成“素”，“可是”变成“可素”，“这样子”说成“酱紫”，“非常”说成“灰常”；“的”和“地”都用“滴”代替，句子的最后总要加上语气词等。有网友将此文体与“知音体”“梨花体”“脑残体”合称为“网文四大奇葩体”。

11. 回音体（约 2010 年）

回音体的流行源于恶搞视频《包青天公审采花贼》。包大人开场白为：“下跪何人报上名来，跪何人报上名来，何人报上名来，人报上名来，报上名来，上名来，名来，来。”下跪的采花贼当时就震惊了，惊讶地看着包青天。网友用电视剧《包青天》的画面，然后自己给包大人配音，在审判采花贼时，包大人说：“看什么看，这是肥音你懂吗……你懂吗，懂吗，吗？”“肥音”就是“回音”。从此，将一句话逐字缩短模拟回音成了一种“回音体”。回音体的目的是让读者体验一种荡气回肠之感。

12. 凡客体（2010 年 7 月）

凡客体，即凡客诚品（VANCL）广告文案宣传的文体，该广告意在戏谑主流文化，彰显该品牌的个性形象。然其另类手法也招致不少网友围观，网络上出现了大批恶搞凡客体的帖子，代言人也被调包成小沈阳、凤姐、郭德纲、陈冠希等名人。其广告词更是极尽调侃，令人捧腹，被网友恶搞为“凡客体”。

以下为凡客广告词：

（1）韩寒

爱网络，爱自由，

爱晚起，爱夜间大排档，爱赛车；

也爱59元的帆布鞋，我不是什么旗手，

不是谁的代言，我是韩寒，

我只代表我自己。

我和你一样，我是凡客。

（2）王珞丹

我爱表演，不爱扮演；

我爱奋斗，也爱享受生活；

我爱漂亮衣服，更爱打折标签；

不是米莱，不是钱小样，

不是大明星，我是王珞丹，

我没什么特别，我很特别；

我和别人不一样，

我和你一样，我是凡客。

13. 亮叔体（2010年9月）

2010年9月初，一位诸葛亮打扮、自称“亮叔”的人接连数天出现在北京地铁里，当即引爆网上网下一阵围观热潮。和其他地铁红人不同，这位“亮叔”不但扮相雷人，还语出惊人：“叔本来是一个种地的，在这个人砍人的时代，叔不想砍人，只希望不被人砍。”此语一出，顿成经典，并被网友争相模仿。和“哥吃的不是面，是寂寞”一样，“亮叔”的这句名言在众多网友的热捧之下，也演变成了“亮叔体”——“×本来是一个××的，在这个××的时代，×不想××，只希望不被××。”有了既定的模式，网友的创作力就连同想象力一起，开始井喷。各种山寨版的“亮叔名言”不断新鲜出炉，而且不约而同地将矛头指向了社会热点，富士康、三聚氰胺、“非诚勿扰”、天上人间……无一逃过网友的调侃。据网友称，“亮叔”目前还在不断地出没于北京各地。网友们在高呼上述“山寨名言”原创者有才的同时，也期待着更多“亮叔体”的出炉。

14. 羊羔体（2010年10月）

2010年10月，车延高的诗集《向往温暖》摘得鲁迅文学奖诗歌奖项；与此同时，有网友在微博摘录其描写著名演员徐帆的诗作《徐帆》，引起网友热烈讨论。这种直白的几近不像诗歌的诗体被网友称作“羊羔体”，是继“梨花体”之后又一“口水诗”的代表。车延高说，这首诗采用的是一种零度抒情的白话手法，“是我写作的一种风格，是我写作的一种尝试”。

15. 埋汰体（2010年10月）

埋汰体的创作是极为不好掌控的，几乎是边受刺激边创作，边创作边继续受刺激。如果想要更好的效果，那么口味就会越来越重，强迫自己再多吐几遍或是干呕几回。一般写这样文章的人手里握的是一个“超级狼牙棒”，伤着别人也刮着自己。2010年10月，天涯论坛上的一个帖子让一位名叫“小月月”的人物迅速蹿红。这位女主角体形肥胖、喜怒无常、言行乖张，却得到了众多网民的“追捧”。几天时间，帖子的点击量达到了千万级。有事实证明，“小月月事件”是某书商利用网民口味，策划的一次低俗文化炒作。就像《赤壁》让曹操、周瑜玩“三角恋”，《大话西游》让唐僧爱上白龙马，似乎越俗、越出位就越受欢迎。一方面，俗文化能排解压力，使人产生解脱和刺激感，更适合消遣。但另一方面，人民论坛的调查显示，45.8%的人无奈表示，主流文化不吸引人，大众只能“被低俗”。

16. 微博体（约2010年）

微博体，也叫“段子体”“语录体”，是网络时代的一种文体。网民在微博上发表的文字不能多于140字（目前此限制已消失），为了适应这种情况而产生的文体就是“微博体”。微博体主要是在微博里发表的，作者一般用简短又有意思的词句吸引读者眼球。

17. 葛优体（2010年12月）

葛优体是根据葛优的一段电影台词戏仿出的一种文体。在影片《让子弹飞》里，葛优扮演的汤师爷梳着一头越狱兔（风靡网络的日本卡通短片）的发型，拿着喇叭高呼：“麻匪，任何时候都要剿！不剿不行，你们想想，你带着老婆出了城，吃着火锅还唱着歌，突然就被麻匪劫了……所以，没有麻匪的日子才是好日子！”葛优的演绎让这段台词活灵活现，考试、加班、春运、3Q战争，困扰着网友们的问题全部被“吃着火锅还唱着歌”的故事概括成了血泪史。

葛优体模板：“××，任何时候都要取消！不取消不行，你们想想，你×××，××××，还×××，突然就告诉你×××……所以没有×××的日子才是好日子！”

考试版例句：“考试，任何时候都要取消！不取消不行，你们想想，你回了家，跟着同学，吃着火锅还唱着歌，突然就告诉你挂科了……所以没有考试的日子才是好日子！”

18. 王家卫体（约2011年）

从《阿飞正传》《重庆森林》到《花样年华》《2046》，王家卫的影片中总有很多台词让人回味再三，更有不少句子成了流行语。“16号，4月16号。1960年4月16号下午3点之前的一分钟你和我在一起，因为你我会记住这一分钟。从现在开始我们就是一分钟的朋友，这是事实，你改变不了，因为已经过去了。”“我和她最接近的时候，我们之间的距离只有0.01公分，我对她一无所知，六个钟头之后，她喜欢了另一个男人。”这些句子，都曾被网友无数次改编过。例如新浪微博上的“@田中奶子”同学就总结出，要写出王家卫式的台词，也并不是难事，只要拿稳了“一个事件+一个绕口的时间+一个无聊事件”这个套路，3秒钟就能写出“王家卫体”。例如，“发生车祸之后的三天零五小时八分钟，我又去吃了甜筒，不过这次，我没要香芋味的”。新浪微博上“3秒钟变王家卫”的专题中，半天不到就刷出了18万多条微博。网友们将生活中许多平常或奇特的场景都写入台词。还有网友在台词中思考起了重大的人生问题。

19. 丹丹体（2011年1月17日）

丹丹体源于2011年1月17日著名演员宋丹丹在微博上炮轰房地产商潘石屹的博文。宋丹丹借微博对潘石屹在长安街南面的好位置上建了“廉价楼”而提出批评，说那楼实在难看，对不起北京，最后哀求道：“我老公不让我说了，他说别太得罪人，可我真忍不住。潘总，我就是个演员没多少钱，我请你喝拉菲，别再盖楼了，真的，求你了！”该句式被网友疯狂仿效造句几万条，固定格式是：“××，我就是个××，没多少钱，我请你××，别再××了，真的，求你了！”丹丹体的流行，和之前流行的多种“××体”一样，具有易改编的句式，把其中的关键词代替掉之后，马上能代入新话题，形成对别的热点事件的发言。网友通过创作

“丹丹体”，满足了和名人一起发言的欲望，顺势发出了自己的声音，间接地针砭了时弊。

20. 见或不见体（约2011年）

见或不见体的主要创始人是“80后”“90后”这一群人。见或不见体来源于《非诚勿扰2》中的小诗。

例句：“你怕，或者不怕我，拆迁就在那里，不怠不慢。你躲，或者不躲我，车轮就在那里，不缓不急。”“你服，或者不服，社会就在这里，不搭不理！”“你买，或者不买，××都在这里，不嗔不怒；你看，或者不看，××就在这里，不停不止；你爱，或者不爱，××就在这里，不怨不叹……我都这么可怜了，就赶紧来爱我吧！××365天，一天24小时无间断播出，坚守阵地，等候你选，你爱，你买！还可登录××喔……”（又称为非诚体）

21. 咆哮体（2011年3月7日）

咆哮体一般出现在回帖或者网络聊天对话中。使用者激动的时候会觉得一个感叹号不能表达自己的情感，而打出很多感叹号。有人发起考据，发现咆哮体源于一篇题为《学法语的人你伤不起!!!》的文章，该文自称为“校内咆哮体”，曾在豆瓣等社区引起热烈争论。一时间各种专业版本的咆哮体陆续出现，有英文版、西语版、日语版等，在网络上被疯狂转载，从而引申出了各个专业的咆哮体版本，各路粉丝也纷纷开始撰写关于他们偶像的咆哮体。在咆哮体火爆时，网上出现了各种各样的咆哮体生成器。例如：“办公室上班族你伤不起！每天手机打卡机跟你作对有木有！聊个QQ还得小心被抓到有木有！上下班被挤成饼干有木有！”感叹号和“有木有”是咆哮体的标识符。咆哮体一般是用来自嘲、诉说自己的遭遇和感受的，让人看了之后忍不住哈哈大笑。网友分析认为，使用“咆哮体”自嘲是一种乐观的表现。咆哮体可用于任何主题的讨论，而在现实生活中，这些常用咆哮体的人其实离咆哮这种状态非常遥远。咆哮体能充分表达自己的惊讶、愤怒的心情。重庆明亮心理咨询所邱驷医生认为，如果“咆哮体”真的可以成为一部分人减压发泄的手段，也未尝不可。他指出，“网上排解心理压力有一定效果，但人们最终要落实于现实中。如果网络的发泄让人在现实生活中越发退缩，就不是一件好事了”。

22. 谋杀体（2011年3月29日）

谋杀体起源于蒋峰的小说《为他准备的谋杀》。《为他准备的谋杀》

中开篇第一句话“我去年十一月特别想杀人，因为懦弱迟迟没有动手。三个星期之后，一次意外让我摘掉警徽，放下了枪，杀人计划不得不延迟。那个人活得比我还好”，因其句式之独特，又蕴含着悲催的意味，被读者拿来建了个豆瓣线上活动，一日之内吸引数千人参加，并上传“谋杀”句式几百条。它以“我去年十一月特别想××因为××迟迟没有××后来就/现在××”为句式，被网友加入不同的内容，但都显得无比悲催。

23. 私奔体（2011 年 5 月 16 日）

2011 年 5 月 16 日深夜，新浪微博用户、鼎晖创业投资合伙人王功权通过微博宣布私奔，为爱放弃一切，这在网络上引起了热议，网友们纷纷效仿，诞生了私奔体的流行。王功权这条微博被网友热烈转发，成为“私奔体”的导引：“各位亲友，各位同事，我放弃一切，和××私奔了。感谢大家多年的关怀和帮助，祝大家幸福！没法面对大家的期盼和信任，也没法和大家解释，也不好意思，故不告而别。叩请宽恕！××鞠躬。”网友因“私奔”而欢呼雀跃，争相围观，一时间“和睡眠私奔”“和作业私奔”“和美元私奔”“和团购私奔”等仿文大量涌现。

24. 蓝精灵体（2011 年 7 月 29 日）

2011 年动画电影《蓝精灵》引发了集体怀旧热潮，“在那山的那边海的那边有一群蓝精灵……”，这是带给“70 后”“80 后”快乐童年的动画片《蓝精灵》的主题曲歌词，一个网友依据“蓝精灵之歌”改编出来的“程序员版蓝精灵之歌”引发大量网友关注。通过改编歌词，“蓝精灵体”出现。“蓝精灵体”也成了热门话题，被各行各业的网友改编成吐槽专用体，被评为 2011 年度网络十大流行体！

举例：医生版：“在那山的那边海的那边有一群白精灵，他们苦逼又聪明，他们手术到天明，他们没有休假生活在那白色的病房里，他们善良男女互相关心。哦，可爱的白精灵，哦，可爱的白精灵，他们治疗毛病应付家属，斗败了医务处，他们上班吃力又伤心。”

25. 大概体（2011 年 7 月）

大概体，源于人人网一个名叫“范雨晴”的一则帖子“大概是因为他不吃米，而我姓范”引发了数十万人人用户的转发模仿和跟帖回复。

举例：“大概是她爱干净，而我姓陈。”“大概是因为他是回民，而我姓朱。”“大概是她喜欢真实，而我姓贾。”“大概是他喜欢吃热的东西，所以我姓梁。”“大概是她不喜欢动物，而我姓马。”这些“大概体”短句，表达了网友内心各种各样的矛盾与纠结，以及惴惴不安。

26. 淘宝体（2011年8月1日）

淘宝体是说话的一种方式，最初见于淘宝网卖家对商品的描述。淘宝体因其亲切、可爱的说话方式逐渐在网上走红，2011年7月南京理工大学向录取学生发送“淘宝体”录取短信。2011年8月1日上午，一则关于外交部微博“淘宝体”招人的消息在网上流传。

淘宝体常见字眼有“亲”“哦”，例如：“亲!!! 熬夜不好哦!!! 包邮哦!!!”

举例：南京理工大学“淘宝体”录取短信：“亲，祝贺你哦！你被我们学校录取了哦！亲，9月2号报到哦！录取通知书明天‘发货’哦！亲，全5分哦！给好评哦!”

27. HOLD住体（2011年8月9日）

“HOLD住”这个有点时尚、有点混搭又有点喜感的流行词来源于台湾地区的综艺节目《大学生了没》。在2011年8月9日的《大学生了没》节目中，一位名叫Miss Lin的女网友以夸张另类的烟熏造型、做作的中英混搭的语言、扭捏妖娆的姿态向大学生们介绍什么是Fashion：“我刚从法国巴黎的时尚大学毕业的，今天就是要教大学生what is fashion……”，其极度夸张搞笑的表演震撼了所有观众，于是，她的口头禅“hold住”就此一炮而红。网络上很快出现了无数模仿“hold住”的桥段，如“hold住爱”“hold住潮”“hold住哥”“hold住姐夫”等。其中“hold住姐夫”李昕亮在陕西卫视《生活魔法师》节目中，以“hold姐”造型出场，一身惊艳的波点造型“hold住”全场。

28. 校长撑腰体（2011年9月21日）

北京大学副校长说：“你是北大人，看到老人摔倒了你就去扶。他要是讹你，北大法律系给你提供法律援助，要是败诉了，北大替你赔偿!”这段话于2011年9月21日出现在微博上，时隔一个月后这则网帖突然火爆网络，并衍生出了多个高校的版本，被网友称为“校长撑腰体”。

29. 青年体（2011年10月）

一种硬生生将青年人划分为普通青年、文艺青年、二逼青年的文体，是年轻人对自我族群的再一次细分。这种划分在网上风行了一段时间，可能借鉴了日本主持人萩本钦一的综艺节目：将男人分为普通男人、好男人和坏男人。“青年体”甚至超越了文本，更多的年轻网友倾向于用图表来直接表达自己与其他人的区别。

以吟诗为例，普通青年：“床前明月光，疑似地上霜。”文艺青年：“你站在桥上看风景，看风景的人在楼上看你，明月装饰了你的窗子，你装饰了别人的梦。”二逼青年：“大海啊！全是水！马儿啊！四条腿！美女啊！你说你多美。鼻子下面居然长着嘴。”

30. 陆川体（2011 年 11 月 11 日）

2011 年 11 月 11 日，国足兵败于多哈，世界杯之梦再次濒临破碎。赛后著名导演陆川微博求骂，在微博写道：“中国队输了，其实不怪队员，怪我！有个秘密我一直没说，从我记事开始，只要我看直播，中国队准输。多少年了，我的好奇心一直是中国队成长的魔咒，不要骂他们，骂我吧，是我不好。以后我再也不看你们了，再也不耽误你们了。我发誓！我向你们赔罪！”一个崭新的找骂文体就此诞生！陆川一直关注中国足球，与很多球迷都有着恨铁不成钢的感受。陆川为国足揽责，实际上是对国足的讽刺，以这种方式来表达不满，可以说是一种独特的“陆川体”。例句：“北京公交太挤，其实不怪中国人多怪我！有个秘密我一直没说……骂我吧，是我不好。以后我再也不坐公交了……”

31. 赵本山体（2011 年 11 月）

继王家卫体后，2011 年 11 月，一句古典诗词配一句赵本山小品名句的文体被网友疯狂转发，网友称之为“赵本山体”。经典例句有：“问君能有几多愁，树上骑个猴，地下一个猴。”“众里寻他千百度，没病你就走两步。”“天苍苍，野茫茫，我十分想见赵忠祥。”“南朝四百八十寺，此处省略一万字。”“多行不义必自毙，一场大水没咋地。”“人生得意须尽欢，过了山海关都是赵本山。”“红酥手，黄縢酒，大爷，这个真没有。”“书中自有黄金屋，不是大款就伙夫。”“安能摧眉折腰事权贵，反正十块钱儿的，都是你消费。”“南朝四百八十寺，七天憋出六个字。”“万水千山总是情，你是没事找抽型。”

32. 装 13 体（约 2011 年）

该文体来自网络，具体源头已无从考证。

这个文体的特点是，作者多少有些无病呻吟，总想彰显自己的品位、格调，但看多了却适得其反，令人反胃。

使用这个文体时，能用英文绝不用汉语。说一样东西的时候一定要把它的牌子和产地都一起说出来，不论有多么别扭。另外就是大量使用没有实际意义的书面语、形容词等。

例如："下午的时候，觉得有些渴了，就去买了Robust的纯净水。轻轻地喝一口，味道的确比Wahaha的要好些。看来我最钟爱的牌子，果然是没错的。用Pure的Handkerchief擦了擦嘴角以后，我开始在两个同样钟爱的品牌中摇摆不定。是去买佳侬新出的Wolfboy限量版呢，还是选择Keaoor的呢？"

33. 膝盖中箭体（2011年12月）

2011年12月，"直到我膝盖中了一箭"这句话在网上迅速蹿红。这句话是热门单机游戏《天际》（*Skyrim*）NPC对话中出现频率最高的一句："I used to be an adventurer like you, then I took an arrow in the knee."（"我以前和你一样也是个冒险家，直到我的膝盖中了一箭。"）被玩家戏称为"《天际》各种卫兵都有的经历"。这种表示转折和否认的句式被冠以"膝盖中箭体"的称号。有资料说，2011年感恩节，一位田纳西州的美国男子在白宫网站上向美国总统奥巴马发起了一份倡议称："为了我们的孩子着想，请立刻禁掉游戏领域的大毒草《天际》。这款游戏反社会，反伦理，反健康，对谁都没好处，极其不和谐。"这种明显带有恶搞的倡议，为游戏的流行成功地制造了一个波及全球的噱头。

34. 方阵体（2011年12月）

2011年12月，"方阵体"在网上迅速走红。"方阵体"采用的是运动会时播音员解说词的写作格式，因为朗朗上口的特点而受到网友的热捧。

其写作格式是："现在×××方队向我们走来，他们×××，带着×××，左手×××，右手×××，他们精神抖擞，喊着响亮的口号向我们走来。"

例如："程序员方阵：同学们，现在向我们走来的是程序员方阵！他们穿着拖鞋，披着毛巾，左手拿着键盘，右手举着鼠标，腋下夹着USB转换器。他们因睡眠不足而显得精神不振，喊着微弱的口号走过主席台。首长问候：程序员们辛苦了！程序员方队异口同声地答道：Hello World！"

"银行方阵：同学们，现在向我们走来的是银行方阵！他们穿着西装，扎着领带，背着销售任务扛着考核指标，左手捧着理财基金，右手举着贷后检查清单，腋下夹着信用卡POS机，他们精神抖擞，喊着响亮的口号走过主席台。首长问候：银行的同志们辛苦了！银行方队整齐洪亮地答道：首长开个账户吧！”

“建筑方阵：同学们，现在向我们走来的是建筑方阵！他们穿着破烂工作服，戴着安全帽，背着进度任务，左手捧着电钻，右手举着业主欠款清单，腋下夹着18磅的大锤，他们精神抖擞，喊着响亮的口号走过主席台。首长问候：建筑队的同志们辛苦了！建筑方队整齐洪亮地答道：首长来买套房吧！”

35. TVB体（约2012年）

TVB体，是指大量套用TVB电视剧中的经典台词来“吐槽”或者寻求“安慰”，这种新的网络文体被赞语言平实却“很疗伤”，很快在网络上走红，受网友追捧。

例句：“呐，做人呢，最要紧的就是开心，上不上大学呢，是不能强求的，不能上大学，那是大学不知道珍惜你，高考补录这件事不能只看表面，补录到差学校呢，是我们大家都不想看到的，还不如学技能。亲，选技能呐，不要说我没有提醒你，学厨师很火的，现在一提到学厨师，连街上的小孩都要去成都新东方烹饪学校。”

36. 德纲体（2012年2月2日）

2012年2月2日，郭德纲在新浪微博上发表了一段怒斥的话：“你编出花来，我也不在你那开微博。你骂出血来，我也不在你那开微博。你喊出人黄来，我也不在你那开微博。你学出龙叫唤来，我也不在你那开微博。随你叫骂，我不生气。把脾气拿出来叫本能，把脾气压回去叫本事。今天是2012年2月2日，在这个2的日子里，我养的狗结婚，要娶企鹅。你说还有王法吗？”德纲体现由此诞生。

德纲体的格式为：“你编出花来，我也不×××。你骂出血来，我也不×××。你喊出人黄来，我也不×××。你学出龙叫唤来，我也不×××。×××叫×××，×××叫×××。×××，你说还有王法吗？”

37. 暴打分手体（2012年4月）

2012年4月，北京航空航天大学的一个学生在微博上吐槽自己所学专业领域里的常识不被他人了解，从而“发明”了一种新的网络文体“暴打分手体”。北航男发微博说：“今天，她来我学校玩，我带她参观停在球场边上的客机。她问我：‘为什么那个机翼是斜的不是直的呢？’我……就算是白痴也该知道后掠翼能有效地提高临界马赫数，延缓激波的产生，避免过早出现波阻，尽管最大升力系数下降，但是能够降低波阻。”在进行如此的吐槽后，发帖人以一句调侃“于是我把她暴打了一顿跟她分手了”收尾。很快，各种学科专业背景的网友，跟风晒出这一文体的仿句。

“暴打分手体”的标准格式是：“某某来某地玩，问了某问题，我××就算是白痴也知道某某，于是我把她暴打了一顿跟她分手了。”这是一种吐槽他人对自己领域内的常识缺乏了解的欢乐文体。@火神沐写道：“今天，他来我们学校玩，我带他去我的画室参观我们的画作。他问我：‘为什么画画的时候要用纸比较粗糙的那一面画啊？’我××就算是白痴也该知道这样子才能更好地上铅，才能更好地深入，画面效果才会好，黑白灰关系才能更好地体现出来啊。于是我把他暴打了一顿跟他分手了。”

38. 财神体（2012 年 4 月 26 日）

2012 年 4 月 26 日，著名编剧宁财神发微博，畅谈人生不同阶段对于另一半的不同追求：“少年时，想碰到一个聂小倩，拼了性命爱一场，天亮前带着她的魂魄远走他乡。青年时，想碰到一个白素贞，家大业大，要啥有啥，吃完软饭一抹嘴，还有人负责把她关进雷峰塔。中年时，想要一个田螺姑娘，温婉可人，红袖添香，半夜写累了，让她变回原形，加干辣椒、花椒、姜、蒜片爆炒，淋入香油，起锅装盘。”随后，《盗墓笔记》作者南派三叔也在微博上积极回应，于是财神体出现、走红并被效仿。其标准格式为：“少年时，想碰到一个××，××；青年时，想碰到一个××，××；中年时，想要一个××，××。”

例子：Super 明月写道：“少年时，想碰到许文强，生生死死不顾惜，天涯海角随君行，只为爱一场；青年时，想碰到孟皓，有财有貌有品位，更有万千深情，真没过下去也有大笔财产可供养余生；中年时，我只想这男人不用太帅，不用太有钱，只要实用就好，越实用就越好——会修家里电器的小毛病，会做可口饭菜，愿意和我说些没味道的话题。”

39. 甄嬛体（2012 年）

甄嬛体始于同名网络小说改编的电视剧《甄嬛传》，剧中台词“古色古香”，引起网友戏仿。媒体也发动群众，征集甄嬛体句子，形成了一股全民大造句的热潮。不少网民乐此不疲。甄嬛体套用红楼体的话语格式：“方才××想必××极好××若是××定当××”，以典雅方式拿腔拿调地说大白话，造成一种文白混搭的滑稽效果，令人忍俊不禁。如“购物版”：“方才看到这件衣衫，款型是极好的。这苏绣的料子配上简洁的裁剪，是最好不过的了。我愿多买几件，虽然荷包骤然消瘦，倒也不负恩泽。”

40. 虚伪体（2013 年）

虚伪体，是一种首现于微博、微信上的网络文体，始于 2013 年。虚伪体具有强烈的调侃意味。操作方法是在话语当中添加括号，括号里标注汉语拼音，一个字后面跟一个音节（拼音的声调能让人更快地辨识，可加可不加）。拼出来的内容与其所对应的文字长短一致，但意思要相反，从而达到诙谐、幽默的效果。通过括号得到的信息，往往才是发言者的心之所想。由于该文体的特色为表里不一、口蜜腹剑，故被一部分网友私下里拟名为虚伪体。

例子:

（1）一高校美女在获知前男友遭人殴打的消息后，难过多少还有，但毕竟缘分已尽，她用虚伪体进行评价：感（jiù）同（yóu）身（zì）受（qǔ）。

（2）文章出轨后不久，马伊琍在微博上发布了包含“且行且珍惜”的几句话。有情绪激动的网友便留言道：“且（gè）行（zì）且（bèn）珍（dōng）惜（xī）。”

（3）大晴天，朋友邀请你一同出游，你因有事而无法前往。到时可以这样调侃：在这样一个春（wù）光（mái）明（yán）媚（zhòng）的天气里，不能游玩实在遗憾。

41. LOLI 体（时间不明）

LOLI 原是小说《洛丽塔》中女主人公的名字，特指看似清纯、内心复杂的小女生。“LOLI 体”在写作方式上延续了这种复杂的感觉，并将“知音体”“脑残体”“蜜糖体”等网络文体完美融合，文章中第一人称多以公主自称，除了华丽的辞藻，还有看不懂的符号，内容自恋至极，又甜得腻人。该文体以“自恋”和“装嫩”为主要特点。“自恋”的例子有：“谁叫我长得肤如凝脂，领如蝤蛴，齿如瓠犀，螓首蛾眉，巧笑倩兮，美目盼兮呢，看吧！我说过，我的人生注定是不平凡的啊!!!”“装嫩”的例子有：“今天天气好好哦，所以 lulu 的心情也灰常灰常滴晴朗，嘻嘻。可地铁为虾米那么多银捏？害得身单力薄滴伦家都米有挤上去，坏银坏银。”

结 语

繁荣有序:网络作家的历史使命与时代担当

2015年10月,《中共中央关于繁荣发展社会主义文艺的意见》(以下简称《意见》)全文发表。《意见》要求坚持以人民为中心的创作导向;要让中国精神成为社会主义文艺的灵魂;要创作无愧于时代的优秀作品;要建设德艺双馨的文艺队伍;要加强党对文艺工作的领导。特别令人振奋的是,《意见》旗帜鲜明地发出了"大力发展网络文艺"的号召:

> 大力发展网络文艺。网络文艺充满活力,发展潜力巨大。坚持"重在建设和发展、管理、引导并重"的方针,实施网络文艺精品创作和传播计划,鼓励推出优秀网络原创作品,推动网络文学、网络音乐、网络剧、微电影、网络演出、网络动漫等新兴文艺类型繁荣有序发展,促进传统文艺与网络文艺创新性融合,鼓励作家艺术家积极运用网络创作传播优秀作品。充分发挥新媒体的独特优势,把握传播规律,加强重点文艺网站建设,善于运用微博、微信、移动客户端等载体,促进优秀作品多渠道传输、多平台展示、多终端推送。加强内容管理,创新管理方式,规范传播秩序,让正能量引领网络文艺发展。

在这里,"繁荣有序"是一个值得充分注意的说法,既要繁荣,又要有序。新生事物往往会处在一种无序状态,初步呈现繁荣景象的网络文艺,要做到有序发展,还有很长的路要走。网络文学尤为如此。

当下网络文学的有序发展还有极大提升空间。一是作者队伍和读者群体的有序发展问题。根据笔者多年的调研和阅读,可以肯定地说,网络文学主要是年轻人的文学。网络作家,无论是普通写手还是大神级写手,绝大多数是年轻人。决定网络文学生存状态和发展前景的读者,也主要是年轻人，广大年轻人的阅读习惯与审美取向值得热切关注，应当充分重视。有关资料表明，目前国内上网的约4亿网民中，20岁到40岁的占80%以上。网络文学兴起初期依靠的是20世纪70年代和80年代出生的青年作家、青年文学爱好者，现在“90后”也加入了主力军的行列。有人甚至将网络文学形容为“时代新文化运动的先声”，网络文学的兴起能够“吹响新文明的号角”。众所周知，过分的吹捧不利于新一代网络文学作家的成长，在基本处于无序状态下成长起来的这一批青年作家，如何走向成熟，如何成长为一支德艺双馨的文学队伍，这是值得文学工作者和相关管理部门深长思之的严肃问题。

二是批评机制和批评话语的有序发展问题。网络文学需要健康说理、鞭辟入里的网络文艺批评。目前网络上关于网络文学的“e批评”十分热闹。这种“e批评”，是指在网上非常普遍的、任何网民都可以张贴上去的评论，既可长篇大论，也可三言两语，甚至只是一颗点赞的红心。各种重要的文艺现象，在网上都有大量的或短或长的“e批评”。如一些网站专门开通“王朔与金庸”“我看美女作家”频道。但这些评论多数在论坛上不经任何编辑地张贴，随感式、谩骂式的批评较为常见，学院式、学理式的文艺批评可谓凤毛麟角。网络文学的健康发展，需要一大批学识渊深、学理讲究的文艺评论家投身其中，对这一现象及作品认真评说。

三是著作权和收费模式的有序发展问题。著作权问题是关系到网络文学发展的一个难点问题。1999年王蒙、毕淑敏等六位作家状告“北京在线”（www. bjol. com. cn）网站侵权，引起文艺界和网络界广泛关注，判决结果引起争议。六位著名作家状告“北京在线”网站未经许可将他们享有完全著作权的文学作品，如《坚硬的稀粥》《一地鸡毛》《预约死亡》《黑骏马》登载到网上，法院判决六位作家胜诉。法院判决指出，作品上网是作品传播的一种新方式，作品的数字化行为本身并不具有著作权法意义上的独创性，作品载体形式和传播方式的变化并不影响作者对其作品享有的专有权利。因此，被告未经允许将原告作品上传到互联网上，侵害了原告对其作品享有的使用权和获得报酬权。被告应停止侵权，在自己的主页上刊登致歉声明，并分别赔偿原告经济损失。此案被称为“中国网络侵权第一案”，其审理结果对网上著作权保护具有相当深远的意义。有业内人士认为，过度保护网上著作权会阻碍国内网络的进一步发展，特别是目前中文网络信息资源还处于相对匮乏的阶段，现有作品的数字化也是促进我国科技文化传播的一项重要任务。许多文学类站点不再随意把传统作家的代表作品数字化了，一些图书网站开始重视网上著作权问题。如博库网站就与刘恒等几十位知名作家签约，取得在网上登载这些作家作品的权利。大体而言，网络文学目前处在自发、随意的创始过程中，还难以与传统的纸上文学相抗衡，许多作品还相当幼稚。但不少网络文学作家认为，当网络成为人们更习惯和熟悉的媒体时，网络文学将成为文学流通的重要方式。我们期待着网络文学的迅速成熟，期待着网络文学作家的迅速成熟。

尽管互联网兴起的时间并不算长，但它的惊人影响却是巨大而深远的。事实上，它已经成为人们社会生活不可缺少的一部分。在提高人类生活质量的同时，它还直接改变了人们的生活方式、工作方式、行为方式和思维方式。比特打造的“数字化境遇”为人类的“诗意栖居”营造了一个多姿多彩的超现实氛围；与时俱进的“网络+”更是具有一种化腐朽为神奇的魔力，在这万能点金手的操纵下，日常生活的审美化与审美的日常生活化之间，已不再存在不可逾越的鸿沟，人的本质力量的全面发展和自由表现也逐渐成为可能。

从这个意义上说，数字时代的本质是一往无前的技术革命，它促使艺术生产与艺术消费插上了腾飞的翅膀，使人类的审美活动与艺术创作接受模式发生了根本性的变化，由此，新生网络文学有望成为一门真正的综合艺术。多元、高效、自由，构成网络文学发展与审美生存的基本内涵。然而，我们也应该看到，在创作工具技术与艺术发展关系的层面上，网络文学固然以数字技术为基础和核心，但网络文学不是纯技术的表现形式，它本身就是社会性的，因而网络文学的本质是超工具性的。就技术因素支撑的网络文学而言，除了技术与艺术及其相互关系存在着许多有待进一步探索的矛盾之外，还有数不清的相关问题亟待研究和解决。例如，网络文学创作与消费过程中的个性化与模式化如何统一的问题；游戏化与产业化如何互补的问题；专业化与大众化能否交融的问题；局域化与全球化如何共存的问题；技术化与人文化如何结合的问题……单就技术与人文如何贯通的问题来说，在数字化时代，技术作为“物”的存在逻辑已经让位于“物与人相互融合”的逻辑，实现了技术的人文性。有研究者认为，数字化时代虚拟特征的三种含义是：物体的虚拟、主体的虚拟和物性的虚拟。数字时代的本质是对想象力的充分挖掘，可以而且应该突破现实已有逻辑设定的各种可能性，并强调想象力对个人、国家和社会发展的重要性，以想象力为核心的人文精神已经与技术、经济、社会相融合；数字化的典型特征是可复制性，数字化塑造出可复制的对象化世界和人类主体，一个“真的假”和“假的真”的时代模糊了社会存在的已有判定标准，增加了时代的复杂程度。数字化时代凸显出形象化的感受力，具有某种“返祖”的意味，塑造出数字中介和数字界面的人与人、人与他物的新模式。在这里，波普尔的“世界”概念得到了生动的阐释。艺术的概念与现实生活的概念似乎也不再分属完全不同的范畴。在比特打造的赛博空间中，艺术与生活居然具有相同的“DNA”，传统的艺术理论显然已无法面对这样的变化。

也许，新的理论生长点就隐藏在网络文学与传统艺术的比较过程中，网络文学研究的对象只有在比较中才能真正确立。我们知道，网络文学作为一种新兴艺术式样，它是随着电脑的普及和互联网的迅速发展而诞生和发展起来的。由于互联网具有极大的时空超越性，所以，网络文学在其问世之初，就表现出了一个与以往所有传统艺术截然不同的特点，即中外网络文学作家几乎第一次站在同一条起跑线上，在同一个舞台上，利用全新的数字手段开始了一种全新的艺术创作。与之相伴的是，文化传统和意识形态的冲突与和解，艺术理念和创作方法的相互学习和借鉴，本土特色和国际潮流的交往和对话等，其中有许多新的情况与传统艺术之间缺乏类比性。因此，对网络文学的现状和发展趋势的关注理所当然成为理论研究的重要对象。但必须指出的是，目前对网络文学关注最为密切的并不是理论家和批评家，而是相关的媒体、政府管理部门、业界和教育界。当下对网络文学的研究，从现有的资料看，无论是中国还是外国都尚处于一个起步阶段。就其研究成果而言，学术界涉及网络文学的专著和论文，大多是从媒体研究、文化研究和技术研究等方面展开的，从艺术和审美的角度探索网络文学的研究成果还略显薄弱。

有批评家指出，今天我们大多数人应该感谢互联网，因为互联网给了更多人创作的机会，给了更多作品广泛流传的机会。在互联网诞生之前，不知有多少优秀的作品胎死腹中，多少恢宏的巨作无法出版，多少本可以震撼人心的文艺作品在岁月的流沙中只剩下断简残篇，多数时候甚至只能短暂地默默无闻地存在于暗室之一角，然后悄然消失，没有机会被世人欣赏。但是，互联网的出现改变了这一切。互联网这个创作平台极其广阔，在很长的一段时间里，给许多文学爱好者提供了难得的机会。千千万万在传统文学领域里默默无闻的作者，通过互联网脱颖而出。随着互联网的繁荣与发展，网络作家的不断崛起，“80 后”“90 后”甚至“00 后”正在成为网络创作的主力军。这一部分网络创作的主力军在向传统文艺创作领域发起挑战的同时，也在向传统证明着自己。

如今，网络文学的快速崛起与壮大，已成为中国当代文学最引人注目的亮点之一。但网络文学作为当代文学的前沿阵地，网络作家在吹响时代前进的号角、描述时代风貌、引领时代风气等方面可谓使命光荣、责任重大。其中最大的挑战或许就是如何创作出无愧于时代的优秀作品来。确切地说，当代网络文学工作者如何牢固树立精品意识，推出更多思想精深、艺术精湛、制作精良的精品力作，如何改变“有数量缺质量”“有高原缺高峰”的局面，如何避免抄袭模仿、千篇一律、粗制滥造等现象的滋生和蔓延，凡此种种，都直接关系到网络文学的前途和命运。总之，守正道、创新局，以优秀作品推动网络文学繁荣有序发展，这是每个网络作家别无选择的历史使命与时代担当。

最后说说如何看待“读者是上帝”。读者是上帝吗？对此，评论家白烨认为，这个说法需要反思。当你是个一般的网络文学创作者时，你可能不得不去迁就读者，给自己赢得一定的名声与影响。当你成为“大神级”作家后，就理当起到一个“大神级”作家应该起到的作用，把审美价值、引导作用体现出来，用富于人文精神的写作引领读者，示范其他作者，而不能只是一味博得读者喝彩，活在低俗与媚俗写作营造的粉丝迷恋中。在视读者为“上帝”之时，网络文学更要培养高雅的“上帝”。张江、张颐武、李春青、刘跃进、舒婷等人在谈论读者是不是上帝时指出：忽视作者时，写作会变成孤芳自赏；取悦读者时，写作会趋于低级媚俗。好的作者应回应并超越读者关切，建立并成为对话引导者，交流并促成思想和审美交换，目的是让我们变得更好。网络文学的繁荣发展，亦当如是。

参考文献

柏定国：《网络传播与文学》，中国文史出版社 2007 年版。

陈定家：《比特之境：网络时代的文学生产研究》，中国社会科学出版社 2011 年版。

陈定家：《耳根与〈一念永恒〉》，作家出版社 2021 年版。

陈定家：《网络时代的文学转向》，中国社会科学出版社 2020 年版。

陈定家：《文之舞：网络文学与互文性研究》，社会科学文献出版社 2014 年版。

陈海燕：《网络文学与动漫产业互动发展研究》，四川大学出版社 2017 年版。

储卉娟：《说书人与梦工厂：技术、法律与网络文学生产》，社会科学文献出版社 2019 年版。

单小曦：《媒介与文学：媒介文艺学引论》，商务印书馆 2015 年版。

单小曦：《现代传媒语境中的文学存在方式》，中国社会科学出版社 2008 年版。

单小曦：《新媒介文艺生产论》，中国社会科学出版社 2021 年版。

杜书瀛：《文学会消亡吗：学术前沿沉思录》，中山大学出版社 2006 年版。

范周主编：《网络文艺批评理论与实践》，知识产权出版社 2019 年版。

冯广超：《数字媒体概论》，清华大学出版社 2004 年版。

高建平主编：《当代中国文艺理论研究（1949—2009）》，中国社会科学出版社 2011 年版。

葛涛：《网络鲁迅》，人民文学出版社 2001 年版。

葛涛：《网络王小波》，人民文学出版社 2002 年版。

何坦野：《新媒体写作论》，浙江大学出版社 2008 年版。

侯怡：《中华网络文学改编的电视剧研究》，上海人民出版社 2018 年版。

胡亚敏:《马克思主义文学批评中国形态的当代建构》，人民出版社 2020 年版。

黄发有:《网络文学内外》，海峡文艺出版社 2020 年版。

黄发有:《中国当代文学传媒研究》，人民文学出版社 2014 年版。

黄发有主编:《中华网络文学理论评论年选（2019)》，海峡文艺出版社 2020 年版。

黄鸣奋:《比特挑战缪斯：网络与艺术》，厦门大学出版社 2000 年版。

黄鸣奋:《超文本诗学》，厦门大学出版 2002 年版。

黄鸣奋:《互联网艺术》，文化艺术出版社 2006 年版。

黄鸣奋:《互联网艺术产业》，学林出版社 2008 年版。

黄鸣奋:《数码艺术学》，学林出版社 2004 年版。

黄鸣奋:《西方数码艺术理论史》（1—6)，学林出版社 2011 年版。

黄鸣奋:《新媒体与西方数码艺术理论》，学林出版社 2009 年版。

纪海龙:《网络文学网站 100》，中央编译出版社 2014 年版。

姜英:《网络文学的价值》，巴蜀书社 2013 年版。

蒋述卓、李凤亮主编:《传媒时代的文学存在方式》，广西师范大学出版社 2010 年版。

金惠敏:《媒介的后果》，台湾商务印书馆股份有限公司、人民出版社 2005 年版。

金振邦:《新媒介视野中的网络文学》，东北师范大学出版社 2008 年版。

赖大仁:《20 世纪中国文学理论批评的现代转型》，中国社会科学出版社 2018 年版。

赖敏:《文化产业境域的网络文学研究》，科学出版社 2017 年版。

蓝爱国:《网络恶搞文化》，中国文史出版社 2007 年版。

李星辉:《网络文学语言论》，中国文史出版社 2008 年版。

刘克敌:《网络文学新论》，凤凰出版社 2011 年版。

刘琴:《移动互联网数字阅读环境下的文学传播研究》，中国社会科学出版社 2020 年版。

刘小源:《来自二次元的网络小说及其类型分析：以同人、耽美、网络游戏小说为例》，东方出版中心 2019 年版。

吕周聚等编:《网络诗歌散点透视》，中国社会科学出版社 2015 年版。

马季:《读屏时代的写作：网络文学 10 年史》，中国工人出版社 2008 年版。

马季:《网络文学透视与备忘》，中国社会科学出版社 2010 年版。
马铃薯兄弟:《中国网络诗典》，江苏文艺出版社 2002 年版。
梅红:《网络文学》，西南交通大学出版社 2010 年版。
蒙星宇:《网里花落知多少》，中国社会科学出版社 2011 年版。
南帆:《双重视域——当代电子文化分析》，江苏人民出版社 2001 年版。
聂茂:《名作家博客 100》，中央编译出版社 2014 年版。
聂庆璞:《网络小说名篇解读》，中国社会科学出版社 2011 年版。
聂庆璞等:《网络写手名家 100》，中央编译出版社 2014 年版。
欧阳文风:《网络文学大事件 100》，中央编译出版社 2014 年版。
欧阳友权:《比特世界的诗学——网络文学论稿》，岳麓书社 2009 年版。
欧阳友权:《当代中华网络文学批评史》，中国社会科学出版社 2019 年版。
欧阳友权:《人文前沿——网络文学与数字文化》，中南大学出版社 2005 年版。
欧阳友权:《数字媒介下的文艺转型》，中国社会科学出版社 2011 年版。
欧阳友权:《网络 · 网络文学 · 公共空间》，中南大学出版社 2009 年版。
欧阳友权:《网络文学本体论》，中国文联出版社 2004 年版。
欧阳友权:《网络文学的学理形态》，中央文献出版社 2008 年版。
欧阳友权:《网络文学教授论丛》，中国文联出版社 2004 年版。
欧阳友权:《网络文学论纲》，人民文学出版社 2003 年版。
欧阳友权:《网络文学评论 100》，中央编译出版社 2014 年版。
欧阳友权:《网络文艺学探析》，中国社会科学出版社 2018 年版。
欧阳友权:《网文观潮》，海峡文艺出版社 2020 年版。
欧阳友权:《走进网络文学批评》，凤凰出版社 2019 年版。
欧阳友权主编:《网络传播与社会文化》，高等教育出版社 2005 年版。
欧阳友权主编:《网络文学词典》，世界图书出版广东有限公司 2013 年版。
欧阳友权主编:《网络文学发展史——汉语网络文学调查纪实》，中国广播电视出版社 2008 年版。
欧阳友权主编:《网络文学批评理论与实践》，中国社会科学出版社 2019 年版。
欧阳友权主编:《网络文学五年普查（2009—2013）》，中央编译出版社 2014 年版。
欧阳友权主编:《中华网络文学二十年》，江苏凤凰文艺出版社 2019 年版。

欧阳友权主编:《中华网络文学年鉴·2016》,中国文联出版社 2017 年版。
欧阳友权主编:《中华网络文学年鉴·2017》,新华出版社 2018 年版。
欧阳友权主编:《中华网络文学年鉴·2019》,新华出版社 2020 年版。
欧阳友权主编:《中华网络文学年鉴·2020》,新华出版社 2021 年版。
荣跃明、袁红涛编:《突破与转型:新世纪以来网络文学研究论文选》,东方出版中心 2018 年版。
邵燕君:《破壁书:网络文化关键词》,生活·读书·新知三联书店 2018 年版。
邵燕君:《网络时代的文学引渡》,广西师范大学出版社 2015 年版。
邵燕君:《网络文学的"新语法"》,海峡文艺出版社 2020 年版。
邵燕君:《网络文学经典解读》,北京大学出版社 2016 年版。
邵燕君、高寒凝主编:《中国网络文学二十年·好文集》,漓江出版社 2019 年版。
邵燕君、肖映萱:《创始者说:网络文学网站创始人访谈录》,北京大学出版社 2020 年版。
邵燕君、薛静主编:《中华网络文学二十年·典文集》,漓江出版社 2019 年版。
邵燕君主编:《2016 中国年度网络文学·男频卷》,漓江出版社 2017 年版。
邵燕君主编:《2016 中国年度网络文学·女频卷》,漓江出版社 2017 年版。
苏晓芳:《网络小说论》,中国文史出版社 2008 年版。
苏晓芳:《网络与新世纪文学》,中国社会科学出版社 2011 年版。
桫椤:《网络文学:观察、理解与评价》,海峡文艺出版社 2020 年版。
唐迎欣:《网络文学及其批评研究》,人民日报出版社 2016 年版。
汪洪主编:《2018 年网络文学选粹》,北岳文艺出版社 2019 年版。
王绯:《21 世纪新媒介与文学发展》,社会科学文献出版社 2012 年版。
王桂亭:《网络原创视频艺术研究》,社会科学文献出版社 2015 年版。
王强:《网络艺术的可能——现代科技革命与艺术的变革》,广东教育出版社 2001 年版。
王祥:《海上牧场:网络文学研究论文集》,作家出版社 2019 年版。
王小英:《网络文学符号学研究》,中国社会科学出版社 2016 年版。
王玉王:《编码新世界:游戏化向度的网络文学》,中国文联出版社 2021 年版。

乌兰其木格：《喧哗中的谛听》，作家出版社 2019 年版。
西篱：《粤派网络文学评论》，广东人民出版社 2018 年版。
夏烈：《大神们：我和网络作家这十年》，花城出版社 2018 年版。
夏烈：《网络文学的新传统与未来性》，杭州出版社 2019 年版。
夏烈等：《华语网络文学研究》，浙江文艺出版社 2015 年版。
肖惊鸿主编：《网络文学名家作品导读丛书·第一辑》（五册），作家出版社 2019 年版。
杨雨：《网络诗歌论》，中国文史出版社 2008 年版。
易文翔、王金芝：《网络小说影视改编研究》，南方日报出版社 2020 年版。
禹建湘：《网络文学产业论》，中国社会科学出版社 2011 年版。
禹建湘：《网络文学关键词 100》，中央编译出版社 2014 年版。
曾繁亭等：《网络文学名篇 100》，中央编译出版社 2014 年版。
曾繁亭：《网络写手论》，中国社会科学出版社 2011 年版。
张邦卫：《媒介诗学：传媒视野下的文学与文学理论》，社会科学文献出版社 2006 年版。
张邦卫、杨向荣：《网络时代的文学书写》，中国社会科学出版社 2016 年版。
中国作协网络文学研究院编：《网络文学论丛》，杭州出版社 2019 年版。
周斌：《数字阅读与文学接受研究》，中华工商联合出版社 2016 年版。
周根红：《网络文学与网络文化》，海峡文艺出版社 2020 年版。
周志雄：《网络空间的文学风景》，人民文学出版社 2010 年版。
周志雄：《网络文学的发展与评判》，人民出版社 2015 年版。
周志雄、吴长青：《中国网络文艺作品评论选·网络文学卷》，中国社会科学出版社 2017 年版。
庄庸、王秀庭：《国家网络文艺战略研究：中国文化强国新时代》，福建教育出版社 2018 年版。
庄庸、王秀庭：《网络文学评论评价体系构建：从“顶层设计”到“基层创新”》，福建教育出版社 2016 年版。
庄庸等主编：《蚂蚁哲学：中华网络文学阅读潮流研究》，中国青年出版社 2021 年版。

后　记

网络作家:从“写手”到“大神”

无论从文论还是语言学的视角看，“网络文学作家”这个说法都有语义重复的嫌疑，通常的说法要么是“作家”，要么是“文学家”，正式出版物上几乎找不到“文学作家”的说法。我们之所以不避嫌疑，将小书命名为“网络文学作家论”主要是出于以下几种考虑。

第一，本书是笔者“网文六书”中的“一书”，其他“五书”——《网络文学创作论》《网络文学作品论》《网络文学批评论》《网络文学发展论》《网络文学价值论》都有“网络文学”字样，如果《网络文学作家论》一书的书名缺少“文学”二字，对于“网文六书”这个系列来说多少是一种缺憾。书名犹如着装，单枪匹马行天下，黄冠野服自相宜。但如果是团队出列，着装齐整点，自然好看些。

第二，网络文学一开始就受到了传统作家和批评家的质疑甚至蔑视，譬如说，有论者强烈要求在谈及网络写作的时候一定不要与文学创作相提并论，著名作家莫言曾宣称“人一上网就变得厚颜无耻”，批评家李洁非曾要求在讨论“网络写作”的时候一定要把“文学”撇开。这里的潜台词是“写作”与“创作”是两个不同的概念，正如写手和作家不可混淆一样。正是出于同样的理由，我们用“网络文学作家”的概念，将那些忙活“非文学”写作的“作家”与从事“纯文学”写作的“作家”区分开来。譬如说，新浪网上有一支数以万计的“博客写作”军团，在其五花八门的“博文”文海中，勉强算得上“文学写作”的文字可谓万不及一。

第三，如前所述，我们在“作家”之前加上“文学”二字，并非不知其有蛇足之嫌，实则另有“文不逮意”的苦衷。刘勰说，“歌谣文理，与世推移”。深谙与时俱进之道的“作家”，自然也难以抵抗“与世推移”的规律。我们在界定“网络文学作家”时，仅“文学”二字，就把大多数普普通通的网络写手拒之门外了。尽管如此，进入文学视野的写手仍旧是一个庞大的军团，我们也只能从其“大神”行列中挑出一些有代表性的人物作为研究对象，是为“网络文学作家”。

此外，《网络文学作家论》还可以理解为《网络文学·作家论》，按照书名中尽可能不用标点符号的惯例，我们不妨将分隔号省略掉。

本书将网络作家从“写手”到“大神”的过程，看成是一个写作个体与网络规则、文化符号以及通用网络语言等因素不断融合为“写作机器”的过程。“网络大神”的横空出世，是崛起于网络时代的大众文化和娱乐精神深刻影响文学生存与发展的必然结果。作为见证写手纷纷修炼成大神的网文读者，我们发现，任何“大神”问世，都有一部过五关斩六将的血拼史和血泪史：写手→写徒→写士→写师→上师→宗师→写圣→笔仙→大神。[①] 这一激动人心的过程，值得我们关注，值得我们研究。

不难看出，从“写手”到“大神”的艰难历程，可以说是一部网络作家的“成长史”和“心灵史”。本书本着建设性学术立场和创新性致思维度，对一代代网络作家与不断转型升级的文学生产体制之间的复杂关系进行了理论化清理，还试图对网络作家不断调适创作方式和生存状态的奥秘进行价值理性层面的追问与探寻。

当然，笔者并不想急于为迅速崛起的大神们树碑立传，尽管我们对大神们的作品不乏发自内心的喜爱，并对不期然而生的欣悦钦敬之意总是忍不住一吐为快。但我们的本意是想更深入了解这些作家作品的相关信息，在适当的时候也谈点阅读作品及其点赞与吐槽的心得体会，甚至还想为年轻的大神们提出些高龄读者的非时流看法和反思性建议。

必须说明的是，在撰写《中华网络文学史》的时候，笔者曾联合了一些同学与同好，对网络文学作家进行过比较系统的调研与考察，其主要材料来源于网络和欧阳友权等人的研究成果，在此一并表示感谢。此外，本书中涉及的大多数作家作品，在《中华网络文学史》一书中大都曾有粗浅的评介文字，本书在此基础上进行了增删、重写或修订。两本书之间，无论是同是异，按照现行的学术评估标准来看，都存在着令人尴尬的悖论。如果使用的材料及其相关评价相同的比例较高，则本书会因重复过多而有

---

① 从写手到大神最流行的说法是：“写手→写徒→写士→写师→先天写师→大宗师→写圣→笔仙→大神”的艰难历程，可以说这里根据笔者与部分网络写手的讨论，在表述方式上做了些细微处理。

自我抄袭之嫌，反之，则会陷入自相矛盾的境地。从这个意义上说，现行学术评估体制，并不鼓励学术著作的修订和完善。但真正的学术精品，一定是千锤万凿，反复打磨，在千百次的提炼和升华中臻于至善的，从一定意义上说，真正经典著作无不是在一代又一代人孜孜不倦的复述与修订中百炼成钢的。因此，我们大可不必在杜绝重复他人和自我的告诫面前战战兢兢，我们真正应该关心的是自己的所言所思是否有物有理，是否切合实际。

因此，顺着“网络文学史”的写作思路，对部分著名网络文学作家与作品进行更为深入的专题式考察与研究，对我们而言虽不无旧话重提的意味，但我们觉得对网络作家及其作品的适时升级刷新，实际上是一件与草创工作一样有意义的事情。这本小书是一个团队对系统研究网络作家诞生和成长过程的集体成果，王青、姜振宇、黄晓群、陈风等年轻学者都为本书的编写做出了重要贡献。我期望它能弥补自己近 20 年来潜心研究网络文学的重大疏漏。书稿在大量调研资料的基础上，本着“让材料说话，以事实做证”的实录原则，大纵深、全方位地对近 20 年来形形色色的著名“写手”和当红“大神”进行了综述式评介和个案化探究。网络信息，流变不居，加之编著者学力和见识所限，疏漏之处，在所难免，恳请大家不吝赐教。